T0001773

Julio Albi (Burgos, 1948) es licenciado en Derecho y, desde 1973, miembro de la Carrera Diplomática. Ha servido en diversos puestos en los Ministerios de Asuntos Exteriores y de Defensa; también ha ocupado distintos cargos en Dakar, Washington, Roma y Nueva Orleans, y ha sido embajador de España en Tegucigalpa (Honduras), Quito (Ecuador) y Lima (Perú). En la actualidad es Director General de Comunicación Exterior del Ministerio de Asuntos Exteriores y Cooperación. Es autor y coautor de numerosos libros de historia, entre ellos *Campañas de la caballería española en el siglo XIX* (1985), *La defensa de las Indias* (1987), *Banderas olvidadas* (1990), *Un eco de clarines* (1992), *De Pavía a Rocroi* (1999), *El día de Trafalgar* (2005), *Aproximación a la Historia Militar de España* (2006), *La Guerra de la Independencia* (2007) y *El último Virrey* (2009); y editor de *El sitio de Breda* (2001) y *Diario de una campaña. Gibraltar, 1779-1783* (2004). Ha publicado un libro de cuentos, *Caminantes* (1991), y las novelas *La calavera de plata* (2001) y *La gran cifra de París* (2007).

JULIO ALBI

La gran cifra de París

DEBOLS!LLO

Primera edición: mayo, 2010

© 2007, Julio Albi de la Cuesta
© 2010, Random House Mondadori, S. A.
 Travessera de Gràcia, 47-49. 08021 Barcelona

Printed in Spain – Impreso en España

ISBN: 978-84-9908-608-8
Depósito legal: B-16095-2010

Compuesto en Lozano Faisano, S. L. (L'Hospitalet)

Impreso en Novoprint, S. A.
Energia, 53. Sant Andreu de la Barca (Barcelona)

P 886088

LA GRAN CIFRA DE PARÍS

I

LA FUGA DEL NORTE

Quizás nunca debí ir al Norte.

Quizás nunca debí hacer el largo recorrido, a través de media Europa, cruzando media España y toda Francia hasta llegar a Hamburgo. Allí, ni más ni menos que todo un mariscal de Napoleón tuvo la cortesía de decir que con una tropa como la nuestra iría al infierno. Y casi lo hizo. No, sin embargo, al infierno que imagino yo, hecho de calor y llamas, no, sino a uno neblinoso, siempre mojado y triste. Nos llevaron a las malditas islas de Dinamarca, tierras de fango y agua, buenas para las fiebres y la tristeza. Me dijeron que el Emperador enviaba allí a los soldados de sus aliados, que no a los suyos propios, para que se pudrieran en las húmedas guarniciones.

Verdad es que tampoco cabía otra alternativa que hacer el arduo viaje. Tenía que cumplir una promesa.

Padre era casi un campesino, un pequeño propietario, tan pequeño que decían de él en nuestro pueblo, Chozas del Condado, en la provincia de Jaén, que no era terrateniente, sino «terrasargento». Pero como nunca dejó de recordarme: «Somos familia vieja, que no antigua». Con ello, pienso, quería referirse a que, desde siempre, en casa se comió caliente, que no sabíamos lo que eran deudas y que algún mueble de buena factura evocaba pasadas holguras. Entre nuestras más preciadas posesiones figuraban, por otra parte, un arcón lleno de pergaminos ilegibles —entre ellos ejecutorias de hidalguía, según padre— y una escopeta inglesa, con la que se entregaba a su pasión por la caza, heredada de sus antecesores, otra prueba, si hiciera falta, de grandeza añeja. Un palomar, que decía mi madre había sido torre, con escudos borrosos en las esquinas, insinuaba tiempos mejores. Teníamos, pues, pasado, si no historia, y a eso nos aferrábamos para darnos en el pueblo ciertos aires hidalguescos que algunos nos reprochaban.

Contábamos, por último, con un argumento irrebatible. Nos llamábamos Príncipe. Ante tan sonoro apellido, ¿quién podría negar una alcurnia originaria, aunque ya olvidada por los demás? ¿No dejaba adivinar al menos el leve tinte azul en nuestra sangre al que antes he aludido? No era lo mismo, sin duda, apellidarse Príncipe que Gómez o García. Más aún en el caso de padre, que exigía de los jornaleros que se dirigieran a él como «señor Príncipe». Madre llegó a insistir, cuando yo era niño, en que la criada al hablar de mí dijera «el principito». Padre, menos cegado por el amor, prohibió el tratamiento, que se mantuvo, sin embargo, en secreto entre la autora de mis días y la chica, hasta que yo, cuando llegué con la edad a alguna sensatez, conseguí que me apearan del ridículo pedestal, quedándome en Gaspar Príncipe que, bien mirado, es mucho.

Pese a tan palpables señas de nuestro alto rango, en ocasiones albergaba yo dudas sobre la materia, dudas que escondía en lo más profundo del corazón. ¿Pues no cavábamos y podábamos las viñas con nuestras propias manos, como el resto de los vecinos? Al igual que ellos, ¿no destripábamos terrones, no vareábamos los olivos que aún nos quedaban? ¿Llevaba yo calzones menos remendados, aunque eso sí, más limpios, que los pillastres del pueblo? Las respuestas a estas preguntas, y a otras de parecido jaez, me desazonaban, poniéndome en gran confusión.

Desde luego, no se me pasaba por el magín la idea de que padre pudiese errar, menos mentir. Era él como nuestra tierra: áspero, implacable y, a su manera, justo. Seco como el esparto, ceño siempre fruncido, pronto al castigo. No toleraba la indolencia, la doblez o la adulación. Apreciaba solamente el trabajo, la palabra franca y la honestidad. Pero si se respetaban sus reglas, las únicas que admitía, no faltaba, de tiempo en tiempo, una tosca caricia, un destello de aprobación en la mirada.

Callaba yo mis dudas y me acogía a las reconfortantes certezas que nos gobernaban: Dios, la Patria, el Rey y nuestra propia hidalguía. Necesité años para entender que las cosas eran más complicadas. En el entretanto, esos pilares bastaban para construir una vida.

Algo bueno tuvieron nuestras ínfulas, justificadas o no, y fue que desde muy pronto se decidió que, sin descuidar las tareas del campo, aprendiese a leer, a escribir y las cuatro reglas, para distinguirme de mis contemporáneos, que se pasaban el día, con gran envidia mía, jugando al marro y pegándose pedradas. Mientras ellos se divertían, mi ilustre pedagogo, el cura, casi tan cerril como su grey, me clavó en la mollera, a pescozones, los cortos conocimientos que padre exigía y que él podía impartir. Todavía le veo, silabario en mano, correa en la otra, y tiemblo.

Aureolado desde el nacimiento por el prestigio del nombre, la parva educación recibida acabó de distanciarme del mocerío. Un buen día, sin darme cuenta, me encontré sumido en el limbo. Los muchachos y muchachas del lugar me rehuían, alejados por el uno y por la otra. En cuanto a iguales, no los había en diez leguas a la redonda. Sabía de superiores, en mayor número incluso de lo que yo quisiera, pero aún más lejanos. Veía sus altivos cortijos en lontananza y me prometía que llegaría a poseer uno. ¡Quién sabe cuántos los disfrutaban con títulos menos limpios que los nuestros!

Estábamos, por tanto, solos, en la soledad espléndida de los Príncipe, con lo justo para vivir y los pantalones raídos, pero amparados por nuestra frágil fortaleza de pergamino.

No resultaba una situación cómoda, sobre todo para mí, con mis impertinentes dudas a cuestas, pero la absoluta seguridad de padre, su profundo aplomo de hombre que poseía todas las respuestas, me permitía ver con ecuanimidad cómo los que tenían que haber sido mis amigos se divertían sin mí.

Las ya mencionadas ínfulas y el apellido tuvieron otro efecto en mi vida. Recién entrado en la pubertad, cuando me creía instalado en la soledad, llegó una partida de reclutamiento, con el sólito aparato: marcial sargento de bigotazos engomados, dos tamborcillos estruendosos y cuatro granaderos bien plantados. Hicieron alto en la plaza, redoblaron las cajas y el de los mostachos anunció que, en su magnanimidad, Su Majestad el Rey concedía a los mejores de sus súbditos el raro privilegio de servirle bajo las armas. Proclamó a los cuatro vientos que, en esta ocasión particular, era el glorioso regimiento de la Princesa el que abría sus brazos a la juventud sedienta de gloria. Acababa de llegar, puntualizó, de Cartagena de Indias. El prestigio de tal nombre crecía el empaque de la tropa, aunque el contraste entre el rostro atezado del sargento y el aspecto febril de uno de los tambores mostraban la cara y la cruz de aquellas tierras remotas.

Al oírle, se me encendió la imaginación. Pensé en una ciudad blanca con balcones de madera y profusas iglesias, protegida por formidables castillos, cercada por la selva sinuosa y por el mar traidor. Luego me dijeron que no andaba descaminado.

Esa tarde celebramos cónclave. Mi padre propuso el alistamiento.

—Tus cuatro hermanos —sentenció— se sobran para trabajar la poca tierra que nos queda. Importa mucho más redorar los blasones familiares, para confundir a los que pudieran dudar de su indiscutible legitimidad. La mejor manera de conseguirlo, Gaspar, es una patente de oficial, que como se sabe lleva aparejada la condición noble. Triste resulta decirlo, pero es posible que en estos tiempos volterianos y escépticos, cuando los tronos se tambalean y se pone en duda hasta la misma existencia del Todopoderoso, los covachuelistas de la Secretaría de Guerra lleven su ignorancia hasta el extremo de considerar nuestros papeles insuficiente acreditación de antigua cuna.

»Desde luego —prosiguió—, no pienso exponer a la familia al sonrojo de una negativa, por lo que no cursaré la correspondiente instancia. Lamentablemente, ello te cierra el acceso directo a la charretera, por mucho que te corresponda por tu linaje. Sólo queda, pues, acceder a ella desde abajo, en la seguridad de que la natural bizarría que has heredado de tanto antepasado ilustre por fuerza te encumbrará a las más elevadas posiciones de la milicia.

»No tengas a desdoro —remató— iniciar tus pasos como oscuro soldado, que para saber mandar hay que aprender antes a obedecer. Recuerda siempre quién eres y ten la seguridad de que tus prendas te colocarán en el sitio que te es debido.

Mi madre abundó en esos conceptos, destacando, como elemento de nota, la coincidencia entre el nombre del regimiento y el nuestro. Que yo pasara a ser un Príncipe de la Princesa le parecía del mejor tono y la llegada de esa unidad a la aldea, prueba de que el dedo del destino me había designado para una fulgurante carrera. Además, con el uniforme estaría muy guapo.

En eso intervino el cura, que presidía el cónclave:

—Qué destino, doña Pura, la Providencia, la Santísima Providencia ha escogido a nuestro Gaspar para que, empuñando las armas cual cruzado, vuele a proteger nuestros sagrados confines amenazados por los regicidas, los revolucionarios y los sin Dios. Él te llama, hijo mío —acabó, solemne, imponiendo sus manos sobre mi pelada cerviz.

Para general estupor, padre indicó que me había llegado el turno de opinar.

—Yo les agradezco a ustedes su confianza. Veo que todo se confabula para satisfacer una vocación que siento surgir en mí. Sí, padre, volveré hecho coronel y cargado de honores; sí, madre, vestiré la casaca del Rey; sí, señor cura, acudiré en defensa de nuestra Santa Madre Iglesia.

No mentía, no, al hablar así. Claro está que, en parte, lo hacía por devoción filial, como cualquier bien nacido. Pero, además, la soledad dolía, pesaba la vida en el pueblo, y la comarca, al igual que el resto de España, andaba encendida por los rumores de una próxima guerra contra la Convención. Por último, confieso que la fiera apariencia de las gentes de la Princesa había disparado mi imaginación. Me veía yo de blanco y rojo, como entonces vestía el regimiento, ensartando descomunales franceses tocados con el oprobioso gorro frigio, condecorado por mis superiores, amado por las mujeres. Quizá, ¿por qué no?, contrayendo matrimonio con una dama de la Corte y acabando mis días con una buena renta y un título de Castilla. Sí, abrazaría la carrera de las armas, cumpliendo los deseos de mis padres, las recomendaciones del cura y las inclinaciones de mi espíritu. Triunfaría, estaba seguro, y lograría acallar esas molestas dudas sobre lo noble de nuestra condición. Ganaría indiscutibles espuelas de oro en el campo de batalla. Sustituiría los sospechosos pergaminos por la más rotunda de las patentes, rubricada por puño real.

A la mañana siguiente senté plaza, para mayor alborozo del sargento y no menor envidia de alguno de los mozalbetes a los que yo había envidiado por sus cerriles batallas a cantazos. Dos de ellos habían intentado alistarse, pero ambos fueron rechazados. Uno, por no dar la talla. Otro, para mi callada alegría, por haber perdido los dientes delanteros en una de aquellas lides. Como le explicaron los granaderos: «Con esa boca que te han dejado no puedes morder el cartucho, así que no vales para *soldao*».

Algo me enfrió el entusiasmo averiguar que, a pesar de nuestro brillante nombre, Princesa era una unidad nueva, con apenas treinta años de historia, nada comparable a los viejos tercios del XVI y del XVII, que nos miraban con altanería. Pero nosotros nos pavoneábamos, ensalzados por la augusta denominación de nuestro Cuerpo. Además, en su corta vida ya se había lucido en la colonia de Sacramento, Melilla, el Darién y Alhucemas, por no hablar de Menorca y Gibraltar. El exótico catálogo casi me mareaba. La fantasía se desbocaba, trayendo a las mientes aduares, caníbales, ingleses, bandeirantes y rifeños, desiertos y sabanas, cocodrilos, hienas y camellos.

Los veteranos, marrulleros, engrandecían ante nosotros, reclutas, las hazañas y el botín. Contaban estupendas mentiras, que creíamos a pies juntillas. El que menos había matado mil enemigos, asaltado quinientas fortalezas, cogido veinticinco banderas y tomado treinta cañones. Las peroratas les secaban, al parecer, el gaznate, porque no paraban de pedir vasos de vino, que pagábamos sin rechistar.

Con todo, muchas noches me iba a la cama pensando si me habría equivocado al sentar plaza. Poco a poco descubrí que los albos uniformes por los que había suspirado eran nidos de piojos, y muchos de mis gallardos compañeros de armas, matachines de taberna.

Además, la vida militar me ha dado muchos sinsabores, que más vale olvidar: las incesantes varas de los cabos, las guardias eternas vigilando nada, las marchas agotadoras, el frío, el calor, la lluvia y la nieve. Añadiré que las enseñanzas paternas me habían preparado mal para sobrellevar la zafiedad de los mandos subalternos y la helada indiferencia de los superiores. Los palos de los unos dolían tanto como los desdenes de los otros. Sí, muchas ilusiones quedaron en el camino. Nunca olvidaré, sin embargo, mi emoción al vestir, por vez primera, la casaca que tantas victorias en las cuatro esquinas del mundo evocaba. África, Europa entera, las Indias y hasta el Asia habían sido testigos del arrojo de los blancos batallones, al amparo de las banderas, también blancas, cruzadas de sangre.

Tuve suerte, ya he dicho que soplaban vientos de guerra. Antes de salir a pelear franceses, ya me dieron la vara de cabo por mis casi seis pies de talla. La recibí como si de bengala de general se tratara, que era un primer paso en el difícil derrotero que me había trazado. Me prometí extremar el celo para llegar a elevados destinos, aunque la corta experiencia que entonces tenía me había enseñado ya que el paso a oficial resultaba mucho más difícil de lo que imaginaba padre, y que lo más probable era que la gola nunca me adornara el cuello.

No fueron necesarios grandes esfuerzos. Bastó con sobrevivir. En la bien llamada Batería de la Muerte, el regimiento quedó en cuadro. Hubo que tapar huecos, y me cayeron las charreteras de sargento, que debí a los pescozones del cura, que me enseñó a leer y a escribir, requisito esencial para el ascenso. De estambre basto y usadas —porque las cedió, sin saberlo, un muerto—, no eran, empero, las que yo codiciaba. Buscaba las de verdad, las de oro fino, atributo de oficial.

Hubo luego otra sarracina gloriosa, en San Lorenzo de Muga. Alcancé allí a salvar nuestra bandera. Mataron junto a mí a quien la llevaba. Un dragón francés hizo por ella, pero lo madrugué metiéndole un bayonetazo en los riñones. Sin saber bien lo que hacía, quizás borracho de pólvora y sangre, blandí, heroico, la noble seda. Fue aquél mi más alto momento. Su recuerdo me abrigó en los muchos días amargos que me ha tocado vivir desde entonces. En el mismo campo de batalla, el coronel me entregó la charretera, de oro esta vez. Por la noche cosí, en el hombro izquierdo, la trabilla para sujetarla.

No logré conciliar el sueño. ¡Ya era oficial! Aunque como modesto subteniente, gracias sólo a mis méritos había logrado franquear el inmenso abismo que separaba a la oficialidad de la tropa. Había dado el primer paso para la merecida rehabilitación de los Príncipe. Nada me parecía imposible. Es más, me veía ya de regreso en el pueblo, deslumbrando a los gañanes con todo el aparato de mi nuevo estado. Sentado en el mejor sitio junto al hogar, admiraría con el relato de mis hazañas al alcalde, al cura, a los rotos hidalgos que hasta entonces nos habían ignorado. Padre escucharía, cabeceando satisfecho, mientras madre se haría cruces, embobada a la par que asustada, ante las proezas de su hijo.

Pero charretera, espada y gola no me llevaron al paraíso, como pensaba, sino que me devolvieron al limbo que creí haber dejado atrás cuando salí del pueblo. Mis antiguos compañeros se alejaban, recelosos del grado. Los nuevos no me reconocían como igual. Mérito no suple nacimiento, pensaban, y la circunstancia de que los azares de la guerra me hubiesen elevado a su altura no les hacía olvidar mi oscura procedencia. Sin contemplaciones, me hicieron ver que lo que nosotros considerábamos probables indicios de pasadas aristocracias ningún valor tenían. Quizás, en Chozas de Condado; no en el regimiento, menos en la Corte, donde se exigían mejores títulos. Para ellos era sólo un «pino». Como para ser sargento se prefería a los hombres altos, los que luego ascendían a oficiales recibían ese nombre hiriente. De esta manera, lograban devaluar hasta nuestra estatura aventajada. Cegados por su vanidad, preferían un tapón bien blasonado a un hombre bizarro, pero cristianado en pila que ellos estimaban modesta.

Derrumbóse así, tempranamente, uno de los pilares que me sostenían. Se tambaleó un tanto, al tiempo, mi fe ciega en padre, pero no la determinación del triunfal regreso. Los Príncipe solamente tenemos una palabra, o eso creía yo entonces.

El caso fue que, entre unas cosas y otras, me amargaron el triunfo. Hasta tal punto que ni se lo comuniqué a mi familia. Quizás el hombre es animal complicado, al hurtarle esa alegría le hacía pagar a ella por mi desilusión. Es posible que a partir de ese día dejase de creer, aunque no lo supe hasta pasados muchos años. De lo que sí me percaté es de que posiblemente fuese mi sino vivir entre dos fuegos, un híbrido extraño a caballo entre dos mundos, sin pertenecer a ninguno.

Luego de tanta sangre, hubo un intervalo casi chusco. Sucedió que el señor Godoy nos envió a una mal llamada guerra, que apellidaron «de las Naranjas». Al menos sirvió para romper la monotonía de la vida de guarnición, lo que agradecí. En campaña me crecía, iba a más, mientras que en el cuartel recordaba demasiado mis tiempos de soldado raso. Suponía, además, la obligación de alternar en sociedad, lo que, amén de compadecerse mal con mi flaco peculio, detestaba por ser hombre torpe en los saraos. Nunca faltaba, tampoco, algún oficial que bromease al respecto, por lo que estuve cerca de un par de desafíos que ahondaron mi aislamiento.

Obtuve un ascenso en aquella parodia. Para encubrir la falta de hechos gloriosos, llovieron los honores, y a mí me correspondió pasar, como teniente, la charretera del hombro izquierdo al derecho. La recibí sin entusiasmo, por inmerecida.

Sabía que la falta de padrinos y de un nombre de indisputado ringorrango, dos graves defectos que me aquejaban, limitaban mi carrera y ponían coto a las altas ambiciones que en mi pecho anidaban. Pero no por eso cejaba. Al contrario, los desdenes de los petimetres perfumados que hacían salón del cuarto de banderas me espoleaban a ser aún más exacto en el servicio, más exigente conmigo mismo y con los demás, aguardando nuevas guerras que me auparan en la escalilla.

Mientras ellos pasaban las horas con el libro de las cuarenta hojas, yo las consagraba a las muchas más de nuestras ordenanzas. Mientras ensayaban pasos de baile adamados, yo, en mi habitación, escoba en mano, practicaba los movimientos de las armas, buscando posturas más airosas y más militares que las previstas en los reglamentos. Ellos ojeaban distraídos programas teatrales; yo estudiaba concienzudo las últimas obras que nos llegaban de la Francia, esperando encontrar en ellas la clave de las eternas victorias del gran Napoleón.

Porque, señores, yo admiraba desde lo más profundo de mi alma al corso genial. Desde humilde capitán —y yo casi lo era— había trepado al trono, dictado leyes justas y organizado un país entero según los principios más sabios. Al tiempo, había trastocado los principios del Arte de la Guerra, inventando una estrategia y una táctica nuevas que habían humillado a los aristócratas disfrazados de generales que contra él envió media Europa.

No aspiraba yo a tanto. Para reverenciarle, me bastaba saber que premiaba el coraje o la valía —y a mí me sobraban—, y que despreciaba, en cambio, las patentes de nobleza, que en mi caso faltaban. Por eso, en sus legiones resultaba mucho más fácil que en las españolas ganar el reconocimiento que yo anhelaba. Sólo contaba la espada, el único patrimonio que yo tenía.

Fue, no obstante, ese hombre grande el culpable de que marchásemos a Dinamarca, alegando no sé qué tratado firmado por Su Majestad con la Francia.

Cuando corrió la voz de que se organizaba una división para servir fuera de España, y que Princesa formaría parte de ella, no pocos de los oficialetes pisaverdes se echaron para atrás. Temían el destino lejano y no estaban en el ejército para arduas campañas, sino para lucir su garbo vistiendo uniforme. Otros, en cambio, quiero ser justo, partieron y se comportaron como debían.

Yo, desde luego, no vacilé. Necesitaba guerras. Guerras que clareasen el escalafón, abriendo brechas para ascensos que, de otro modo, como pino me estaban vedados. No se me daba un ardite si, para trepar en pos de mi meta, cadáveres de compañeros servían de peldaños. En ello residía el juego, y yo también empeñaba la vida.

Dejé Madrid ya de flamante capitán. La cobardía de los que pidieron la baja creó varias vacantes y hubo que cubrirlas tan aprisa que se hizo gracia de mi origen y se me concedió la doble charretera. Injusta, como tantas otras que se distribuyeron, pero el mundo andaba manga por hombro. Sabido es: a río revuelto, ganancia de pescadores.

En Dinamarca aguantamos el tipo, claro. Con guitarras, tabaco y alguna danesa mullida. Hubo, inevitablemente, jotas, reyertas y bastardos, pero aguantamos. Cazábamos pájaros con los niños, nos acostábamos con las madres y enseñábamos a los padres a decir «carajo». En las noches de primavera, los más despabilados cenaban gatos, asados en las hogueras. Yo, siempre un poco diferente, me puse a estudiar francés para matar el tedio, sobre lo que hubo abundantes bromas de mis compañeros. Se hubiesen chanceado menos de haber sabido que el profesor era una cantinera del 45.º de línea, de muy buen ver. Así estuvimos hasta que empezaron a llegar rumores.

Dos golpes en el muslo me sacaron de tanto recuerdo, devolviéndome a Ribadeo, donde acababa de desembarcar. El culpable era un perrete, de raza desconocida, o de mil razas, tanto da, y pelo ceniciento. Perdido en mis memorias, no había reparado en él. Con la boca abierta por los jadeos, dejando ver unos dientes mínimos, clavaba los ojos implorantes en un plato de asaduras que terminaba de meterme entre pecho y espalda para celebrar el regreso a la Patria, tras no pocos avatares. Vino quedaba algo, pero imaginé que el chucho no sería aficionado. Lo único comestible eran unas migajas. Le tiré una. La cazó al vuelo, la devoró en un suspiro y me siguió mirando de hito en hito. Le arrojé otra, que desapareció al momento en sus inofensivas fauces. Con eso agoté las provisiones. Le mostré mis vacías manos. No pareció entender. Sin cambiar de postura, no apartaba sus ojos de los míos, como si yo fuera un ser superior, todopoderoso, capaz de recrear el milagro de los panes y los peces.

Me desagradó no ser merecedor de tanta confianza. Con gesto brusco, lo aparté. Sin arredrarse, volvió a su postura anterior sobre mi pierna. Le di un golpe en el hocico. Reculó un poco, pero mantuvo inquebrantable la mirada. Me incliné, cogí un par de chinas y se las arrojé. Gimió un tanto y entonces hizo algo que me desarmó. El canalla se sentó sobre los cuartos traseros y se puso todo lo derecho que pudo, como para mostrar habilidades que le hacían acreedor de un trato más gentil. Con las manos dobladas a la altura del pecho me recordó, no sé por qué, a nuestros pobres soldados, siempre fieles, siguiendo ciegamente a sus oficiales al matadero, sin preguntas ni vacilaciones, sin dejar de creer en nosotros, aun a sabiendas de que no los merecíamos.

Aquellos recuerdos dejaban mal sabor de boca, a leche agria. Para quitarlo, llamé al mozo.

—Tenemos hambre: un par de huevos fritos, poco hechos, media hogaza y otra jarra, que ésta venía con un agujero y se ha vaciado.

Bien pensado, había tiempo, y el vinillo tenía su aquel. Decidí alegrar un poco la vida al perro, pagando de paso por mis chinazos. Bastantes había recibido yo. Quería además que, por lo menos él, supiera que un pino podía ser también un señor.

Comimos en amor y compañía. Que le gustaba el pan lo sabía y lo esperaba. Que lo prefiriera untado en la yema demostraba que era animal inteligente. No me hubiese sorprendido que tampoco hiciera ascos al tinto.

Cuando terminamos, pagué y me levanté. El perro me siguió,

meneando el muñón que tenía por rabo. Con poco convencimiento, intenté que se alejara pero fue inútil, lo que me regocijó en secreto. No se le podía comparar con esos gozquecillos estúpidos que tenían algunos de mis iguales en grado, que no en rango. Al igual que yo, valía más que ellos. Hacíamos buena pareja. Tras corta reflexión decidí quedarme con él. Lo llamaría *Pe*. Al fin y a la postre, con su tamaño era algo menos de medio perro.

El deber urgía ya, y acudí a su reclamo, de acuerdo con mi invariable costumbre. Bien merecido me tenía el yantar, pero ahora llamaba el servicio.

Marchamos a lo largo del muelle, deshaciendo camino. Nos detuvimos ante el *Edgard*, el barco que me había traído. Pensé que le debía contar mi historia a *Pe* para ponerlo al corriente y que supiera con quién se andaba.

—Espero que seas un bicho paciente, porque el cuento es largo, aunque procuraré abreviarlo. Has de saber, ¡oh perro!, que Su Majestad el Rey que Dios guarde (haz una reverencia) firmó estrecha alianza con la Convención francesa, poniendo término a la encarnizada guerra que con ella mantuvimos. Unos años después, Napoleón, amparado en aquel compromiso, pidió ayuda a España, acordándose el envío de un lucido Cuerpo, a las órdenes de don José Caro, marqués de La Romana, para que marchara a tierras germánicas.

»No necesito decirte que se reunió lo más granado del Ejército, mejorando lo presente. Zamora y el 3.º de Guadalajara, viejos batallones pero menos ilustres que el nuestro, nos acompañaron a los de Princesa en el largo viaje, junto a personal de menor cuantía como infantería ligera, caballería, dragones, artilleros y zapadores, gente de poca monta y de importancia aún menor para lo que sigue.

»Te ahorro detalles de nuestro periplo. Créeme, nada más, si te digo que fue largo y no fácil.

»Has de saber sólo que acabamos dando con nuestros huesos en Dinamarca. Los designios del Gran Corso son inescrutables y mueve los ejércitos como peones de ajedrez.

»El mariscal francés a cuyas órdenes se nos puso, astuto él, separó a los españoles en diversos acantonamientos, pero las noticias empezaron a correr como la pólvora. Hablaban en los corrillos de abdicaciones, de violencias contra las Reales Personas, de constituciones impuestas, de toda suerte de disparates. La gente se agitaba ante tanta felonía; en los corrillos flotaba la sedición; algunos locos, y no faltaban, afilaban las navajas en la penumbra.

»El más nervioso era nuestro general. Para atajar los males que se avecinaban, dio en la idea de hacernos jurar al que se apellidaba nuevo rey, un hermano del Emperador, de nombre José. Esperaba empeñar de esa manera nuestra lealtad, sabiendo que la palabra dada nos ataría más que las amenazas.

»Por asuntos del servicio tuve que ir cierto día al alojamiento de nuestro coronel, conde de San Román. Estaba con el marqués de La Romana. Inclinados sobre una mesa, escribían. Tardaron en darse cuenta de mi presencia.

»Al verme, el coronel dejó de garrapatear y me entregó el papel.

»—Es usted hombre de juicio, capitán. Diga lo que piensa.

»Leí. Era el borrador del juramento, cosa ofensiva en sí misma, porque a tan vieja milicia como la española nunca se le había pedido que jurase fidelidad al rey, que sobraba. Únicamente los quintos lo hacían, y a las banderas, que no a Su Majestad ni a las leyes. Ahora se nos pedía, según decía el papel, que prometiésemos lealtad a José I como rey de España y de las Indias, y a la ominosa constitución que se había pergeñado en Bayona. No obstante tamaño despropósito, oculté mi estupefacción.

»—A las órdenes de Vuestra Excelencia —dije, serio.

»—¿Eso es todo? —terció el marqués. El pobre hombre no era de Princesa.

»—El capitán dice que el regimiento hará lo que se le diga —tradujo el coronel.

»De nuevo el marqués:

»—¿Y eso es todo? —displicente.

»Me atreví a intervenir:

»—Con el permiso de mi coronel. Es todo, y es mucho tratándose de Princesa.

»—¿No tiene nada que comentar a lo que aquí dice? —preguntó el general, pienso que de forma algo desabrida.

»—De eso que hablen nuestros superiores naturales —contesté—. Suya es la responsabilidad. —También yo me estaba encendiendo.

»—Gracias, capitán —cortó el de San Román.

»Así empezó, estimado *Pe*, lo que muchos paisanos han tildado de epopeya: la Fuga del Norte, con mayúsculas.

»Pocas horas después, el 1.er batallón de Princesa estaba formado en Nyborg. Cerca de ochocientos mozarrones, de lo mejor que había salido nunca de España. En silencio escucharon la arenga del coronel. Desde mi puesto en formación vi las lágrimas que corrían por su rostro cuando gritó con voz trémula:

»—¡Viva José I!

»Hubo un silencio espeso. Temí el motín. Pero Princesa era mucho Princesa. Un cabo dio un paso al frente. Con el arma en presente dijo:

»—Con la venia de Usía: ¡Viva Fernando VII!

»Las filas se estremecieron.

»Me adelanté y, sin apenas alzar la voz:

»—Repórtese el regimiento.

»Llegué al cabo. Despacio, cogí la vara que, reglamentaria, colgaba de un tirante y la rompí:

»—Soldado, vuelva a su lugar.

»Te afirmo, sabio perro, que pasé miedo. Había allí, te lo he dicho, casi mil fusiles y mucha ira. Frente a ellos, sólo nuestras charreteras y la disciplina. Bastaron, no obstante. Porque el coronel, como si nada hubiera pasado y haciendo que leía, cambió la fórmula. Lo que pedía ahora era que el regimiento jurase lo mismo que la nación española, sin más dibujos y sin vivas. Únicamente yo, que había visto el papel que tenía en las manos, supe que contenía un texto distinto.

»La tropa juró. A regañadientes, pero juró. Luego rompió filas y volvió a los cuarteles.

»Esa misma noche, San Román nos convocó. Quería saber nuestra opinión sobre lo acaecido. Ninguno de los oficialillos elegantes se atrevió a contestar. Yo sí:

»—La cosa es seria, mi coronel. El regimiento ha jurado porque es quien es, pero cada vez hay más y más descabellados rumores. Se habla de una masacre en Madrid, de mujeres violadas, de niños quemados a fuego lento. Nunca creí que tendría que decirlo, pero temo por la lealtad de la tropa.

»—¿Y de los mandos? —preguntó rápido y como si estuviéramos a solas.

»Es posible que viera algo en sus ojos, pero me daba igual. Admiraba como nadie a Napoleón, pero estaba claro que nos había hecho una judiada de a puño. Contesté mirándole sin pestañear, como miras tú, dilecto *Pe*, y con tan pocas reservas como tienes tú.

»—Y de los mandos, por lo menos de algunos —respondí, firme.

»No me sorprendió su abrazo.

»—Eso es lo que quería oír. Acérquense, señores.

»A la luz de unas velas humeantes —había despedido a los criados— nos contó el plan.

»Te he prometido brevedad y lo mantengo. Falta ya poco. Era el caso que La Romana llevaba ya días en negociaciones con el comandante de una escuadra inglesa que cruzaba frente a nosotros. Se había ofrecido a llevarnos de vuelta a casa, si queríamos, para unirnos a los ejércitos que se aprestaban a expulsar de nuestras tierras a José I, al que se empezaba a llamar el Intruso por su descarada forma de colarse en el Palacio Real de Madrid.

»Dos agentes escoceses y un cura participaban en el complot. Se decían enviados de un compatriota que había conocido a nuestro general años ha, cuando desempeñaba funciones diplomáticas en Madrid. Exhibieron, como cartas credenciales, un ejemplar de *El Mío Cid*, poema que, en su día, fue objeto de sesudas discusiones entre nuestro marqués y el inglés. Se había llegado a un arreglo, prosiguió el coronel. La flota esperaba. Sólo era cuestión de llegar a ella antes de que los franceses, legalmente todavía nuestros aliados, nos pudieran detener.

»El juramento a José —me aseguró en un aparte— había sido una artimaña para disimular la maniobra. Asentí, porque era mi obligación y porque no quería saber la verdad.

»De nuevo evito, en virtud de la palabra dada, pormenores enfadosos. Bastará que te diga que la jugada salió, a medias. Digo a medias, y exagero, pero poco. Entre unas cosas y otras quedaron allí muchos camaradas. Cerca de cuatro mil quinientos, de los regimientos de Guadalajara, Asturias y Algarbe. Los demás, alrededor de nueve mil, nos confabulamos para abrirnos paso entre las tropas danesas, capturar la isla de Langeland y, desde allí, embarcar en la flota británica.

»Y aquí estamos, en Ribadeo, recién llegados de Dinamarca, los que pudimos salir. Sin general, ya que La Romana prefirió irse a Londres, a meterse en políticas supongo. Dispersos, porque la tempestad última obligó a cada buque a arribar donde pudo. Sin caballos y sin cañones, que hubo que dejar en aquellas condenadas playas. Pero aquí estamos. Se van a enterar los franceses de lo que vale la División del Norte.

Cerré mis palabras con un floreo del sombrero. Con tanta conversación habíamos llegado ya a la plaza, donde estaba el regimiento. Silbé a *Pe* y me acerqué a la masa celeste y negra, colores que entonces llevábamos. En el crepúsculo, los soldados se agrupaban en torno a los furrieles, reclamando impacientes las boletas de alojamiento.

Fui al mío, tras comprobar que el oficial de servicio tenía la situación en mano. El huésped, un boticario, mostró de mala gana el aposento, un cuartucho sobre un corral. Era suficiente. Con tanto ajetreo estaba baldado.

Me costó dormir sin embargo. El perro, con la novedad, andaba alborotado. En cuanto a mí, la emoción de estar de regreso en la Patria, revuelta con el vino y los huevos, me mantuvo despierto largo rato.

En la oscuridad surgieron algunos de los peores recuerdos del final de la aventura danesa. Para empezar, estaban los caballos. Ya he dicho que tuvimos que abandonarlos allá por falta de medios de transporte. Cuando se recibió la orden, los dueños respondieron según sus respectivos temperamentos. La mayoría los soltó en la playa. Los animales, huérfanos, galopaban de un lado a otro de la arena gris bajo el cielo encapotado, al viento las crines, frenados por la barrera de las olas espumantes, llamándonos con sus relinchos. Algunos, los mejores, no vacilaron en desafiar al mar, nadando desesperados tras las lanchas que nos llevaban. Vencidos, se fueron hundiendo de uno en uno, con un último reproche en los ojos enloquecidos.

Hubo soldados que se acercaban mirando al suelo, con sus

caballos del diestro; los entregaban a los maestros herradores para que les rebanaran el pescuezo y se iban deprisa, para no verlos. No faltaron canallas que desjarretaron sus monturas. A saltos lamentables, los pobres bichos cojeaban incrédulos tras sus amos, dejando un rastro de sangre, hasta que rodaban por el suelo.

En cuanto a los oficiales, preferimos el tiro en la oreja, quizás acordándonos de que nuestra condición noble de lejanos caballos provenía.

También me visitaron ideas ominosas, que peleaban con el sueño. Se me daba que los mandos a pique habían estado de vendernos. Que aquellos a quienes el Rey había confiado sus banderas las habrían malbaratado si no hubiesen temido a la tropa. Que se podía jugar con juramentos que yo creía sagrados. Sí, malos recuerdos traía yo, de traiciones y de vilezas. No estaba seguro de que la capitanía los valiera.

Quizás nunca debí haber ido a Dinamarca. Allí empecé a dudar de la lealtad, y ésa es mala lección que más vale no aprender.

En la duermevela me llegaron ruidos confusos. Los hombres se divertían. Opté por seguir en la cama. Con lo que nos esperaba, se podía tolerar algún exceso.

II

PATRICIA TREVELYAN

A la mañana siguiente, con el primer redoble de diana me hallaba en pie. No había empezado el toque de llamada y paseaba por la plaza a grandes zancadas para combatir el relente, con *Pe* pegado a mis talones. No se veían muchos destrozos. La gente había estado comedida.

Los soldados empezaron a formar perezosamente, acuciados por la sargentada. Ojos enrojecidos, labios tumefactos y bastantes moretones delataban sus actividades de la noche pasada. Más tarde supe que un padre quejumbroso y un bodeguero indignado habían acudido al coronel en busca de reparación. Se les despidió con buenas palabras, y de ahí no pasó la cosa.

Mientras se contaba a la tropa, observé que un teniente, no sé qué De Armendáriz, mayorazgo de un duque, se deslizaba en su puesto, procurando pasar desapercibido.

Cuando se rompieron filas, le llamé aparte.

—A sus órdenes.

—Llega tarde. Es obligación de los oficiales acostarse los últimos tras comprobar que el soldado está bien alojado, y levantarse los primeros para dar ejemplo.

Me sentí algo culpable, porque yo mismo había infringido hacía unas horas tan sabios principios pero, qué diantre, él no era más que teniente y no convenía que adquiriese malas maneras.

—Le ruego que disimule, mi capitán, pero estaba cansado y…

—El servicio no admite excusas —zanjé—. El que la hace la paga, y no hay más que hablar. Su indolencia le costará quedarse de guardia las tres próximas noches. Aprenderá a no dormir, inexcusable requisito en esta profesión.

Di media vuelta, disfrutando de mi poder. No sé si le oí rezongar algo sobre los pinos. Preferí hacerme el distraído. Le había puesto en su sitio, con eso bastaba. Además, por allí abundaban los árboles.

En Ribadeo nos ocupamos de obtener cabalgaduras para las plazas montadas. Me asignaron un caballejo de pelo largo, alzada pobre y paso seguro, cualidad esta última preciosa con los vericuetos que teníamos por delante.

Sin más, nos pusimos en marcha. En vanguardia, la escuadra de gastadores. Hombres fornidos, con sus barbazas, gorro de pelo y frontal de cobre, mandil de cuero negro. Al hombro, los útiles: hacha, marrazo, pala o pico. A continuación, la cabeza de la columna. El tambor mayor, Hércules fanfarrón, porra en mano, ancha bandolera roja y oro. Le seguían los músicos. El coronel, rumboso, había tenido la humorada de pagarles de su bolsillo deslumbrante uniforme: colpac de piel, dórmanes encarnados con trencilla blanca, calzones blancos ajustados y bota corta. Destacaba entre todos Luisito, un hijo de tropa de trece años, que levantaba apenas dos palmos.

Nuestro coronel conde, con despego aristocrático, decía entre bromas que el capricho le había costado dos puntas de ganado. Sería casualidad —lo dudo—, pero había vestido a nuestros músicos, los miembros menos importantes del regimiento, al modo de húsares, las más brillantes tropas francesas.

Detrás iban los batallones. Yo cabalgaba a la cabeza de mi compañía. Llevaba a *Pe* cruzado sobre el arzón. Era imposible que el animalejo siguiera nuestro paso y, tras el lamentable episodio de Dinamarca, el cuerpo me pedía hacer un desplante al conde de San Román. Las maniobras de La Romana con el juramento me habían indignado. No estaba seguro de si fueron un ardid para engañar a los gabachos o si el general intentó hacernos comulgar con ruedas de molino. Tampoco tenía claro si San Román había cambiado la fórmula por convicción o por cálculo. En la duda, y para mostrar su irritación, el capitán Príncipe desfilaba con un perro en el regazo, contraviniendo la Ordenanza. Porque sí.

El coronel me vio, como no podía ser menos. Vi que se tocaba levemente el sombrero a mi paso, con un rictus indescifrable. No dijo nada hasta Luarca. Allí, sin mayores explicaciones, me dio la compañía de granaderos. Todavía continúo sin saber sus motivos. Quizás era un premio porque le había gustado mi comportamiento. O un castigo por lo que tenía de impertinencia. El mando que me confiaba era un honor, dado que en los granaderos se agrupaba la crema del regimiento, y un riesgo, porque, precisamente por ello, se les empleaba en toda operación peligrosa. No había vía más rápida para la gloria, y para la muerte. Nunca entendí a aquel hombre. Luego no importó, como se verá.

El primer día fue penoso. La tropa, entumecida, acusaba el encierro a bordo. Pesaba el equipo; y los zapatos, endurecidos, apretaban. Muchos se quedaron por las cunetas, rezagados. Se incorporaron, contritos y renqueantes, al final de la marcha.

En las siguientes jornadas, Princesa recuperó el brío acostumbrado. Mochilas y correajes parecían más livianos. El calzado, reblandecido por el sudor, dejó de herir. Los hombres, sin percatarse, reencontraron el paso del buen infante, monótono, inexorable, que abate una legua por hora, semana tras semana, con sólo el descanso de los grandes altos. Hasta *Pe*, dispuesto a no ser menos, lo aprendió. No obstante, para evitar que sus derechos prescribieran, de cuando en cuando se detenía y daba un par de ladridos. Entonces lo colocaba sobre el caballo. Desde la elevada posición, oteaba satisfecho el horizonte.

Cuando llegamos a Santander, el perro estaba hecho un veterano, y el regimiento ahormado. Ahí estaban las demás fuerzas de la división, que se llamó del Norte por su distante origen.

Era un gusto ver a tanta y tan brava milicia tendida en una explanada para recibirnos. Zamora, blanco y negro. Los circunspectos artilleros, de azul y rojo. Sufridos zapadores, morados y azules, con cascos de cimera. Los ágiles cazadores catalanes, tocados de chacó a la francesa. Los jinetes, disminuidos por la falta de caballos, de los regimientos del Rey, Infante, Almansa y Villaviciosa, mancha azul, blanca, amarilla y verde esmeralda. Pronto saldrían hacia el sur, para remontarse. Allí estábamos todos los hombres del Norte, dispuestos a hacer pagar su perfidia a los imperiales.

No nos dejaron celebrar la reunión. Hubo que prepararse para un desfile. En media hora el regimiento se lustró, se cepilló y se sacó brillo, y ocupó su puesto en formación. Por antigüedad, Zamora pasó delante, qué remedio.

En columna de honor marchamos hacia el Ayuntamiento. Los jinetes, no acostumbrados a ir a pie, deslucieron un tanto el acto. Sin sus cabalgaduras, parecían huérfanos. Únicamente el tintineo de las inútiles espuelas compensaba su torpeza. Dio igual. La multitud veía en nosotros a los libertadores del yugo extranjero y no se paró en minucias. Llovieron las flores a nuestro paso, desde balcones engalanados con reposteros, banderas, incluso sábanas. Se lanzaron cohetes y voladores. Todas las campanas repicaban. *Pe* se aplastaba en la silla, cohibido por el fragor.

Bajo arcos alegóricos cubiertos de figuras de la mitología y símbolos bélicos, llegamos al Cabildo. Dos niños vestidos de angelitos se adelantaron con las llaves de la ciudad en un cojín de terciopelo. Retoños de familias pudientes, enfundados en uniformes de guardarropía, presentaban armas. Pertenecían a una especie de guardia cívica que se había organizado. Nada, tropa teatral.

Soportamos los inevitables discursos, patrióticos, conmovedores y huecos, inflamadas odas y ardientes proclamas. No hay más pólvora que la que arde, y tanta palabrería me irritaba. Veríamos.

Por la noche hubo luminarias y refresco para la tropa; baile y ambigú para los mandos. Se celebró en la casa de uno de los más ricos del lugar.

Ya he dicho que en las fiestas no me hallo. Me retraje en una esquina, observando con ojo crítico a los asistentes. Dejaba pasar el tiempo, decidido a batirme en retirada en cuanto fuese posible sin ofender a nuestros amables anfitriones, que se desvivían por atendernos.

—¿Tiene lumbre?

—Lo siento, apenas gasto —respondí.

Era cierto. El sueldo da para poco.

—¡¡Carajo!!

Casi se me cae la copa que estaba bebiendo. No, claro, por el palabro en sí, usual en la marcial hueste, y al que soy bastante aficionado. Lo que me sorprendió es que procedía de una mujer casi de mi altura, pero de cabos finos. Tenía el pelo de un rubio ceniciento, recogido en moño severo. Vestía de negro riguroso, con un gran escote que mostraba los blancos hombros. Sus ojos, afortunadamente, eran de un gris pavonado. Sostenía en la mano uno de esos cigarrillos delgados, llamados «pajitas», que tanto gustan a las españolas.

Es verdad, por otro lado, que el acento y la inocencia de la mirada quitaban hierro al denuesto. Sospeché que no medía su inconveniencia en ese sitio y en esos labios.

Acerqué un candelabro, divertido por el contraste entre la aspereza del juramento y la elegancia de su atuendo.

—Gracias, me moría por fumar —dijo y encendió el pitillo.

—¿Extranjera?

—Inglesa. —Y exhaló con deleite la primera bocanada.

—Gaspar Príncipe. —Hice una breve inclinación.

El brillante apellido no produjo su efecto habitual.

—Patricia Trevelyan —la voz espesa, rayana en lo varonil.

—¿Qué hace en Santander en tiempos de guerra? —Había que mantener la charla, no fuera a desvanecerse la aparición.

—Soy hermana de él. —Señaló a un lánguido caballero que hablaba con un grupo de oficiales nuestros. Me imaginé que sería uno de los británicos enviados para conocer las necesidades de los patriotas en armas, municiones y vestuarios—. He venido para comprobar que no haga demasiadas tonterías. Le acompaño a todas partes.

Si se pasaba el tiempo entre militares, eso explicaba el terno rotundo, que en mi gremio tenemos la antigua costumbre de maldecir más que los cocheros. Lo habría oído con tanta frecuencia, y en personajes de tanto abolengo, que pudo tomarlo por exclamación normal en gente de buena compañía.

—Hay que parar los pies a Napoleón —siguió— antes de que se devore a toda Europa. A propósito, hablando de devorar, ataquemos el jamón, que se va acabando. Es una de las cosas de España que hay que defender con fuego y bayoneta. Sólo él bastaría para justificar una guerra. Y para que los ingleses saquemos tajada, claro. Vamos.

No sé si hablaba en broma o en serio, ni si me hizo gracia la frasecita, pero la mujer me atraía. Seguí su paso firme, casi solda-desco. Con un plato lleno volvimos a lo que ya era nuestro rincón.

Patricia prosiguió, mientras mordisqueaba delicadamente una loncha.

—Antes me dio la impresión de que no compartía el entu-siasmo general, aquí, apartado del mundanal ruido. ¿Por qué no participa en la universal alegría?, si me permite la curiosidad.

—Quizás porque veo las cosas menos claras que otros, ¿qué se le va a hacer? Seré más tonto.

Dejó pasar la ocasión para el halago fácil. No sé si me gustó o no.

—¿Por qué? —insistió.

Expuse, de la forma más sucinta que pude, mis teorías sobre Napoleón y su genio, mi convencimiento de que resultaría difí-cil batirle.

—Mi hermano piensa lo mismo —comentó.

Escocido por su aplomo, salté:

—Resulta muy halagüeño para un militar con tres campañas a las espaldas compartir las opiniones de un paisano.

—Es mayor, si quiere saberlo. —La impertinencia del tono cortaba como un cuchillo.

—Como no lleva uniforme… —me defendí lo mejor que pude. El hombre gastaba frac aguamarina con pantalones de ca-simir. ¿Cómo rayos iba a adivinar su profesión?

—En Inglaterra resulta poco elegante parecer lo que se es —prosiguió implacable—. Hay que ser más de lo que se apa-renta. El *understatement* es de buen tono. ¿Cómo se dice en es-pañol?

—Falsa modestia, supongo. —La maldita mujer no dejaba de lanzarme puntas, pero yo también sabía esgrima.

—Mejor, en cualquier caso, que tanta charretera y tanto en-torchado. —Abarcó la sala con la mano.

En efecto, sobraban perifollos entre los asistentes, la mayo-ría de los cuales sólo tenía de guerrero el uniforme. Eran pre-bostes locales, ascendidos de la noche a la mañana por la Junta a los más pintorescos empleos. Los militares de verdad vestíamos de forma reglamentaria, bastante sobria para lo que se estilaba en Europa. No quise, sin embargo, descender a explicaciones.

Demasiado terreno había cedido. Pero erraba si creía que ella había terminado.

—Para zanjar la cuestión de mi hermano. Ha servido cinco años en el Indostán, casi siempre a las órdenes de Wellesley. Si viene a España, conocerán a un buen general.

Después bajó la guardia. Concedía una tregua.

—Lo que ha dicho sobre Napoleón parece sensato. ¿No se lo ha comentado a sus superiores?

—¿Para qué? —Encogí los hombros, impotente—. Entre tanto general, un capitán cuenta lo que un pífano.

Surgió el hermano, en mala hora. Hizo una venia casi imperceptible, tendió el brazo a la señorita Trevelyan y se fueron. Ninguno de los dos se despidió.

Ya nada tenía que hacer allí. Agradecí al anfitrión su hospitalidad y regresé a mi hospedaje.

Me dormí paladeando el recuerdo de Patricia. No soy docto en damas, que ni la milicia me había dejado tiempo ni la bolsa lo permitía. Pero incluso alguien como yo podía darse cuenta de que la inglesa era una mujer notable. De un lado, por su belleza, requisito que, para bien o para mal, siempre he considerado previo a mayores indagaciones.

De otro, porque era un desafío con faldas. Nada atrae como la inteligencia, una vez satisfecha la estética, y a ella le sobraba. Si se le añade sentido del humor, la combinación es casi irresistible.

La voz ronca, como aguardentosa, la imperfección del acento y los ojos color de piedra que, sin embargo, sabían chispear, acababan de completar el encanto de la británica.

Lástima que la guerra nos fuera a separar casi antes de habernos encontrado, pensaba yo, ignorando entonces que Patricia estaba destinada a marcar mi vida.

A las pocas horas amanecimos, que había mucho que hacer. Entre otras cosas, adecentar a la tropa, que no había recibido vestuario desde que salimos para Dinamarca. Pero con toda la división en las mismas condiciones, y multitud de batallones concejiles en plena organización, resultó imposible obtener los nuevos uniformes blancos adoptados por el ejército mientras nos hallábamos en Dinamarca. Ni siquiera pudimos reemplazar los viejos, por lo que hubo que resignarse a que parte del regimiento recibiera casacas marrones, el color que más abundaba.

Así, sin haber entrado en campaña, Princesa presentaba ya variopinta apariencia, unos de celeste y otros de pardo, que hería los ojos, sobre todo de los amantes de la Ordenanza, de los cuales yo era el primero.

Descendiendo al terreno personal, mandé a un sillero que suprimiera una de las pistoleras de arzón y que en su lugar pusiera una bolsa de cuero. De esa manera, *Pe* viajaría más cómodo.

Mientras disputábamos con la intendencia, comenzamos a perfeccionar la instrucción de los hombres. Sorprendido, constaté que buena parte de mis compañeros se dedicaban a los ejercicios relacionados con las paradas y otras funciones de aparato. Debían de estar preparando la entrada victoriosa en las ciudades que su imaginación conquistaba.

No se crea que el constante trajín me hacía olvidar a la inglesa. Pregunté con discreción por ella, sin que nadie pudiera decirme más de lo que yo sabía. Una madrugada, cuando adiestraba a mi gente, entreví dos purasangres al galope corto desdibujados por la neblina. Estoy casi seguro de que uno de los jinetes era un hombre y el otro una mujer vestida a la amazona con un sombrero redondo. Los dos montaban impecablemente, aplomados, casi mecidos por el paso igual de los caballos. Desaparecieron en una alameda. Me quedé como un bobo, la mano derecha en el aire, en un gesto estéril de saludo. Mi desconcierto levantó murmullos socarrones entre la tropa. Media hora a paso de carga, con todo el equipo a cuestas, cortó el chismorreo de raíz.

Me agradó la fugaz aparición, casi fantasmal. Añadía a Patricia algo de misterio, que le sentaba bien. Siempre he sido, en el fondo, un romántico.

Durante nuestra estancia en Santander hubo dos momentos notables. El primero fue cuando, para universal satisfacción, se comunicó que el mando de la división había recaído, con el grado de brigadier, en nuestro coronel, conde de San Román, por ausencia del marqués de La Romana, que seguía con sus manejos políticos, no se sabía si en Inglaterra o en España.

El segundo consistió en la confirmación oficial de los rumores que nos habían llegado hasta el Norte. En Bailén, cerca de mi pueblo, el ejército de Andalucía había batido a los franceses.

Caso nunca visto, las águilas imperiales capitulando en campo abierto. La noticia dio la vuelta al mundo. Londres, Viena y San Petesburgo se alborozaron con un triunfo que no tenía precedentes. Los enemigos de Napoleón, y había muchos, animados por nuestra victoria, afilaban secretamente las armas preparando la revancha. Se hablaba de nuevas coaliciones contra el Tirano de Europa.

San Román reunió a la oficialidad en su aposento para informarnos del éxito de Castaños y la humillación de Dupont. No había acabado cuando todo fue desenvainar de sables, gritos de «¡Viva Fernando VII!» y «¡Muera Napoleón!», abrazos y salvas de aplausos. Los comentarios encendidos volaban como proyectiles de boca en boca. La caída del Ogro era segura. Pronto pisaríamos la impía tierra francesa. Nada nos detendría.

Saqué mi espada y di vivas al Rey, no faltaba más. Pero ahí me quedé. Me resultaba imposible compartir la desatinada euforia. Aquellos infelices no sabían quién era el Emperador. No habían estudiado sus fulgurantes campañas, irremisiblemente coronadas por la derrota de sus adversarios. Ignoraban todo de la inaudita rapidez de sus movimientos, de su habilidad única para encontrar el punto débil y golpear en él sin piedad. Por lo que contaban, en un error inexplicable, había mandado un hatajo de quintos a conquistar España, y ésos fueron los vencidos en Bailén. Pero su Gran Ejército seguía intacto en Alemania. Seguro que ya marchaba hacia nuestras fronteras, avasallador torrente de decenas de miles de veteranos curtidos en cien batallas.

¡Qué cándidos mis compañeros! Se les venía encima la turbonada y lo celebraban. No hace falta decir que guardé para mi capa esas reflexiones. El patriotismo estaba a la moda y cualquier objeción, por muy sensata que fuese, rayaba en la traición. Era la hora de los reniegos contra Napoleón, que nada costaban, y de los pronósticos sobre su próxima destrucción, fáciles de hacer en el salón santanderino. El tiempo daría la razón a quien la tuviese, y mucho temía que fuera yo.

Muy de refilón, al final, San Román nos hizo también partícipes de la derrota española en Medina de Rioseco, acaecida cinco días antes que Bailén. Como a consecuencia de esta batalla el rey José y todo su ejército se habían retirado a la línea del Ebro, abandonando Madrid, nadie concedió importancia al revés sufrido en la otra.

Yo, sin embargo, quedé meditabundo. Los generales batidos en Medina se llamaban Castaños y Blake, y nuestra división estaba destinada a reforzar precisamente a Blake, que entonces andaba por las Vascongadas.

Todas las noches siguientes hubo baile. El más importante se celebró en vísperas de nuestra partida. No se me ocurrió dudar que Patricia asistiría. La posición de su hermano y el entusiasmo que entonces Gran Bretaña despertaba eran credenciales suficientes.

Estaba, vaya novedad, corto de fondos, que los pagadores remoloneaban a la hora de hacer efectivos nuestros ya cortos sueldos. No podía consentir, sin embargo, que esas minucias me impidieran causar buena impresión a la señorita Trevelyan. Que era lo que deseaba, no sé muy bien por qué. Quizás para comprobar si su armadura de hielo tenía alguna fisura, como me maliciaba.

Con malas artes saqué algunos dineros a un sargento, viejo camarada y hombre ahorrador, al que confesé un inexistente sifilazo que pedía cura a gritos. Halagado por la confidencia, soltó los cuartos.

Dieron para poco, sólo para un hermoso fiador, que anudé con gran lazo al espadín de gala. Mejor hubiese sido un calzón nuevo, de gamuza, pero no me lo podía consentir.

Al fin, tras ansiosa búsqueda, di con ella en un salón. Estaba sentada en un canapé. Un enjambre de oficiales revoloteaba a su alrededor. Entre ellos distinguí las cabezas más huecas y mejor peinadas de mi regimiento. Uno sostenía el carnet de baile de la inglesa; otro, los guantes; un tercero, el abanico. Parecían abrumados por el honor de custodiar las dulces prendas.

Patricia reinaba sobre aquella corte que, humillada la cerviz, se desvivía por ganar una sonrisa o un mohín. Avara, tenía palabras amables para todos, pero era tan imparcial en el reparto que ninguno podía considerarse ni vencedor ni vencido.

Apoyado en la pared, a prudente distancia, sin que ella me viera, seguía yo el juego, esperando que cejaran en sus empeños y me dejaran el campo libre. Estaba seguro de que la mujer no podía encontrar entre tanta pomada una chispa de inteligencia digna de su atención.

Erré. Vi cómo las uniformadas espaldas se erguían, recobrando dignidad. Se rompió el cortés asedio y un alférez de Almansa avanzó triunfador. En su mano, calzada de cabritilla, reposaba la de Patricia.

Se incorporaron a las parejas danzantes. La inglesa se deslizaba con una ligereza que nunca le hubiese atribuido. Él, maldita sea, era un maestro. Conocía a Velarde, como la división entera. Afortunado en el juego y en amores y, por si fuera poco, valeroso militar, muchos le envidiaban.

Tenía que reconocer que era lo menos malo de la nube de moscones, pero sólo graduaba de Don Juan barato, de guarnición. Me extrañaría que la sombra de una idea hubiese pasado jamás por su frente de querubín. Yo esperaba más de Patricia. Esperaba que hubiese sabido adivinar tras las apariencias y ver la falta de sustancia de aquel calavera, comparado, por ejemplo, con Gaspar Príncipe. Despechado, atormentando el inútil fiador, contemplé cómo se alejaban, gráciles, sobre la tarima reluciente.

Estaba por irme cuando se oyó el pistoletazo. El salón se paralizó. Los bailarines quedaron congelados en el último paso. Se hicieron estatua los espectadores. Allí quedó una boca abierta en el principio de una risa. Allá, un vaso de *champagne*, detenido en su camino hacia los labios. A mi lado, el coronel de Almansa, que gesticulaba con brío, quedó como uno de los danzarines, el brazo en alto, el cuerpo de perfil.

Volvió la vida, paulatinamente. Las parejas se fueron retirando, andando a reculones. En el centro quedó Patricia. Su cara tenía la serenidad del mármol, pero el pecho palpitante traicionaba mal contenida ira. Frente a ella, Velarde, muy serio, la mejilla todavía marcada por el bofetón.

San Román tomó el mando. Llamó al coronel, cuchicheó algo y esperó. Hizo éste un gesto y acudió al alférez.

—Su sable —ladró—. Pase arrestado a estandartes hasta nueva orden.

Salió el guapo, deshonrado, entre murmullos. Distinguí el temblor de sus manos engarfiadas.

Patricia, la frente alta, sin mirar a derecha ni a izquierda, regresó al canapé. No la siguió, sin embargo, su séquito. Los oficiales que lo habían formado se mantuvieron alejados, huraños. Me acerqué.

—Capitán. —La voz ronca de siempre—. Me alegra verle.

Los ojos, gélidos como diamantes, desmentían las palabras.

—Señorita. —Quería oír su versión.

—¿No encuentra que hace un calor horrible? Podrían abrir un poco las ventanas.

—¿Qué ha sucedido?

—Nada serio. —Se abanicaba despacio—. El alférez tiene las manos largas.

—¿Tanto? No creo que Velarde, en un lugar público, a la vista de sus superiores y de lo mejor de Santander llevase muy lejos su osadía. Es un conquistador, pero no un patán.

—A veces, media pulgada es un mundo, señor capitán. —El abanico se mecía a un ritmo igual—. Cualquier caballero debería saberlo.

—Esa media pulgada acaba de costar una carrera. Es un excelente oficial.

—No tan excelente si no sabe medir las distancias. Creía que eso era importante en su profesión. En mi medio social lo es.

Llegó San Román, acompañado de lord Trevelyan. Habían visto el ostracismo de Patricia y corrían a arroparla.

Aproveché su llegada para irme. Salí a la calle con los puños apretados para que no me traicionasen, como a Velarde. Bullía en mí mala mezcla: rabia y vergüenza.

Rabia, por el frío sacrificio de un hombre. Como dije a Patricia, dudaba mucho de la gravedad del atentado. Además, se trataba de un joven, casi un chiquillo, próximo a entrar en combate. Merecía un poco de comprensión. O una reprimenda menos escandalosa, no ante toda la plana mayor y lo más distinguido de la ciudad.

Vergüenza, porque la última frase de la inglesa demostraba, para mis oídos, siempre atentos al desdén, que seguía siendo un pino a pesar de mis largos esfuerzos por disimularlo. Había sacado a flor, con sólo ocho palabras, años de demasiadas humillaciones.

Volvía a casa, acunando mi despecho ante la innecesaria crueldad. Una carroza me adelantó. Por la ventana, algo salió volando. Lo cogí antes de que cayera al suelo. Era una rosa roja, la roja rosa de Inglaterra. Perplejo, después de olerla, la apreté contra el pecho, junto a mi rencor.

Para apaciguarlo pensé en visitar el burdel. Pero nunca me han gustado esos establecimientos. La experiencia en el ejército demuestra que los mercenarios valen menos que los soldados de quinta. Igual sucede con las mujeres. Ni el amor ni el coraje tienen precio. Regresé a casa para contarle a *Pe* mis cuitas.

Cuando faltaba ya poco para la partida, se hizo la saca de granaderos. Acompañando al coronel, pasé revista. Los granaderos constituían el corazón del regimiento, y era preceptivo tenerlos siempre al completo. La compañía había tenido bajas y la única forma de reforzarla era quitando hombres a las otras, aunque estuviesen también faltas. El sistema molestaba a los demás capitanes, que perdían así los mejores soldados, pero no había remedio.

Nada tuve que objetar a los soldados que me fueron asignados. En general eran altos, fuertes y de buena conducta, como correspondía. Pero, ante mi sorpresa, San Román señaló para cubrir la última plaza vacante a un sujeto vestido con el odioso color marrón. Al ser preguntado dijo llamarse Miguel Míguez.

Todo me disgustó en él. Para empezar, porque era el cabo al que degradé públicamente cuando el juramento en Nyborg. Elegirle para el puesto privilegiado, y con mejor paga, de granadero, era ascenderle y, a la vez, desautorizarme. Su indumentaria, además, indicaba que había cuidado mal la casaca celeste de Princesa. Por último, hasta el nombre chirriaba. Cualquiera hubiese sido más acertado que Miguel para alguien con el apellido de Míguez.

Los indicios apuntaban, por tanto, a que se trataba de un sujeto indisciplinado y nada preocupado por su policía. Para mayor escarnio, sus padres o eran unos cretinos o tenían un pobre sentido del humor. Mala herencia en cualquier caso para un hijo. Cuatro hombres así bastaban para malear la mejor compañía. No hubo nada que hacer. El coronel se mostró inflexible y tuve que acatar su decisión. Ya lo he dicho. Nunca le entendí.

Conversando del asunto con *Pe* se me ocurrió que, en el fondo, el caso de Míguez era parecido al mío. No sabía si me habían dado los granaderos como recompensa o como sanción. Igual sucedía con él. Su elección podía ser un premio por la fidelidad mostrada en aquella ocasión a Fernando VII; o un castigo por su irrespetuoso comportamiento en Dinamarca.

Un viernes, la división se puso en camino. La despedida fue tan entusiasta como el recibimiento, aunque por diferentes razones. Cuando llegamos se daba la bienvenida a los libertadores. Ahora se expresaba alivio por la salida de un numeroso Cuerpo que, se quisiera o no, había supuesto un pesado gravamen para la población, que lo alojó y alimentó durante días.

Pocas novedades hubo en la primera parte de la marcha, como no fuera que el tiempo fue empeorando. El perro apenas salía de la bolsa que le había hecho, para no mojarse las patas, cosa que detestaba. Míguez soportaba la lluvia estoicamente, mascando una vieja pipa.

La última etapa que se pudiera llamar normal fue en Colindres. La tarde era espléndida. El sol, que llevaba días sin aparecer, surgió triunfante entre las nubes negras, dorando la hierba húmeda, que adquirió un brillo nuevo. Para celebrar nuestra entrada hubo novillos ensogados. Mi reciente granadero se lució bregando con ellos sin darles respiro. Dejó chiquitos a los mozos del lugar. *Pe* también estuvo bien. Acosaba a los animales con dientes y ladridos, buscando morderlos. Me extrañó que él y Míguez hiciesen buenas migas durante la lidia. Quizás me había equivocado en mi juicio y, desaliño y padres aparte, don Miguel fuera buen soldado.

En Colindres, San Román tomó otra de sus sorprendentes decisiones sobre mi humilde persona. ¿Jugaría a Dios conmigo?, me preguntaba a veces. El caso es que me eligió como adicto a su estado mayor. Así tuve completa información sobre las operaciones en curso, hallando una explicación a los movimientos que estábamos realizando. La situación era la siguiente:

El 5 de septiembre había tenido lugar en Madrid una reunión de napoleones españoles. Decidieron, insensatos, dar el golpe de muerte al ejército francés, al que consideraban anonadado tras Bailén. Se trataba, ni más ni menos, que de cumplir el sueño de todo estratega de pro: una gigantesca batalla de Cannas. Esto es, envolver al enemigo, desplegado como he dicho en la línea del

Ebro, por las dos alas y aniquilarlo. En este caso, la derecha serían los aragoneses y valencianos de Palafox, un guardia de corps fantoche al que sobraban ideas y faltaban redaños. La izquierda, los gallegos y asturianos de Blake, con la división del Norte. Por el centro operarían otros ejércitos.

Mientras nuestro brigadier explicaba la magistral maniobra, yo, con mi habitual escepticismo, veía un sinfín de inconvenientes. ¿Cómo estaban formados esos ejércitos que se movían con tanta galanura sobre el mapa? Sabía, porque era de dominio público, lo corto del Ejército Real que existía en mayo de 1808. ¿De dónde, pues, salían esas innumerables huestes que nos disponíamos a lanzar contra el enemigo? La única respuesta es que tenían que ser masas de campesinos a medio armar, sin instrucción y sin disciplina. Valdrían de poco frente a los veteranos cuerpos imperiales.

Luego, mirando el mapa, se advertía un gran hueco entre Palafox, en Aragón, y Blake, cerca de Vizcaya. San Román aseguraba que lo cubriría el ejército de Andalucía, de Castaños, más otro que se formaba a toda prisa en Extremadura. No me convencía. La maniobra era demasiado ambiciosa; la distancia entre las alas, excesiva. ¿Cómo conjuntar los movimientos?

Se olvidaba que, a la postre, Bailén sólo había sido una victoria local. Si José y sus gentes emprendieron a consecuencia de ella vergonzoso repliegue, se debió más al pánico que a la verdadera importancia de la derrota. En cuanto se repusieran del susto, ¿no iban a reaccionar de alguna manera? ¿Era concebible que Napoleón dejara esa afrenta sin venganza? Yo sospechaba que no.

Por ejemplo, se le podía antojar aprovecharse del avance de Blake hacia Irún para cortar su retaguardia, lanzando sobre ella las fuerzas que tenía en Vitoria y en Miranda. Cuanto más avanzara nuestro general hacia la capital vizcaína, más se adentraba en el dispositivo enemigo, exponiéndose a ser copado por el enemigo desde Castilla. Si un simple capitán veía esa posibilidad, ¿qué no urdiría el más brillante de los generales? Prefería no pensarlo.

Ajenos a todo, nos pusimos en camino. Hasta que empezamos a cruzarnos con soldados dispersos, heraldos de derrotas. Por fin inquieto, San Román me ordenó que me adelantara a la columna, buscara a Blake y le pidiera instrucciones. Coloqué a *Pe* en su funda de cuero y partí al galope.

Topé con el general en Valmaseda. Resultaba a todas luces evidente que habíamos sufrido un serio revés. El pueblo estaba lleno de heridos y de enfermos, de soldados que, chapoteando en el barro, bajo la lluvia incesante buscaban un tejado para guarecerse o un poco de comida. Se respiraba un aire de naufragio.

Me presenté con prevención. Sus antecedentes eran malos. Había ascendido meteóricamente y fue batido en su primera batalla, la de Rioseco.

Devolvió el saludo con amabilidad, no obstante su perceptible cansancio, y me puso al corriente de los últimos sucesos.

Ciertos eran los toros. Había dado su segunda batalla en Zornoza y encontrado allí su segunda derrota. Los franceses se le habían echado encima antes de que se diera cuenta. Pudo retirarse en relativo buen orden, gracias, más que nada, a la niebla de aquel aciago 30 de octubre. Al narrar su desventura, dejaba de lado esa circunstancia fortuita, agarrándose en cambio al disciplinado repliegue.

—Sí, los hombres se han comportado —repetía como para convencerse. Luego, añadió—: ¿verdad, milord?

Los oficiales españoles que se apiñaban en la reducida habitación se apartaron, volviendo la vista a la chimenea. Trevelyan, con la capa humeante por el vapor, se calentaba las manos. Por mucho que esforcé la vista, sólo distinguí a un húsar inglés junto a él. Ni rastro de Patricia.

—Sin duda, general, sin duda —habló el aludido con tono condescendiente y en mediocre castellano.

—Muchos regimientos abandonaron el campo en orden, ¿no es cierto? —apretaba Blake, buscando consuelo, más que una confirmación.

—Claro, claro —fue la desganada respuesta.

—Zaragoza y Mallorca se lucieron, eso nadie lo puede discutir —porfió el general.

—Admito sin empacho que hubo alguna descarga casi cerrada y que determinados cuerpos maniobraron adecuadamente.

—El condenado inglés no parecía dispuesto a mayores reconocimientos. Tras un breve silencio, y al notar que se esperaba algo más de él, agregó—: Ciertamente, un asunto galante.

Las últimas palabras fueron acogidas con muestras de desagrado. Hasta el más lerdo de los presentes se había dado cuenta de la falta de entusiasmo que el británico ponía en sus relativos elogios. Comparar la sangrienta derrota con una cuestión de faldas resultaba insultante.

—Mi hermano quería decir que se ha tratado de una bizarra acción, *a gallant affair*. Perdonen su español —dijo el húsar. Era Patricia, con pelliza escarlata de alamares oro. ¿Qué rayos haría allí esa mujer?

La respuesta pareció satisfactoria a los presentes. Unos rodearon al inglés, agradeciéndole sus comentarios. Otros, aprovecharon el movimiento para acercarse al fuego. Yo preferí a la inglesa.

—*Errare humanum est* —decretó con una sonrisa.

—Así es. Unos se equivocan en las palabras. Otros en las acciones —respondí.

—Ah, ¿estamos hablando de Santander? —preguntó con desparpajo, sacudiéndose una imaginaria mota de polvo.

—Sí, hablaba de Santander, y de una carrera arruinada por pura soberbia —repliqué con tono desabrido.

—Veo que no es usted galante. Confío en que, al menos, será bizarro.

—Lo suficiente. Tal como están las cosas, pronto se podrá ver.

—Seguiré sus andanzas con interés, mi capitán. Y no se olvide de medir las distancias, y los tiempos. —Volvió la espalda.

Un gesto de Blake me sacó de la desairada situación.

—Dígale al brigadier que urge que se nos una con su división. A escape. No hay un minuto que perder. —Todo en él, sus gestos, sus palabras, traicionaban una preocupación que no había mostrado en público.

Salí a buen paso en demanda de San Román. No iba, sin embargo, meditando en la gravedad de nuestra situación. Pensaba en la maldita inglesa, que se me estaba metiendo en la piel, con sus maneras de duelista y sus ojos inolvidables. *Pe* dormitaba en su bolsa. Abrió un ojo, me miró y lo volvió a cerrar. Su ejemplar despego me tranquilizó. Decidí borrar de la cabeza todo lo que no fuera relativo al servicio.

De acuerdo con las órdenes, el 2 de noviembre la división del Norte entró en Valmaseda. Para salir al poco, con las demás tropas de Blake, en dirección a Nava de Ordunte, prosiguiendo la retirada.

El 5 del mismo mes hubo consejo de guerra, al que asistí con mi brigadier. Blake había recibido en el trayecto noticias que quería compartir con los mandos.

Nuestro repliegue había dejado las divisiones de Acevedo y Martinengo en Villaro, expuestas a ser copadas a su vez. Se les ordenó abrirse paso, y lo intentaron, pero sin éxito ante el avance francés. En estos momentos se encontraban aisladas. Se imponía, en frase del general, volar en su auxilio, contramarchando sobre Valmaseda.

Hubo murmullos entre los presentes. Regresar era meterse en la trampa de la que habíamos escapado de milagro. La tropa estaba deshecha…

—Señores, no les estoy consultando. Comunico una decisión. Los hombres harán lo que se les diga —Blake habló en tono reposado, pero que no admitía réplica.

Se acabó la reunión. Sí, meditaba yo, los pobres soldados cumplirían las órdenes. Pero sólo hasta que no pudieran más. Todo tenía un límite. La penosa retirada, la lluvia incansable, los enfermos y heridos, eran elementos que roían la moral insidiosamente, poco a poco, hasta que quebrara, y entonces no habría órdenes ni generales ni nada. El ejército se convertiría en una turba, y sería el sálvese quien pueda.

Iniciamos el avance en dirección a Valmaseda. Blake dejó a la división del Norte en reserva, con gran dolor nuestro. Por fortuna, San Román me envió con un mensaje para el general, lo que me permitió seguir parte de la acción. Antes de salir, entregué el perro a Miguel Míguez para que lo cuidara. Era demasiado joven para exponerlo a peligros. Como había trabado amistad con el granadero, se quedó tan contento.

Hallé al general en un otero. Los dioses nos sonreían. No sabíamos el motivo, pero el caso es que los imperiales se habían replegado, dejando una división en Valmaseda. Impensadamente, ésta se encontró entre dos fuegos, a causa de la extraña contradanza que se traían ambos ejércitos. De un lado, el nuestro atacaba desde Nava. Del otro, el movimiento de retirada de Acevedo y Martinengo cortaba al enemigo las comunicaciones con su propia retaguardia. Era un caso de cazador cazado. Todo indicaba que los gabachos estaban condenados.

Estábamos, sin embargo, ante gente de bigote. Tanto que, a pesar de nuestra superioridad numérica, no lográbamos romperlos. Blake se impacientaba, viendo escaparse una oportunidad única de darles un escarmiento. Enviaba ayudantes a diestro y siniestro con instrucciones para las distintas unidades, hasta que se quedó sin ninguno. Reparó en mí, que no me había movido del sitio.

—Capitán, lleve la orden a ese batallón de atacar al punto.

El teniente coronel que lo mandaba me oyó, escéptico.

—¿Ha visto a estos pobretes? Poco partido se puede sacar de ellos.

Era, en efecto, uno de los nuevos cuerpos. Tropa advenediza, sin apenas instrucción ni uniformidad, desgastada por el nomadeo de las últimas semanas.

No obstante, comenzó a avanzar, con algo de buen ánimo. Muchos quintos se santiguaron, lo que era mal síntoma. Eché pie a tierra para acompañarlos. Para gente tan tímida, cuantos más oficiales mejor.

Los franceses esperaron con una serenidad que nada bueno prometía. Ésos sí que sabían calcular las distancia y los tiempos. En el momento justo, ni un minuto, ni una toesa antes, retumbó un grito de «*¡Feu!*», y nos vimos envueltos por un enjambre de abejas. Una de ellas debió de picarme en la cara, porque sentí una quemadura. Noté un golpe en la muñeca. Fue tal la descarga que paramos en seco, como si hubiésemos tropezado con un muro. Y eso era, un muro de plomo.

Cuando me repuse de la impresión, lo primero fue tantearme la mejilla. Ardía, pero no sangraba. Luego supe que un taco inflamado me había alcanzado. De tan cerca nos dispararon. Otra bala había partido el sable junto a la empuñadura. La casaca tenía dos agujeros en los faldones.

El batallón estaba tan maltratado como yo. Quizás la cuarta parte yacía muerta o herida. El resto se había quedado suspenso, desorientado.

Sonó otro mando en francés. Implacables, se disponían a asestarnos una segunda andanada. Los españoles supervivientes no lo dudaron. Salieron corriendo como liebres.

Sólo había una forma de detenerlos. Correr más que ellos, adelantarles y cerrarles el paso. En eso estaba, cuando entre la confusión y el griterío, hubo una voz fría:

—Advierto que tampoco es bizarro, mi capitán.

Patricia Trevelyan, que presenciaba nuestra ignominia, rozó el ala de su sombrero con la fusta y se alejó al trote en su bayo, dando una lección de calma a la masa cobarde.

Encorajinado, chillé a dos bergantes que hicieran alto. Por sus mostachos parecían veteranos. Reaccionaron como tales y obedecieron. Agarré por el cuello a unos cuantos bisoños y a patadas les hice dar media vuelta. Cogí un fusil de los muchos abandonados y, a trancas y a barrancas, formé una débil línea de tiradores. A su abrigo, la tropa se recompuso.

Me separé de ella para ir a dar la menguada novedad a Blake. En el camino tropecé con una masa que se agitaba convulsa. Era el bayo. Una bala perdida lo había alcanzado. Bajo él yacía su jinete, con una pierna inmovilizada por el animal.

—Buenas tardes, señorita Trevelyan. Nos encontramos de nuevo. —Su desairada posición me puso de buen humor, a pesar de las circunstancias.

—Eso parece. Le quedaría muy agradecida si me sacara de aquí.

—Difícil lo veo. Sería una galantería o, incluso, una bizarría, porque esa gentuza sigue tirando —dije con malicia perversa—. Es pedir demasiado de alguien como yo.

—Deje el sarcasmo. Lo maneja mal. Prefiero su brutalidad habitual.

Un proyectil me arrebató el bicornio. Ciertamente no era momento para la ironía. Llamé a unos soldados. Haciendo palanca con los mosquetes, movimos el caballo.

Patricia se levantó cojeando.

—Mi capitán, se ha descubierto ante una dama. Todavía haremos un caballero de usted

Era incorregible. Jurando, recogí el sombrero y me lo encasqueté. Ordené a uno de los chicarrones que la cogiera y me la echara al hombro, sin atender las protestas de la inglesa.

—Calle su merced, doña Dulcinea, que por el peso más parecéis la Maritornes —ordené al bulto que se agitaba sobre mis espaldas. El incidente me placía. Quizás la pusiera en su sitio.

Pero los franceses apretaban. Era hora de tomar soleta. Jadeando, llegué donde había dejado la montura. Puse el paquete a la grupa y volví junto al general.

Lord Trevelyan levantó una ceja ante la peculiar cabalgata. Casi sonrió cuando, sin miramientos, deposité a su hermana en el suelo. Antes de que cualquiera de ellos pudiese decir nada, informé a Blake de lo sucedido y, con su anuencia, retorné a la división.

Los gabachos rompieron el cerco. Para que su valor no caiga en el olvido, es conveniente mencionar que por las chapas de los chacós y los botones de sus bajas supimos que pertenecían al 27.º ligero y a los 63.º, 94.º y 95.º de línea.

Aunque Blake no consiguió coparlos, se consideró, con alguna razón, vencedor. Sin ninguna, en cambio, decidió permanecer en la región, creyendo que había escarmentado al enemigo y que se encontraba a salvo. Era la misma historia que en Bailén. Nuestros generales interpretaban el más mínimo revés del enemigo como una victoria demoledora. Se confiaban, y luego venían los sustos.

Más nos hubiese valido aprovechar el respiro ganado para seguir la retirada y marchar a Reinosa, a Villarcayo, qué sé yo… para ponernos fuera de su alcance y recuperar fuerzas. Fue gran lástima. Varios miles de esqueletos que ahora blanquean las tierras de Espinosa lo atestiguan.

III

ESPINOSA

Fugaces vencedores, nos arranchamos como mal pudimos en aquellos andurriales. Los franceses, nube de langostas, habían pasado por allí. No quedaba ni una puerta ni una contraventana. Arrancadas de sus goznes, acabaron en los profusos fuegos que encendieron para calentarse o para cocinar. El despilfarro de lo ajeno adquiría en nuestros enemigos un carácter casi homérico. Derribaron casas enteras al solo fin de aprovechar las vigas de madera como combustible. Mutilaron terneros vivos para comer un solomillo, sin tomarse el trabajo de matarlos antes.

El pillaje alcanzaba proporciones magníficas. Cargaban con un reloj de pared, para estrellarlo a los pocos pasos contra el suelo al ver que pesaba demasiado. Hurgaban en ajuares de novia, por el placer de rasgar blondas y holandas. No permitían que la utilidad frenase sus latrocinios. Había que robar todo, aunque no les sirviese para nada, o quizás por eso. Un mayor cálculo habría degradado el saqueo. Arrasaban porque querían, ejerciendo su inmemorial derecho de conquistadores.

Resultado de sus actividades era el despojo absoluto. Entrábamos en lugares que no eran sino ruinas humeantes, viviendas desventradas, regueros de sangre, cadáveres de hombres, mujeres y niños, gallinas y cerdos degollados, muros ennegrecidos. Sombras de los supervivientes erraban aleladas, destruidas por la brutal pérdida de lo que había sido suyo.

Se esmeraron en las iglesias. Fusilaron curas, acuchillaron retablos. Usaron pilas bautismales de abrevadero y casullas bordadas como trapos para limpiar fusiles y zapatos. Las grandes páginas miniadas de los libros sirvieron de sábanas. Oficiaron los confesionarios de letrinas, y los sepulcros de camas, tras aventar los huesos de sus moradores. Alhajas y vasos sagrados desaparecieron en las mochilas.

No, no cedieron ante ningún sentimiento, debo hacerles esa justicia. Mozas despatarradas en los pajares o que deambulaban, rojas y patizambas, mostraban cuál era su pecado favorito.

Alimentar y alojar a nuestro ejército en aquel desierto se reveló tarea imposible. Lo poco que restaba lo habían escondido los aldeanos en sitios secretos. Con repugnancia, ejercimos violencia contra esos pobres seres. Sin querer, nos aliábamos con nuestros enemigos, completando su labor. Pero había que comer. El estómago no admite escrúpulos.

Ni aun así matábamos el hambre. Mi criado, un castellano cetrino y poco despierto, casi no aportaba nada a la marmita. Ante mis protestas, respondió que me apretara el cinto, remedio muy usado en su pueblo.

Ignoro qué hubiese sido de mí si esa misma noche, cuando las tripas rugían sublevadas, no hubiese aparecido Patricia.

—Tengo órdenes del mayor Trevelyan de darle las gracias y firmar una tregua —anunció con desgana.

Pensaba yo en ese momento en perniles y ollas podridas, y en la forma de distraer un chorizo que, sabía de buena fuente, guardaba el teniente Armendáriz, aquel jovenzano a quien amonesté en Ribadeo. Sumido en tan trascendentales meditaciones no estaba yo para lindezas.

—Muy amable —respondí breve—. Por cierto, ¿sabe dónde se aloja el teniente Armendáriz?

—No soy mancebo de botica para conocer las señas de los habitantes de este sitio, capitán. Y no he terminado de darle el recado. El mayor le invita a cenar, para poner fin a las hostilidades.

—Haber empezado por ahí. Cinco minutos para afeitarme y soy con usted. Es un instante, no se vaya.

No quería que se me escapase la comida. Guardaría de rehén a Patricia mientras me afeitaba.

El criado tardó una eternidad en traer el agua pero, mientras, no quité ojo a la inglesa. Por si acaso. Rechacé la ayuda del sirviente, tan torpe fígaro como inepto proveedor. En menos del tiempo anunciado estuve listo, con sólo tres cortes en la cara. No mucho, habida cuenta de la premura del rasurado.

Trevelyan nos esperaba. Se mostró muy cortés durante la comida, humanizado por un magnífico cordero, mi escandalosa hambre y un vino serio que milagrosamente apareció.

Con la boca llena, alabé el banquete.

—Obra de Pat, que se ha hecho amiga íntima de un furriel de Zamora —fue la respuesta.

Miré a la señorita en cuestión. Era una cualquiera. Lo mismo se daba aires de gran dama con el pobre Velarde que se rebajaba a seducir a un simple suboficial, cuando encartaba… Lo cierto es que el cordero estaba exquisito y no me podía permitir el lujo de rechazarlo, como hubiese debido hacer. Pero tampoco iba a rendirme del todo.

—Es usted un dechado de perfección. Muchos humos, pero cuando la necesidad aprieta, nada le resulta demasiado bajo —apunté malévolo, irritado por mi claudicación.

—Muy amable, mi capitán. Lo mismo podría decir yo de usted. ¿Otra chuletita? —inquirió con perversidad glacial.

Ante tamaña oferta, me entregué sin condiciones. En silencio acerqué el plato.

El mayor rompió a reír.

—Príncipe, he decretado paz o, si prefiere, tregua entre los dos. Beban y olviden pasados argumentos.

—Quiere decir discusiones —me susurró al oído su hermana.

Al sentir tan cerca su aliento olvidé argumentos y hasta discusiones. No lo puedo describir como perfumado, ya que el lechal y el Rioja dejan rastro inconfundible. Pero hasta esos olores montaraces le sentaban bien, que no era, a Dios gracias, mujer de melindres.

Bebimos, cómplices, y allí, sentados en la noche llena de estrellas, escuchamos al británico. Si lo que contaba era cierto, y no existía razón alguna para dudarlo, su vida había sido extraordinaria. Lo mejor era que hablaba al desgaire, con una saludable distancia, esforzándose en limar cualquier apariencia de vanidad.

Huyó del hogar a los once años, para escapar de la tiranía paterna. Se hizo grumete y navegó los mares de las Indias Orientales. Regresó a su país y se reconcilió con su padre, al que llamaba «el gobernador». Éste, hombre de buena posición, le compró una plaza de teniente de infantería. Tuvo cuatro desafíos que acabaron en tres muertes y un balazo que todavía llevaba en el hombro. «Cuando hace frío, como ahora, duele algo», señaló. Fue campeón de *boxing*, deporte muy en boga entre los caballeros, según sus palabras, y perdió dos patrimonios en el juego. Uno, legado por una tía remota. Otro, la parte de la herencia que el gobernador, en un descuido, adelantó.

Después de eso, sólo quedaba el Indostán. Fue con Wellesley, general que gustaba rodearse de oficiales nobles y de soldados patibularios, por estimar que la combinación de la flor y de la nata con la hez daba buenos resultados.

Trevelyan describió los famosos bueyes blancos de Mysore, un baño de sangre llamado Assaye, tigres rayados, rajás envenenadores y bayaderas cimbreantes. Por lo que decía, había pegado más tiros que un mosquete y encabezado cinco columnas de asalto a otras tantas fortalezas soberbias. El grado de mayor no era un regalo, sino bien ganado premio.

Para aliviar narración tan estupenda, la sazonó con grandes puñados de sal. El asalto a una brecha imposible resultaba memorable porque en él quedó destrozada una fastuosa casaca, la última que le quedaba de las cortadas en Londres y, no había que engañarse: dijeran lo que dijeran, los sastres de Calcuta no valen nada. Nunca, mientras estuvo en esas tierras, volvió a vestir decentemente. La muerte de una pantera servía para demostrar su mala puntería: «Marré dos veces. Tuve que hacer el disparo definitivo a tres yardas. Un desastre».

Le escuché embobado. Siempre me atrajeron los parajes remotos, ya dije que me alisté en Princesa, en gran medida, por una alusión a su servicio en Cartagena de Indias. No sé qué esperaba de esas tierras. Para mí eran, ante todo, una mezcla de colores y perfumes nuevos, la noche palpitante, templos devorados por las selvas. La soledad. Qué sé yo. Las añoraba sin conocerlas.

El monólogo, que duró horas, nos unió, a Patricia y a mí. Nuestros duelos verbales ocultaban una compleja afinidad que se ratificó en la oscuridad, poblada por las palabras del mayor, que convocaban escenas desconocidas, por no vividas, pero que nos eran familiares, por soñadas. Hasta sospecho que le rocé la mano, y que no rehuyó el contacto.

Insistió en acompañarme a mi casucha. Como era mujer varonil, acepté el ofrecimiento sin titubear. Trevelyan tampoco se extrañó. Quedó solo, ensimismado bajo la bóveda negra.

Anduvimos en silencio. Cerca ya, antes de la separación, pregunté:

—¿El furriel?

—Tonterías de mi hermano —rió en la noche—. Le pongo los ojos dulces, que dicen los franceses, y con eso el infeliz se da por contento.

Al otro día, 8 de noviembre, antes de salir el sol, conminé al criado, so pena de ser arcabuceado, a que sacara ingredientes, aunque fuese de las piedras, para un desayuno. No volvió pronto, pero cuando lo hizo, trajo un lebrillo de leche, dos huevos y un chorizo, que podía ser, o no, el que atesoraba Armendáriz.

Me atusé en un santiamén y corrí al campamento de los Trevelyan. Sólo estaba el mayor. Su hermana se había ido a dar un paseo a caballo y estaría fuera toda la mañana. Tal como soy, sopesé la ausencia. ¿Sería casualidad? o ¿quizás Patricia quiso poner alguna distancia tras la cena? No llegué a conclusión alguna, lo que también es habitual en mí.

Tuve que contentarme con invitar al lord. Tocó hablar del presente, desechando pasados indostanos.

Temía mi huésped que el ejército francés, con sus señeros mariscales y curtida tropa, pudiera ser demasiado para nuestras inexpertas fuerzas y sus mandos advenedizos. Sabido es que compartía sus aprensiones, por lo que no me costó trabajo reconocer que la cosa, en efecto, pintaba mal.

La generala, ácida y apremiante, vino a cortar la lúgubre conversación. Acudí al cuartel general. San Román me recibió con rostro grave.

—Capitán, nos replegamos ahora mismo.

—A la orden, ¿adónde?

Con pocos trazos en la carta me lo explicó. El enemigo nos comía. Había robado una marcha y estaba encima. Según un oficial capturado por nuestras avanzadillas, el propio Napoleón se encontraba ya en España, a la cabeza de ocho cuerpos de ejército, en torno a doscientos mil veteranos. La mayor parte de ellos avanzaba hacia Burgos en esos momentos, pero el Emperador no se había olvidado de nosotros. Al menos un cuerpo entero se dirigía contra Blake, mientras que fuerzas similares atacarían las divisiones españolas que se concentraban en los alrededores de Tudela.

Blake se había enterado, muy a su pesar, de la maniobra enemiga. El día anterior, en el curso de un reconocimiento hacia el este, se había dado de bruces con las avanzadas galas, teniendo que retroceder precipitadamente a Valmaseda, reciente escenario de su efímero triunfo. El susto le había abierto los ojos sobre lo que se le venía encima. No quedaba otra alternativa que la retirada hacia Villarcayo, para evitar ser atacados y envueltos por un adversario superior en todos los conceptos. Se encomendaba a la división del Norte la tarea más peligrosa: cubrir la arriesgada operación, tardío reconocimiento a la calidad de nuestros batallones.

No sería humano si no admitiese cierto orgullo amargo al ver confirmados mis temores. Napoleón había escogido la opción más obvia: hundir el centro español, aprovechando su flaqueza, y aislar y batir por separado a los contingentes de las dos alas: nosotros en Vizcaya y Palafox, o quien fuese, en la parte de Aragón. Blake, al adentrarse tan profundamente en dirección a Bilbao, con su derecha en el aire que invitaba el envolvimiento, sin querer le había facilitado las cosas. He notado que, a veces, la solución evidente, la que dicta el simple sentido común, es la acertada, y que, en cambio, las fórmulas alambicadas suelen llevar al fracaso. Ahora, el gran corso había optado por la vía más sencilla, que, o mucho me equivocaba, iba a partir en dos nuestro despliegue. Coincidir con él era para mí altísimo honor del que, ni que decir tiene, no era oportuno alardear. Me prometí, a modo de compensación, explicárselo con detalle a *Pe* cuando tuviera tiempo.

Tendría que esperar, sin embargo, porque San Román me ordenó partir a rienda suelta para comunicar a Blake que sus órdenes serían cumplidas escrupulosamente. La división del Norte protegería la retirada del ejército, hasta el último hombre.

Lo de «a rienda suelta» era caso de acatar y no cumplir. En

ocasiones, los jefes gustan de hacer poesía. Con la lluvia y aquellos endemoniados senderos de montaña, el galope estaba excluido. Había que ir despacio y con buena letra, y rezar para que el caballo no se dejara su crisma, y la mía, contra una piedra.

Empecé a rebasar unidades en marcha. El espectáculo era lacerante. Lo fui comentando con el perro:

—Que Dios me perdone, pero si esto es un repliegue, ¿qué será una huida? ¿Ves a ese bigardo, cómo se escabulle ladera abajo? Deserta a la vista de todos. Los mandos le ven y callan. Claro, saben que la tropa está agotada. En el fondo, le envidian.

»¿Y ese otro, liado en una capa de mujer robada quién sabe dónde? Más parece buhonero que soldado. ¿Pues aquel infeliz, tiritando de fiebre, sin nadie que le socorra? Mira, se ha tendido en el suelo, para morirse o para que le cojan los franceses, le da igual.

Pe asentía en silencio. Proseguí:

—¿Y aquel granadero con los pies envueltos en trapos a falta de zapatos? Mejor suerte ha tenido que su compañero, descalzo. Fíjate los de ese grupo, ahí sentados, royendo un queso viejo y pan mojado. No tienen mochilas ni fusiles. Seguro que los han tirado.

Un ejército en descomposición es algo terrible de ver. El nuestro aún aguantaba, retenido por unas hilachas de disciplina que quedaban, pero si aquello no se remediaba, pronto se vendría abajo. Bastaba ver las caras demacradas, las miradas vacilantes, las huellas rojas de las pisadas en el barro, el paso cansino, las espaldas dobladas.

Los batallones, como animales heridos, se dolían de lo que los estados mayores describen como «retirada estratégica», y que para la tropa era un errar sin rumbo, hundida en el cieno, azotada por la lluvia, transida de frío, despeada y hambrienta.

Porque, como observé al recorrer la mísera columna, los paisanos habían abandonado las aldeas y caseríos del camino ante nuestra llegada y la inminencia de los franceses, llevándose ganados y granos, dejando las casas vacías, con las puertas abiertas de par en par, chirriando siniestras a impulsos del viento inhóspito.

Todavía quedaba ejército, sí, pero estaba empezando a morir, y no se podía hacer nada para evitarlo. La única receta era comida y descanso, y nosotros, pobres oficiales, sólo les podíamos ofrecer un puñado de castañas olvidadas por los campesinos y leguas y más leguas de marchas forzadas para alejarnos del enemigo.

Blake oyó circunspecto mi parte. Le rodeaba un grupo de jinetes. Vi a Trevelyan, con un redingote verde botella, seguramente hecho en Londres, no en Calcuta. Y a Patricia, con la pelliza encarnada y el acero frío de sus ojos.

El general, abatido, ordenó:

—Mis saludos al brigadier conde de San Román. La división del Norte tiene que resistir a toda costa.

Hice girar al caballo. El inglés, al pasar junto a él, me deseó suerte. Juraría que su hermana murmuró:

—Tenga cuidado, mi capitán.

Pero no estoy seguro, porque en el mismo instante, Blake repetía:

—A toda costa, Príncipe, a toda costa.

Salí al trote, llevando el susurro de Patricia. Con él regresé.

Luchamos todo el 8 y el 9 de noviembre. La táctica era siempre la misma. Cuando encontrábamos un lugar propicio —un desfiladero, ruinas, bosques—, hacíamos alto y se abría fuego. Nuestros perseguidores se detenían y desplegaban para organizar un asalto. Antes de que lo pudieran dar, retrocedíamos hasta otro sitio favorable, donde repetíamos la operación, y así todo el día, empapados, resbalando en el cieno, dejando atrás a los heridos que no podíamos transportar, tapándonos los oídos para no oír sus imprecaciones al verse abandonados.

Admito que Miguel Míguez se lució. Más de una vez le vi en primera línea, haciendo fuego con pausa. Entre tiro y tiro volvía al perro el rostro tiznado por la pólvora y le guiñaba un ojo. Se divertía con los gabachos como se había divertido con los novillos en Colindres. Acertó, que yo viera, a dos. *Pe* le felicitaba con ladridos de triunfo.

De tal guisa seguimos hasta cerca de un pueblo llamado Espinosa de los Monteros. Llegamos deshechos, sin apenas haber comido y mal durmiendo a salto de mata. San Román y yo fuimos a ver al general, que estaba en las primeras casas.

Blake conferenció brevemente con el brigadier:

—Continúe su merced así, señor conde, que ya falta menos.

—Se hará, Excelencia, mientras se pueda, que mi gente viene dando boqueadas y los franceses arrecian.

—De menos nos hizo Dios, que Él nos tenga en su mano.

—La punta del bicornio, mojada, le caía sobre las narices.

Nos repartimos como pudimos en las casas, abandonadas todas. Hasta pensé en quitarme las botas, que llevaba puestas desde hacía días, pero el sueño no me dio tiempo.

Me despertó el ajetreo del grueso de las tropas, que continuaba su movimiento de retroceso bajo nuestra protección.

Buscaba, con pocas esperanzas, algo que echarme a la boca cuando se oyó fuego graneado, de sospechosa intensidad. San Román, su estado mayor y los jefes de los cuerpos subimos a una loma, a la derecha del pueblo, para ver lo que sucedía. El ejército francés en bloque desembocaba por el camino de Bercedo. Aquello no lo paraba una división. Era preciso oponerle todas nuestras fuerzas, si Blake quería, o sacrificarnos, si lo tenía a bien. Un edecán partió con el mensaje. Había que elegir: o abandonar la división del Norte o empeñar al ejército entero. De momento, Zamora, Princesa y los catalanes formaban. Se decidiese lo que se decidiese, los del Norte nos quedábamos allí.

Mientras la tropa desplegaba, contemplé el horizonte. Aquél podía ser nuestro cementerio y no estaba de más empezar a familiarizarme con él.

La loma era el extremo de un anfiteatro definido, a nuestra izquierda, y mirando a los imperiales, por Espinosa y por un monte llamado, según el mapa, Las Peñucas. El río Trueba corría a la derecha del puesto que ocupábamos. Enfrente estaban las aldeas de Quintanar de los Prados y Edesa, donde azulaban las columnas del enemigo. Salvo mejor criterio del general, era una excelente posición defensiva. No podía flanquearse, tenía en sus extremos dos alturas, y entre ellas, un pueblo. Buen sitio para dar un escarmiento a los gabachos y quitarles las ganas de seguirnos.

Pero, hasta que tomara una resolución, la división, sola, se organizaba. Los catalanes se esparcieron por el bosque que cubría la ladera de la colina. A continuación, se colocó Princesa en línea, con dos compañías de granaderos. Una de ellas, la mía. En reserva, Zamora.

Los franceses, al ver nuestras disposiciones, repitieron la maniobra de los últimos días. Hicieron alto y comenzaron los preparativos para el ataque.

Por una vez anduvimos más despiertos que ellos. Antes de que estuvieran listos empezó a llegar el grueso del ejército español. Blake había optado por combatir.

Las tropas, dóciles, entraban en línea. Me enterneció ver aquellos hombres famélicos, ateridos, medio desnudos, que, sin protestas, habían interrumpido la marcha que les llevaba a la salvación para dar media vuelta y acudir a la llamada del cañón. A nuestra izquierda se desplegó la división de Vanguardia; luego la 1.ª y la 3.ª de Galicia. En Las Peñucas, finalmente, el mal bautizado como ejército asturiano, en realidad otra división. En segunda línea formaron la 2.ª de Galicia y la reserva. Los seis cañoncitos que con grandes penalidades arrastrábamos se situaron en el centro.

A primera hora de la tarde empezó el fandango. Dos regimientos franceses, el 94.º y el 95.º de línea, fueron a por nosotros. Éramos viejos conocidos desde el día 5, en Valmaseda, donde casi los copamos.

Subieron la cuesta con tanto ímpetu que, sonroja decirlo, nos echaron de mala manera. Los del Norte se desconcertaron con la embestida, quiero pensar que debido al baqueteo de dos jornadas de combates, sin apenas comer ni dormir, y no a la cobardía. La gente salió de estampida, llevándose por delante a Zamora, que venía en nuestra ayuda.

Algo de pánico se produjo, ésa es la verdad, y no fui mejor que otros.

Igual que admito esto, no tengo empacho en proclamar con envidia que en la general espantada hubo un hombre: el deschorizado teniente Armendáriz. Sordo al miedo, había clavado el sable en el suelo y permanecía junto a él, las piernas abiertas, los brazos cruzados. Le grité, en medio de la confusión que se salvase.

—Yo no olvido las lecciones, mi capitán. A mí no me vuelve a leer la cartilla. —Allí se quedó, y allí le dejé.

Blake vio a la división vacilar. Anticipando su derrota, mandó que la 3.ª de Galicia, con Riquelme al frente, nos apoyase. Gente aguerrida, en gran parte fogueada.

Llegar ellos y reformarnos nosotros fue todo uno. Ni cuando Riquelme cayó herido se arredró la tropa. San Román se puso a la cabeza y con el arma presentada, sin dignarnos disparar, nos lanzamos a recuperar la cresta perdida. Los soldaditos estuvieron bizarros. Los galleguiños, para vengar a su jefe. Nosotros, para lavar el público oprobio. Entre ambos, con mucho acero, mucho corazón y muchas voces, arrojamos a los franceses de la loma.

Participé en la rebatiña, rabioso. Cuando acabó, busqué a Armendáriz. Lo encontré, con cinco heridas, la menor mortal, todas de frente. Buen discípulo, el que da lecciones al maestro. Junto a él, Luisito, el tamborcillo, desfigurado por los sablazos. Entre tanto hombre, sólo un joven imberbe y un niño habían cumplido. Me eché a llorar, por primera y última vez en mi vida. Todavía recuerdo el día, y mi vergüenza.

Pregunté por el brigadier, para felicitarle. Un sargento me llevó ante él. San Román estaba recostado contra un árbol, el calzón de nanquín rojo de sangre. Tenía un balazo en la ingle. Por señas, rogó que le ayudara a levantarse, pero no pudo mantenerse en pie. Dos heridos leves lo llevaron en andas a retaguardia.

Hubiese querido darle mayor escolta, mas no podía desperdiciar un fusil. Los imperiales, rechazados, tornaban al ataque. Durante su breve dominio de la colina habían registrado a nuestras bajas y sabían quiénes éramos. Por eso, treparon la ladera aullando el nombre de los regimientos. Nos tildaban de traidores, por lo de Dinamarca, y prometían que no habría cuartel.

Era conocernos mal. Teníamos lo de Dinamarca por timbre de honor y vernos tratados de desleales, nosotros, los más fieles de los fieles, nos encorajinó. Les ahorramos camino; salimos a su encuentro como una tromba y les dispersamos en todas las direcciones. Sobra mencionar que no hicimos prisioneros. Distinguí entre los granaderos a Míguez. Riéndose, comentaba algo con sus compañeros, mientras se limpiaba en el pantalón la bayoneta, sucia de sangre y pelos.

No acabó el combate. El jefe enemigo, Víctor, malhumorado, retiró el 94.º y el 95.º, y los sustituyó por otros dos regimientos. La división del Norte, no obstante, había vuelto a su ser. Ni la pérdida del brigadier, ni las muchas horas de fuego, ni las tropas de refresco bastaron para que retrocediera una toesa. Anclada al terreno aguantó, hasta que la noche puso fin a la porfía.

Estaba tan derrengado como los demás y habría dado la mano derecha por dormir. Tendría que esperar. Primero, fui a ponerme a disposición del coronel de Zamora, que por antigüedad sustituyó a nuestro brigadier en el mando. Se limitó a decir que regresara al alba. Luego, vigilé mientras cavaban las tumbas de Armendáriz y Luisito, los dos únicos cuerpos que esa noche recibieron sepultura. Era lo menos que les debía y quise comprobar que los gastadores, a pesar del cansancio, hacían una fosa bien profunda, para evitar que las alimañas carroñeras devoraran los cadáveres. Por fin, visité a San Román. Estaba desvanecido, sobre un montón de paja podrida, en un hospital de fortuna. El médico me dio pocas esperanzas.

Cumplidas estas obligaciones, me tumbé, envuelto en la capa. *Pe*, que había participado en toda la batalla, se estrechó contra mí, todavía temblando de la emoción.

Las tropas, felices por haber rechazado a los franceses, cantaban en torno a las hogueras que encendieron para calentarse, no para cocinar, porque en todo el ejército no había un mendrugo. No se les pudo dar ni un trago de vino como recompensa. Y sin embargo, cantaban.

De madrugada me presenté al coronel. Sin afeitar, transidos y con las cejas blancas de escarcha, parecíamos dos ancianos. No tenía instrucciones que dar, que fuera a pedirlas a Blake, por si se le ofrecía algo. Mientras, la división seguiría defendiendo la Loma del Ataque. La llamamos así por lo que en ella soportamos el 10 de noviembre de 1808, y con ese nombre creo que ha pasado a los mapas.

Curioso destino el mío. En la campaña del Rosellón participé en el bautizo de la Batería de la Sangre. Ahora, en el de la Loma del Ataque. Demasiado estaba yendo el cántaro a la fuente.

Hallé a Blake rodeado por su estado mayor. Los Trevelyan estaban con él. Nadie mencionó nuestra derrota inicial. Todos elogiaron, en cambio, el contraataque y posterior defensa. Es una de las ventajas de la profesión militar. Se está entre caballeros.

Hice un breve aparte con Patricia.

—¿Está herido, capitán? —le temblaba un tanto la voz.

—Me encuentro perfectamente, gracias. Ni un rasguño. —No sabía a lo que se refería, aunque agradecía la preocupación y que hubiese dejado caer el «mi» burlón delante del grado.

—¿Y eso? —rozó mi mejilla, deteniéndose algo más de lo imprescindible.

Toqué el punto que señalaba. Había una rugosidad. No dolía, así que rasqué. Cayó una costra oscura.

—En la loma sobró sangre y faltó agua —me permití la bravata—. Alguno habrá sido herido a mi lado, y no me he podido lavar.

—No se excuse, me gusta así.

La miré atentamente. Había un destello nuevo en sus ojos, y el acero se había tornado terciopelo gris. Por un instante, dejé de oír el cañoneo.

Pero Blake estaba en otras cosas.

—Capitán, el general Acevedo ha empezado el ataque sin órdenes. Dígale en mi nombre que lo detenga al punto.

En aquella mañana del 11 se repetía el sonido del día anterior en la loma: el recrudecimiento del fuego que habitualmente intercambian las guerrillas y que anuncia un ataque a fondo. Sólo que ahora procedía de nuestra izquierda, de Las Peñucas.

Conforme me acercaba, crecía en volumen. Cuando, con trabajo, llegué a lo más alto comprobé que Blake tenía razón. Los asturianos avanzaban. Gente brava, qué duda cabe, pero inexperta. Tomar la ofensiva contra los franceses era algo para pensárselo muy mucho. Con tales adversarios, permitirse alegrías solía costar caro.

Eran varios batallones, casi todos de milicias, los que cargaban cuesta abajo, banderas al viento y tambores batientes, como en un cuadro de batallas. La admirable escena duró, ay, unos segundos.

Los imperiales, emboscados al pie de la montaña, aguardaron tranquilos. Cuando los tuvieron a tiro, les empezaron a cazar como a conejos. No fueron descargas cerradas, sino el fuego lento, medido, de los tiradores que, como era su costumbre, escogían sus víctimas, apuntando preferiblemente a los oficiales. Uno de los primeros fue el mariscal de campo Quirós. Se estremeció en la silla al recibir el balazo. Luego llegó otro que le tumbó. Antes de tocar el suelo ya estaba muerto. Después fue el turno de su compañero, Valdés. Agarrado al borrén, se retiró con un tiro en el cuerpo. Así quedaron fuera de combate en instantes los dos jefes de brigada de la división.

Galopé hacia Acevedo, para comunicarle la orden. Quizás todavía era tiempo de enmendar el yerro y retroceder a las alturas, para reorganizarse.

Llegué a su lado y le toqué el brazo. Se volvió. El proyectil le alcanzó en la mitad del rostro, echándoselo para atrás con violencia, como si hubiese recibido un bofetón, igual que el pobre Velarde en Santander. Mi montura hizo un extraño. *Pe*, asustado, escondió la cabeza, con la pelambrera salpicada de sangre.

La división, aterrada por la pérdida de todos sus mandos superiores y por el ajustado fuego, se disolvió, literalmente. Lo que antes eran hileras y filas desaparecieron y en su lugar surgió una turba, miles de hombres que desalados huían de la muerte. Cuando un batallón deja de ser una cosa y se convierte en seiscientos individuos, malo. No hay quien lo controle.

Tendría que buscar otro momento para esas filosofías. La ocasión exigía salir al galope, porque los franceses, crecidos, se aprestaban a dar el golpe de gracia, con grandes vivas a Napoleón.

Esta vez, al contrario de lo acaecido el día anterior en la loma, mantuve la calma. Allí ya no podía hacer nada. En lugar de unirme a la horda informe, dirigí la cabeza del caballo hacia Espinosa. Para ello tuve que recorrer toda la izquierda de nuestra línea, sorteando rebaños de soldados. El pánico corría como reguero de pólvora a lo largo del despliegue, infectando una tras otra a las unidades. Un oportuno ataque de Víctor contra el centro acabó de rematarnos.

El ejército entero se puso en franca fuga, incluyendo mi querida división del Norte. La vi, a lo lejos, abandonando con precipitación la loma que había ilustrado por su tenaz defensa.

Quedaba un deber por cumplir. Siempre queda uno. Fui al hospital. El caos era total. Los heridos leves intentaban alejarse del enemigo, a saltos, arrastrándose, apoyados unos en otros. Los graves se desgañitaban, pidiendo auxilio. Revueltos en sus excrementos y vendajes sucios de pus y barro, abrían los brazos, desamparados. Pocos callaban, entregados a su suerte, o asidos a un jirón de dignidad. Entre éstos, vi a San Román.

Se acercó un furgón de municiones al galope tendido. El conductor tuvo que frenar bruscamente en una curva, a mi altura. Le asesté una pistola.

—O llevas al brigadier o te quedas aquí. Elige.

Todo me daba igual. No sólo habíamos perdido una batalla. Habíamos perdido el honor. La desbandada general que presenciaba no tenía perdón. Gran parte del ejército no había pegado un tiro y aun así, corría, derrotado sin defenderse. Entre tanta muerte ignominiosa, la de un carrero pesaba poco. Amartillé.

Presintió el plomo y, renegando, nos ayudó al asistente del brigadier y a mí a cargarlo. Mientras lo hacía, se desfogó dando una patada al montón de piernas y brazos amputados que resumía la labor de nuestros cirujanos. La melancólica caravana se puso en movimiento.

Sin una palabra, nos agregamos a un convoy de heridos que se dirigía, al parecer, al distante Aguilar de Campoo, buscando poner tierra de por medio y encontrar un alivio para tanto dolor como llevábamos.

El viaje fue terrible, entre delirios, ayes y blasfemias. El camino, infame, maltrataba los carruajes con sobresaltos continuos, entre aristas de rodadas y baches profundos. Nos mató más hombres que los gabachos. Los heridos, en carne viva, rompían el cielo con sus gritos. Un barbero medio idiota era toda la asistencia con que se contaba. Ni un sorbo de aguardiente, ni una medicina. El olor de la gangrena flotaba sobre la procesión cual palio nauseabundo. Franquear el puerto de Pozazal, cubierto de nieve despiadada, fue un vía crucis.

Las noches traían escaso consuelo. Cesaba el traqueteo, pero la fiebre y los recuerdos invadían el improvisado campamento. Cuando se reanudaba el viaje, quedaban atrás cadáveres, retorcidos por la agonía.

Ignoro qué día llegamos a Cervatos. Un canónigo, ánima bendita, porfió con San Román, empeñado en que se quedase en su casa. Le ofrecía cuidados y refugio. El brigadier no aceptó. Temía las represalias francesas que, inevitables, caerían sobre el religioso, si era descubierto.

—Gracias, gracias mil, pero es imposible en lo humano que yo viva y no quiero incomodarle. Dios le pagará por su misericordia. Sigamos, Príncipe.

Dijo todo esto con un hilo de voz que revelaba la muerte próxima. Ya ni le examinaba la herida. Bichos infectos habían hecho mansión en ella y la podredumbre avanzaba por la carne azulada.

Con muchos trabajos y sembrando camposantos a nuestro paso, llegamos a Mata de Hoz, donde nos acogió un tal Francisco Rodríguez, otra alma caritativa en esos días aciagos. Acomodamos como pudimos al conde, para que descansara algo. Se le estaba preparando un caldo de gallina cuando se oyeron carreras y gritos.

—Príncipe, ve a ver qué pasa —dijo muy agitado.

Me asomé a la ventana.

—Nada, Excelencia, dispersos de la batalla que llegan —respondí.

—No, no, que son gabachos, lo sé. Mi caballo, mi caballo, que nos alcanzan. —Incorporado en la cama, braceaba como un poseso, amenazando con arrancarse el torpe aparato que le había puesto el barbero.

Fue imposible convencerle. Como pudimos, de mala manera, le izamos a la silla. Se mordió los labios con saña para contener el dolor. Flores rojas brotaron en la barba crecida. No logró, sin embargo, acallar los gemidos.

Aguantó hasta media legua, por sendas apenas trazadas, lo que fue una hazaña en su estado. En la venta de Somahoz no pudo resistir más y pidió que le apeáramos. Al poco, murió, casi solo, aquel espejo de caballeros. Allí sigue.

Resultaba difícil creer que aquella masa casi putrefacta, que despedía un repugnante olor dulzón era el brigadier conde de San Román. Quizás ya no lo era y hacía tiempo que había dejado de serlo. No, no había nada en común entre el despojo y el atildado aristócrata que nunca entendí, pero al que debo tanto. Le recordé, soberbio, al frente del regimiento, que manejaba con su particular sentido de la justicia, como si fuese un cortijo, aplaudiendo la apostura de los gastadores o la brillantez de su banda. O mezclado entre los tiradores, tabaquera en mano, tomando pellizcos de rapé, al que era aficionado, indiferente al silbido de las balas.

Mas pienso que, bajo la máscara y el almidón, nunca dejó de ser un hombre de bien que sabía aquilatar a sus semejantes, con independencia del estamento al que perteneciesen. Así, reconoció mi valía, sin importarle que fuese un pino, como adivinó que, a pesar de las apariencias, Míguez sería un buen granadero.

Era también magnánimo. Por eso pasó por alto mis impertinencias, sabiendo que tras ellas no se ocultaba ni la mala intención ni la doblez y que respondían sólo a mi manera, áspera si se quiere, de entender la lealtad.

Fue, en suma, un gran señor. Su muerte me dejaba huérfano.

Despedí al asistente y, sin más compañía que *Pe*, bajé hacia el sur, impelido por una oscura necesidad de regresar a casa.

IV

DIOS, PATRIA Y REY

Vagué durante meses por aquellos peñascales. Desgajado de mi regimiento y de la división, sin nadie que me mandara, no me hallaba.

Había abandonado enseguida mi proyecto sureño. El ansia por distanciarme del horror de los últimos días pronto se diluyó para convertirse en apatía. Fallecido San Román, carecía de rumbo y de propósito. Casi sin darme cuenta, abrumado por una singular flojera, me había convertido en uno de esos dispersos, nombre que daban ahora a los desertores que yo tanto había vilipendiado.

Tampoco hice nada por buscar al ejército. Rehuía, en efecto, la idea de enfrentarme de nuevo a Blake, el siempre derrotado; a la brillante división del Norte, que abandonó a escape la loma; a mi Princesa, que no supo morir.

A la hora de la verdad, sólo unos pocos habían pasado la prueba, y entre ellos no figuraba yo. En casa, desde niño, había oído una sentencia paterna que resumía todo: «Cuando vaciles entre varias alternativas, escoge siempre la más incómoda y acertarás». La olvidé, sin embargo, cuando más tenía que haberla recordado, el 10 de noviembre de 1808, en Espinosa.

No bastaba que, con sus cabeceos, *Pe* me indicara que había cumplido con mi deber, acudiendo junto al brigadier herido, auxiliándole.

—Te equivocas, *Pe* —le decía en voz alta—. La cartilla que Armendáriz me leyó era la buena. Tenía que haber vuelto a la loma, aunque sólo fuera para quedar en ella, para enseñar a los señoritos que corrían lo que valía un pino, para pagar el fracaso de mis granaderos, que también huyeron. Me niego a retornar como el hijo pródigo, yo, que estaba destinado a reparar el honor de la familia, a golpe de coraje.

El regreso al pueblo estaba, pues, descartado. Las charreteras no compensaban la traición. Padre, con su mirada honda, adivinaría la vergüenza tras los dorados. No perdonaría que siguiera vivo, cuando debía haber muerto. Mi mera existencia enturbiaba todo lo ganado. ¿Cómo borrar la sospecha de lo inmerecido de los sucesivos ascensos, si cuando había llegado el momento de justificarlos lo había dejado pasar?

La casualidad vino a reforzar mi indecisión. En la mitad del camino tropecé con un cuerpo. Bastaba ver la postura de la cabeza para saber que se había desnucado. Una caída del caballo. O de la mula, decidí al examinarle de cerca. Vestía todo de negro, con una enorme pedrada roja en el sombrero, que había rodado entre los matojos. Debía de ser alguien de la administración militar, y esa gente no usa cabalgadura noble.

Le registré, buscando algo que comer. En una saca que le colgaba del hombro encontré más de tres mil reales. Sin duda, sería el pagador de un batallón. Los cogí con un mínimo remordimiento. Al fin y al cabo, desde Santander no veía una blanca de mis legítimos haberes. Decidí tomar la suma como liquidación de lo que se me debía y adelanto de futuros sueldos.

Pertrechado de forma tan inopinada podía pensar sin prisas en el destino que iba a escoger. En principio, nada impedía buscar a mi antiguo, aunque desacreditado, regimiento. Un revés lleva aparejado que cientos de hombres abandonen, de manera voluntaria o fortuita, las filas. El de Espinosa había sido sonado. La gente, esparcida por el miedo a los cuatro vientos, tardaría semanas y hasta meses, incluso con la mejor voluntad del mundo, en reunirse con unas banderas que no se sabía dónde paraban. Estaba, por consiguiente, a tiempo de emprender el viaje.

No lo hice, porque ideas extrañas me empezaban a atormentar. Dios, Patria y Rey habían sido la Santísima Trinidad que se me inculcara en el pueblo, entre padre, movido por una hidalga devoción monárquica; madre, ardiente amante de la tierra de donde procedíamos y a la que volveríamos; y el señor cura, aposentado en su ingenua fe de carbonero. A su amparo crecí, durante años su sombra me cobijó de dudas inoportunas, inspirado por ella aguanté en la Batería de la Sangre.

Muchas cosas habían cambiado, sin embargo, desde la torva Dinamarca. Despiezando la Trinidad en la cabeza, se me venía abajo.

Patria. ¿Cuál? Tenía dónde escoger. La que se abría con fervor a los invasores. La que los rechazaba, cuchillo en mano. La que abarcaba los límites que aprendí en la escuela, en un mapa descolorido. Las muchas que estaban surgiendo en la Península y, decían, incluso en Ultramar. Patrias chicas, de campanario, pretextos para que se encumbraran próceres a alturas ramplonas, que tomaban por pedestales de mármol. Demasiadas patrias para mí. Tener tantas era no tener ninguna.

Igual sucedía con el Rey. Que yo supiera, había al menos tres. Don Carlos, cuyo escudo todavía campeaba en nuestras enseñas. Su hijo, Fernando, que algunos apellidaban ya el Deseado. José I, el hermano de Napoleón.

Dudaba mucho que cualquiera de ellos valiera mi sangre. Los cuernos del primero, su singular contubernio con Godoy, el amante de su esposa y la lascivia de ésta eran comidilla de mesones. De Fernando, un guardia de corps que sirvió conmigo en el regimiento aseguraba que era imbécil. Pesaba, además, sobre él, grave bagaje para un príncipe de Asturias, una acusación de lesa majestad, por haber querido quitar la silla a su padre. Uno y otro, por último, se habían rebajado a una desatinada carrera a Bayona, buscando granjearse las gracias del Emperador, un usurpador al fin y al cabo, por muy admirable que fuese. En cuanto a Pepe, su afición a la bebida era pública, aunque ignoro si cierta. En todo caso, la forma en que había trepado al trono no imponía más que desprecio.

Rayaba la blasfemia, pero tenía que admitir, por mucho que costara, que los tres eran indignos de sus vasallos. Desdichado país si los que mandan son peores que los que obedecen. La vecina Francia era riguroso ejemplo de los horrores que tal situación podía llegar a provocar. Aún chorreaban sangre las guillotinas.

Adentrado en los desafueros, ponía en solfa hasta al mismo

Dios. De alguna forma, por acción u omisión, era responsable del caos que nos asolaba.

No sólo se trataba de que estuviésemos plagados de reyes y patrias. Era que, se hubiese dicho, Él nos había vuelto la espalda. ¿No combatíamos en Su nombre?, ¿no ostentaba el soberano de España el título de Su Católica Majestad? ¿O es que no proclamaban los púlpitos que el César francés era el Anticristo? ¿Acaso no formábamos los ejércitos de la Fe, mientras que nuestros adversarios servían a las Tinieblas? Entonces, ¿por qué consentía tantas calamidades?

Incluso, sin entrar en profundidades teológicas, ¿cómo permitía la muerte de los pocos San Romanes y Armendárices que había y dejaba, en cambio, la vida a tantos cobardes, entre los que quizás yo estuviera?

Cuántas preguntas, sin ninguna respuesta que me confortara. Cuánta desolación.

Andaba yo sin sosiego, nuevo don Quijote, entre suspiros y conversaciones con *Pe*, de pueblo en pueblo. Quizás me tomaran por loco, pero el uniforme y los dineros vedaban las chacotas.

Eran villorrios miserables, temblorosos ante la llegada de dispersos, fueran mendicantes o exigentes, y de gabachos imperiosos. Las partidas de guerrilleros que empezaban a brotar oscurecían el horizonte. Ya en esas tempranas fechas, la guerra confundía a todos.

Habladurías, alimentadas por trajinantes y acemileros, corrían de boca en boca. Lamentablemente el tiempo las iba confirmando. Todas eran pésimas. Casi a la vez que en Espinosa, sufrimos un desastre en Tudela. Al poco, Napoleón entró en Madrid tras infligirnos nueva derrota en Somosierra. Un cuerpo expedicionario inglés fue obligado a reembarcarse en La Coruña, no sin antes sufrir un revés que costó la vida a su jefe, un tal Moore. Por fin, en Uclés, ya en enero, nuestro Ejército del Centro había sido arrollado.

Para entonces, el Emperador estaba de vuelta en Francia, pero, durante la breve estancia en nuestro país, su espada, como en otros, había dejado un rastro abrumador de victorias. Tres ejércitos, y la capital, perdidos en unos meses. ¿Cómo recuperarnos de tamaños desastres? ¿De dónde sacar fuerzas?

Impelido por tales nuevas, mudaba yo de morada, procurando escapar de ellas. No había forma. Me perseguían de aldea en aldea. Apenas me instalaba en una, cuando estallaba otra noticia peor. Liaba el petate y me iba, en busca de una paz que ya no existía.

Acosado, daba vueltas y vueltas a mis confusiones, encenagándome en ellas. Los dedos se me hacían huéspedes. En la senda me hallaba de descreer de todo. La Trinidad, como un azucarillo, se iba disolviendo, y yo con ella. De seguir así acabaría mis días varado en esos parajes, viviendo de limosna, cuando se terminaran los cuartos, confirmando las sospechas de mi demencia.

Veía mi cadáver en el zaguán de una iglesia, harapiento, con luenga barba, cubierto por la nieve. Los plañidos de un *Pe* medio ciego y desportillado anunciarían la muerte.

Resultaba imprescindible tomar una resolución antes de que fuese tarde, antes de que el desconsuelo me venciera. No era tiempo de volver al regimiento. Sólo conocía una forma de servir, con celo, y las dudas, que persistían —aunque procurase arrinconarlas—, no lo toleraban.

Tenía, pues, que hacer otra cosa. No sabía cuál. De momento no se me ocurrió nada mejor que rebautizar al perro. Se llamaría *Víctor*, en memoria del mariscal francés que nos destrozó en Espinosa. Al principio lo tomó mal. Luego se resignó. Era el San Román de los canes y comprendía que, a ojos del resto de los mortales, pasaba por un simple animal. Sabía que yo, al cristianarlo como gabacho, sólo buscaba hacer pública manifestación de mi despecho, no ofender su dignidad canina. El cambio de nombre me animó, como si con él me hubiese resarcido algo de mi villanía durante la batalla.

En las posadas del tránsito causaba gran sensación, cuando gritaba: «*Víctor*», silbaba y aparecía un perro. Acogían la gracia con general aplauso que yo, una claudicación más, agradecía con donaire. Pasaba así por feroz patriota y me colmaban con invitaciones a beber por la salud de nuestro añorado Fernando.

Le vi en una fonda cerca de Santa María de Mave. Estaba yo acabando unas sopas de ajo cuando entró. Me eché hacia atrás en el asiento, para hurtar el rostro a la luz que entraba por la ventana. Sin percatarse de mi presencia, se acomodó frente a la chimenea y pidió vino caliente. Pagué y salí, furtivo.

Dos leguas hice de una tirada, hasta que el cansancio me detuvo en una ermita abandonada. Allí me alcanzaron los malos recuerdos de Espinosa, que había intentado olvidar minuciosamente. ¿Se habría enterado aquel hombre de mi súbita desaparición o había pasado desapercibida?

—Buenas y frescas, mi capitán.

Míguez, con los brazos en jarras, el gorro de cuartel ladeado, tenía una sonrisa socarrona. El perro brincaba entusiasmado a su alrededor.

—*Víctor*, no has avisado —lo reprendí sin energía, para ganar tiempo—. Es su nuevo nombre —expliqué al granadero.

Al menos conservaba el fusil, terciado a la espalda. Por lo demás, tenía un aspecto lamentable: casaca desabrochada, sin sombrero, zamorana en bandolera… El color marrón, afortunadamente, disimulaba algo las abundantes manchas.

Sin pedir permiso, se sentó. Tampoco me había saludado.

—¡Firmes! —restalló como un trallazo la orden. La di casi sin darme cuenta.

Parecida fue la reacción del soldado. Se puso en pie de un salto y se cuadró.

—Descanso —concedí apaciguado.

En lugar de obedecer, persistió en la posición, rencoroso. No porfié. Se podía tomar su actitud por una muestra de deferencia.

—¿Cómo, así no estás con el regimiento?

—Hubo una batalla y se perdió. —Y añadió con intención—: Todos salimos como pudimos.

—¿Adónde te diriges?

—A reunirme con el ejército.

Hice como si le creyera. Lo cierto es que no tenía razones para no hacerlo, ni para hacerlo. Igual era un verdadero disperso, que buscaba a su cuerpo, o un desertor, que huía de él. En cualquier caso, su aparición me indicaba el camino.

—Parece que está en Reinosa —terminó.

—Allá iba —mentí—. Ya he terminado el reconocimiento que me encargó el general. Continuaremos juntos.

El fortuito encuentro resolvía mis dudas. No cabía otra cosa ya que volver al ejército. Se necesitó un desertor, pues, para que recordara mi deber. Bueno estaba yo.

Marchamos silenciosos. El soldado mantenía la distancia reglamentaria y jugueteaba con el traidor de *Víctor*. La situación era peculiar. Yo sólo llevaba mi sable, que de poco valía frente al mosquete de Míguez. Además, él marcaba la ruta. Estaba en sus manos. Si me había engañado al decir que Blake agrupaba sus fuerzas en Reinosa, el hecho de que yo hubiese dado por buena su palabra indicaba mi ignorancia en la materia y, por ende, una desidia culpable que me delataba. Al tiempo, revelaba que ninguna orden superior justificaba mi presencia en aquellos pagos.

Por otra parte, rabiaba por conocer lo que el granadero sabía de mi comportamiento en Espinosa. Podía ignorar todo, ya que mi condición de adicto al estado mayor justificaba la ausencia de la loma en el momento crítico. Pero podía tener noticia de que había estado en la rota de Las Peñucas, y que, tras ella, no me había reunido con el general. Mi desconocimiento del hombre era absoluto, por lo que resulta imposible imaginar lo que estaría pensando. Su mal afeitado rostro no traicionaba indicios. Reconcentrado en sí mismo, el granadero caminaba, fumando con estudiada indiferencia.

Anduvimos largo rato. Él, callado. Yo, rumiando la nueva situación. Mientras estuve solo, era dueño de mi destino. Ahora ya no. La mínima tropa de uno me devolvía la condición de oficial. Me correspondía, con independencia de mi propio criterio, devolver la oveja descarriada al seno del ejército. Al hacerlo me enfrentaba a la sarta de viejas preguntas. ¿Cómo me presentaría ante Blake? ¿Qué pretextos invocaría para justificar la ausencia?

Planeando estrategias, casi olvidé a Míguez. El ruido que hizo al armar el fusil me recordó su existencia. Enderecé los hombros, esperando el tiro. No sería el primer oficial que muriera arcabuceado a traición por un soldado. Sonó el mosquetazo. No sentí nada, excepto el silbido de la bala.

El granadero pasó a mi lado a la carrera. *Víctor* le adelantó, ladrando como un poseso. Ambos se adentraron en el monte bajo que bordeaba el sendero. Hubo chasquido de ramas rotas y de hojas sacudidas. Míguez apareció, por fin, blandiendo una liebre, que el perro procuraba alcanzar con saltos desesperados.

—El almuerzo, mi capitán —anunció.

Valiente capitán estaba hecho yo, refunfuñé para mí. Hasta para encontrar alimentos valía más el subordinado que el jefe. De momento habría que seguir poniendo al mal tiempo buena cara.

Con la botella que llevaba y sal que el granadero guardaba en un pedazo de papel hicimos los tres una buena comida, pero a lo cartujo, sin palabras.

El sol empezaba a calentar. Cedimos a la tentación de la sombra que ofrecía una encina propicia y nos echamos. Siempre he sido cuidadoso con mi ropa, al contrario que Míguez. Doblé, pues, con esmero la casaca y la puse sobre unas raíces, para que no se ensuciara.

Desperté con el mal sabor de boca que suele dejar una siesta larga. *Víctor* continuaba durmiendo. Parece que soñaba, porque de cuando en cuando se estremecía, sollozando. Del granadero no había rastro, excepto su chaqueta marrón, tirada de cualquier manera en el suelo. Faltaba mi casaca.

Le llamé, en vano. El menguado había desaparecido con ella, el sable y el dinero. Supuse que se la había llevado para hacerse pasar por oficial, o por las charreteras, que valían un pico.

Era inútil lamentarse. Desde que me separé de Princesa no sucedían sino desdichas. Maldije la hora en que lo había hecho.

Vestido de marrón, y reprochando a *Víctor* su falta de vigilancia, reemprendí viaje. El perro, contrito, marchaba a mi lado, las orejas gachas.

Las enderezó al oír la voz que salió de un carrascal:

—¡Alto! ¿Quién va?

—¡Viva el Rey! —contesté al punto, movido por los muchos años de servicio.

Un individuo con casaca roja surgió de entre la vegetación. El uniforme parecía inglés, pero no el dueño, cuyo rostro renegrido y cejijunto proclamaba orígenes más próximos. Cuatro más, vestidos de la misma guisa, salieron de la maleza.

Ofrecí el aguardiente que quedaba a la redonda. Poco a poco, les fui sonsacando información y aclaré el misterio.

Resultaba que al principio de la guerra servían en los regimientos suizos al sueldo de España, y cuando digo España, me refiero a la de Carlos IV. Algunos de ellos fueron con el ejército francés de Dupont a Bailén, donde combatieron con otros de su misma nacionalidad, pero que formaban en el bando opuesto, mandado por Castaños. Tal era la situación de nuestro triste país en la época. Para complicar aún más las cosas, Napoleón también tenía sus propios cuerpos de helvéticos.

Mis interlocutores, como indicaba su vestimenta, pertenecían a estos últimos. Eran, por consiguiente, mis enemigos. Lo que sucedió es que, en su simpleza, cuando me oyeron vitorear al Rey dieron por sentado que me refería al hermano del Emperador, sin caer en que yo vitoreaba a un Borbón, Carlos IV o Fernando VII, no sabía cuál. Fue la chaqueta de Míguez la que me salvó, ya que de marrón iban las fuerzas que intentaba levantar José.

El que me había interpelado me contó que se llamaba Lorenzo Gómez, de la parte de Cáceres. Nada tenía de extraño que anduviese en esa compañía, que los teóricos suizos reclutaban lo que podían, sin meterse en profundidades sobre lugares de nacimiento.

Mientras bebían, yo pensaba a todo trapo, sin dejar de felicitarme por el robo perpetrado por el granadero, al que debía la vida. Rápidamente improvisé una historia. Les dije que servía en la infantería de José, en un batallón que estaba en la zona a la caza de brigantes, como denominaban a los guerrilleros. Me había apartado de él para hacer una necesidad y, cuando quise darme cuenta, me encontré solo y perdido. Resultó, por suerte, que los de encarnado tenían esa misma misión. Tuve que expresar entusiasmo ante la coincidencia y aceptar la propuesta de unirme al grupo.

Uno de ellos, con cara de veterano resabiado e indiscutible deje extranjero, anunció en breves palabras el plan de campaña:

—En marcha. Hay que seguir a ese capitán que hemos visto hace poco. Seguro que va a reunirse con alguna partida. Si son pocos, caemos sobre ellos por sorpresa y… —diciendo esto, se pasó la mano por la garganta en un gesto feroz.

Formé la retaguardia de la columna, para meditar. Todo iba de mal en peor. Pasaba de Málaga a Malagón. La culpa era mía, por haberme apartado del deber, por olvidar la primera de las obligaciones: acudir a la llamada del cañón. Tenía que haber dejado a San Román en manos del barbero del convoy, para acto seguido volar a reunirme con Princesa, y morir con él, o frenar el pánico de los soldados. Cualquier cosa menos lo que hice. Las tribulaciones que me agobiaban eran el justo precio de mi debilidad, por emplear una expresión piadosa.

Ahora, descendía el último peldaño hacia la degradación. No contento con ser, en realidad, un desertor, me había unido a nuestros adversarios y, con ellos, preparaba la muerte de uno de mis propios granaderos.

Noté que *Víctor*, con su buen criterio, se había hecho su composición de lugar. Rehuyó las caricias y seguía al grupo con recelo. Algo no le gustaba.

Me sumé a su opinión. A la primera oportunidad, habría que eclipsarse, sin despedidas. Pero se imponía proceder con tiento. El que había propuesto el degüello se detenía de vez en cuando y me lanzaba miradas desconfiadas. Era un cabo baqueteado, con muchas campañas en la mochila, un superviviente enseñado por la experiencia a no bajar nunca la guardia.

—Príncipe, no te rezagues —gritó al verme remolonear—, que hay *brigands* por todos lados.

De mala gana troté hasta unirme con el grupo.

Nos cogió la noche en descampado. Los mercenarios compartieron conmigo la carne salada y el bizcocho que llevaban. A la luz de la hoguera, intercambiaron anécdotas y bromas soeces. Me mantuve un tanto al margen, riendo con los demás, pero sin participar en la conversación. Aunque me pesara, tenía que aceptar que, aunque carne de presidio y sirviendo únicamente por la soldada, eran mejores militares que yo, por muy oficial de Su Majestad que fuese. Al menos permanecían juntos, fieles al último juramento de los muchos que habían prestado en su vida a sucesivos monarcas.

Con el pretexto de orinar intenté alejarme. El cabo, que no me quitaba ojo, mandó que alguien fuese conmigo, alegando la posible presencia de guerrilleros. Luego, cuando fue el turno de repartir las guardias, no me tocó ninguna. La explicación era que tenía que estar cansado y que merecía un buen sueño. No pegué ojo, urdiendo fugas.

A la mañana siguiente topamos con un vejete que pastoreaba

una docena mal contada de cabras. Con su mejor acento y voz acariciadora, el cabo le saludó:

—¿Qué tal, buen hombre? Bellas cabras trae.

—A la paz de Dios —respondió el otro, reservón y algo extrañado por el desacostumbrado adjetivo, producto del mal castellano de su interlocutor.

—Parece que va a hacer buen día.

—Puede.

—¿No habrá visto pasar a un oficial, con uniforme azul claro y negro? Es nuestro comandante y tenemos que reunirnos con él. —Empezaba la maniobra de envolvimiento del suizo.

—Éste es sitio apartado. Por aquí no se va a ninguna parte —fue la respuesta.

El hombre, cazurro, buscaba evitar complicaciones. Si le extrañó que gentes de rojo dijesen estar mandadas por uno de celeste, lo disimuló. Sólo quería irse con sus cabras.

Carraspeó un suizo. El cabo suspendió el interrogatorio y, respondiendo a una seña, acudió a su lado. Conferenciaron mirando algo que había en el suelo y que el soldado removió con un pie. Volvió el caporal.

—Átenme a este farsante —graznó.

Fue obedecido al instante. Se encaró con el pastor.

—Querías engañarnos, viejo. Comprendo que estés aburrido, y que hayas querido gastar una broma. Pues ya está. Hecho. ¿Lo ves? —Soltó una carcajada tenebrosa—. Y ahora que nos hemos divertido vamos a hablar en serio. ¿Cuándo pasó el oficial?

—Ya he dicho a su merced que no he visto a nadie. —El campesino tenía miedo. Una mancha negra se extendió por la parte delantera de sus calzones.

—Curioso, porque esa boñiga que hay allí no la hace una cabra, por lo menos en mi tierra. ¿Qué piensas?

Al ver que el otro no contestaba, le dio un planazo en la cabeza que reventó la piel cuarteada por la intemperie. La sangre empezó a manar.

—Digo más —continuó el suizo plácidamente—, no sólo no es de animal, sino que es reciente. Ni media hora tiene.

—Si lo sabe —gimió la víctima—, ¿para qué pregunta?

—Por ver si eres tan mentiroso como todos los españoles. —Y con eso, le descerrajó un tiro.

Con la misma calma ordenó que matáramos un par de bichos y reanudásemos la marcha a buen paso. Resultaba imposible hacer ambas cosas a la vez. La tropa no dudó. Se lanzó en pos de los animales, que, espantados por el disparo, habían salido de estampida. Quedó atrás un cabrito, enredado en una zarza. Fue la única pieza que cobramos. Lo sujeté mientras el de Cáceres lo mataba.

—Puto valón —murmuró, creo que irritado por la poco amable mención a sus compatriotas, que no por el asesinato.

Cuando nos pusimos en camino, iba yo algo contento, ante la posibilidad de tener un aliado. No alcanzamos a Míguez en todo el día. A ése no había suizo, aunque fuese extremeño, que le ganara un palmo. Si llegamos a estar tan cerca del granadero, era porque se había descuidado, creyéndose seguro, en la idea de que dejaba tras de sí un hombre armado sólo de un perro inofensivo. Sin duda, el mosquetazo homicida le sacó del error. Aunque no supiera de quién provenía, en esos tiempos lo prudente era alejarse de cualquier fusil.

Al atardecer, el cabo se dio por vencido. Hicimos alto para comer. El cacereño, cocinero honorario del grupo, fue encargado de la cena. Ofrecí mis servicios para ayudarle a desollar el cabrito. Mientras realizábamos la nauseabunda tarea, cuchicheó:

—Su merced es un oficial.

—Sí, sí, capitán general con mando en plaza —respondí, escamado.

—No disimule, que se le nota a la legua.

Decir que me sentí halagado es poco. A la postre, era lo que padre había soñado. Sin darme cuenta, me había convertido en un caballero, o lo parecía. Los juicios que cuentan son siempre los de los mandados, nunca los que hacen los jefes. Éstos nada más ven que el lado mejor de sus subordinados. Aquéllos, en cambio, tienen que soportar el peor de sus superiores. De ahí que estime en mucho su criterio. Que un simple soldado me hubiese reconocido por oficial, sin llevar los arreos propios de tal condición, era el más inapelable de los espaldarazos. Resultaba irónico que lo recibiera en las presentes circunstancias, cuando estaba convertido en un cuasi desertor. Aunque, me consolé, nunca es tarde si la dicha es buena.

Se imponía cambiar de tercio, venciendo la vanidad. No convenía seguir por ese rumbo.

—Simpático, vuestro cabo.

—¿Belmont? Mucho —contestó con saña—. Ésta y él tendrán una conversación algún día —terminó, cerrando la navaja con chasquido de mal agüero.

Devoramos la carne medio cruda, para reanudar la persecución sin mayor demora.

Entre dos luces descubrimos la trinchera. La habría cavado alguna guerrilla, para cortar el camino. El fondo estaba cubierto de abrojos. Ni Dios podía pasar por allí.

Paradojas de la vida. La zanja favorecía la fuga del granadero. Le obligaba a abandonar el sendero y el paisaje, abrupto, ofrecía infinitas posibilidades a un buen andarín.

El valón se quitó el chacó para rascarse el caletre, absorto ante el enigma que se le planteaba. Casi se le oía pensar. Al fin, la luz de la sabiduría iluminó su rostro. Napoleón de bolsillo, bramó al círculo de sus fatigados secuaces, abriendo los brazos:

—¡Dispersaos! Cinco toesas entre hombre y hombre. Daremos una batida.

—¿Por dónde? —inquirió el de Cáceres, respondón—. Somos seis y ha podido tirar por mil sitios.

Nuestro jefe no esperaba la indiscreta pregunta. Su gesto había abarcado todos los puntos cardinales. Con eso debió de creer que eliminaba cualquier error. Si las pesquisas no daban resultado, podía acusar a la aburrida tropa de no haber interpretado correctamente las órdenes. La demanda de instrucciones concretas le cogía desprevenido. Tras torturar de nuevo la mollera, exclamó:

—Gómez, eres un bruto. Por eso no has llegado a cabo. Como hay sol que el marrajo subió por esa ladera.

Los suizos se quedaron mudos ante sus dotes de adivinación. Pero no convencidos. Percibió el escepticismo y continuó:

—Vaya un hatajo de *bêtes*. Lo fácil es ir por ahí, ¿no? —Y apuntaba una suave pendiente que descendía a un valle—. Pues por eso, el oficial de mierda, tan listo, se ha ido por el lado contrario, para despistarnos. Hale, no cuestionar a la superioridad y para arriba.

Nos desplegamos sin entusiasmo alguno y empezamos a trepar. La cuesta era empinada y cada paso, tras las marchas forzadas que habíamos hecho, costaba.

Belmont, precavido, me colocó entre él y Gómez. Pero el mogote estaba cubierto de frondoso jaral, sembrado de peñascos. Enseguida la línea de ojeadores se dislocó. Los hombres, obligados a sortear obstáculos, se acercaban unos a otros, se separaban, quedaban rezagados o adelantados.

En un momento que me aproximé al extremeño, susurró:

—Ahora, mi coronel, ahora.

Le estreché la mano y, doblado en dos, bajé la vereda, seguido por *Víctor*. Para no exponernos a ser vistos, caminamos por la linde, entre las plantas pegajosas, hasta que se dejó de oír el vozarrón del cabo animando a sus huestes.

Sólo entonces me enderecé, con alivio de mis pobres riñones y, a tranco de cazador, anduve sin mirar atrás. Sólo cuando la noche cerró el paso tomé aliento.

Eché un recuerdo a Gómez. Quizás le movía un respeto instintivo al mando, adquirido en muchos años de cuartel. O, quizás, era simplemente una buena persona, especie más común entre los humildes de lo que piensan muchos señores de alto copete. Fuera lo que fuese, y con el genio que se gastaba el cabo, es probable que le debiese el pellejo.

En todo caso, había recobrado la libertad. A medias, claro, porque sin un maravedí las opciones eran pocas. Para ser exacto, sólo había una: buscar dinero, donde fuera. Una vez conseguido, sería el momento de adoptar una resolución.

Con la libertad también habían resurgido las dudas. La reciente aventura con los suizos no había servido para afianzar un norte. Al contrario, había debilitado mi pasajera determinación de volver al ejército, impuesta por la aparición de Míguez.

En efecto, durante las precipitadas marchas con el grupo de Belmont, no cesé de buscar, sin éxito, argumentos verosímiles para explicar mi tardío retorno. Todos los que se me ocurrieron sonaban a hueco. Y la Trinidad seguía resquebrajándose.

Estaba, en suma, sin ánimos ni para tornar a casa ni para regresar al ejército, sin un real, y sin cena. En tales casos lo mejor era dormir. Dios diría.

Amaneció, pero Dios no dijo nada, imagino que ocupado en asuntos de mayor importancia que mi humilde persona. Ya que del cielo no venía respuesta, confié en que la tierra fuese más generosa y seguí camino, esperando llegar a alguna parte. Pertrechado solamente con un perro filósofo, no podía hacer otra cosa.

Mientras andaba, se me abrió otra vía para la meditación. El saqueo de Míguez me había arruinado. Me preguntaba qué podría hacer para ganarme la vida. Con pena, caí en la cuenta de que no servía para nada. Apartado de la profesión de las armas, carecía de cualquier otra ciencia que pudiera alimentarme. Había dejado el pueblo demasiado pronto para convertirme en un campesino y no tenía las rentas de un verdadero oficial. Era mi eterno sino de mestizo: nadar entre dos aguas, no pertenecer realmente ni a un estamento ni a otro. En el fondo, no ser nadie. Mi inutilidad era una de las muchas y desdichadas consecuencias de esa ambigua situación.

Pasé la hora del almuerzo sin grandes dificultades, a pesar de que también en ayunas había transcurrido la del desayuno. «Los de infantería somos así», murmuraba para darme valor. A medida que se aproximó la tarde las protestas del estómago aumentaron, al tiempo que las miradas de reproche de mi mariscal de cuatro patas, que no entendía cómo su amo no cumplía la principal de sus obligaciones.

La segunda noche fue eterna. Sirvió más que nada para apuntalar mi escepticismo sobre los refranes. Dicen que encarnan la sabiduría del pueblo. Para mí, aunque los use, que para eso soy español y, por ende, contradictorio, son malos ripios, esclavos de una torpe rima. Encontré especialmente infame aquel de que «quien duerme, come». Dormí, en efecto, por puro agotamiento, pero desperté con hambre de lobo. Si *Víctor* no hubiera sido quien era, habría acabado sus días a la brasa, poco hecho.

Brillaba, sin embargo, un destello entre tanta negrura. Descubrí que ya estaba menos perdido. Como afluentes que desembocan en un río, las veredas recorridas habían ido aumentando de anchura, llevándome a senderos que acababan en caminos de creciente importancia hasta terminar en uno de herradura, en el que felizmente me hallaba y que, a los pocos pasos, se unió a otro. Una horca adornaba la encrucijada. Colgaba de ella un individuo, que olía ya un tanto, con ropas de labriego y un cartel en el pecho, con las palabras «Por traidor». Daba algo de sombra, y el sol empezaba a picar, así que me senté al amparo del cadáver. El perro, con más fino olfato o más delicados sentimientos, se acurrucó a distancia, aullando lastimeramente.

Decidí quedarme allí. Tarde o pronto alguien pasaría. Necesitaba tantas cosas que al menos me daría una de ellas. Estaba baldado, ignoraba dónde me hallaba y moría de hambre. Pasase en carro, asno o caballo, información o chusco llegarían inevitablemente, me consolaba, aunque el transcurso sin novedades de un tiempo que se hizo eterno, pareció desmentirme.

De un repecho surgió una descomunal teja. Luego, debajo de ella, una cara de luna. Sucesivamente fueron apareciendo la cabeza de un burro, un manteo y las patas del animal, de modo y manera que al final tuve ante mí un cura de aldea, jinete en rucio apolillado.

—Ave María Purísima, padre —saludé fervoroso.

—Sin pecado concebida, hijo mío —respondió—. ¿Qué haces en estas soledades y cobijado por tan mala sombra?

—Perdido estoy —contesté, apartando los pies descalzos del ahorcado, que, al levantarme, me tapaban la vista.

Narré la historia que había contado a Belmont, podando precisiones sobre el ejército al que pertenecía y la misión que desempeñaba. Eran pocos los sacerdotes josefinos y enemigos de los guerrilleros, aunque la alta jerarquía fuese en general afrancesada. No obstante, resultaba prudente esperar a ver cómo respiraba, antes de pronunciarme como patriota o como partidario de los Bonaparte. Por fortuna, el color del uniforme, neutral, daba margen para hacerme pasar por lo que quisiera. El despiste de los suizos, al tomarme por fiel vasallo de José, lo había confirmado.

El tonsurado escuchó gravemente. Una vez hube acabado, habló. Tras lamentar mi desamparo, dijo que estábamos cerca de Doscastillos, provincia de Palencia. Transporte no podía ofrecer, la montura no daba para tanto. En cambio, media hogaza y compañía, sí. Acepté sin regatear la doble oferta y, charlando, nos encaminamos al pueblo.

Víctor nos seguía, dando brincos voraces para alcanzar los pedazos de pan que le iba arrojando.

V

LA POSADA DEL GRAN MAESTRE

Llegamos a Doscastillos. Apenas me percaté, entre el hambre y el cansancio. Seguí al cura a una casa que supuse sería la suya. Entré dando trompicones y me dejé caer en una poltrona, sin pedir permiso. Oí que el cura pedía a gritos que preparasen unos huevos con torreznos y me dormí.

Cuando desperté comenzaba el atardecer. Quise disculparme por la falta de urbanidad, pero el sacerdote lo prohibió.

—El cuerpo tiene leyes inflexibles. Inclinémonos ante ellas, sin avergonzarnos. El *corpore* sano va delante de la *mens* y, si me apura, del alma. A propósito, los torreznos se han quedado fríos, aunque no creo que a su perro se le indigesten. Casi inmediata está la hora de la colación. ¿Qué se le apetece mientras nos preparan un buen lechazo?

Algo absorto, que no descontento, me dejó la materialista filosofía del tonsurado. Tras las profusas fórmulas de agradecimiento al uso, apunté:

—Si fuera tan amable de ordenar que calentaran un poco de agua caliente, sería un hombre feliz.

—Y sabio, por lo que indica su petición. Apreciar las cosas pequeñas es prueba infalible de sapiencia. En ello reside la clave incontestable para atravesar este valle de lágrimas. A ver, Juana —llamó—, un lebrillo con sal en abundancia y la indispensable palangana.

Costó gran trabajo, aun con la ayuda de la criada y de su amo, arrancarme las botas, tan hinchados tenía los pies. Con delicia, los metí en el recipiente y los dejé a remojo un buen rato. Estudié como algo ajeno esas cosas sanguinolentas que habían salido del cuero negro y que tanto me habían torturado. Qué irritante resulta la fragilidad humana, y de qué poco pende el estar bien o mal. Ahora, con un puñado de sal y un poco de agua, no me cambiaba por el zar de todas las Rusias. Pocas horas antes, en cambio, me consideraba el más desgraciado de los mortales. Hay que acorazarse ante esas bromas cotidianas de mal estilo que nos propina la vida. No existe, en efecto, proporción alguna entre la elevación de nuestro espíritu y la deleznable envoltura que lo rodea, y que nos recuerda todos los días, con saña, su importancia, para que tengamos presente quién manda en realidad. El dolor, humillante, nos pone en nuestro sitio entre los animales y nos aleja de los pequeños dioses que creemos ser.

Acabadas las abluciones y, con ellas, las metafísicas, y calzando unas zapatillas que el ama trajo, estaba dispuesto a comerme el mundo, empezando por el prometido lechazo.

En eso se abrió la puerta y entraron dos individuos. Uno de ellos anunció:

—Aquí estamos, don Anselmo. Justo a tiempo, si el olorcillo no engaña.

Un aroma a carne bien asada invadía la habitación, certificando lo atinado del comentario.

Me levanté, consciente del ridículo aspecto que presentaba con la casaca sucia, los calzones de montar que acababan a media pantorrilla y las pantuflas.

El sacerdote hizo las presentaciones:

—Creo que no le he dicho mi nombre. Soy Anselmo Cañizares, cura por oposición de Doscastillos, don Ciriaco Estébanez, depositario de Reales Cuentas, retirado y antiguo síndico personero, y don Faustino Trueba, maestro de postas, ¿don…?

—Gaspar Príncipe —contesté.

Di mi verdadero nombre, porque no había motivo para ocultarlo. Preferí, en cambio, no precisar el grado, que se compadecía mal con el uniforme de soldado que llevaba. Escudado en su color, tampoco mencioné detalles sobre el ejército en que militaba. Las cosas andaban tan revueltas que la prudencia recomendaba discreción sobre la vidriosa materia. Ignoraba el pelaje de mis interlocutores. Lo mismo podían ser patriotas que afrancesados, o todo lo contrario. Cualquiera sabía.

Mientras los tres, sin duda amigos de vieja data, charlaban, los examiné a mi sabor.

Don Anselmo, de poco más de cincuenta, carirredondo y barbilampiño. Los labios blandos y el mentón escurridizo contrastaban con unos ojos vivos, siempre alerta.

Estébanez sería de la misma quinta. Seco de carnes, casi cadavérico, con un brillo fanático en el fondo de la mirada. Gastaba profusas patillas y vestía una casaca rotosa, a la moda de Carlos IV.

El maestro de postas, alto, macizo, esculpido a hachazos. Poseía la solidez de una encina. Las manos, fuertes, como de jinete. Usaba ropas oscuras y hablaba poco.

Nos sentamos a la mesa. El cochinillo no tenía un pero. La carne pálida se deshacía en la boca y la costra de piel crujiente restallaba con musical chasquido contra el paladar. Un vino gordo, de esos de cuchillo y tenedor, maridaba a la perfección con el untuoso lechazo.

Embebido en él, noté un silencio. Levanté los ojos del plato y me vi objeto de la divertida contemplación de los comensales, que habían dado reposo a los cubiertos. Espoleado por el hambre, había devorado, yo solo, medio cerdo. El montón de restos que se apilaba frente a mis pecadoras narices no admitía réplica ni defensa. Confuso, hice alto en la bacanal.

—Siga, siga, Príncipe —me animó el cura—, que da gloria verle comer con tan inagotable satisfacción. Y, además, que nos hace gran favor, porque si quedara algo en la fuente, Juana se sentiría insultada.

Acaté las gratas órdenes hasta que, al fin, saciado, me dejé caer contra el respaldo de la silla.

—No puedo más —dije.

—Pues tendrá que hacer un poder. Aquí llega, inexorable, el postre. Si alguien prefiere una infusión, le ruego que se inhiba, para no indisponerse con la ingobernable ama.

Sacando fuerzas de flaqueza, me batí como el mejor contra un poderoso cuenco lleno a rebosar de arroz con leche. A trancas y barrancas, dimos fin a la descomunal batalla. Un coro de regüeldos proclamó el triunfo.

—Y ahora, unos inmejorables vegueritos para rematar el pis-colabis. Juana, no te lleves el vino, que nunca se sabe.

—Don Anselmo, estoy en el Paraíso —me permití la irreverencia, que autorizaba la escasa ortodoxia del anfitrión.

—No en mucho más que esto consiste, don Gaspar. Estar a gusto y no hacer daño a nadie, en eso se resume todo. No hay más misterio. Eso es innegable. Y ahora, en pago, cuente a estos pobres aldeanos a qué deben el inmenso placer de su inesperada, aunque inestimable, presencia. Permítanos indagar un poco.

Quedé tan confuso con sus palabras, a pesar del jocoso tono, que, entonces, apenas me percaté de la peculiar predilección que mostraba el sacerdote por las palabras que empiezan por «in».

Tenía que andarme con pies de plomo, pues ignoraba de cuál cojeaban los presentes. Me encontraba demasiado bien tras las penalidades pasadas para arriesgarme a ser devuelto a las tinieblas exteriores, donde esperaban, lo sabía, el llanto y el crujir de dientes.

Calenté despacio el cigarro, para ganar tiempo mientras armaba mi historia. Respiré luego hondo y hablé.

Fui preciso al narrar la parte no reprochable de mi vida, aunque, de nuevo, soslayé la condición de oficial. Admirados, oyeron los tres el relato prolijo. La Fuga del Norte había entrado ya en la leyenda, y resultaba evidente que les impresionaba tener entre ellos a alguien que había vivido esa proeza. Si me descuidaba, acabaría siendo un héroe a sus ojos. De ahí que empezara a medir las palabras, quitándoles, deliberadamente, lustre, para que las aventuras pareciesen menos formidables, y los hechos de armas más dudosos. Sin querer, copiaba el estilo de Trevelyan, aunque, en su caso, era producto de las buenas maneras, mientras que a mí me movían los jirones de vergüenza que aún conservaba.

Vanagloriarme hubiera sido escupir a los cadáveres de San Román y de Armendáriz, y era un paso que no quería dar. Todavía.

A pesar de todo, resultó imposible frenar sus imaginaciones desbocadas con los nombres remotos: Jutlandia, Hamburgo, Dinamarca. No sé qué ideas tendrían de aquellas tierras, pero, ante su éxtasis, seguro que muy alejadas de la cenicienta y mustia realidad.

Emborroné, en cambio, el resto del cuento, arguyendo fatiga, que no tuve que fingir mucho, de forma que no pudo quedar claro bajo qué banderas pegué tiros tras el regreso a España. Reconocí sólo mi condición de disperso, única forma de justificar mi aparición en aquellos andurriales.

Concluí diciendo que consideraba haber cumplido con mi deber, y que ahora les tocaba a los jóvenes cargar con el fusil y la cartuchera. Yo sólo quería tranquilidad y un trabajo honrado.

A medida que hablaba había ido ganando aplomo. Me permití, pues, cerrar mi exposición arrojando, triunfal, lo que quedaba del habano a la chimenea. Di en el blanco con desusada puntería, que me pareció de buen augurio.

Faustino, el maestro de postas, había sido el más circunspecto de los tres oyentes. Ni había interrumpido ni se había sumado a las exclamaciones de sus contertulios. Sólo cuando acabé, rompió su silencio.

—Hay algo que no entiendo, pero no quisiera parecer impertinente.

Volví a ponerme en posición de «prevengan». Los callados son los más peligrosos. Temía la pregunta, pero había que afrontarla.

—Venga, venga —le animé, recurriendo al vaso de vino para aparentar una tranquilidad que distaba mucho de sentir.

—Es usted hombre no vulgar —afirmó— y, parece, de regular instrucción. Con ello y sus años, que son algunos, me pregunto cómo no llegó a cabo.

—Llegué, señor Trueba, y hasta pasé, porque me hicieron sargento. Pero un tenientecillo, un cruce de marqués y de mala madre, me tomó ojeriza. Por un quítame allá esas pajas me mal metió con el coronel y no paró hasta que me degradaron. —Poco me costó la mentira. Demasiados casos así había visto.

—No por común es menos lamentable lo que cuenta —apuntó Cañizares—. Coraje da pensar en tanto talento de humilde cuna invalidado por necios prejuicios, agostado bajo el inicuo imperio de la sangre heredada, siempre incierta, por otro lado, y del privilegio. Intolerable a la par que injusto. Indignante.

Contento por haber colocado cinco de sus «ines» en la misma parrafada, se arrellanó en el sofá y dio furibunda chupada al puro.

—Poco a poco, reverenciado señor don Anselmo —terció el depositario Estébanez—, que se nos descarrila por los abismos de la herejía. ¿Qué más natural que la república confíe la defensa de sus sagrados intereses a quienes, por nacimiento y fortuna, mayores motivos tienen para velar por ellos? ¿Qué hay de extraño en que aquellos que desde la tierna infancia han adquirido la necesaria ilustración y el hábito de mandar ejerciten tan preciosos talentos al alcanzar razonable edad? Con perdón de nuestro aguerrido mílite, la razón no le asiste. Justo y necesario es que los nobles, de lealtad aquilatada a lo largo de siglos, esclavos del honor, guardianes de la tradición, firmísimo sostén del Trono, al que todo deben, ocupen los puestos que por su alcurnia les están reservados.

—Eso, precisamente, es el problema, don Ciriaco de mis pecados. Porque confunden los ínclitos intereses del Trono y, lo que es aún más grave, de la Patria, con los suyos mezquinos, de casta, casi de gremio, me inclinaría a decir. No me levante los brazos al cielo, señor Estébanez, que allí no son bien recibidas sus inaceptables simplezas. ¿Es posible que ignore que, sabiéndose destinados a esos elevados cargos, no hacen nada para merecerlos? ¿Que se han instalado en la molicie y la estulticia? ¿Que no son más que ruinas, restos de lo que fueron sus insignes abuelos?

»Y, al tiempo, déjeme terminar, los elementos más selectos de las clases humildes, los más industriosos, faltos de estímulo, sabedores de que nunca pasarán a mejor suerte, se anquilosan, se adocenan. Algunos, Dios me perdone, se embrutecen en los más innobles vicios para escapar a la desesperación. Todos acaban por echarse a perder, como la buena mies que no se cosecha cuando está en sazón. Inverosímil se me hace que no vea estas indiscutibles verdades.

—Sujéteme, Trueba, que lo mato. Cuánto disparate, en boca hecha para predicar los Evangelios, el santo temor a Dios y la veneración a Su Majestad. Usted es un revolucionario.

—No desvariemos Estébanez, no desvariemos. Tengamos la fiesta en paz. ¿Cómo puede resignarse a esta España incivil, chata, donde nadie piensa, ni nadie trabaja, donde nadie tiene horizonte: unos, porque han llegado a él antes de nacer; otros, porque nunca llegarán? Nadie va a ninguna parte en este deshilvanado país y, por ende, el país tampoco va a ningún sitio. Nos estamos muriendo sin enterarnos. Y ustedes, los serviles, inclementes, en la inopia. Insinceros, la Patria siempre en la boca, nunca en la cabeza, ni en el corazón.

Arremolinábase don Ciriaco al oírle. Impetraba la ayuda divina, clamando por un rayo que fulminase al cura volteriano. Éste, desde el humo azul del cigarro, le azuzaba.

—Nada, Luces y más Luces. El triunfo de la Razón que inapelable dicta, en contra de lo que Usía asevera, que suban los que más se lo merecen y no los concebidos en los lechos linajudos, quizás incestuosos. No señor, triunfe la inteligencia y muera el inadmisible privilegio.

Se le llevaban los demonios al ex depositario. Apóstata, Robespierre de Doscastillos, carne de horca, eran los menores epítetos que asestaba al cura. Resoplando, juraba que marchaba al momento a escribir al obispo, para exigir la suspensión *a divinis* del blasfemo, para que le recluyese en una casa de salud, para que lo entregase a la Inquisición.

Luego se tranquilizaba y con falsa solicitud preguntaba si no había recibido un golpe de sol en la cabeza durante el camino, si no se encontraba mal, como buscando una explicación a tanta majadería como decía.

La silenciosa sonrisa de Trueba mostraba que escaramuzas de ese jaez eran asunto cotidiano entre los dos amigos, que jugaban a encizañarse mutuamente exagerando sus respectivas posiciones pero que, al final, todo el fuego quedaba en agua de borrajas.

Así fue, chisporroteó un poco y luego se apagó. Tuvo, por suerte, la virtud de desviar la atención de los contertulios, que, con gran alivio por mi parte, no reanudaron sus pesquisas sobre el pasado.

En lugar de ello, Trueba mostró curiosidad por el futuro.

—Y ahora, ¿qué va a hacer?

—Como ya he dicho, volver al ejército, no. Que tomen el relevo otros. Lo primero es encontrar trabajo. Luego ya pensaré si regreso al pueblo.

Era sincero. Seguía sin decidir qué rumbo dar a mi vida, pero mientras no resolviese los problemas de dinero, resultaba ocioso hacer planes. Ganaba con ello tiempo para que la baqueteada

Santísima Trinidad se me apareciese de nuevo, o para enterrarla ya definitivamente. Tantos años de culto fervoroso pesaban demasiado para descartarla sin más. Por ahora, la apremiante necesidad de comer a diario ponía en su debido lugar las incertidumbres que me atenazaban cuando poseía una bolsa llena. El hambre tenía sus ventajas.

Los tres compañeros se miraron. Estébanez hizo un signo negativo. Cañizares murmuró: «De inocente monaguillo, no le veo». Trueba me estudió durante unos minutos. Luego, tomó las riendas, nunca mejor dicho.

—¿Sabe usted algo de caballos? Porque ha dicho que sirvió en infantería, si no me engaño.

—Algo. Fui ordenanza de un teniente coronel —mentía a medias. Era hijo de campesino y, habiendo sido yo mismo también plaza montada, me defendía en la materia.

—¿Seguro que le degradaron por los motivos que dijo? —prosiguió el interrogatorio.

—Sólo tiene mi palabra. Le puedo asegurar, sin embargo, que sé obedecer y mandar —respondí alzando algo la voz. En mis todavía recientes tiempos de capitán, no hubiese consentido esa clase de preguntas a un maldito maestro de postas.

—Poco a poco, don Gaspar —subrayó la partícula—, que no hay para ofenderse. —Se pellizcó la nariz y continuó—: El caso es que necesito alguien para ayudarme. Una especie de capataz o mayoral. Le ofrezco mesa, cama y ocho reales diarios.

Una miseria, comparados con los mil mensuales de capitán, pero menos había cobrado de cabo, y no estaba para regateos. Nos estrechamos las manos. Un brindis y el aplauso de dos testigos sellaron el contrato.

Acto seguido, Faustino Trueba entró en mayores detalles, con el concurso de sus amigos, que suplían lo que sus parcas palabras no revelaban.

Resultó que no era únicamente arrendatario de una casa de postas, sino también orgulloso dueño de una posada, llamada del Gran Maestre, en memoria, al parecer, de que aquellos pagos habían sido templarios, cuando los moros. Ahora corrían tiempos malos. La guerra, como no podía ser menos, afectaba, y mucho, al tráfago regular, y a causa de ella se le habían ido algunos sirvientes, bien porque se echasen al monte por su cuenta, bien porque cayesen en manos de algunas de las numerosas partidas de reclutamiento que recorrían el país. Según los avatares bélicos, éstas podían ser del ejército patriota, del josefino, o de las distintas guerrillas. Reinaba Marte, y sabido es que la despiadada deidad siempre está hambrienta de hombres.

Pero la situación de su negocio era excelente. Por Doscastillos pasaba el camino real, que, vía Valladolid, enlazaba Madrid con Burgos y con Francia, y el que se dirigía a Portugal. No faltaban, pues, correos y convoyes con cualquiera de esos destinos, en uno u otro sentido. Es más, aprendí, para mi sorpresa, que parte de los viajeros cambiaban de nacionalidad y de bando, según las operaciones militares. Que les iba bien a los napoleónicos por la parte de Extremadura, pues el tráfico era de gabachos y afrancesados. Que los guerrilleros se hacían con el control de la ruta, florecían las autoridades junteras y el movimiento de patriotas. Entre ambos bandos quedaba la mayoría de la población, que viajaba cuando le era posible, sujeta a vejaciones de tirios y troyanos. Sin embargo, fuese cual fuese su color, todos compartían algo: paraban en el establecimiento de Trueba a fin de cambiar los caballos cansados por otros frescos.

La carretera era neutral. Se limitaba a reflejar el equilibrio de fuerzas. Si los franceses marchaban hacia el oeste o hacia el sur, era que las cosas les iban bien, que ganaban terreno; si hacia el este o el norte, mal, lo estaban perdiendo. El caso de sus enemigos era justamente el inverso.

Comprendí que, como dijo el sabio cura Cañizares, sin moverme de la puerta tendría cabal idea del rumbo del conflicto. Con el tiempo, lo comprobé, aunque nunca pude vencer mi perplejidad ante la alambicada contienda. Que, a mayor abundamiento, desafiaba toda la lógica establecida hasta entonces. Era lo habitual, en efecto, considerar la guerra como el supremo juego al que se podían entregar los reyes. El que perdía, pagaba la apuesta, desde una provincia a la corona, y el pueblo, resignado, seguía la suerte que le habían marcado sus mejores.

En esta España nuestra, la cosa cambió. Ganó el francés la real partida, pero los pícaros españolitos, en lugar de aceptar el resultado, que era lo propio, decidieron, en un momento de insensata lucidez, tomar vela en el entierro de una dinastía y su sustitución por otra, dando por nulo y no avenido, en su soberbia, el cambio de monarcas.

De ahí la cruel lucha en la que estábamos metidos, entre el escándalo y la admiración de la Europa entera, que nunca había visto cosa parecida. Lo malo fue que, puestos a pensar, todos se arrogaron el revolucionario derecho, y al igual que unos aplaudían a don José Bonaparte, otros, los más, morían por don Fernando de Borbón. La carretera, muda, era polvoriento testigo de la sarracina resultante.

No obstante la prolongada siesta, empecé a dar cabezadas. El buen vino, la mejor cena y la seguridad de que al día siguiente comería actuaron como bálsamo sobre mi asendereado organismo, demasiado castigado por las jornadas de prueba, que, lo deseaba fervientemente, acababan de terminar.

Víctor estaba como yo. Sin dejarse amedrentar por los torreznos, había combatido como bueno contra el lechazo. Rematado el hercúleo trabajo, dio en bostezar tan a su sabor que se le veía el paladar. De común acuerdo, seguimos a Juana hasta la habitación que indicó. Perro y capitán, en amor y compañía, dormimos como leños aquella bendita noche.

Despertamos frescos, dejando atrás el túnel negro que había empezado en Espinosa. Estaba aún en el claroscuro de la duda, pero ya llegaría la luz. Tiempo al tiempo.

Desayunaba cuando distinguí el golpeteo de cascos en la calle. Me asomé a la ventana. Faustino Trueba, con chaqueta corta color diablo, botas y espuelas, se acercaba a la casa, jinete en alazán dorado bebeblanco. Llevaba del diestro el caballo de mayor alzada que he visto en mi vida. Un castaño umbrío, estrellado y pisalbo alto, parecido a los que montaban los coraceros franceses. Era de oreja cortada, así que había pertenecido al ejército. Seguro que a nuestros carabineros reales, porque nadie más en España los usaba de tan descomunal tamaño.

—Buenos días, Príncipe. A quien madruga, Dios le ayuda. Vamos a dar una vuelta.

Tomé nota de la desaparición del «don». También de que no era una invitación lo que formulaba, sino una orden. Al fin y al cabo, era normal. Me había convertido en un criado.

Adivinando lo que me esperaba, confié el perro a los cuidados de Juana y salí. Con alguna dificultad, me encaramé al bicho. Sentirme y botarse fue todo uno. Como pude, me afiancé en la silla y aguanté el envite, que fue seguido por cabriolas y corvetas homicidas.

Luego, el maestro de postas salió a galope tendido, gritando que le siguiera. Atravesamos el pueblo como un huracán, acompañados de blasfemias y denuestos. Ocupado en no atropellar a nadie, cuando me di cuenta estaba en campo abierto.

Una vez allí, el caballo, tentado por los grandes espacios y por la querencia, se corrió una caña de mil diablos. Adelanté como un tiro a mi nuevo amo, que, sobre la marcha, arreó un fustazo al pegaso, que no necesitaba tales estímulos para romperme la crisma.

No soy experto en hípica, pero tampoco tonto. Vi a poca distancia una colina de empinada ladera y hacia ella dirigí al animal, casi serrándole la boca para vencer su resistencia. La subida, como he dicho, era recia. A un tercio de ella, ya empezó a moderar el paso. Clavé los talones, forzando el galope. A la mitad, con grandes resoplidos, sólo era capaz de un trote cochinero, propio de mula de obispo, que no de purasangre. Sin piedad, le hice descrestar. Llegó arriba temblando y cubierto de espuma. Yo tenía los muslos en carne viva, pero había ganado.

Bajamos con calma. Trueba esperaba.

—¿Qué le parece el caballo? Se llama *Lucifer*.

—Demasiado tranquilo, quizás, aunque bueno para paseo.

Soltó una carcajada, la primera que le oí, y no dijo más. Así pasé el examen. Supongo que no llegué a maestro, pero desde luego probé que no era un aprendiz.

Juntos, llegamos a sus dominios. Formaban un conjunto notable. De la casa de postas era poco lo que se podía decir. El que ha visto una, ha visto ciento. Un edificio rectangular, con amplias cuadras, herrería y una pequeña oficina para el correo. Sobre la puerta cochera, un cartel anunciaba: «Se yerra en frío y a fuego».

Íbamos a pasar por delante, sin detenernos, cuando Trueba, tras una breve vacilación, dijo:

—Venga, le voy a enseñar mi único lujo, don Sebastián de Las Hoces.

El propietario del rutilante nombre era un anciano de notable belleza, aire prócer, nariz de águila y blanca melena. Alto y cenceño, llevaba una raída casaca cereza, restos de calzones y botas fuertes que habían visto tiempos mejores. Estaba tumbado cuan largo era en un corral, sobre el lodo encharcado. Le hubiese tomado por muerto, de no ser por los estruendosos ronquidos que, a intervalos, le sacudían.

—Don Sebastián de Las Hoces, otrora correo de gabinete —presentó el maestro—. Recaló aquí una mañana y aquí sigue. Vive de borrachera en borrachera. No me equivoco si afirmo que, en total, tiene media hora de lucidez a la semana, que dedica a sacarme dinero para aguardiente, siempre con éxito.

Bastó oír el cargo para que mirase de otra forma a quien, al principio, me había parecido otro más de esos despojos que la vida va dejando a su paso. Era fama que para correo de gabinete se escogían aristócratas robustos, de buenas costumbres y diestros en el manejo de los caballos. Entre los de instrucción, bondad y honradez sobresalientes, se elegía al Oficial Mayor del Parte, hombre de tantas campanillas que debía hallarse siempre próximo a la Real Persona.

Dada su profesión, don Sebastián habría recorrido miles de leguas, contemplado cosas que yo nunca vería, conocido sitios que jamás mis pies hollarían. Estaría en posesión de tremendos secretos que con él irían a la tumba, cuando el alcohol le rematara.

Recordaba a los viejos navíos arrumbados en Cádiz, donde estuve de guarnición. Encalladas en la arena, esas moles heroicas, que tantas historias tenían por contar, que cruzaron océanos, que fondearon en las aguas transparentes del Caribe, que lucharon en Trafalgar, se pudrían en la tierra sucia, mudas.

—Se preguntará que por qué no le echo —siguió Trueba—. Yo también, de cuando en cuando. Pero, como le comenté, es mi único lujo. Me doy el gusto de mantenerle vivo, a golpe de azumbres. Tampoco sale tan caro. Si tiene la suerte de cogerle en uno de sus raros momentos de sobriedad, le hablará de personajes extraordinarios, grandes duques rusos y mandarines chinos. De fabulosos viajes a la Moscovia o al reino del Gran Tamerlán, jinete en corceles que devoraban las leguas durante meses enteros. No le haga caso. Es gran mentiroso. Pero dele una moneda. Esta ruina que tiene a sus pies fue, es, un correo de Su Majestad, y antes de que los trabajos, o el destino, o ambas cosas, acabaran con él, recorrió Europa, llevando en su valija capitulaciones de bodas reales, tratados de paz y declaraciones de guerra, hasta que tanto bote en la silla le desarregló el cerebro y la bebida se lo acabó de nublar.

Aquel monumento a la fragilidad de todo lo humano ratificaba una antigua idea mía: evitar a toda costa la vejez, para que el tiempo no derruyera mi cuerpo, privándolo de su vigor y de su savia, sin otra perspectiva que años de lenta decadencia.

Después fuimos a la posada. Merecía más palabras que la casa de postas. Era casi suntuosa, para lo que se estilaba. Toda de piedra, entejada, tenía dos alas idénticas, separadas por amplio patio con una fuente en el centro.

La de la izquierda, dedicada al servicio y pasajeros de menor cuantía. La planta baja contenía cuadras y almacenes. La superior, modestos cuchitriles, para gente de baja estofa.

La otra era un mundo distinto. En la entrada se leía «Posada del Gran Maestre», escrito entre dos cruces rojas ochavadas del Temple. A ras de la calle, amplio comedor y somero despacho, calentados por la gloria que corría bajo el enlosado. Detrás, las cocinas. En el principal, seis hermosos dormitorios con alcobado y balcones de hierro, y una pieza de conversación, con chimenea a los cuatro aires. Cada cuarto disponía de un reservado para los vasos inmundos. Los dos mayores, incluso sus propios lugares comunes. Me impresionó mucho, por nunca vista, tan moderna manera de evitar los malos olores que, en general, atufan este tipo de establecimientos.

Subimos a la habitación que se me había asignado en la buhardilla. Era de regular tamaño, con paredes encaladas, suelo pintado de almarrazón, gran cama, dos sillas, necesario de noche, armario y cómoda. En uno de los muros, desprovistos de adornos, sobresalía una alcayata.

Trueba vio que me fijaba en ella. Abrió el armario y sacó tres flojos grabados. El primero representaba a Fernando VII, con su descomunal nariz. El segundo, una escena de Napoleón en Egipto. El último, un San José.

—Según sople el viento —comentó—. El santo le hace doble

servicio: gusta a los puros, por ser imagen religiosa, y a los afrancesados, por el rey Pepe. Los otros dos, ya se sabe. Usted los administrará como quiera, colgando los que corresponda según las circunstancias.

El maestro de postas era, a todas luces, hombre discreto, lo que explicaba la supervivencia de su negocio en aquellos años descompuestos.

Olvidaba decir, para terminar con la descripción de mi nueva vivienda, que tenía ésta tres ventanas. Una sobre la fachada principal. Las otras permitían ver, respectivamente, el patio de la posada y la casa de postas. Sin moverme podía seguir las actividades del emporio truebense.

Paralelo al camino corría el Pisuerga entre chopos. Había un puente de piedra, falto del arco central, sustituido por una pasarela de fortuna, hecha con maderos.

—Lo volaron los patriotas en una retirada —dijo Faustino con un suspiro, sentándose en la cama—. Flaco favor me hicieron, porque por él pasaba el camino real. Ahora carruajes y recuas tienen que vadear río arriba, y no es lo mismo. Se perdió, además, el pontazgo, que era sustancioso, cuatro reales por cada par de ruedas, cuatro cuartos por caballería y dos por persona. Se dice que pondrán una barcaza para evitar el rodeo, pero con lo alterado que está el mundo, dudo mucho que lo hagan. Paciencia.

Luego, me indicó mis funciones. Sería su mano derecha, y me tendría que ocupar un poco de todo. Me daba, por recomendación de don Anselmo, gran margen de confianza. Esperaba que fuera digno de ella. En caso contrario, a la calle. Acabó con un consejo:

—La guerra, Príncipe, no es asunto suyo ni mío. Lo nuestro es evitar que me arruine, lo que, por cierto, supondría que usted se quedara sin trabajo.

»Tampoco permito que los acontecimientos cambien las cosas más de lo imprescindible. La posada del Gran Maestre goza de bien ganada reputación, y así tiene que seguir. Los colchones son de lana de oveja, esponjada y vareada al menos una vez al año. No crea que éste es un sitio de esos donde se come si se lleva. Aquí se sirve lo que se anuncia. La liebre es liebre y el gato, gato. Y no se bautiza el vino.

»En cuanto a la casa de postas —continuó—, su alma son las caballerías. Ocúpese de que estén bien cuidadas. Hay cuatro tiros de mulas. Uno de primera, dos regulares y otro pésimo. Caballos, tenemos quince. *Lucifer*, al que conoce, y *Galano*, que he montado hoy. Excelentes ambos. Hay cuatro que tienen un pasar. Los demás, jamelgos de cura. No se deje engañar por un bocifuego. Muy bonita capa, pero es de poco servicio. Tendrá que administrarlos con tino, igual que los grabados. Nunca se sabe quién pasará, por lo que conviene tener siempre al menos un tiro y dos caballos buenos a mano.

Completó el capítulo animal hablando de los postillones. Todos robaban, quien más, quien menos, en la paja y la cebada. En principio, había los suficientes, pero en ocasiones yo tendría que hacer sus funciones. Posiblemente, me correspondería correr la posta alguna vez.

—¿Se siente con fuerzas? —terminó mirándome a los ojos.

—He pasado mucha hambre —contesté.

—Veremos —terminó y se azotó la bota con la fusta—. Ah, se me olvidaba, en la fonda hay un mozo viejo y tres mujeres. Una se llama la Beltrana. Bien. Tengo que volver al pueblo. Haga una visita detallada y luego me da razón. Mi habitación está al final del pasillo.

Ya solo, miré despacio el cuarto. Me gustaba. Era buen sitio para dejar que el tiempo corriera y me aclarara las ideas. Por de pronto dejaría de dormir como las liebres. *Víctor* también se encontraría a gusto. Iría a buscarlo en cuanto acabara la ronda.

Recorrí la posada con detenimiento, preguntándome por qué Trueba habría nombrado sólo a una de las tres mujeres. Llamaba la atención la desusada limpieza del local. Mesas pulidas, cobres relucientes, sábanas almidonadas. En Francia había visto alguna igual. Mejor, ninguna.

El mozo, medio idiota, respondía al nombre de Blas. Hacía de mandadero y de hombre para todo, y echaba una mano en los establos. De las mujeres, Jimena y Asunción eran dos viejas insignificantes, que se ocupaban, respectivamente, de la cocina y de servir. La Beltrana rondaría los veintisiete o veintiocho. Era una chica mular, grandes dientes y ancas fuertes. Hosca, desgreñada, apenas hablaba. A su cargo estaban las habitaciones.

La casa de postas no encerraba tampoco sorpresas. Los animales correspondían a la descripción de Trueba. Las cuadras, tan aseadas como la posada. O mucho me equivocaba, o allí había la mano de un militar. La mercantil actividad del maestro excluía la nobleza. Supuse, pues, que habría sido soldado. Sargento, quizás, porque sabía mandar.

Los postillones eran, en efecto, una colección de pillos, como se estila en su cofradía. Les advertí que había servido y que era perro viejo. No esperaba de ellos que fuesen espejo de honradez, pero que si estropeaban un caballo por forzarlo, les deslomaría.

Ni se me caían los anillos por darles personalmente una mano de palos, ni me importaba un ardite lisiarlos de por vida. Sabía que los clientes daban propinas para que se hicieran más de los cinco cuartos de legua por hora permitidos. Si lo conseguían sin perjudicar las monturas, no tenía nada que decir. Pero si me llegaba una coja, no creería que había dado un mal paso, o que se hubiese desherrado por accidente. Partiría el alma al postillón. Y tan amigos.

Creo que les dejé convencidos. Si no, a la primera oportunidad, o con cualquier pretexto, verían que conmigo no jugaba ni Dios. Mi compañía era la más exacta en el servicio de todo el regimiento y lo mismo iba a suceder aquí. Bueno era un capitán de Princesa para que le buscaran las vueltas cuatro desgraciados.

Me aseguré de que *Lucifer* se había repuesto de sus trabajos y dispuse que lo prepararan. Estaba más suave que un guante. Ése ya sabía que había nuevo amo. Troté hacia Doscastillos, en busca del canino mariscal. Las cosas mejoraban. En el establo, con su castrense olor a caballo y estiércol, sentí que recuperaba el tono de oficial. Empezaba a ser yo.

Víctor me recibió con transportes de alegría. No se cansaba de lamerme las manos, la cara, y cualquier parte del cuerpo que le ponía a tiro. Seguramente se creyó abandonado, perro de poca fe.

Paseé despacio por el pueblo, deslavazado laberinto de barro. Sólo la plaza mayor escapaba a la general miseria. La formaban un palacio con resabios platerescos; el Ayuntamiento, con vacilante galería de madera; y la iglesia, de ladrillo. Su espadaña podía tener algún mérito, prestado por la nobleza de la piedra y del bronce de las campanas. En el cuarto costado vi una botillería, lo que me alegró. Un cartel escrito por mano torpe anunciaba que respondía al nombre de El Caballero Templario. Mucha obsesión tenían los lugareños con la famosa Orden. Como iba de reconocimiento, hice una breve visita, prometiéndome volver con más sosiego.

A eso de media legua, se recortaba sobre el cielo una mota. La coroné. Bloques de granito dispersos, una albacara comida por las ortigas y un cubo de sillares a soga y tizón, usado como letrina, autorizaban a pensar en una fortaleza. Faltaba, sin embargo, para explicar el nombre de Doscastillos, otra, que no aparecía por ninguna parte. Con el misterio a la grupa, volví a la posada.

Trueba estaba cabe el portón, vigilando a un mozo que paseaba dos caballos recién llegados, para que no cogiesen frío.

Le felicité por el perfecto estado de las dependencias. Acogió el cumplido con media sonrisa. Animado por ella, pregunté:

—Se le notan los años de servicio. ¿Caballería?

—Quite allá. Reales Guardias de Infantería Española —me abrumó con el sonoro título del mejor regimiento que había, superior, incluso, a Princesa—. Y no se hable más —concluyó.

Parecía peculiar tal discreción, aun en hombre tan escueto. Cualquier otro se habría vanagloriado de lo que él ocultaba. ¿Habría desertado o era simple deseo de que nadie hurgara en su vida? Tendría que enterarme.

La ocasión se presentó a los dos días. Ciriaco Estébanez nos invitó a cenar. Subí al dormitorio para cepillar mis mejores galas, o las únicas, por mejor decir: la ajada casaca de Míguez. Sobre la cama había tres mudas limpias, unas polainas, calzones, chaqueta y chupa, sombrero y faja roja. Me arranqué la ropa que llevaba y la tiré al suelo, casi esperando que se alejara por sus propios medios, de lo asquerosa que estaba.

Con solemnidad, me puse una camisa de las nuevas. El tacto del lienzo fresco era otro paso más en mi regreso a tiempos mejores. Acabé de vestirme y bajé, ufano como un rey.

Di las gracias al maestro de postas, que las rechazó.

—Cosas de la Beltrana —gruñó—. Dijo que daba usted pena.

Nos pusimos en marcha. Por el camino, miraba y remiraba yo el fulgor mate de los botones de azabache, preguntándome el porqué de la gentileza. Apenas había cruzado dos frases con la mujer, sombra arisca y huidiza que se deslizaba por los recovecos de la casa. Igual Faustino había mentido, y de él procedía el obsequio. Daba lo mismo. Lo que importaba era el calor amable del buen paño de Astudillo.

Atravesamos el pueblo y paramos ante un edificio de balcón esquinado. Era la vivienda de Ciriaco Estébanez.

Don Anselmo ya estaba allí. Cura y antiguo depositario alabaron al unísono mi apariencia.

—Príncipe, parece usted un príncipe —exclamó, torpe, nuestro anfitrión—. Qué bien le cuida el señor Trueba. Si es un pedazo de pan, por mucho que presuma de fiero.

Faustino, medio corrido, se arrimó al brasero. Seguí su ejemplo. Antes de tres minutos ya cruzaban inocuos aceros verbales Estébanez y Cañizares. La lid, en esta ocasión, era dinástica.

Agucé el oído. En la anterior discusión, don Ciriaco se había expresado como acérrimo partidario del antiguo régimen, pero ignoraba si se inclinaba por Carlos IV o por Fernando VII. El misero era de ideas más modernas, pero no sabía si patrióticas o josefinas. La conversación prometía situar a ambos y, de paso, darme noticias que me permitieran navegar con mayor conocimiento de causa en el proceloso mar español, o en el pequeño estanque de Doscastillos, igual de alborotado.

—Arde la Patria, y nuestro único consuelo, el dulce Fernando, gime en el cautiverio de Valençay —bramó Estébanez, anunciando sus colores en la primera escaramuza.

—Arde, sí —musitó don Anselmo santiguándose con algún retintín.

—El Rey, aherrojado en tierra enemiga, cautivo en lóbregos calabozos —prosiguió la jeremiada.

—Algunos dicen que goza de inmenso palacio y que engorda a ojos vista, a golpe de faisanes y pulardas devorados en inacabables banquetes —fue la irreverente respuesta.

—¡Necedades, blasfemias! —Se mesó el otro los cabellos, con buen cuidado de no arrancárselos, que pocos le quedaban—. En mazmorras, en mazmorras me lo tienen a nuestro Deseado. Ah, no —se acaloró— no hay límites a la perfidia napoleónica. El Tirano no se para en barras. Secuestra al mejor de los monarcas y, no contento con ello, los libelistas a sueldo del execrable Fouché esparcen falsos rumores para que crédulos como usted, sí, como usted, cura descarriado, den pábulo a tan grandes bolas y se las traguen. Preso y bien preso está. Me consta de buena tinta.

—Sosiéguese, señor Ciriaco, que inevitablemente le van a dar los siete males como siga sulfurándose así —retrucó el tonsurado—. Ni siquiera su merced puede discutir que el indiscreto don Fernando fue a Bayona por su propia voluntad, tras conspirar contra su padre, a echarse indefenso a los pies del Emperador, para que le obsequiara el trono de sus mayores.

—Sí —suspiró Estébanez—, el inocente cordero, en su candidez, fue a meterse en la boca del lobo.

—¿Inocente quien, inepto, maquinó robar la corona?, ¿quien erigió en árbitro al que usted llama incalificable ogro?, ¿quien se dejó intimidar por él?

—¿Robar? ¿Qué robar? Le correspondía como príncipe de Asturias. No señor, aspiraba a recogerla del fango, donde lo había arrojado el papanatas de Carlos IV, aunque el nombre de cabrón le cuadraría mejor —fue la fulminante respuesta.

Tan silencioso como Trueba, asistía yo al tiroteo. Ni quitaba ni ponía rey, pero el cura estaba sobrado de razón en mucho de lo que decía. Sin ir más lejos, el día anterior el señor Valderrábano, dueño de la única botillería del pueblo, me había jurado que Fernando había llevado su abyección hasta felicitar a Napoleón por sus triunfos sobre los españoles. Lo afirmó mientras frotaba, con asqueroso trapo, un vaso usado que se disponía a servirme. Alarmado, me batí en retirada antes de que escanciara, por lo que me perdí la lista de las autorizadas fuentes que respaldaban la osada afirmación. No le creí del todo, porque el sujeto tenía trazas de empedernido borrachín, amén de, según proclamó, apasionado defensor de la guillotina, a la que tenía por única receta para los males de España. Me dejó con la duda, sin embargo.

Apareció un criado enclenque, arrastrando los pies trabajosamente. Con atronador vozarrón, que acalló el debate, proclamó que la cena estaba servida.

Pasamos al comedor, pieza mohosa y con un mal quinqué por toda luz. Casi a tientas, compartimos acelgas en aceite y bacalao salado, con agua del Pisuerga por toda bebida. De postre, media rosquilla de palo por cabeza. Don Ciriaco nos recordó que era viernes, para explicar tanta frugalidad. El cura le contestó con malvada risilla:

—Es curioso, apreciado Estébanez, que inalterablemente nos invite en este día de la semana.

—Voy para viejo, don Anselmo, y a mi edad uno se hace hombre de costumbres —se defendió.

Trueba, como siempre, no hizo comentarios. Luego, camino de la posada, me daría un pedazo de cecina. Los años le habían enseñado que a esa casa había que ir bien avituallado, para compensar la avaricia del dueño.

Los estómagos, medio vacíos, no favorecían la tertulia. La conversación languideció. En cuanto terminamos la última migaja, Cañizares dio la señal de retirada, me malicio que en busca del resopón que su previsora ama le había preparado, conociendo el percal.

El ex depositario nos acompañó hasta la puerta. Caía una helada tremenda.

—¿Dónde va sin capa, Príncipe? —se escandalizó Estébanez—. Tome la mía, que esta noche no voy a salir. Devuélvamela lo antes posible, eso sí, que la tengo en particular estima.

Le agradecí el detalle. Lo cierto es que la pañosa pesaba como el plomo, a pesar de sus muchos agujeros. Sería por lo poblada que estaba de habitantes sedientos de sangre.

—Este don Ciriaco… —dijo Trueba, mientras cabalgábamos—. Aquí las truchas están regaladas, pero, claro, como él no pesca, tendría que comprarlas, y pierde antes la vida que un maravedí. Por eso nos endilgó el bacalao, que debe de estar en la despensa desde los tiempos del Temple. No se preocupe, que algo nos habrán preparado en casa.

En efecto, un pollo asado, obra de Jimena, nos esperaba. Entre ansiosos bocados, me pareció ver a la Bernarda, subiendo las escaleras.

La cena, por llamarla algo, había aclarado la postura de Estébanez sobre la situación. Era un rabioso fernandino, odiador, como casi todos los de su especie, de Carlos IV y de Godoy. El cura, en cambio, seguía sin definirse. Pregunté al maestro:

—¿Qué ideas tiene don Anselmo? Liberal es, desde luego, pero ¿se inclina por los patriotas?, ¿por los josefinos?

—Lo que piensa el cura es un misterio. A lo mejor, Él lo sabe. —Señaló hacia el techo—. Aunque tampoco lo podría asegurar. A mí me parece que es un buen español. Ni me he metido, ni me meteré, en mayores profundidades.

Con eso quedé tan ignaro como estaba. Había muchas formas de ser buen español entonces, dependía del color del cristal con que se mirara. Trueba no diría una palabra más, seguro. Casi me extrañaba que hubiese dado una opinión en la materia. Tendría que buscar por otro lado.

La solución vino el sábado, de boca, quién lo iba a decir, de Valderrábano. Se acercó a la casa de postas con un macho, para herrarlo. Entablé conversación con él en la posada, al amparo de una jarra de vino. Fue tarea de romanos darle lo suficiente para soltarle la lengua, pero no demasiado, para evitar que desbarrara. Al final algo saqué, aunque el color de la nariz de mi interlocutor anunciaba que sus palabras no iban, ni mucho menos, a misa.

Afirmó sin titubear que el cura era afrancesado notorio, que se mantenía en su cargo por el apoyo de un prebendado de la catedral de Palencia, también de la cáscara amarga. Cuando mostré extrañeza al verle criticar tan acremente a alguien que, al fin y al cabo, compartía sus ideas sobre los beneficios de la Revolución francesa, se puso hecho un basilisco.

—No confundamos el culo con las témporas, señor Príncipe. Yo soy más español que El Cid, y reniego de todos los gabachos que en el mundo ha habido, y de los que habrá. ¡Hijos de Satanás! Claro está que la Revolución fue algo sublime, portentoso, que cambiará la faz de la tierra. Reverencio a Rousseau, a Danton y a tantos hombres geniales que acabaron con la tiranía monárquica. Pero no se equivoque. La Revolución que urge hacer aquí la haremos nosotros, los españoles, no los franchutes. Nos corresponde el sagrado deber de acabar con aristos, frailes y monarcas. Nuestra obra no estará culminada hasta que el Palacio Real arda por los cuatro costados, con todos los infames Borbones dentro.

»Sobran redaños para eso en las Españas. Los gabachos, que se vayan a su tierra, que allí tienen tela y cabezas por cortar. Que vuelen a defender la Revolución, prostituida por el Emperador, que guillotinen a la nueva aristocracia que está creando, antes de que sea tarde. Y que nos dejen en paz, para que arreglemos entre nosotros nuestros asuntos. ¡Muera Napoleón!, y otro vasito, si es tan amable.

Tenía ante mis ojos un nuevo ejemplar de la fauna española. Un fanático doble: como patriota y como revolucionario. El revoltijo, diría Cañizares, era insoluble.

Quedaba algo de tinto, y el botillero, aunque achispado, todavía parecía en condiciones de razonar. Le interrogué sobre el pasado de Trueba.

—Don Faustino sirvió en los Reales Guardias, ¿no? Famoso cuerpo. Con su apostura igual fue sargento. Siendo plebeyo, de ahí no podía pasar en el más distinguido de los regimientos.

—Está usted fresco, ni Guardias ni sargento —triunfó el otro, con voz que empezaba a enredarse—. Carabineros, y llegó a teniente, a fuerza de redaños, ésa es la pura verdad. A ver, la última. Sí, señor, teniente de Carabineros, que no está mal, ya que en esa selecta brigada equivale a capitán del ejército. Tuvo un duelo desafortunado. Mató a un ayudante segundo por asunto de faldas, y, hale, fuera. Como limosna, para evitar escándalos, le dieron en arriendo la casa de postas. Es listo y se administra bien. Callandito, está haciendo una fortuna. Cosas de la vida —acabó filosófico—: si hubiera seguido en la milicia, estaría ahora muerto o arrastrando el sable de derrota en derrota, que los famosos carabineros reales, aunque la brigada se dispersó, están en todas las salsas. Pero como le expulsaron, aquí lo tiene, hecho un ricachón.

Se fue haciendo eses. Me dejó pensativo. Trueba era un pino, como yo. Por vergüenza, lo ocultaba, para que no se conociera lo desairado de su salida del servicio. Pero la vanidad le había podido. Los Carabineros eran tropas de la Casa Real, igual que las Guardias. No quiso rebajarse diciéndome que había estado en un regimiento normal y escogió para su mentira otro de la Casa. Qué pequeños somos.

La historia explicaba la presencia de *Lucifer* en las cuadras. Había sido su propio caballo. También, el envaramiento, frecuente en persona trasladada a escalón superior, obligada siempre a estar alerta, para evitar deslices que traicionaran el humilde origen. Sus pocas palabras respondían a idéntico motivo. Yo mismo era perito en esas triquiñuelas, gajes de nuestro vergonzante estado.

No encajaban, en cambio, las faldas en el adusto personaje. Quizás una pasión pasajera. Pero si sólo era eso, ¿por qué el desafío? Igual mi amo era un volcán dormido.

Más me importaba el común pasado. Los dos conocíamos el miedo, y lo habíamos vencido. Si no, ni él ni yo habríamos llegado tan alto en la carrera militar partiendo de tan bajo. Y los dos sabíamos de los desplantes de la sala de banderas. Don Faustino Trueba podría ser buen consejero para mis dudas, y mejor compañero, si las cosas se torcían, lo que, en esos atribulados años, siempre resultaba posible.

VI

DOSCASTILLOS

Me adapté a la rutina del trabajo antes de lo que esperaba. Comenzaba con el alba y terminaba con el ángelus. Aunque lo riguroso de la estación hacía casi imposibles los viajes, era preciso preparar todo para cuando llegase el final del invierno. A mediodía comía algo en la posada o en los establos, según dónde me cogiera la hora del almuerzo. Dedicaba mis raros momentos de ocio a educar a *Víctor*. Con paciencia, le enseñé a levantar la pata al oír el nombre del rey José y orinarse. Se trataba de una venganza tonta, y, quizás, el lamentable Intruso era tan víctima como los españoles de la presente tragedia, pero disfruté en el papel de amaestrador de perros.

Al atardecer, mandaba ensillar a *Galano* y, con *Víctor*, iba al pueblo, media legua corta de amable paseo bordeando el río.

Digo que montaba a *Galano*, y digo bien porque una mañana, al poco de mi llegada, cuando Trueba vio que me disponía a sacar a *Lucifer*, comentó:

—Si no le sabe mal, prefiero reservarme el castaño.

—Como quiera, pero creía que el suyo era el alazán —contesté.

—No, se lo dejé sólo para que lo probara.

—Muy bien, el dueño es usted. —Y acaté su deseo.

Tuve así una razón más para creer la historia de Valderrábano. Estaba ya seguro de que *Lucifer* había sido el caballo del maestro de postas en sus tiempos de carabinero.

Mis salidas cotidianas tenían la botillería como destino. Doscastillos ofrecía poco como sociedad. Era un lugar pobre, habitado por una mayoría de jornaleros y aparceros, y algunos pegujaleros, propietarios de un par de puñados de tierra. El resto pertenecía al siempre ausente conde de las Altas Torres, amo del palacio. Su administrador, Edelmiro Cuenca, fungía también de alcalde perpetuo, designado por el noble, a quien pertenecía el pueblo. Junto con Ambrosio Hortelano, el boticario, Trueba y Estébanez, constituían la representación del tercer estado. La Iglesia estaba encarnada en la figura del cura Cañizares.

El Caballero Templario, el negocio de Valderrábano, servía de centro de reunión a toda esa gente, de mentidero y lonja. Allí, mientras mataban el tiempo, esperando a la hora de recogerse, se abrevaban con los mortíferos caldos que se expendían, más hijos de la alquimia que de la viña, aunque, eso sí, cristianos viejos, que habían pasado por la pila.

Poseía el establecimiento un pequeño reservado para los clientes de nota, entre los que me contaba, algo menos invadido por la peste a fritanga y a ropa húmeda que reinaba en la sala común. Tenía, gran lujo, velas de cera, y no de sebo, lo que también era de agradecer, y hacía la atmósfera algo menos irrespirable.

Allá me iba, sabiendo que siempre encontraría algún conocido para echar una parrafada, con un vaso en las manos. Y allí presencié, cómo no, sabrosas discusiones entre el depositario y Cañizares. El primero, cada vez más fernandino, enumeraba con voz trémula de emoción las múltiples desventuras del real secuestrado. El religioso contestaba con formidable batería de palabras empezadas por «in». «Intransigente», «insensato», «infame» eran adjetivos que prodigaba ante la lacrimosa verborrea de su entrañable rival.

Valderrábano asomaba a veces su hirsuta jeta, para unirse a la trifulca, tomando partido, ora por el depositario, por afinidades patrióticas; ora por el tonsurado, por contrario al Antiguo Régimen. Acababa yo baldado sólo de oírles, buscando casar tantas opiniones. No comprendía que el jacobino Valderrábano pudiese coincidir a la vez con el archiconservador Estébanez y con el liberal Cañizares. La mezcla de un monárquico recalcitrante, un bodeguero comerreyes y un sacerdote ilustrado era demasiado para mis pobres entendederas.

Prefería, pues, renegar del mal vino, hasta que el botillero, aburrido de mis quejas, traía una de las botellas polvorientas que guardaba bajo el mostrador, posiblemente a la espera de celebrar la instauración de la guillotina en España. En torno a ella hacíamos un brindis por los presentes, ya que cualquier otro hubiese sido comprometido, y se levantaba la sesión.

Silbaba a *Víctor*. Aburrido por las siempre iguales discusiones, había optado por no seguirlas y prefería roncar en un rincón hasta que acabase tanta tontería. Al oírme se sacudía el sueño, y juntos volvíamos a la casa de postas.

En todo lo que quedaba de invierno falté a las reuniones una semana nada más. Tuvo la culpa una gran nevada, que recluyó a cada uno en su casa, junto a la lumbre. El corral, para alimentar el ganado y aliviar el cuerpo, fue frontera que nadie traspasaba, so pena de quedar helado. Suerte que estuviésemos en tierras palentinas, por lo que sobraban mantas, y que la posada fuese de buena construcción. Aunque, reconozco, encontré otra defensa contra el frío.

En algún lugar he dicho que, al poco de mi llegada a la posada, vi que una noche la Beltrana subía a los pisos superiores. Me llamó la atención, porque a esas horas nada tenía que hacer allí, pero tampoco di mayor importancia al asunto. Unos días después, al regresar de la botillería, pude oír delatores ruidos procedentes de la habitación del maestro, al fondo del pasillo. Me abstuve de comentarlos. No soy curioso y el temperamento de Trueba no invitaba a familiaridades.

La nieve, que prohibió mis salidas, nos impuso una convivencia desacostumbrada. En lugar de ir donde Valderrábano con el crepúsculo, tuve que permanecer en la posada y compartir cena con mi amo y señor.

Al principio no sucedió nada. Le notaba que se rebullía nervioso en la silla tan pronto como retiraban los platos, pero no me moví del sitio. Mi cuarto carecía de chimenea, y prefería quedarme al amor de la lumbre del comedor, hojeando alguno de los libros desencuadernados que rodaban por la casa, mientras llegaba el sueño. Pensaba, por otro lado, en el razonable dicho: «O jodemos todos, o la puta al río», muy apropiado en el presente caso.

Transcurrieron así dos noches. Él, lanzándome miradas asesinas; yo leyendo, impasible. A la tercera gritó, retador:

—Beltrana, vamos.

La mujer salió del rincón donde se agazapaba y le siguió sumisa, escaleras arriba, a tres peldaños de distancia.

En el desayuno, el maestro dejó caer, mientras comía las gachas:

—Es buena persona y no tiene el mal francés. Si gusta...

Gusté, que tenía hambre, y no de gachas, tras larga abstinencia. Lamento no entrar en pormenores, pero es que no los hubo. Quien ha visto a un caballo cubrir una yegua ya sabe todo lo que pasó. Me desfogué ante el mutismo de la mujer, que, tumbada, mirando al techo, no varió la expresión del rostro ni por un instante, ajena a mis estertores.

—¿Servido? —preguntó cuando me vacié.

—Sí, hija, servido —resoplé, al tiempo que me desplomaba cuan largo era en el colchón.

—Pues con su permiso. —Y se fue.

Con militar precisión, Trueba y yo establecimos riguroso sistema de relevos, turnándonos cada día, excepto el domingo cuando la Beltrana estaba franca de ría, que dirían en la Armada, para poder ir a misa y dedicarse a zurcir medias y otros menesteres. Era, desde muchos puntos de vista, una situación ideal. Ambos teníamos mujer, sin escenas, celos ni compromisos.

Yo fui el culpable de acabar con el grato estado de cosas. Pasadas las primeras ansias, el pedazo de carne me sirvió para desfogar, ante el mudo asombro de la propia Beltrana, más dulces ardores, fruto del recuerdo de Patricia Trevelyan.

En efecto, amainando ya el torbellino que me había arrastrado tras Espinosa, acabada la larga pesadilla que comenzó en el aciago campo de batalla, volvía poco a poco a mi ser.

La primera etapa fue asegurar el pan nuestro de cada día. La segunda, el regreso a una organización jerárquica y con reminiscencias castrenses, como era la posada. Con Beltrana, por último, había recuperado el cuerpo, adormecido a golpe de desventura.

Resueltas esas cuestiones, necesitaba ahora más. La vuelta a la normalidad despertaba nuevas ambiciones. Patricia representaba, o yo quería que lo hiciera, algo que me seguía faltando, y que las amistades doscastillescas no suplían: cierta dulzura, un regazo para descansar, un refugio frente a incertidumbres que no dejaban de lacerarme.

Así es la boba condición humana. Pocos meses antes, mi presente situación me hubiese parecido un sueño. Ahora, en lugar de disfrutarla plenamente, añoraba algo que, en realidad, nunca había tenido. Ésa es nuestra condena, la búsqueda permanente de la felicidad inalcanzable, no saber resignarnos a lo posible.

Sin querer, empecé a hacer el amor a la británica en el cuerpo de la Beltrana, triste juego. Injusto, reprochaba a la una no ser la otra. Temo que hasta llegué a sentar la mano a la moza, en castigo por ser quien era. La indiferencia con que aceptaba los golpes no hacía sino aumentar mi angustia hasta la exasperación.

Una noche puse término al absurdo. Me sentía especialmente nostálgico y, aprovechando una de las primeras salidas tras la nevada, había comprado a la sirvienta unos zarcillos. En mi enajenación, llegué a hacerle alguna caricia previa. Luego, la cabalgué con los ojos cerrados, como solía. Tuve un descuido y, en plena faena, los abrí. Grave error. La Beltrana comía pepitas de girasol, que escupía al ritmo de mis sacudidas. Me apeé en el acto y la eché con malos modos.

Melancólico, fui a la ventana. El horizonte, impasible, no ofrecía nada, ni un bulto en la distancia que pudiera ser Patricia. Nada en absoluto.

La tarde siguiente, Valderrábano me dijo que se celebraba una hiladura, nombre que se daba a una especie de tertulia, en casa del administrador. Ante mis vacilaciones, aseguró que sería recibido con los brazos abiertos.

Edelmiro Cuenca vivía en el palacio, en un par de habitaciones que daban a un patio conquistado por las malas hierbas. Para llegar a ellas tuvimos que recorrer varias salas destartaladas, siguiendo el rastro que habían dejado invitados más puntuales en el entarimado cubierto de polvo. Las tablazones que cerraban las ventanas apenas dejaban entrar un poco de luz, que rescataba de la sombra las sábanas gastadas que cubrían algunos muebles. Olía a humedad y a ratas. Después atravesamos la cocina, llena de mugre y que, por su aspecto, no se usaba desde hacía años. Unas gallinas se habían instalado en el horno.

Comparado con tanta decrepitud, el cuarto donde nos recibió Cuenca era casi fastuoso. Había media docena de sillas desparejadas, dispuestas en torno al brasero, un aparador de palo de santo, dos quinqués y un cuadro de San Roque. El administrador ocupaba el único sillón. Era un pobre hético, consumido por la enfermedad, que nunca salía a la calle. El pueblo le atribuía gran fortuna, fruto de lo que robaba al conde.

Su esposa, acartonada beatona, muy pagada de la alta posición de su marido, nos hizo los honores, con mucho bisbiseo. Tras ofrecernos sendas copas de moscatel, fue presentando, parsimoniosa y prosopopéyica, a los allí reunidos, molestia inútil, ya que los hombres nos conocíamos de la botillería, y las mujeres, embebidas en su labor, apenas contestaron a nuestro saludo.

La flor y nata de Doscastillos se encontraba en la sala: el cura Cañizares, el depositario y los pocos propietarios que había. Faltaban solamente Trueba, al que supuse en brazos de la Beltrana, ya que ese día le tocaba a él, y Hortelano, el dueño de la botica, enemistado desde hacía décadas con el anfitrión por culpa de un tortuoso pleito sobre no sé qué finca. Algo me extrañó ver a Estébanez manejando la rueca, pero me dijeron que en aquellas partes era afición compartida por ambos sexos.

Me senté junto a él, fingiendo que admiraba su trabajo, aunque lo que deseaba era ratificar lo que Valderrábano había contado sobre el maestro de postas.

Confirmó su pertenencia a los Carabineros, pero, aseveró, el verdadero motivo para dejar el regimiento fue su desmedida afición al juego, que le llevó a contraer deudas cuantiosas. Hubo feos rumores sobre manipulaciones con la caja que Trueba intentó acallar a golpe de desafíos. Era gran tirador, y los duelos se saldaron con un capitán y un teniente heridos. A fin de poner coto a la hecatombe se celebró un tribunal de honor que dio pábulo a las maledicencias, debido a la condición de pino del ahora maestro de postas, y que acordó su expulsión. Luego se demostró la falsedad de las acusaciones, pero era demasiado tarde. Trueba había dejado el ejército y, con orgullo propio de don Rodrigo en la horca, se negaba a volver si no se le presentaban excusas oficiales, satisfacción que los altivos Carabineros no estaban dispuestos a dar a un vulgar plebeyo.

Las palabras del depositario aumentaron mi simpatía por el maestro. Aplaudí para mis adentros los dos duelos y el gesto soberbio, y me encorajinó la altanería de los que, sobre el papel, eran sus compañeros de armas. ¡Cómo entendía al pobre pino, tan injustamente tratado!

Pasé luego a conversar con el tísico, por imperativo de las buenas formas. Estaba para pocos trotes. Sus garras escuálidas aferraban un pañuelo manchado de sangre y una tos cavernosa cortaba a cada momento su discurso.

Por hablar de algo, le comenté mi extrañeza ante el hecho de que Doscastillos sólo tuviera un castillo. Soltó una risotada, que acabó en agónicos estertores, y dijo:

—Dos castillos hubo, como dos soles. El uno, el que usted ha visto, construido ni más ni menos que sobre un castro romano, según certifican papeles viejos. Constituye, desde tiempo inmemorial, la más preciada gema de la condal corona de los Altas Torres. —Interrumpió el discurso para aclararse la garganta y lanzar un espeso escupitajo al ojo de un ciervo que trotaba en la fatigada alfombra—. El otro se hallaba en lo que es ahora la posada, que fue edificada sobre sus cimientos. Se podría decir que, mi querido Príncipe, usted vive en el castillo que, según su parecer, no existe.

—¡Qué me dice, señor Cuenca! —me apresuré a exclamar.

—Es historia antigua, si no leyenda o conseja —prosiguió feliz con mi reacción—. Habrá observado que la posada se titula El Gran Maestre, y no habrá escapado a su sagacidad que el estupendo nombre aparece enmarcado por dos cruces rojas, que una persona ilustrada como usted tiene que haber reconocido sin vacilar como pertenecientes al Temple. Orden ésta tan admirable por muchos conceptos como merecedora de vituperio por otros. Tanto que el Santo Padre juzgó preciso disolverla *ad aeternum*, acusada de aberraciones que la presencia de estas venerables matronas no me permite enumerar, por respeto a sus castos oídos.

»Nombre y cruces son vestigios que se conservan de la descomunal fortaleza templaria que en su día adornó el espacio que es hoy vulgar —y usted disimule— albergue de viajeros. Desde luego, comprendía entonces mucha mayor extensión. Los actuales edificios, posada y casa de postas, se yerguen sobre parte de ella. La fachada de la primera y parte del corralón de la segunda no tienen otro origen. El comedor y toda la planta baja fueron en su día el aula *maior*, o salón de audiencias y fiestas. Si se fija, también verá que uno de los abrevaderos es un antiguo matacán.

»Cuando Clemente V, vendido a los gabachos, raza execrable entre todas, decretó la extinción de la Orden, ésta, en general, se plegó a la ira pontificia. Sin embargo, en ciertos puntos se encendió numantina resistencia. Morón y Mira son dos que vienen a la memoria. Otro fue Doscastillos.

»Hubo largo asedio, plagado de hazañas dignas de los libros de caballerías, pero, al final, las tropas del Rey prevalecieron. Encrespadas por la tenacidad de los defensores, asolaron el castillo, en lugar de cederlo a Calatrava o Santiago, como se hizo en otros lugares de España.

—Me asombra con su erudición, mi docto amigo, pero por mucho que rebusco, no hallo trazas de leyenda en su discurso.

—Ahora viene. Se dice que el buen monarca, siempre alcanzado de dinero, como corresponde a esa elevada magistratura, mandó torturar con otomano refinamiento a los pocos supervivientes. Esperaba que revelaran el lugar donde escondían las fabulosas riquezas que el vulgo atribuía al Temple. Al ver que callaban, pese a las muchas perrerías que les hizo, mandó enterrarlos vivos. Como última befa, se hizo según los preceptos de la Orden: sin ataúd, envueltos en sus mantos blancos y boca abajo.

»Allí tienen que seguir, mordiendo la tierra, no lejos, quizás, del tesoro magnífico que no traicionaron. Cualquiera en el pueblo le jurará que existe, y más de uno se dejó las manos cavando en su busca, antes de que se construyera la posada, que desde entonces Trueba no deja a nadie que entre a husmear.

»Tenga en cuenta que éste, ¿a qué engañarnos?, es un sitio de nada. La gente, para presumir de algo, se aferra al pasado templario cual a clavo ardiente. Con cuentos sobre los templarios se destetan los niños y, cuando ya son mayores, al Caballero Templario van a pasar el rato. A la hora de la muerte, los entierran bajo cruces que demasiado se parecen a las templarias. El cura es buena gente y hace como que no ve. Más le vale, porque sin la memoria del Temple, Doscastillos es nada.

Cuenca acabó sus palabras entre ahogos. Su cara mitad, asustada, acudió, pócima o tisana en mano, y yo aproveché para batirme en retirada y entablar conversación con Estébanez.

Charlábamos amigablemente, que era hombre racional, si no entraba en política, cuando la puerta se abrió con estrépito. Apareció Trueba, demudado, sombrero en mano. Vestido de negro, solemne, era la viva imagen del duelo.

—Cese el bullicio —pronunció torvo—. Señores, Zaragoza ha caído.

Los asistentes se atropellaron a su alrededor, en demanda de nuevas. Yo, sin despedirme, me embocé en la capa y salí. Las pisadas resonaron lúgubres en los salones muertos, acomodándose a mi corazón acongojado. ¡Zaragoza, símbolo de nuestra resistencia, conquistada! Las águilas imperiales, tornadas en buitres, se cebaban sañudas en el cadáver de España, sin dejarnos ni resquicios para la esperanza.

Monté a *Galano* y, al paso, fui a la posada, en busca de refugio.

Hablé con *Víctor*, que brindó su comprensión, como siempre hacía. Esta vez no bastó, sin embargo. La herida, reabierta por la terrible noticia, era demasiado profunda. El valor sobrehumano desplegado por la homérica defensa de la guarnición, orgullo del país todo, acentuaba mi cobardía en Espinosa. Necesitaba confesor.

En eso entró el maestro de postas. Todavía demudado, se acercó al aparador y sacó una botella de orujo y dos vasos. En silencio —no encontrábamos palabras para nuestra pena—, brindamos por la ciudad mártir. Mientras las brasas se convertían en ceniza fría, esperamos el alba, mudos.

Tan pronto como clareó, volví al pueblo, dejando a Trueba con sus tristezas. Quería ver a don Anselmo Cañizares. ¿Acaso no le pagaban para oír a las almas atribuladas?

Estaba en la sacristía, examinando preocupado unas casullas apolilladas.

—¡Hombre! El invicto militar —saludó—. Estos insectos me van a dejar en cueros.

—Padre, vengo a confesar.

—Ah, eso es harina de otro costal. Para algo tan serio es imprescindible ir al huerto.

Cogió la teja, envolvióse con el manteo y salió.

—Hable, le escucho con inenarrable interés —dijo mientras iba de mata en mata buscando los primeros brotes de judías y tomates.

—Para comenzar, debo decir que no he contado toda la verdad sobre mi vida.

—Inútil explicación, nadie lo hace. El que no oculte algo, que tire la primera piedra.

—En primer lugar fui, y creo que soy, oficial.

—Lo maliciaba. Tiene usted un aire incuestionable, un empaque, un no sé qué. Se le nota el hábito innato de mando.

—Estuve en Espinosa de los Monteros.

—Inocua derrota. —Alejó con un gesto el desastre—. Tomaremos la revancha, y nuestra venganza será terrible.

—Tras la dispersión, abandoné el ejército.

—Intrascendente comentario. —Ajustó un rodrigón—. El caos, el desorden…

—Le agradezco su comprensión, pero lo cierto es que no he querido volver. —El cura, tan acomodaticio, empezaba a fastidiarme—. Mire, padre, menos «ines», que lo que hice se llama deserción. Y me revienta esa manía suya por las palabras con «in».

—Inmerecido reproche. Veo que le incomoda, inexplicablemente a mi entender, esa inexistente costumbre que usted cree inveterada, pero me inclino. Continúe, no he querido interrumpirle.

Bajé la cerviz ante la andanada, casi la incliné y seguí, algo sosegado.

—Perdone, pero el asunto es grave, para mí. Soy un oficial, no un quinto cualquiera, y he cometido el más vil de los delitos: abandono de las banderas ante el enemigo, en tiempos de guerra. La Ordenanza, para estos casos, fulmina degradación y arcabuceamiento por la espalda, y hace muy bien, que no hay canallada mayor.

—Vamos a ver, hijo. Por lo que he oído contar de esa batalla, en tan inaudito crimen cayó íntegro el ejército, que escapó a la carrera. Como supongo que ni siquiera alguien como tú —pasó al tuteo— puede abogar por el fusilamiento de tanta gente, tendrás que reconocer que te juzgas con alguna severidad. Hubo miedo y, naturalmente, la gente, intimidada, salió de estampida. No se quede insomne por eso.

—No todos, padre, que algunos cumplieron con su deber.

—Héroes, insensatos, inconscientes. ¿Crees obligado ser uno de ellos? ¿No será el tuyo, al fin, un caso de insondable soberbia?

—En absoluto —respondí seco—, porque algunos se aguantaron.

—Y el señor Príncipe, el más principesco de cuantos príncipes han sido, desprecia a la inmensa mayoría que huyó y lamenta no haber permanecido con el puñado de locos que esperó a la muerte. Claro, el principesco Príncipe no actúa como la generalidad de los hombres, no. Para él la inmolación es un deber elemental. Entonces, permíteme que te pregunte, ¿por qué no moriste allí si era tu intrínseca obligación?

No supe qué decir. Como un niño cogido en falta, arañé el suelo con la bota.

—Cuidado, que ahí tengo plantadas lechugas —recriminó Cañizares—. Huiste porque no eres mejor que los demás, porque eres como somos todos. Tuviste un mal momento, la carne es flaca, y a correr, que ancha es Castilla. ¿Y qué? ¿Qué tiene de malo un poco de misericordia con uno mismo?

Me desconcertaba el cura con su benévolo acoso. Era tan tentador escucharle. Pero si yo hubiese pensado así, seguiría siendo sargento, y nunca habría llegado a oficial. No, Gaspar Príncipe estaba hecho de otra pasta. O eso creía yo, pues, por si acaso, me apunté la lección, para rumiarla luego con calma y discutirla con *Víctor*, cuando encartara. Igual don Anselmo tenía algo de razón. Era posible que la cobardía de tantos en parte justificara la mía. Lo pensaría.

—¿Está más tranquilo? Pues vamos a echar un cigarro al instante. —El párroco, conciliador, volvía a su habitual tratamiento.

Nos sentamos en un banco de piedra que el sol empezaba a calentar. Juana apareció con sendos vasos de vino y un plato de lomo. El religioso sabía vivir. El ambiente favorecía las confidencias. Me decidí a plantear las dudas que me habían surgido sobre mi Santísima Trinidad particular. Cañizares escuchó, liando el tabaco con lentitud. Tardó en hablar.

—Si yo tuviera respuesta a sus preguntas, no sería un pobre

cura de pueblo, sino reputado teólogo y, por lo menos, Secretario de Despacho Universal. España entera, menos algunos sinvergüenzas de uno y otro lado, se hace esas mismas preguntas y nadie tiene respuesta.

»Veamos. Por lo que se refiere a Dios, mi sagrado ministerio rechaza cualquier vacilación. Sus designios se nos escapan y a veces se escriben con líneas torcidas. Él sabrá por qué permite tanto horror. Quizás las tribulaciones presentes aguijoneen un renacimiento del espíritu religioso entre el pueblo, que empezaba a flaquear. Es posible que el testimonio de tanto mártir sirva para propiciar un aumento de la verdadera fe. Qué sé yo. Pero no me dude de Dios, Príncipe, que sin Él todo es nada.

»En cuanto a la Patria —dio un tiento al morapio—, es problema más arduo y sujeto a opiniones. Yo distinguiría entre la fidelidad al propio campanario, muy respetable por todos los conceptos, y el sentirse parte de algo más grande. Una cosa no quita la otra. Lo que ha sucedido es que con el formidable terremoto que nos asola, la gente ha buscado refugio en lo más próximo, en lo que le resulta familiar, y ése es el campanario del que hablo. Lo malo es que, en su miopía, tome la parte por el todo, y que empequeñezca su horizonte a los estrechos límites que desde ella se divisan. Eso sólo nos hace más pobres, más aldeanos, en el fondo. Pero se trata de materia disputable. ¿No se ha hablado siempre de las Españas? Será porque hay más de una. La verdad es que carezco de una respuesta terminante. Habrá que encontrar un equilibrio entre el terruño y el país entero, entre la patria chica y la grande.

»Como ve, mi perplejidad es considerable y la respuesta, nada terminante. En casos así, nada como hacerse de tu capa un sayo. Busque su propia respuesta, hágase una España a su medida.

La contestación de Cañizares, como él mismo reconocía, resultaba de escasa utilidad. Casi me arrepentía de haber ido a ver a personaje tan escéptico y de tan pocos principios. Para mí, la Patria había sido siempre algo evidente, cerrado a cualquier discusión, incluso al razonamiento. Estaba allí, igual que el aire que respiraba. Las palabras del cura obligaban a ver la cuestión bajo un nuevo prisma, a forjarme una opinión propia. Asustado, descubría que no la tenía.

Se levantó, comentando que uno se quedaba frío en el banco, y reanudó el paseo.

—Queda el Rey. Respecto a su augusta persona, sólo puedo compartir mis dudas con usted. Descartemos a don Carlos IV como a mal naipe, por cretino. En su estulticia llevará la penitencia en la otra vida. En ésta, ya ha empezado a pagarla con los cuernos que luce.

»Restan don Fernando y don José. Del primero, lo menos que se puede decir es que se trata de un bellaco. Conspiró contra su padre y se arrastró ante Napoleón, mendigando una corona que le correspondía según Derecho. No faltan deslenguados que afirman que le ha solicitado, además, que le elija esposa. Quiero no creerlos. Es, sin embargo, y a pesar de todo, heredero de la legítima dinastía española.

—De española poco, padre, que es francesa —apostillé.

—Lo sé, desde luego, pero al menos lleva un siglo gobernándonos, lo que no se puede predicar de los Napoleones o los Bonapartes. Prosigo. José parece hombre ilustrado y lleno de buenos deseos, lo que no es el caso del que algunos ilusos llaman «el tierno Fernando». Pero extranjero y, mucho me temo, un títere en manos del Emperador. Si llegara a reinar efectivamente, quizás sería una bendición. Se dice que aspira a acabar con los tiempos de tinieblas e ignorancia que nos agobian desde hace años, traer las Luces y arreglar a nueva planta la constitución moral y física de esta fatigada España, para felicidad de sus súbditos todos.

»La cuestión estriba en si su imperial hermano se lo permitirá, y si lo consentirá la hispana grey, que le detesta, tanto por haber usurpado el trono como por reformador.

—Le agradezco el sermón —dije—, aunque sigo con iguales dudas que al principio.

—Dudar es de sabios. —Alzó el índice, doctoral—. Cada uno tiene que encontrar por sí mismo las respuestas. Las del prójimo no valen nada. Es parte del aciago destino del ser humano, buscar a tientas respuestas para las preguntas que se hace sin cesar. Labor, por otro lado, condenada al fracaso de antemano, porque las importantes no tienen solución en este mundo.

»Éste, amigo mío, es el reino de los ciegos. Los privilegiados no pasan de tuertos. Con dos ojos sólo ve Uno. El resto vamos dando trompicones, como podemos. Añadiré, si le sirve de consuelo, que los más cuerdos son los que más vacilan. Desengáñese, la certeza es el limbo donde viven los tontos. Usted, me temo, es de los escogidos, a quienes está reservado el tormento de la duda permanente.

—Muchas gracias por el cumplido, o lo que sea —masgullé medio halagado a mi pesar—, pero para ese viaje no necesitaba alforjas.

—Así es —admitió—. Además, siempre están vacías.

Con tan enigmática sentencia se despidió, pretextando que tenía que ir a rezar el rosario a casa del administrador. Me vio tan mohíno que, antes de alejarse, soltó una postrera parrafada:

—Busque cualquier cosa, alma de cántaro. Búsquese una Patria. Puede ser su pueblo, una bandera, una idea, una mujer. Hasta un dios, y que Él me perdone. No sería ni el primero ni el último. Digo más. Casi todos, sin saberlo, lo hacen. Busque un ídolo, aunque sea de barro. Con tal de que se pueda apoyar en él... Que sea real o imaginado es lo de menos. Únicamente importa que le sirva de cayado para transitar por este valle de lágrimas.

Y se fue.

«Príncipe —me amonesté—. Eres bobo. ¿A quién se le ocurre buscar como consejero a un cura de aldea, afrancesado y medio ateo?»

A pesar de ello, hice el camino de vuelta cavilando sobre las palabras de Cañizares y la total desaparición de sus «ines» cuando trataba materias de enjundia. Aquello del ídolo merecía reflexión. Igual tenía que encontrar uno, o fabricarlo. De nuevo, me visitaron los ojos grises de Patricia Trevelyan.

Galano se detuvo. Había llegado, sin enterarme, a la casa de postas. Dejé las meditaciones para mejor momento. La gente, aprovechando mi ausencia, se había entregado a la molicie. Los postillones, a quienes dejé encargado que unos almohazaran los caballos mientras otros cambiaban la paja de los establos, se hallaban embebidos, con gran copia de reniegos, en animada partida, que disolví al instante, fuete en mano, cual Jesucristo entre mercaderes.

Recorrí todas las dependencias, buscando más tarea para ellos. Les iba a tener trabajando hasta la noche, a ver si aprendían.

En el patio topé con Blas, el mozo lelo. No se había contagiado de la general holganza, pero tampoco estaba a lo suyo, sino que cavaba con frenesí, cerca del abrevadero. Le llamé.

Al oír mi voz, se enderezó de un salto y se quitó, respetuoso, el grasiento bonete.

Con dificultad, porque tenía el hablar empedrado de extemporáneas carcajadas, entendí que tanto afán estaba dedicado al legendario tesoro. Se le había aparecido en sueños un tal Jacobo Molé, indicándole que en ese preciso lugar, a tres varas de profundidad, yacían las riquezas del Templo de Salomón.

Le dije que eran cuentos de vieja, y que más le valía que echara una mano a los postillones, so pena de quedarse sin empleo en el acto.

Entonces, metió una mano en el seno y sacó un medallón que llevaba sujeto por un dogal de cuero.

—¿Y esto? —preguntó, marrullero—. ¿También será cuento?

Lo miré, curioso, venciendo el acre olor a estiércol del mozo. Era de plata. Bajo la costra de suciedad se adivinaban dos caballeros, jinetes en una sola cabalgadura, y la palabra «Sigillium». A duras penas distinguí una cruz y otro texto, ilegible.

Me fui a la posada. Valiente pueblo. El cura, filósofo. El tonto, desenterrador de joyas. El maestro de postas, carabinero duelista. Claro que el mayoral, que resultaba ser yo, era un capitán desertor. Qué tropa.

Trueba estaba en su oficina, revolviendo papeles. Le hablé del hallazgo de Blas.

—No me sorprende. Ésta es tierra templaria, y es natural que se encuentren de vez en cuando cosas de ellos. La medalla de que me habla es un símbolo del Temple, para representar la pobreza, aunque la Orden era más rica que Creso. En cuanto a «Sigillum», es uno de sus lemas y el Templo de Salomón, su nombre en castellano, que no sé por qué hemos afrancesado.

»Ningún misterio hay en ello. Y, por cierto, el Jacobo Molé no es sino Jacques de Molay, el último gran maestre, muerto entre atroces torturas por orden del rey Felipe de Francia. Si esta noche no tiene nada que hacer… —me miró expectante y siguió ante mi gesto de negación—: por la sala anda un libraco sobre esos señores. Que lo disfrute.

Terminada la cena, mientras que el maestro subía con la Beltrana a sus labores, me enfrasqué en la lectura, que duró hasta la madrugada. Ni el crujido de las escaleras, anunciando que la mujer bajaba, me distrajo.

Encontré numerosas menciones a las consabidas acusaciones de nigromancia, ritos obscenos y la imprecisa figura de Bafomet, a las que no di mayor importancia, por parecer fruto de la superstición, que no de la ciencia.

Los hechos probados eran lo bastante extraordinarios como para perderse en fábulas.

Ya he hablado de la rara fascinación que sobre mí ejercen los lugares lejanos, y el volumen que tenía en las manos abundaba en nombres rotundos, que paladeaba en mi mente. Montfort, Dieu d´Amour, Blanchegarde, Beaufort, Château du Roi, Belvoir, Buffavento… ¿es que alguien podía resistir a su magia? Veía muros compactos, bermejos, dorados o quizás de negro basalto, recortados en una colina, sobre un mar de arenas estériles, moteado de arbustos y rocas. Guardianes de rutas centenarias que iban a El Cairo, La Meca o Damasco, navegadas por escuadras de camellos silenciosos. Imaginaba que se abrían sus puertas, para dar paso a cascadas de caballeros centelleantes, hierro de pies a cabeza, que marchaban a combatir a los infieles en la más santa de las guerras. O que se cerraban ante estrechos cercos, soportando el ariete y la sed. Durante las breves treguas en la lucha, blancos templarios, desplomados junto a las almenas, bebían sus propios orines, en copas de plata.

Entre párrafo y párrafo levantaba los ojos de las páginas y asistía al desfile, en la pared vacía, de rostros barbados, turbantes, gonfalones y bruñidas mesnadas.

Todo en la secreta Orden suscitaba admiración, por sus homéricas dimensiones. Incluso su aniquilador, Felipe el Hermoso, leí, no fue hombre común, habiendo estado, al parecer, relacionado con el Emperador de los Últimos Días. Me hubiese gustado aprender más de un Emperador con tan extraordinario título, pero el libro, enigmático, silenciaba detalles.

Aquella tarde no fui a la botillería, sino a la cama, para recuperar el sueño perdido. A la siguiente, sin embargo, acudí. Lo recuerdo bien, porque fue la última velada tranquila que allí pasé. Luego todo se complicó.

Fue también el día en que conocí a Ambrosio Hortelano, el boticario. Era un hombre cerca ya de la sesentena, cubierto por la capa de los pies a la cabeza. Sólo asomaban unos ojos de búho, parapetados tras gruesos quevedos, y una mano sarmentosa y febril, que me alargó sin moverse de la silla que ocupaba, casi metida en el fuego.

—No tenía el gusto, pero había oído hablar mucho de usted —saludó con voz atiplada, que me desagradó desde un principio—. Durante el invierno no salgo nunca de casa. El frío me ataca los humores. Menos mal que tengo un excelente remedio, de mi creación, que llevo tomando desde hace años.

—Ineficaz, no hay más que verle —dijo con guasa Anselmo Cañizares, suspendiendo su sempiterna discusión con Estébanez.

—No se ría, señor cura, que sin él habría muerto hace tiempo. Le daré la receta, por si la necesita algún día.

Aguanté el chaparrón de latinajos sin chistar. «Unto de vaca» fueron de las pocas palabras que dijo en cristiano. Por si el propio estado del paciente no demostrara ya que el brebaje era poco recomendable, saber que contenía ese ingrediente bastaba para renunciar a él y, de permitirlo mi salud, a los servicios de su autor.

Languideció la unilateral conversación ante mi palpable falta de entusiasmo por la fórmula mágica. Para reavivarla mencioné el encuentro con Blas.

—Ah, los templarios —comentó Hortelano.

—Sí, tema curioso —respondí—, sobre el cual don Edelmiro Cuenca disertó de forma enjundiosa, a la par que amena, en su casa, el otro día.

Nada más decirlo, caí en la cuenta de la torpeza que había cometido, por la vieja enemistad que reinaba entre boticario y administrador.

—Cuenca, Cuenca. Qué sabrá ese hombre. Habla demasiado —contestó el otro, lanzando una mirada aviesa—. ¿Y qué contó?

—Nada extraordinario, lo que sabemos todos —me batí en retirada, procurando enderezar el entuerto.

Dije algo sobre el excesivo calor de la chimenea y retrocedí hasta donde estaban los dos polemistas. Bromeamos a costa del boticario.

—Con sus infaustos bálsamos, ése tiene más muertes sobre su conciencia que don Pedro el Cruel —afirmó el cura—. No he dado yo extremaunciones a infelices víctimas suyas.

—Vivimos de milagro —abundó Estébanez—. Sin galeno en el pueblo y con el pobre Ambrosio como representante de Esculapio.

Cañizares, naturalmente, tenía que disentir.

—Quite, don Ciriaco, y deje al médico en Dueñas, que bien está allá asesinando gente. Mientras las Luces no iluminen la ciencia, toda esa patulea infecta, que se dice instruida, no merece ni la patente de matasanos. Mejor quiero a nuestros curanderos de toda la vida. Tampoco valen para nada, pero al menos no se dan aires.

—Estamos de acuerdo. Depositarios de la sabiduría popular, son con mucho superiores a los jóvenes fatuos que se dicen formados en las modernas Universidades, albergues de vagos y reductos de la revolución.

Ya se iban a enzarzar otra vez cuando puse paz, narrando mis exploraciones templarias, desde la charla con el administrador al exabrupto de Hortelano, pasando por Blas y las lecturas nocturnas.

Estébanez resopló, enfurecido:

—Nada me solivianta más que esas habladurías sin fundamento. Los templarios fueron un hatajo de traidores al Santo Padre, perjuros y sodomitas. Extinguida y requetebién extinguida está la nefanda Orden. No sé cuándo se dejará de hablar de ella. Que si el tesoro, que si en Doscastillos hay un capítulo secreto templario… Nunca acabaremos de oír dislates. Claro, mientras anden cuatro pelanas diciendo tonterías… Ya quisiera yo cogerlos.

Aquello era nuevo.

—¿Qué es eso del capítulo secreto? —pregunté.

Se miraron ambos, como chiquillos cogidos en un renuncio. Cañizares recobró el primero la presencia de ánimo.

—¿Ve? —proclamó dirigiéndose al ex depositario, que se había puesto como una amapola—, ésa es su inmadura sabiduría popular, un cúmulo de necedades, fruto del impenetrable oscurantismo que, infortunadamente, nos rodea. Pero no se lo tome tan a pecho, que la cuestión no se merece un sofoco. Imagínese que tuviéramos que requerir los servicios del inmisericorde Cuenca para auxiliarle.

A continuación, me explicó:

—Sucede que los inviernos son largos en estas inhóspitas tierras. La gente se aburre en la inacción y se inventa lo que sea con tal de matar el tiempo. Tontunas.

Volví a casa, no del todo convencido. La evidente turbación de Estébanez ocultaba algo. Tendría que husmear por ahí.

Pasé la noche en un ay, me parece que por culpa de unos sesos de ternera sospechosos que tomé en la botillería de Valderrábano. A medida que los iba comiendo, ya notaba que podían resultar traidores, pero estaban ricos y como Jimena, la cocinera, nos había dado un verdadero bodrio para cenar, de lo que no había precedentes, no dejé ni un bocado.

Añádanse al revoltijo que me desgarraba las tripas la memoria del remedio que tanto alababa el boticario y las templarias conversaciones, y se entenderán mis agonías.

En cuanto me acosté, empezaron los retortijones, para no acabar hasta la amanecida. Iba del orinal a la cama, y de la cama al orinal, en un trasiego que me dejó exhausto, sin instante de reposo porque, en cuanto cerraba los ojos, me visitaban pesadillas espantosas.

Surgió primero el esqueleto de un caballo con dos jinetes. En las gualdrapas, escudos y mantos, todos blancos, traían cruces rojas. El bicho echaba fuego por los ollares. Galopaba sobre cadáveres con el uniforme de Princesa.

Luego fueron tres crucificados. El del centro era Armendáriz, con Belmont, el mercenario suizo, y Luisito, el tambor, a sus costados. Trueba estaba postrado de hinojos ante ellos. Sin que se percatara, Míguez, mi antiguo granadero, le birlaba la bolsa. Después, salió Blas, bailando desnudo una jota sobre un montón de oro. En el pecho brillaba, entre el vello apelmazado por la suciedad y la porquería, una medalla. Cañizares y Estébanez, vihuela y caramillo en ristre, marcaban el compás. Tumbado en el potro del tormento, un anciano, que sólo podía ser Jacques de Molay, fumaba incomprensiblemente un cigarrillo, mientras unos sayones le desgarraban las carnes con tenazas al rojo.

Más allá danzaba el rey José con la anciana esposa de Cuenca, que desplegaba pasmosa agilidad. San Román, exangüe, pasó tumbado en un carro, haciéndome cortes de manga. El tísico administrador cabalgaba intrépido a la Beltrana, jaleado por Valde-rrábano, y Hortelano molía algo en un almirez. Acabó todo con Patricia Trevelyan perseguida por un fauno con la cara de Fernando VII, al que azuzaba Napoleón vestido con las pompas medievales del Último Emperador.

El sol me halló moribundo, bañado en sudor, con las tripas y el ojete doloridos, y sabor a bilis en la boca. *Víctor* se había refugiado bajo la cama, hecho un ovillo, aguardando el término de mis desvaríos. Llegué como pude al aguamanil y me lo vacié en la cabeza. Tiritando sobre el suelo frío, sondeé la pesadilla, en busca de una explicación al sínodo de tan diversos personajes, congregados en pavoroso aquelarre.

Al único resultado que llegué fue jurar por lo más sagrado que nunca volvería a degustar los escogidos alimentos que se expendían en la botillería. Maese Valderrábano, o su madre, o, mejor, ambos, se los podían meter donde les cupieran.

No desayuné, claro.

VII

CAMINANTES

Comencé el día cristianamente, con un auto de fe. Fui a la pieza de conversación, secuestré el endiablado libro, lo llevé custodiado a la cocina y, una vez allí, lo entregué al fuego eterno. Sería por lo resecas que estaban las páginas, pero el caso es que las llamas agarraron con nunca vista ferocidad. Hubo súbito resplandor y desapareció, hecho pavesas, en un suspiro.

Jimena, la Beltrana y Asunción se hallaron presentes. La una, bruñendo peroles; la otra, baldeando el suelo; y la última, limpiando berzas, todas tres asistieron al holocausto. Al ver el gran fogonazo quedaron como aleladas. Luego, al unísono cayeron de rodillas y rompieron a rezar, con más prisa que un cura loco. No sé qué decían del demonio.

Admito que yo también quedé algo confuso ante el fenómeno, y con mejores razones, al estar más próximo a la chimenea. Cuando arrojé el libro, pude leer una sola palabra antes de que se consumiese: «*Sigillium*». Me dejó intrigado la coincidencia con el medallón de Blas. Mucho silencio parecía, pero la vida está llena de casualidades.

Abandonando a las mujeres con sus jaculatorias, fui a saludar a Trueba en su despacho. Se frotó las manos al verme.

—Príncipe, prepárese, que con la primavera va a aumentar el trabajo. Acabadas nieves y hielos, la gente se anima a viajar. Es, además, lo sabe tan bien como yo, época de operaciones militares. Las tropas pueden moverse con más facilidad y se las puede alimentar. No nos aburriremos, pues. Revise el estado de los animales. Habrá días que todos serán pocos.

—Ya está hecho —contesté con alguna brusquedad. No me gusta que me recuerden mi deber.

El maestro pasó por alto mi tono. Como antiguos oficiales, nos entendíamos.

—Sabrá poco del servicio de correos, con el escaso movimiento que ha habido desde que usted llegó. Se trata, sin embargo, de algo esencial en este negocio, y tendrá que aprender al menos los rudimentos. Aquí tiene la Biblia. —Puso la mano sobre un volumen muy manoseado que había sobre la mesa—. La *Ordenanza General de Correos, Postas, Caminos y demás Ramos*, de 1794. Se la prestaré para que la vaya leyendo en los ratos libres, pero le adelanto lo principal.

Noté un cambio en la voz de Trueba, que se tornó algo hueca, profesoral. Era evidente que le gustaba aleccionar a un auditorio. Tuvo que haber sido buen instructor.

—Al principio, este servicio era privilegio reservado a los reyes y a los poderosos; pero, en estos tiempos modernos, cualquiera puede hacer uso de él por una módica suma. Hay dos elementos esenciales, no los olvide nunca. La rapidez y la reserva.

Di un respingo al escuchar esta última palabra. El *sigillium* surgía de nuevo.

—La primera —continuó— requiere tener preparadas siempre buenas caballerías de refresco. El correo goza de prioridad sobre los particulares y, si se demora por el mal estado de las monturas, me toca pagar una multa. Si el caso se repitiera, hasta puedo perder la casa de postas. Por consiguiente, ni una broma, ni un descuido en la materia.

»En cuanto a la segunda, las cartas son sagradas. Se rumorea que en Madrid las abren cuando quieren, y no únicamente ahora, que estamos en guerra, sino de hace tiempo. Ni lo sé ni me importa. Lo que sé y lo que me importa es que de aquí tienen que salir como llegaron en las valijas: cerradas. Mucho ojo con los postillones. Vigílelos como un águila. Desconfío de todos, hasta de Blas. Me parece que se hace el bobo de lo listo que es.

En eso coincidía con mi docto cátedro. Algo me decía que el mozo era un vago redomado que se parapetaba en la fama de tonto para trabajar poco, o quizás para cavar mucho. Me ocuparía de que no se aburriera.

Pero se me antojaba larga la disertación. Yo sabía leer y me imaginaba que la materia estaba al alcance de cualquier caletre. Hice un movimiento de impaciencia, que Trueba advirtió.

—Sosiéguese, señor soldado, y atienda, que en esto le va el pan. Entro ahora en la parte más delicada. Junto al normal servicio, que ahora se hace, naturalmente, en nombre del rey José, existen otros dos. Uno, el va y viene de los correos militares gabachos. Con nuestra situación, que le comenté el primer día, entre Francia y Madrid, de un lado, y Portugal y Francia, de otro, el trasiego es notable. Su buen sentido le dictará, cuando yo me ausente, las monturas de refresco que quiera dar a esos señores. Pero espero de usted que escuchará, asimismo, a la prudencia. Son gentes de armas tomar, entienden como un albéitar de estas cosas y no se dejan engañar fácilmente. No se haga el listo con ellos, que les importa un rábano pegar fuego a la casa de postas, a la posada, a usted y a mí. Así que gracias, pocas.

»El otro servicio, el que tienen medio organizado nuestros compatriotas que luchan contra los franceses. No son ni peores ni mejores que éstos y tampoco se andan con chiquitas.

»Por si le sirve, y más le vale, porque en caso contrario ya puede ponerse a buscar trabajo, hay una regla de oro: no me haga política con el servicio. Rapidez y reserva para todos. Todos —recalcó mirándome con dureza—. Si se lo pide el cuerpo, en los ratos de ocio, se echa al campo a matar imperiales, o patriotas, o afrancesados, tanto me da. Pero aquí, nada de política.

Más corrido que un doctrino, salí con el libro bajo el brazo. La cosa tenía sus complicaciones después de todo. Podía costarme la vida.

Empecé a leerlo esa misma noche en el cuarto. El título avisaba del árido contenido. No obstante, mi espíritu encontraba en sus bien fundados conceptos gran reposo, el mismo que en su momento halló en las *Ordenanzas de Su Majestad para el Régimen, Disciplina, Subordinación, y Servicio de sus Exércitos*, del buen rey Carlos III.

Era, en efecto, un contento tanta prolijidad y sabiduría. Verlo todo reducido a normas sencillas y terminantes. El legislador había previsto hasta la más mínima circunstancia. Nada ni nadie escapaban a su sagacidad. No dejaba margen ni al error ni a la duda. Hasta se precisaba el destino de los cabos de vela sobrantes.

Los muchos méritos de la obra no bastaron para que me olvidara del estómago. Después de un día entero sin comer, tenía un hambre canina. Jimena, para compensar sus pasadas faltas, se esmeró en la cena, que resultó pantagruélica. El vientre agradecido y la lectura, tan enjundiosa como plúmbea, produjeron efecto fulminante. Ni oí a la Beltrana subir las escaleras, camino del dormitorio de Trueba.

El maestro de postas me sacó del error en el transcurso del desayuno. Nada hubo que oír la noche pasada. La mujer no se había presentado, lo que le escamaba. Callé mis sospechas, aunque, para mi fuero interno, atribuí su ausencia al holocausto del libro. Seguramente estaba bajo los efectos de la hoguera templaria. Igual se había propuesto enderezar su vida tras la sobrenatural exhibición. Esperaba, por Faustino, que no fuera así.

Éste, sin embargo, tenía la cabeza en otras materias.

—¿Qué, le gustó el libro? ¿Se sabe ya todo? —inquirió.

—Hombre, todo, todo… —No estaba aún para exámenes.

—A ver, postas y leguas de Madrid a Bayona de Francia, pasando por Valladolid.

Confesé, sin compunción, y con nulo propósito de enmienda, mi ignorancia. Tanta ciencia parecía excesiva para un simple mayoral. Trueba, encantado, recitó:

—Puente de Retamar, Galapagar, Guadarrama, El Espinar, Villacastín, Labajos, Adanero, Arévalo, Ataquines, Medina del Campo, Valdestillas, Valladolid, Venta de Trigueros, Magaz, Doscastillos —hizo una cómica reverencia—, Quintana del Puente, Villodrigo, Zelada, Burgos, Quintanapalla, Castil de Peones, Briviesca, Zuñeda, Ameyugo, Miranda de Ebro, La Puebla, Vitoria, Udicana, Galarreta, Cegama, Villafranca, Tolosa, Urnieta, San Sebastián, Rentería, Irún, Oruña de Francia, San Juan de Luz, Vidarte y Bayona. Total, ciento doce leguas y media, y cuarenta postas. Si no se entra en San Sebastián, se ahorra una legua. En general, hay tres o cuatro leguas entre postas, lo que permite doce al día, con cuatro paradas, como mandan los cánones.

La exhibición me dejó pasmado. El maestro sonrió complacido.

—Aquí uno se aburría mucho antes de que mejorara el servicio con la Beltrana. ¿Qué iba a hacer solo, en las noches doscastillescas? Le añadiré, de propina, que por el camino directo son noventa y siete leguas y treinta y cuatro postas, pero no por eso se deja de utilizar este otro que tiene la ventaja de enlazar, vía Tordesillas, con la ruta que por Salamanca y Ciudad Rodrigo lleva a Portugal, y, a través de Benavente, con Galicia.

Acabadas las sopas de ajo, y digiriendo nombres, fui a la casa de postas, justo cuando llegaba un polvoriento tropel.

A su cabeza no iba, como debía, el postillón, a quien me juré amonestar, sino un mozalbete, aún barbilampiño, vestido a lo húsar, de amaranto y blanco. El brochazo rojo de la Legión de Honor ilustraba el dormán. Por el brillante uniforme, tenía que ser ayudante de campo de algún mariscal francés. El abultado portapliegos revelaba que llevaba despachos, uno de los cometidos habituales de los edecanes.

Tras él cabalgaban el postillón, sobre un rocín cubierto de espuma, y el asistente.

Trueba, que acudió a la novedad, murmuró entre dientes:

—Tiene cuajo, el chico, por estos caminos y sin escolta.

El postillón, frotándose el brazo escocido por el vergazo que le arrimé, nos informó de que el joven no había dejado el galope desde Irún. Únicamente se detenía para cambiar de montura, tomar un bocado y echar un trago. Hasta dormía en la silla.

—Eso se llama correr la posta a la ligera —afirmó—. Lo demás, pamplinas.

Como para ratificar sus palabras, a los cinco minutos partió el trío, sobre animales frescos.

Fui al patio trasero, para comprobar que los criados no dejaban enfriarse los caballos recién llegados. Mientras les observaba, sentí renacer mis antiguas dudas, removidas por el raudo paso del que, sin duda, era un militar de verdad. ¿Qué hacía yo allí, en lugar de estar al frente de mis granaderos?

Por suerte o por desgracia, no tuve oportunidad de perderme nuevamente en mi laberinto, porque el día resultó ajetreado.

Trueba se asomó al establo, frotándose las manos.

—Esto empieza a marchar. Venga, tenemos correo.

Un individuo, gordo como un trullo, se apeaba de un alazán

carbonero trastabado, que resopló de alivio al verse librado del tremendo peso. En el pecho lucía el escudo real, de bronce dorado. Todavía era el de Carlos IV. El rey Pepe, distraído por la guerra, no había dedicado su precioso tiempo a ocuparse de esas minucias. El jinete parecía arsenal ambulante, de acuerdo con el viejo privilegio que permitía a los de su clase el porte de toda clase de armas, incluso las prohibidas. Tras anunciar con voz ronca: «Nada para Doscastillos», enderezó directamente para la posada, olvidando la saca que colgaba de la silla. Me escandalizó su desahogo.

—Creí que tenía la obligación de no perder de vista las valijas.

—Sí, señor —asintió Trueba—. Es usted un buen alumno y aprende rápido. Me alegro, dado que acabo de erigirle en oficial de la estafeta de Correos y contador e interventor de la misma. Aquí está la llave. Yo tengo la otra.

—¿Qué me dice? —salté, asustado por la magna responsabilidad.

—Lo que oye. Tranquilícese. Corren tiempos malos, y hay que hacer de la necesidad virtud. Esto, lo sabe, además de casa de postas es estafeta de correos. En mi modestia, yo soy el administrador, o jefe del tinglado; Blas, el mozo de oficio. Con usted, tenemos el personal al completo.

»Como llegó en invierno, cuando el servicio a todos los efectos se interrumpe, y no le conocía, no quise hablarle del asunto. Ahora, en este solemne instante, me cabe el honor de conferirle tan alta magistratura. Para eso le presté la Ordenanza, para que aprendiera las funciones que le reservaba.

Trueba, con el aumento del tráfico, y del negocio, estaba pletórico, de un buen humor desconocido.

—No se preocupe —prosiguió persuasivo—, su nueva profesión está al alcance de cualquiera. En cuanto se acostumbre, verá que resulta muy sencilla. Aquí nunca ha habido mucho trabajo en la estafeta, pero ahora Madrid ni siquiera se acuerda de mandar los sueldos. Sospecho que con el general desorden se han olvidado de esta oficina. No sé por qué la mantengo abierta. Seré un sentimental, digo yo. Por lo que respecta al arca de los caudales, hace tiempo que no ve un ochavo. Calma, pues, también por ese lado, que nada hay que robar. Venga, que le voy a enseñar las instalaciones.

Le seguí, poco convencido. Rezongando «esto no debería estar aquí», retiró un puñado de cabestros y jáquimas que colgaban de un clavo en la pared, junto a la puerta de El Gran Maestre. Quedó al descubierto un agujero.

—El buzón —explicó.

Entramos en la oficina, apartó unos cartapacios y me enseñó un cajón con tapa.

—Vacío, su estado habitual. Aunque, de higos a brevas, los pueblos de los alrededores envían o reciben algo. En ambos casos, utilizan hijueleros o jinetes. No los pierda de vista. Aunque menos descarados que los postillones, son igual de pillos. A más de uno he cogido en un renuncio. Antes de recibir un pliego o un paquete de sus manos, compruebe que están corrientes y que pagan la oportuna tarifa. Antes de entregárselos, exija recibo. Recuerde que no aceptamos cartas si contienen dinero o alhajas, lo que se nota al tacto. Si van dirigidas a algún vecino del propio Doscastillos, se queman, como dispone la sabia Ordenanza: «porque es posible sean anónimas y contengan chismes perjudiciales a la quietud pública».

»Aranceles y tarifas figuran en el tablero. —Indicó uno cubierto de polvo—. Si, por milagro, hay que preparar una valija, compruebe que está perfectamente cerrada con candados, varillas y cadenas intactos. En cuanto al arca, véala en ese rincón, con sus dos llaves correspondientes. Mire, hay telarañas en las cerraduras. Eso le dará idea del desenfrenado trabajo, y de la enorme carga, que le ha caído sobre los hombros.

»Termino. Huelga reiterar que este servicio tiene preferencia sobre cualquier otro a la hora de atribuir los caballos. Puede dejarme desmontado a un grande de España. A un correo, nunca. Se lo he dicho antes, y lo repito ahora, porque nos jugamos mucho.

»Ya sabe, secreto y celeridad. Y hablando de ella…

Fuimos a la cocina. El audaz Mercurio, sentado frente a un montón de platos vacíos, requebraba a la Bernarda.

—Jacinto —llamó Trueba—. Espabila.

Se levantó el aludido y casi rodando logró alcanzar el rocín que sujetaba Blas. Trepó de mala manera, con la ayuda de varios voluntarios, y se alejó a un trote remolón.

El maestro de postas le contempló meneando la cabeza.

—Esta guerra... Hace unos años le habrían expulsado. Entonces se aceptaba sólo gente de toda confianza. Antiguos militares, en su mayoría —me miró.

—Ésos son los mejores —concurrí. Era un placer hablar con él.

—Sí, señor, nada como un buen veterano. Volviendo a lo nuestro, repase esta noche los archipámpanos que tienen derecho al Sello Negro, o de Araña, que hay mucho fraude en la materia, incluso en este desierto postal. Por cierto, en el desbarajuste que padecemos, a lo mejor tiene ocasión de manejar correspondencia oficial francesa. Es fácil de reconocer. Lleva una marca en rojo, verde, negro, azul, según; un número, cuyo significado ignoro, y las palabras «*Arm. Française en Espagne*», o «*Bau. Gral. De l'Armée*». Las primeras quieren decir «Ejército francés en España», y las segundas, «Estafeta General».

»En cuanto al correo oficial de los patriotas, cada uno hace lo que le viene en gana. Los más apegados a la costumbre, escriben "Por el Rey", aunque lo reglamentario es "Del Real Servicio", o "Real Servicio", simplemente. Las juntas y nuestras míseras tropas usan los sellos que quieren o que pueden. Una lástima. En la duda, dé curso a los pliegos como si viniesen de las propias manos de Su Majestad, que hay mucho cabecilla borrico, además de analfabeto, que por un quítame allá esas pajas fusila al más pintado, so pretexto de que no auxilia a la causa patriota.

De esa guisa me convertí, sin comerlo ni beberlo, en empleado de la Superintendencia General de Correos y Postas, dependiente de la Primera Secretaría de Estado. Por lo que el maestro había dicho de los sueldos, deduje con razón, como los meses demostrarían, que desempeñaría las funciones *gratis et amore*. Trueba había descubierto el modo de llevar, a la vez, una casa de postas y una estafeta, sin gastar un real de más. ¿En qué estaría pensando la Corte, que no le encargaba remendar la maltrecha Hacienda?

Al día siguiente me acerqué al pueblo, para celebrar el nombramiento. Encontré la botillería alborotada con el paso del correo y del húsar. El cura Cañizares, entre tragos de hipocrás, se mostró extremadamente curioso. Pidió, con empeño que me extrañó, hasta los menores particulares de la vestimenta del francés, de su procedencia y destino.

Le dije que la primera era color amaranto, que el mocete venía de Francia y que ignoraba adónde se dirigía. Se mostró muy contrariado con los paupérrimos datos.

—Insuficiente. Del todo insatisfactorio —dictaminó—. Podría haber averiguado al menos si se inclinaba hacia Madrid o hacia Ciudad Rodrigo.

Las preguntas del tonsurado aguijonearon mis sospechas sobre el famoso e inexistente capítulo templario. ¿Qué le podían importar a un cura de aldea los movimientos de los franceses? Algo se estaba cociendo en Doscastillos, ante mis narices, y yo, en Belén, con los pastores. Me dispuse a interrogarle a mi vez.

No hubo ocasión. Valderrábano irrumpió en la pequeña sala donde nos refugiábamos. Traía en la mano una botella lacrada que descorchó con parsimonia, ante el asombro de todos, poco acostumbrados a esos lujos en el cochambroso establecimiento.

—Vino añejo —trompeteó—. Cortesía de la casa.

Mudos nos quedamos. Nunca se había visto similar portento.

—Velesli les ha zurrado la badana a los gabachos en Portugal y ha entrado en España. Viene hacia aquí —dijo, mientras escanciaba un líquido que, por su palidez y escasa consistencia, no parecía hijo legítimo de su noble envase—. Esto hay que mojarlo.

La noticia, si cierta, resultaba extraordinaria. Rumores confusos venían afirmando que, tras su reembarque en La Coruña, a consecuencia de la batalla que costó la vida a Moore, los británicos habían permanecido en tierras lusas. Eran, sin embargo, retazos difusos, relatos de caminantes que decían haberlos oído de alguien que los había oído. Sólo los más optimistas del pueblo daban pábulo a esos ruidos de poco fundamento.

Ahora, según Valderrábano, la cosa era diferente. La información procedía de unos arrieros maragatos, que llegaban directamente desde Ciudad Rodrigo, con la primera recua que se había aventurado por los caminos embarrados, todavía a duras penas transitables. Hablaban incluso, con rechifla, de las faldas de los escoceses, que vieron con sus propios ojos, lo que añadía verosimilitud a sus palabras.

La súbita aparición del desalado ayudante de campo abonaba, según algunos, la historia. Por mi parte, sin querer, contribuí a apuntalarla cuando precisé que el tal Velesli tenía que ser el famoso Wellesley, del que con gran fervor me hablara lord Trevelyan.

Fue tanta la emoción que abandonamos nuestro selecto salón, para ir al común, llevando en volandas al botillero, y allí, en fraternal unión con el pueblo llano y maloliente, celebrar las gratas nuevas. Al igual que en Santander, no pude participar de corazón en el jubileo. Desde luego, un movimiento de nuestros aliados en la dirección de Salamanca y Valladolid respetaba los principios de la estrategia, ya que cortaba a los napoleónicos sus comunicaciones con Francia. Pero había mucho imperial y mucha legua de por medio, y desconocíamos las fuerzas de los respectivos ejércitos. Prefería reservar las celebraciones hasta tener mayor conocimiento de causa. Temprano era para repicar campanas.

Apuré, pues, el vaso de mal vino, que me pareció el de siempre, aunque disfrazado por la botella y volví a mis lares.

Mientras me desnudaba, comenté a *Víctor*:

—O mucho me equivoco, o la guerra se acerca, ilustre perro. Igual soluciona nuestras dudas.

En los siguientes días nada vino a confirmar mi pronóstico. Aunque el movimiento de coches, calesas y sillas de posta siguió en aumento, los viajeros no aportaron más que chismes sin sustancia sobre la vida amorosa del rey José, o cuentos totalmente disparatados de batallas descomunales, que lo único que transmitían era la sensación de que algo estaba sucediendo en alguna parte, sin calmar nuestro desasosiego.

La entrada de una berlina cambió todo.

Trueba acudió, solícito, aunque siempre digno, a abrir la portezuela, antes de que el lacayo pudiese apearse, al tiempo que yo disponía el relevo de las cuatro mulas. Ocupado en esos menesteres, vi bajar a un burgués con cara de angustia que, tras preguntar por el excusado, se precipitó hacia la posada. Salió luego una mujer. Llevaba tupido velo y ropa holgada, pero, aun así, se adivinaba su esbelta figura. Abrió la sombrilla para protegerse del sol, que empezaba a picar, y se dirigió despacio a El Gran Maestre, escoltada por el sirviente.

El cochero distrajo mi atención.

—Una sopanda está en las últimas. ¿Se podría cambiar?

—Creo que tenemos una que le puede servir hasta la siguiente parada. ¡Paco! —llamé a uno de los mozos—, atiende a este hombre.

Trueba había seguido el éxodo a la posada, por si los viajeros querían comer algo. Allí fui, para comunicarle el percance, que retrasaría algo la salida.

Por el camino adelanté a la viajera. Hice un corto saludo sobre la marcha.

—Buenos días, capitán.

El corazón me dio un vuelco. La voz grave y el acento resultaban inconfundibles. Era Patricia Trevelyan.

—Buenos días, señorita. ¿Cómo usted por aquí? La hacía en Inglaterra. —La sorpresa no me dio para más.

—No. Yo —enfatizó el pronombre— seguí al ejército tras la batalla, y con él continúo.

—¿Ah, sí? —No se me ocurrió nada mejor para ocultar mi turbación.

—¿Sabe? —se lanzó directamente a fondo—, dicen cosas extrañas sobre su comportamiento en Espinosa.

—Pues no sé cuáles —me alboroté. Los meses dando vueltas al maldito asunto se desbordaron, anegando mis nostalgias de la inglesa—. Luché en la Loma del Ataque y en su reconquista, cumplí las órdenes de Blake, hice todo lo que estuvo en mis manos por el pobre San Román. Ni soy culpable de su muerte, ni de la derrota. Pregunte a los generales, que no supieron mandar, y a los soldados, que huyeron. Cumplí con mi deber, mientras fue posible. No se nos puede pedir a todos el sacrificio. Sólo a los mártires, y no soy de esa pasta.

Sin que me diera cuenta, la prédica del cura había hecho mella. Me vi repitiendo sus argumentos y, la verdad, no sonaban mal.

—Pero no regresó al ejército —acusó la endemoniada hija de Albión.

—Porque estaba con el brigadier, procurando sacarle de aquel desastre, para que no cayera en manos de los franceses y para que le atendiera un médico —contesté desabrido.

—¿Y una vez que murió? Podría haberse reincorporado.

Ahí dolía. No tenía respuesta para esa acusación, y bien que lo lamentaba.

—Muchos hicieron lo mismo que yo —la respuesta sonaba débil, y ambos lo sabíamos.

—Sí, pero algunos hicieron más. Eso es lo que cuenta.

—Dicen que la guerra humaniza a quienes la padecen. Ya veo que no en su caso.

—Claro, humaniza a los cobardes. Observo que tiene la desdichada costumbre de refugiarse en los números. Mal criterio es. Mejor fiarse de uno mismo y escoger siempre la alternativa más ingrata. Así acertará.

Recordaba palabras similares, hacía años.

—Lo mismo me decía mi padre —admití, torpe.

—Con ningún provecho, a la vista está.

—Acabemos. —Icé bandera blanca—. ¿Qué quiere de mí?

—Que sea usted.

Con eso, entró en la posada, dejándome fuera dando patadas furiosas a los guijarros. Tal era mi despecho que olvidé que llevaba semanas anhelando a esa mujer. No había forma de ganar un asalto con ella. Estuve maldiciendo hasta que el cochero avisó de que, arreglada la avería, continuaba el viaje.

Los pasajeros regresaron a la berlina. Volví la espalda a Patricia cuando pasó a mi altura.

Sin moverme del sitio, les oí subir, y la voz de ella, ordenando al lacayo que fuese a la posada y recogiera la sombrilla que había olvidado. Pasó el criado corriendo, casi rozándome.

—Buenos días, mi coronel —lanzó.

Giré en redondo, pero únicamente alcancé a ver su espalda en el momento en que entraba en El Gran Maestre. Cuando salió, armado del artefacto, pude observarle a mi sabor. Era Gómez, el falso suizo que me ayudó a escapar de la pandilla de Belmont.

Al cruzarse conmigo, sin detenerse, me guiñó un ojo. No tuve tiempo de hablarle, porque, tras entregar a su señora lo pedido, subió de un salto a la zaga del coche, que ya estaba en movimiento.

Lo vi alejarse, todavía estupefacto ante la aparición de aquel fantasma con faldas, llegado para remover el pasado y eclipsarse luego.

Mientras comíamos junto al abrevadero, hablé, triste, a *Víctor* del encuentro.

El perro, que en ocasiones pecaba de frívolo, no escuchaba. Con los ojos fijos en mi plato, esperaba anhelante su ración.

Vagué la tarde entera como alma en pena, abroncando a todo el que se ponía a tiro. El edecán, Gómez, Wellesley, Patricia... Demasiadas novedades en tan corto plazo. Algo iba a suceder. Me lo decían los huesos.

Para colmo, Trueba preguntó si había cobrado a los viajeros. Tuve que reconocer que, sumido en la confusión por el súbito resurgir de la británica, no había caído.

—Muy bien, se le deducirán de su sueldo los cinco reales de vellón por mula y legua, más las abujetas del postillón —dijo secamente—. Y hágame la merced de no descuidarse en sus obligaciones.

Caían las primeras sombras cuando unos cascos repiquetearon sobre el empedrado. Un jinete, llevando al caballo del diestro, se aproximaba con aire receloso.

Agarré la fusta, cogí un hacho de esparto y me fui hacia él, maldiciendo el descuido de no llevar siempre un arma a esas horas. Le iluminé la cara. Era Gómez.

—¿Qué, se ha perdido otra sombrilla?

—Cómo es Usía, mi coronel. Le traigo una esquela de la señorita.

—A ver, y no soy coronel.

Estaba dirigida a mi nombre, sin mencionar la graduación. Leí:

«Si el capitán Príncipe es todavía algo de lo que fue, estará mañana en la anteiglesia de Doscastillos, a las once de la noche».

No llevaba firma. Parecía ridículo tanto misterio y el anonimato del papel, cuando su autora sólo podía ser una.

—¿Sabes lo que pone aquí? —le pregunté.

—No. La señorita es muy suya, dicho sea sin faltar. Sólo sé que habría respuesta.

—Sí. Ésa es la contestación. Y ahora, cuenta, ¿te has pasado al servicio doméstico?

—Más o menos. —Hizo un gesto ambiguo—. Cuando tuve el honor de conocer al coronel, ya pensaba separarme del Belmont y compaña. La partida de Usía complicó las cosas, porque se volvieron todavía más desconfiados, pero al fin se pudo hacer, y aquí estoy.

—Aquí estás, de lacayo —no pude evitar la maldad. A pesar de mi peculiar situación, me salió el desprecio del oficial por el desertor.

—O no —soltó con algo de desafío en la voz—. Si el coronel no manda nada.

—Nada. Y soy capitán.

—A la orden de mi coronel.

Desapareció en la oscuridad, dejándome escamado con su insistencia en atribuirme un empleo que no me correspondía. ¿Lo haría por deferencia o tendría punta la cosa?

Había aceptado la cita sin pensar, como quien recoge un desafío. El sarcasmo de Patricia no dejaba margen, y mi pundonor, maltrecho, tampoco lo concedía. Tenía que ir, a lo que fuese.

La llegada de la inglesa cobraba nueva luz a la vista del papel. Al principio, la atribuí a simple coincidencia, pero ahora, con el mensaje, no estaba tan seguro. ¿Pasó por casualidad y, al tropezarse conmigo, le sobrevino la idea de escribirme? ¿O fue deliberado el encuentro?

En todo caso, se abrían varias hipótesis, que barajé a lo largo del día. La más halagüeña para mí, que se tratase de una cita galante. Durante aquella noche en el campamento, antes de la batalla, había aflorado palpable afinidad entre nosotros, ratificada luego por gestos y tonos de voz. Pequeños pero significativos matices sobre todo entre personas reservadas y nada proclives a la grandilocuencia. Quizás, entonces, la carta respondiera a su deseo de avanzar en lo que entonces quedó esbozado. Lamentablemente, sus reproches en la casa de postas no permitían demasiadas ilusiones en esa dirección.

Otra posibilidad, más verosímil, era que los sentimientos nada tuviesen que ver con la convocatoria. Por mucho que lo lamentara, temía que fuera la más probable. Entonces, la buena lógica indicaba que se propusiera plantear mi regreso a filas. Todavía estoy por encontrar una mujer que no guste de enderezar ovejas descarriadas.

Después de tanto cogitar, decidí, tengo esa mala costumbre, acudir sin ninguna idea preconcebida. Reaccionaría sobre la marcha, según el derrotero que tomara la conversación. Cualquiera se preguntará que a qué obedecía entonces el devanarse los sesos para no llegar a ninguna conclusión. La única respuesta es que soy así. De un lado, me gusta sopesar todas las alternativas. De otro, no soy lo bastante ingenuo para creer que se puede llegar a respuestas definitivas. Nunca se me podrá acusar de coherencia. Hasta ahí no llega mi estulticia. Cuando carezco del firme anclaje que proporcionan los reglamentos, floto a merced del albur.

El día se pasó en un suspiro, pensando en la noche. Moría por saber lo que Patricia quería decirme. Mucho antes de la hora, la impaciencia me había llevado al lugar fijado. Aunque hacía algo de fresco, iba descubierto y a cuerpo gentil, para mostrar desagrado por la misteriosa parafernalia con que se pretendía rodear un encuentro como ése. Si alguien nos veía, lo que no era fácil a esas horas, nos tomaría por dos enamorados, sin más. Holgaban, pues, capas y embozos. No tenía por qué ocultarme.

Patricia llegó puntual. Había adoptado para la ocasión una vestimenta híbrida: el mismo velo que esa mañana, pero con la vieja pelliza encarnada. La combinación resultaba turbadora.

El ex mercenario la acompañaba. Tras dejar en el suelo la linterna sorda que traía, se cobijó al resguardo del pórtico. La luz destacaba de forma inquietante sus facciones angulosas, medio ocultas por el sombrero, y hacía danzar las figuras grotescas que se apretaban en el friso románico: diablos, monjes corcovados, cerdos de hocico aflautado, enanos, bichos disformes. El conjunto no era tranquilizador. Lo habría calificado de alarmante si no hubiese llevado en el bolsillo una pistola cargada hasta la boca. Una de las ventajas de mi falta de coherencia. Tan dispuesto venía a dar un beso como a pegar un tiro. Lo que se terciara. En aquella época, y a esas horas, convenía estar siempre preparado para una emboscada.

Rompió el fuego la inglesa, cómo no.

—Me alegra que haya venido. Pensé que podría cambiar de opinión en el último momento.

—Gracias por el cumplido, pero sólo tengo una palabra. Aunque espero que no me haya convocado para insultarme.

—No. Mi intención es otra. Quiero hacerle una propuesta.

Tomó unos aires mercantiles que nada bueno anunciaban. Supe que sus siguientes palabras no iban a ser una declaración amorosa.

—¿Le gusta su trabajo? —preguntó.

—Da de comer. ¿Qué pasa, busca una plaza? —Ya estábamos en el cruce de puyas.

—Olvida usted con quién habla —se revolvió.

—Usted también —no me iba a achicar.

—Al menos, yo tengo la justificación de no saber quién es usted. ¿Capitán? ¿Mayoral?

—Capitán, para casarme con usted. Mayoral, para dejarla aquí plantada si persiste en ofenderme —estaba ya cansado de fintas.

Mi audacia le quitó el aliento. Respiró hondo para tranquilizarse, lo que produjo un tentador efecto en la ceñida pelliza.

—Es usted un patán —dijo al fin.

—Señorita. —Giré los talones.

—Espere. ¿Sigue siendo un militar de verdad?

—Hasta la muerte —contesté con énfasis excesivo, deteniéndome.

—Largo me lo fiáis. O no tan largo, depende. ¿Quiere servir de nuevo?

Aliviado, vi llegar la respuesta a todas mis dudas, sin elección posible. No me quedaría otra alternativa, dadas las circunstancias, que aceptar lo que viniera, a no ser que optara por deshonrarme para siempre. Hasta la presencia de Gómez, silencioso testigo, contribuía a cerrar cualquier salida.

—Naturalmente —lo dije sin reflexionar, aun sabiendo que adquiría un compromiso irremisible. Me envolvió el consuelo de saber que la decisión había escapado ya a mis manos—. ¿Cuándo partimos para el ejército?

—No, no va a ser tan sencillo. Entiendo que lo fácil sería volver, tomar el mando de sus granaderos y jugar al héroe, entre banderas desplegadas y tambores batientes. Hasta podría buscar una muerte gloriosa, si está en vena romántica. Pero no, antes tendrá que ganarse ese derecho.

—¿Cómo? —Su desdén escocía. Si me lo pedía, estaba dispuesto a merendarme al propio Napoleón.

—Su trabajo en la casa de postas puede ser muy útil para la causa patriota. Nos gustaría que interceptara el correo imperial y que nos lo hiciera llegar. Me han dicho que usted aprendió bastante bien el francés cuando estuvo en Dinamarca. Gómez actuará de mensajero.

Entonces fui yo quien tuvo que respirar profundamente.

—¿He oído bien? ¿Se da cuenta de lo que pide? ¿Pretende que me convierta en un ladrón?

—Qué mal escoge las palabras. Cuestión de abrir, leer, copiar y cerrar. No tiene que robar nada.

—Mil perdones —comenté con amargura—. Quería decir espía, que es peor.

—Tampoco. Todos los ejércitos tienen tropas como los húsares o los cazadores a caballo, que practican reconocimientos para obtener información. Ése será su papel, el de un húsar de paisano.

El argumento, por endeble, resultaba casi ofensivo. Esas fuerzas de caballería ligera desempeñaban cometidos aceptados por las reglas de la guerra, y siempre de uniforme. Nada que ver con dedicarse a violar el correo a escondidas. La propuesta significaba, con suerte, perder el honor; sin ella, la horca o el fusilamiento por la espalda, ni siquiera de frente.

Lleno de rabia, la atraje hacia mí y la besé, brutal. Se dejó hacer. Con su proposición me había deshonrado en presencia de un miserable desertor. Le pagaba en la misma moneda. Cuando me aparté, su voz era de hielo.

—¿Quiere eso decir que sí?

Asentí, derrotado. Puso entonces su mano, inesperadamente cálida, sobre la mía.

—Gracias, gracias. Ha dado la razón a los que creíamos en usted.

Cuando ya me alejaba a grandes zancadas, alcancé a oír:

—Gómez será el enlace.

Hirviendo de cólera, subí al último piso de la posada. En el pasillo me llegaron, procedentes del cuarto de Trueba, los habituales ruidos de sus revolcones con la Beltrana. Golpeé la puerta.

—A ver si somos discretos —bramé.

Entré en mi habitación y me arrojé a la cama. *Víctor*, husmeando tormenta, se hizo pequeño en un rincón. Pasado un rato, vino a lamer la mano que había cogido la inglesa. Borró de esa manera las huellas de perfume que había venido aspirando desde que la dejé. Con ellas se fueron los últimos retazos de consuelo.

No dormí esa noche, atormentado por un caos de ideas. Me

sentía traicionado. Durante los días pasados, el recuerdo de Patricia había sido una boya que me mantenía a flote en el piélago de dudas que albergaba sobre mí mismo. En esa mujer se cifraba, llegué a creer, mi redención. Pero ahora, con su infamante plan, se había tornado en lastre, que me hundía más y más.

Adiós, sueños de gloria, regreso triunfal al pueblo, charreteras, título de Castilla. Era el fin de cuanto había perseguido a lo largo de mi vida, soportando peligros, humillaciones y penurias. Tendría que traicionar mis principios, las promesas a padre, todo, todo.

Arrastrado por Patricia, guiado no sé si por soberbia o por sentimiento de culpa, me acababa de convertir en espía. En uno de esos seres despreciables, sin escrúpulos, que se mueven en la sombra equívoca, que viven de la mentira. Algo abyecto, opuesto a lo que era, o quería ser, Gaspar Príncipe, capitán de los Reales Ejércitos, esclavo del honor y de la Ordenanza.

Aunque tarde, comprendí que había vendido mi alma al diablo. Que éste tuviera ojos grises, en nada me confortaba.

VIII

UN PAQUETE MISTERIOSO

En el desayuno, Trueba me examinó largamente.

—¿Mala noche?

—Regular. Una muela, que no me ha dejado.

—Vaya a ver a Hortelano, el boticario, si la situación es desesperada. Y si es usted hombre —recomendó en un fallido intento por hacerme sonreír.

—No sabe usted de lo que soy capaz. De eso y mucho más —escupí.

—Calma, que era una broma. Mejor que no me busque las vueltas, que las puede encontrar —muy serio.

—Perdón. Es esta maldita muela, que me tiene loco.

—Me hago cargo. Si prefiere, no trabaje hoy. Váyase al pueblo.

—No, gracias. A ver si se pasa.

Quería mantenerme ocupado, no seguir pensando en la traición de Patricia, ni en lo que me aguardaba. Salía yo de una noche atroz, barajando la extensión de mi ruina y me negaba a permitir que la inglesa me siguiera doliendo. Se da la circunstancia de que en mis tiempos de pino primerizo, adquirí —a la fuerza ahorcan— la virtud, o el defecto, de poder envolverme, cuando es preciso, en helada coraza que protege de sinsabores. Decidí, pues, acudir a tan práctica facultad y sepultar el recuerdo amargo.

Acerté al quedarme en la posada, porque en torno a las once se presentó un batallón francés al completo. Por sus fúnebres uniformes, azules y negros, era de zapadores, de ingenieros. El

141

teniente coronel que lo gobernaba nos comunicó, a través de un intérprete, que él y sus oficiales almorzarían en la posada, y que la tropa se limitaría a vivaquear para preparar el rancho.

Se me ocurrió que se presentaba una buena oportunidad para empezar a ejercer el nuevo oficio. Me repugnaba, no obstante, hacerlo en persona. Mejor, pensé, ir entrando poco a poco en materia, así que recurrí a Blas. Como era de suponer, la presencia de la numerosa parroquia exigía refuerzos en la cocina. La Beltrana y sus compinches resultaban incapaces de atender a una veintena de gañotes resecos y de estómagos vacíos. El mozo había sido reclutado, de fuerza, que no de grado, para volar a su auxilio.

Antes de que, remoloneando, partiera a la importante misión, le recomendé muy de veras que mantuviera las orejas enhiestas y que luego me rindiera novedades en algún rincón discreto.

Satisfecho por haber encontrado una fórmula cómoda de realizar mi deleznable profesión, fui a curiosear en torno a los gabachos. Desplegaban un orden que nada bueno presagiaba para sus enemigos. En minutos, las armas estaban puestas en pabellones, los servicios de guardia, montados y las marmitas, humeando.

El militar espectáculo reavivó punzadas de nostalgia. Ahora que estaba más lejos que nunca de él, por mi condición de espión, lo sentía más mío, y la vergonzosa distancia escocía.

Junto al pozo hablaban tres veteranos. Cogí un cubo que hallé al paso y me acerqué a escucharles. Hablaban, desalentados, de su reciente triunfo en Zaragoza y de las horripilantes pérdidas sufridas. Umbríos, vaticinaban su propia muerte en aquella guerra despiadada que parecía no tener fin.

El relato me dejó meditabundo. Los vencedores tristes revelaban un, para mí, insospechado aspecto de la guerra. Siempre la había visto como un torneo, en el que ganador y defensor aparecían separados por nítidos límites. En la Batería de la Sangre habíamos zurrado a los franchutes. En Espinosa, sucedió al revés. Laureles y aplausos para unos, oprobio y vergüenza para otros. Y Dios con todos. Así de sencillo.

La conversación de los zapadores mostraba, sin embargo, que a veces las cosas resultaban menos claras. Ambos bandos podían perder, o ganar. Había derrotas victoriosas y triunfos peores que derrotas. Una perplejidad más que añadir a las muchas que me corroían. Sin proponérselo, los ingenieros habían cavado otra mina bajo mis tambaleantes convicciones. Nada estaba quedando a salvo. Mi universo, otrora en blanco y negro, se tornaba en un gris inquietante, que me dejaba a la deriva, sin norte ni timón.

Redobló un tambor. Los mandos volvieron de la posada, la tropa recogió sus trebejes y se alejó en perfecta formación, con su cola de carros chirriantes, alguno de los cuales cargaba grandes pontones.

Trueba pasó a mi lado. Encogió los hombros en un gesto fatalista, como diciendo: «¿Qué podemos hacer contra esto?».

Luego Blas vino con el parte. Estaba fuera de quicio.

—¡Esos gabachos hablan una cosa rara, que el maestro dice que es francés! —bramó.

—¿Y qué esperabas?

Quedó pasmado con la respuesta. Se rascó el colodrillo y dirigió los ojos saltones de un lado a otro, en busca de réplica. Al fin dijo:

—Toma, pues es verdad. Entonces —preguntó receloso— ¿para qué me mandó que estuviese atento a lo que decían, si sabe que no entiendo su parla?

—Hombre, por si alguno comentaba algo en español a las mujeres.

—Lo único que les oí decir en cristiano fue «vino», «comida» y «guapa», que ya hace falta valor, con lo feas que son. Ah, y Valladolid y Pisuerga.

—Está bien. Gracias.

No era gran cosa, pero mejor que nada. Esos dos nombres propios atrapados al vuelo podían indicar que la columna marchaba hacia Portugal. Se trataba de una simple hipótesis, claro, pero la circunstancia de que fuera un batallón de pontoneros la reforzaba. Era muy posible, con su equipamiento, que fuesen a construir un puente sobre el Pisuerga. Ignoraba, en cambio, el motivo. Un puente vale igual para un ataque que para una retirada, depende en qué dirección se cruce. En cualquier caso, sería fácil para nuestras omnipresentes guerrillas confirmar o desmentir mi pálpito.

Al menos era algo. Si, como parecía lógico, los patriotas contaban con muchos sujetos como yo, los datos inconexos que facilitaran, reunidos en alguna mesa de estado mayor, podrían cobrar sentido, como si de un rompecabezas se tratara. Comenzaba a ver cierta gracia al juego.

Fui a la casa de postas. No sé si me sorprendió ver a Gómez apoyado en el dintel. Tenía en la boca un mondadientes que, con habilidad pasmosa, sin tocarlo con las manos, pasaba de un extremo a otro. Ése sí que tenía todo claro. Había servido sucesivamente, con imperturbable lealtad, mientras lo estimó conveniente, a tres reyes, que yo supiera: Carlos IV, Fernando VII y José I. Gran ejemplo, digno de emulación. Mejor, en todo caso, que mi obsesión por buscar más las preguntas que las respuestas.

Con todo, no me explicaba cómo Patricia había escogido a un sujeto de tan múltiples fidelidades para las delicadas funciones que le encomendaba.

Cuando me acerqué, escamoteó el palillo y se cuadró, en tardío homenaje a su pasado suizo, digo yo.

—A la orden de Usía, mi coronel.

—Informa a la señorita —desistí de que aceptara mi verdadera graduación— de que acaba de pasar el tercer batallón del segundo regimiento de ingenieros franceses.

—Ya. Hasta sabemos, gracias a un zapatero de Burgos, lo que calza el teniente coronel —muy ufano.

Molesto por la interrupción, y por el plural mayestático, proseguí:

—Va a Valladolid —arriesgué—. Casi con seguridad, para tender un puente. Díselo.

—Ah, eso igual le interesa. Tome, mi coronel, para Usía. —Me dio un paquete—. Si desea informarnos de algo —de nuevo, la irritante primera persona del plural—, hable con Blas. Él sabe cómo.

¡Blas! Como si no le bastara un desertor como cómplice, Patricia había alistado a un mozo tonto. Valiente sistema de espionaje. Claro que yo también lo había reclutado, pero una cosa es estar tirado en una posada en mitad del campo palentino, lo que era mi caso, y otra contar, como la inglesa, con todos los recursos de un cuartel general.

Con un suspiro exasperado, abrí el paquete. Lo primero que saltaba a la vista eran cuatro libros: el segundo volumen de las *Mémoires de Fréderic, baron de Trenck*, París, 1789; *Preservativo contra el Atheismo*, de Juan Pablo Forner, Sevilla, 1795; *Instrucción Militar que el Exmo. S. D. Antonio de Alós Escrivió*, Barcelona, 1800, y un diccionario español-francés. También había, envueltos en papel de seda, lacre negro y rojo, dos sellos, algo burdos. Leí *«Armée Française du Portugal»* y *«Armée Française du Centre»*. Por fin, encontré una esquela.

> Estimado capitán:
> Le estaría muy agradecida si abriera cuantas cartas pudiera de los franceses y me enviara copia de las que considerara de interés militar. Adjunto sellos y lacre para que las pueda volver a cerrar. Para mayor seguridad, hágase con cuatro onzas de agallas y, de vitriolo, lo que se tercie.
> Si necesita comunicarse con Gómez, cuelgue en la ventana de su cuarto una camisa azul de cambrai.
> Atentamente,
>
> X

Ni una palabra más. La lectura me dejó atónito. ¿Se habría vuelto loca? ¿A cuento de qué venían los libros? ¿Es que encontraba mi educación poco esmerada? ¿Para qué sería el arsénico? ¿Quería convertirme en envenenador? ¿Y las agallas? ¿Era una forma de insinuar que me faltaban? ¿Por qué dos intermediarios? De acuerdo con la nota, Gómez debía cumplir esa función. Según éste, correspondía a Blas. ¿Y qué decir de la peculiar señal?

La X, tan absurda como el velo del día anterior, ratificaba la bisoñez de madama Trevelyan en las lides espionescas. Ello, y sus peculiares criterios a la hora de reclutar colaboradores, bastaban para hacer vacilar al más templado.

Decidí, por el momento, limitarme a abordar el asunto de la señal, que parecía más urgente, postergando los demás.

—Dile a tu superiora —informé enérgico a Gómez— que no entiendo nada. Que ni mis gajes me consiente el cambrai, sólo el lienzo y la crea, a todo tirar; y que quién tiene camisas azules, si lo regular son las blancas. Y que para qué centellas debo mercar agallas y vitriolo.

El mensajero, merced a la disciplina adquirida cuando ejercía de helvético, logró el milagro de encogerse de hombros sin parecer irrespetuoso, saludó y fuese.

Procurando que nadie me viera, marché a la pieza de conversación, sede del remedo de biblioteca. Allí hojeé rápidamente las obras. La militar prometía. Eran reflexiones, fruto de larga experiencia, que el autor hacía a sus tres hijos, oficiales como él. En cuanto al *Preservativo*, contenía una diatriba durísima contra la Revolución francesa. La de Trenck tenía curiosos grabados. Llamaba la atención uno que representaba a un caballero con cara triste, cargado de cadenas. Me prometí leerla alguna tarde de lluvia. El diccionario era un diccionario. Por el momento, coloqué las cuatro en las estanterías. Se me antojaba que ése sería el mejor sitio para esconderlas.

A continuación, reflexioné sobre los productos químicos. Por mucho que me esforcé, no fui capaz de resolver los interrogantes que planteaban. Tras dar vueltas al asunto, caí en el nombre de Hortelano. Sólo él en Doscastillos podía tener esos ingredientes. En cuanto al uso de los mismos, procuraría sonsacárselos, con la habilidad que no me caracteriza. Respecto a Blas, mejor era dejarlo estar, si quería conservar el sentido común en medio de tanta demencia. Ya lo aclararía.

Farfullando el primer pretexto que se me ocurrió, dije a Trueba que tenía que ir al pueblo ganando instantes. Escuchó, confundido por mi palabrería.

—A que le vean la muela, ¿no?

—Sí, eso. Me está matando. —Me habría dado de papirotazos por olvidar mi fingida dolencia.

Un bracero que encontré me mostró la casa de don Ambrosio. Era asaz miserable y nada la distinguía de las habitadas por menos doctos ocupantes. Los negocios debían de irle mal. Desde luego, si el sacerdote o Estébanez eran los encargados de propagar la fama de su ciencia, carecía de futuro. Por eso me sorprendió darme de bruces en la puerta con el propio Cañizares. Quedamos ambos igual de suspensos, pero me recuperé antes.

—¡Hombre, don Anselmo! ¿Qué le trae por aquí? ¿No está bueno?

—Un catarro, hijo. Acabado el invierno, inadvertidamente incurrí en el yerro de adoptar, de manera prematura, inapropiada indumentaria estival.

No advertí síntomas de enfermedad en su rozagante rostro,

que irradiaba salud, pero di por buena la explicación. Lo mismo el mal acechaba escondido en alguna de sus distinguidas vísceras. Por mi parte, tras el recordatorio de Trueba, proclamé al momento el lastimoso estado de mis molares, quizás no con suficientes aspavientos. Convencidos sólo a medias, proseguimos nuestros respectivos caminos.

El mío feneció en un cuartucho necesitado de ventilación, por lo mefítico del aire que la ahogaba. Hortelano, enrocado tras una mesa llena de artefactos de curiosas formas y de resmas de papel cubiertas con letra pequeña y abundantes manchas de grasa, se interesó por el motivo de la visita.

—¿En qué puedo ayudarle? ¿Se encuentra mal? —preguntó, esperanzado.

—No, gracias —contesté, compungido ante su cara—. Quisiera que me preparara esto. —Le alargué una hoja donde había anotado los productos mencionados por Patricia.

—¿Sabe usted para qué sirve? —Me escudriñó con severidad por encima de los quevedos.

—No.

Callé, sosteniendo su miope mirada. He hallado que, con frecuencia, una respuesta cortante, que no es seguida por una obligada explicación, desconcierta al interlocutor, máxime si es tímido. El truco dio resultado. Bajó los espejuelos y musitó:

—Venga mañana, a las siete.

A esa hora fui. La puerta estaba entreabierta, lo que atribuí a descuido de algún paciente, pero llamé. El lejano eco de la campanilla no produjo resultados, a pesar de los reiterados intentos.

Tras prudente espera, avancé, guiado por una tenue luz. Desemboqué en el cuarto que ya conocía. Estaba casi en tinieblas. Sólo había un quinqué, colocado con tal torpeza que proyectó contra la pared, en cuanto entré, una gigantesca sombra que se abalanzaba sobre mí, esgrimiendo descomunal espada.

Reculé de un salto. El arma mortífera me pasó a un palmo del bigote. Agarré algo blando, que quedó en mi mano derecha. Con la izquierda, dirigí un formidable puñetazo en dirección del asaltante. Sonó un ¡ay! lastimero. Pero antes de que pudiera yo cantar victoria, unos garfios acerados se me clavaron en la pantorrilla. Haciendo un gurruño con lo que había arrebatado que, si no engañaba el tacto, era una especie de sábana, envolví al otro enemigo, descargando a la vez una coz no floja. Hubo un ¡uf!

—Ya le insinué que la encerrona fracasaría.

Cañizares prendió con una cerilla una vela, y con la vela un tabaco. El campo de batalla se ofreció a mis ojos.

—¡Hay que matarle! —proclamó Hortelano, buscando algo a gatas.

—También vaticiné que el ropón templario sería inútil —prosiguió paciente el tonsurado.

—Era para amilanar al señor. Menos mal, aquí están.

El boticario se enderezó, lentes en ristre.

—¿Y Enriqueta? —advirtió un bulto, cubierto por manto blanco con cruz roja, que rebullía apenas en el suelo—. ¡La ha asesinado!

Estaba en un error, circunstancia frecuente en él. La tal Enriqueta, como al poco se vio, era un retaco de mujer, casi enana, y jorobada, para más señas. Por lo que pude deducir de los lamentos del propietario de la mansión, servía desde tiempo inmemorial a la hidalga casa hortelana. Se marchó gruñendo, con un ungüento que su amo extrajo de una redoma y que apestaba a cien leguas. Era, aseveró, excelente remedio para los múltiples moretones, que, a ciencia cierta, brotarían como resultado del feroz combate.

—No se olvide la escoba, indómita cofrade —recordó el cura.

La fámula cogió con dificultad, no obstante la corta distancia que le separaba del suelo, lo que yo había tomado por cimitarra, y nos dejó tranquilos.

Estupefacto ante tantos y tan singulares acontecimientos, permanecí en la mitad del cuarto, en actitud vagamente defensiva, a la espera de una explicación o de nuevos portentos, que en ese manicomio nada cabía descartar.

—Creo que tenemos que hablar, micer Príncipe —dijo Cañizares.

Me sorprendió el metal, opaco, de su voz.

—¿Qué hace usted aquí? —solté.

—Preguntas, que usted contestará. Si bien menos belicoso que nuestro guerrero Hortelano, no he venido descalzo. —Sacó una pistola del manteo—. ¿Para qué es esta lista? —Enseñó la que había depositado el día anterior entre las desleales manos del boticario—. Todo esto es utillaje de enamorado o de espía. Sospecho que no es usted lo primero. Temo, por consiguiente, que sea lo segundo.

Palidecí, sin saber qué contestar. Ignoraba cuál era la vela que el párroco pintaba en ese probable entierro mío. Sus dicterios, que tantas veces había oído, le delataban como afrancesado, en cuyo caso yo estaba perdido. Si me iba a pegar un tiro, mejor morir con cierta dignidad.

—No tengo por qué darle cuentas.

—Espero que una bala en el brazo bastará para que sea más explícito —levantó el pie de gato— y no haya que pasar a mayores.

Calculé distancias. Apuntaba al izquierdo. Un movimiento rápido podría hacer que me diera en la mitad del pecho. Sería una forma soberbia de salir del denigrante embrollo. Tensé los músculos.

—Dispara, cura renegado —reté.

Levantó el arma, sin comprender.

—¿Cómo que renegado? Mate al blasfemo, padre —apremió Hortelano.

—Un momento, un momento. Hay tiempo —Cañizares meditaba mi respuesta—. Únicamente por curiosidad, ¿a qué debo su amable calificativo?

—¿Qué otra cosa puede esperar un esbirro de José? —Me estaba contagiando la garrulería de Estébanez.

—¿Esbirro de José?, ¿este martillo de gabachos y de sus acólitos? Deme la pistola, que yo mismo le abraso —se sulfuró el de la botica.

Quedé entonces tan atortolado como ellos. No entendía nada.

—Entonces, ¿usted?

—Sí, el más modesto de los patriotas —admitió el cura.

—¿Y sus discursos liberales? ¿Esas críticas a los Borbones?

—Los discursos porque, efectivamente, soy liberal, y a mucha honra. Las críticas, porque hay que disimular, no se sabe quién está escuchando, y porque propugno profundos cambios en la forma que hemos sido secularmente gobernados. Patriota liberal, sí señor. *Rara avis*, por desdicha. Aunque no en vías de extinción, confío.

—Don Ambrosio, ¿tendría una copita de cualquier cosa? —Un trago de algo fuerte se presentaba como la mejor alternativa en ese maremágnum—. Si es posible —continué asustado, al ver que Hortelano empezaba a mezclar líquidos de sus probetas—, que proceda directamente de la vid.

Suspendió las manipulaciones. No daba crédito a sus oídos.

—Es posible. Pero ¿no prefiere probar un poquito? —Insinuante, tendía una copa llena de un líquido verdoso y que soltaba un humo que me puso los pelos de punta—. No sabe lo que se pierde. Un elixir de fabricación casera francamente recomendable. Pero, en fin, si se empeña… Creo recordar que por ahí anda una botella de Málaga, que compré para ciertos experimentos el año pasado.

Quedaba la mitad. Justo lo suficiente para serenarme el pulso.

—Ya estoy mejor. Si es tan amable, cuente.

—Insólita situación, a fe mía. —Según su costumbre, el cura olvidaba los «ines» en los trances complicados, para recuperarlos en cuanto pasaban. ¿O cuando se ponía la careta?—. Bueno, ya pasó. Pelillos a la mar. En dos palabras, el señor boticario y yo dedicamos nuestros insuficientes alcances a la sagrada causa patriota. Somos, si me autoriza la expresión, algo inmodesta, instrumentos del inconmensurable marqués de La Romana, jefe del ejército, más glorioso que invicto, de la Izquierda.

—¿Y Blake?

—Relevado. Era incapaz de ganar una batalla.

La Romana. Mi antiguo general, un político con uniforme. Mediocre concepto tenía de él. Aún recordaba el juramento en Dinamarca, y su partida para Londres, en lugar de regresar a España con su división. Pero qué remedio. Les dije, a mi vez, que trabajaba para Patricia Trevelyan, aunque desconocía quiénes eran sus superiores.

—Barrunto que dos. La Romana y Wellesley. Perdón, Wellesley y La Romana. Intuyo que la señorita va a por atún y ve al duque. No se fíe íntegramente de ella. Es, a la postre, indígena de Inglaterra. Ya me entiende.

—Si ustedes y yo servimos a la misma causa, ¿a qué se debe que no estuviéramos al corriente de nuestras respectivas actividades? ¿Por precaución, para mayor seguridad?

—Tampoco se rompa la cabeza atribuyendo inexistentes maquiavelismos. Se les habrá olvidado. En este tinglado, y espero que nadie se considere injuriado, todos somos unos pelanas, inexpertos, para más inri.

Aclarado el estado de cosas, se dispusieron a explicarme el misterio del paquete. Percibí que ambos eran entusiastas aficionados a las cábalas porque, antes de entrar en materia, cruzaron discursos, que se me escaparon en gran parte, exaltando los trabajos de lumbreras en la oscura ciencia de la cifra como el abad Tritemio y el jesuita Kircher. Tras el alarde de erudición, condescendieron a bajar a mi altura.

—Sólo puedo hablar por intuición pura —comenzó Cañizares—, ya que nuestra inglesa aliada ha juzgado inoportuno informarnos previamente de sus intenciones. No me arriesgo a desbarrar, no obstante, si infiero que los libros que le confunden tienen como inmediato destino establecer un ingenioso sistema de comunicación reservada. Ahí está el intríngulis. No incluyo, claro, el diccionario, de indisputable interés.

—¡Qué bárbaro, padre, once «ines»! —celebré la hazaña.

—¿Cómo dice? —preguntaron a la vez cura y boticario.

—¿No cree que hubiese sido más apropiado el método de la rejuela? —dijo a continuación Hortelano dirigiéndose a Cañizares.

Hablé, antes de que el sacerdote entrara al trapo:

—Al grano, reverendo padre, al grano.

—Sí, ciñámonos al presente caso —admitió, ya formal—. La idea es que la señorita Trevelyan y usted tengan sendos ejemplares de la misma edición de una obra. Si desea trasladarle un mensaje, busca en el libro la primera palabra del mismo, digamos «hoy». La encuentra en la página 211, en la tercera línea, ocupando el sexto lugar. Escribe, pues, separando los guarismos con comas: 211, 3, 6. Y así hasta completar el texto. La británica, al recibirlo, deshace la operación y halla el escrito en claro. Es, ciertamente, molesto y engorroso, pero a prueba de bombas, ya que el descifrado exige, de un lado, poseer el libro y, de otro, saber que se está utilizando como clave.

»Lo que no logro desentrañar, por mucho que cavilo, es el porqué de tanto libro. Con uno bastaría. Los otros únicamente sirven para mover a la confusión, ya que esta escritura secreta exige como condición necesaria, lo reitero, que ambos corresponsales manejen idénticos volúmenes.

—Habría que añadir —metió cuchara Hortelano— que dos de ellos están singularmente mal escogidos, porque raro sería que contuviesen los términos marciales que, necesariamente, el señor Príncipe tendrá que utilizar.

—Cierto, incluso ciertísimo —abundó el tonsurado—. Tendrá que estrujarse la mollera y encontrar equivalencias.

—Bueno, ya sé el objeto de los libros. ¿Y los peculiares ingredientes?

Entraba en terreno del boticario, que no desperdició la ocasión de mostrar su sapiencia.

—Nada más simple. Con ellos se puede fabricar una sencilla tinta simpática, invisible y un producto para leerla. En efecto, si desmenuza la agalla en un dedo de agua común y la pone a hervir durante dos horas, obtendrá la tinta. Con ella podrá escribir, pero el texto no aparecerá en el papel. Ahora bien, si pasa sobre él una esponja embebida en vitriolo disuelto, surgirá el texto, en todo su esplendor.

»Es, no se haga ilusiones, una fórmula muy elemental. Yo recomendaría el vinagre de saturno y el hígado de arsénico, o la prodigiosa tinta inventada por el señor Hellot, que tiene la virtud de aparecer y desaparecer a voluntad.

»Asimismo da excelente resultado la mezcla de ácido nítrico muriático con oro, aunque, resulta, claro, onerosa.

»Pero, puesto a ahorrar —concluyó—, basta zumo de limón. Al secarse, lo escrito se esfuma. Si se calienta el documento, la letra se torna negra y, por tanto, legible.

—Un detalle que, por nimio, se ha escapado a mi inspirado amigo —terció Cañizares—. Que la inexperiencia no le lleve a escribir sólo con esa tinta. Si la carta es interceptada, se verá que está en blanco, lo que inexcusablemente intrigará a quien la abra, infundiéndole sospechas. Ingénieselas para que el texto cifrado vaya al dorso, o interlineado, en una página escrita con letra visible, que verse sobre cualquier tema inofensivo e inane.

La granizada de sus palabras favoritas anunciaba que daba por finiquitado el lado serio de la cuestión.

—Gracias por la aclaración, nada superflua. Una última cuestión. ¿Para qué poner en cifra el texto si no es visible?

—Aguda observación, mi incomparable colega —aplaudió el

cura—. Pero es que los sistemas son intrínsecamente complementarios. Admita que al más lerdo gabacho le llamaría la atención abrir una carta y descubrir que sólo contenía una lista de números. De ahí que éstos deban ir escritos con tinta invisible. Argumentará usted, entonces, ¿por qué no emplear directamente dicho compuesto, obviando el incordio del cifrado? Le responderé, célere cual rayo, que para incrementar la seguridad. Si ha escuchado al profesor Hortelano con la atención que merece, sabrá a estas alturas que la secreta tinta que va usted a emplear es método por demás simple, casi infantil y, desde luego, no inviolable. Existen abundantes posibilidades de que a nuestros infatigables enemigos se les ocurra hacer la prueba del arsénico, lo que les permitiría leer el texto oculto. Por eso, no es insustancial, antes al contrario, que vaya cifrado.

»Haga caso de lo que le indican estos teóricos veteranos —recomendó— y adopte toda suerte de precauciones. Es algo ineludible.

—Porque —Hortelano no soportaba su largo silencio— sepa que el gabacho, de forma sistemática, viola el correo y abre todos los pliegos sin dejar uno. Ándese, pues, con la barba sobre el hombro.

Con esto quedó resuelto el misterio del paquete. A fuer de sincero, tengo que proclamar que el complot entero olía a chamusquina.

Sí, el maldito embrollo hedía. Gómez, dicho está, era el correo más inadecuado, como lo describiría Cañizares. En cuanto a la elección de Blas como *ad latere*, también parecía muy discutible. Por otro lado, Patricia había suministrado tres libros, diccionario aparte, y mal escogidos, cuando uno bastaba. Ítem más, había omitido toda referencia a su uso, y a la finalidad del arsénico y las agallas.

Asimismo, parecía extraordinario que los conspiradores que tenía delante no estuviesen al corriente de que yo me había sumado a la trama. Especialmente porque, siendo el boticario el único proveedor de los materiales requeridos, antes o después acabaría por enterarse de mis actividades.

Todo apuntaba a que me estaba metiendo, guiado por ciegos, en aguas procelosas, surcadas por tiburones vestidos con uniforme imperial.

Antes de terminar la sustanciosa conversación, quise obtener precisiones sobre el papel que jugaban cura y boticario en el enredo.

—Yo —respondió el primero sin dar ocasión de abrir la boca al segundo— mantengo íntimo contacto, en el buen sentido, se entiende, con todos los párrocos de la región, que me instruyen sobre las andanzas de los gabachos en sus respectivos pueblos. No se mueve una pluma de chacó sin que yo lo sepa. Guardo, además, en la sacristía una docena de escopetas, fusiles y trabucos. Cuando sea preciso, armaré con ellos a los más indómitos mozos de Doscastillos, para constituir con ellos invencible hueste y echarnos a estos inextricables montes.

—Por mi parte —afirmó el preclaro Hortelano—, llevo meses experimentando letal mejunje. Aspiro a envenenar las aguas del Pisuerga y a acabar con cuanto gabacho beba de sus límpidas aguas. El único problema, que todavía se me resiste, es evitar que, al tiempo, fallezca toda la población local, por no hablar de la ubérrima cabaña. Persevero, no obstante, y algún día venceré las dificultades. Eso, si no me lío la manta a la cabeza y, tras meticuloso cálculo, llego a la conclusión de que la cosecha de franceses puede justificar una regular masacre de palentinos.

Me abstuve de todo comentario. ¿Para qué? Con el paquete preparado por don Ambrosio bajo el brazo —por cierto, se negó a cobrar un maravedí—, tomé el camino de casa. No faltaron motivos de meditación para acortar el viaje.

Con ellos seguía, mientras me desnudaba ante los castos ojos de *Víctor*. La guerra nos estaba haciendo perder la razón. Que un probo ciudadano como el boticario consagrase las horas a pergeñar bárbaro proyecto para exterminar enemigos era grave, pero se podía atribuir a la ingesta de los productos que manipulaba, o a vapores de los mismos. Que a una persona de, en teoría, sólidos principios morales como el cura, apuntalados por sagrados votos, le pareciese plausible el desaforado holocausto escapaba, en cambio, a la comprensión de cualquier ser racional.

Otra cosa me turbaba: el ridículo disfraz templario de Hortelano. ¿Cómo alguien de edad casi provecta se entregaba a esos juegos de niños? Tendría que preguntar a Cañizares. Igual, su amigo comenzaba a despeñarse en la demencia senil. También resultaba posible que se hubiese dejado contagiar por la secular pasión doscastillesca hacia la Orden. Y hablando de ésta. Con tantas emociones, se me olvidó preguntarles por el capítulo de marras. Mejor. No quería más sustos.

En efecto, toda la historia me reconcomía. De un lado, por el peligro de ponerme en manos tan novicias. De otro, porque en ellas reposase la causa patriota en el pueblo. Lo primero, hacía temer por mi vida. Lo segundo, ponía en solfa las esperanzas que se podían albergar sobre nuestro eventual triunfo. La comparación entre los disciplinados zapadores que nos habían visitado y los deslavazados conspiradores daba mucho, y malo, que pensar.

En cuanto desperté, me faltó tiempo para tremolar una camisa blanca. Lo preferí a utilizar los servicios de Blas. Ya había bastante loco aficionado en el complot como para meter uno profesional.

Gómez tardó en llegar. Vivía medio emboscado, adujo, en un encinar y, entre que se adecentaba y aparejaba el caballo… Luego, por precaución, y porque temía ser objeto de vigilancia, estaba obligado a dar grandes rodeos, lo que alargaba el camino. Con muchos circunloquios, dio a entender que quizás podría yo recurrir al mozo de cuadras, y no a él. De esa forma, los mensajes llegarían antes y con menos peligro.

Contesté que lo pensaría en el futuro. Ahora me apremiaba tener una entrevista con la señorita Trevelyan. Preguntó si existía alguna razón especial. Respondí que no era de su incumbencia, que se limitara a cumplir la orden.

Pasó el día sin mayores novedades. Llegó la hora de ir a la botillería y continuaba sin noticias, y algo desasosegado. ¿Y si el apócrifo suizo había decidido cambiar de bando por cuarta vez? Pedí un caballo. Blas se acercó a tenerme el estribo, mascullando algo sobre tumbas, Jacobo Morlay y tesoros. Entre las deshilvanadas frases dijo:

—Donde la otra vez y a la misma hora, mañana. —Y siguió con su retahíla de sandeces.

—¿Cómo has dicho? —quería asegurarme de que había oído bien.

Repitió la frase y, al verme en la silla, dio una palmada en las ancas de *Galano*, que partió al trote. El mozo había cumplido su misión con encomiable maña.

Ambos fuimos puntuales. Ella, por inglesa. Yo, por militar. ¡Cómo le sentaba el sombrero redondo!, fue lo primero que pensé al verla. Traía yo serias preocupaciones, pero no pude evitar la observación. El ala breve, la copa alta, se conjuntaban para darle un aire audaz, piratesco, que le iba a las mil maravillas. Un mechón que le caía sobre la frente y que la linterna hacía de oro, añadía encanto a su rostro.

Sí, me atraía, muy a mi pesar, aquella mujer. El pelo rebelde, el sombrero aventurero suavizaban el férreo aplomo del que hacía gala y la actitud siempre contenida, que la endurecía. Pero no caí en la sutil trampa. Había aprendido la lección. Ni le perdonaba el naufragio de mi mundo, ni me rebajaría a mostrarle la profundidad de mi herida

—Señorita Trevelyan —empecé, sin saludar—, me tiene usted confuso y un tanto alarmado.

—Buenas noches. No veo el motivo. Todo va como la seda. Ya tiene el material, Blas y Gómez son dos auxiliares preciosos. ¿Qué le preocupa?

—Así, para empezar, lo siguiente.

Recité el memorial de agravios, mencionando el exceso de libros y la falta de instrucciones. Luego, con gesto terminante, ordené al helvético que se alejara.

—No me fío de sus acólitos —acabé—. El uno es tonto acreditado y el otro, blasonado desertor. ¿Le parece bastante para estar preocupado?

Guardó la compostura ante la sarta de acusaciones.

—Se han cometido ciertos errores —admitió—. Cárguelos a mi bisoñez. No se repetirán. Pasando a sus preguntas. De los tres libros, el Trenck le resultará apasionante. Son las memorias de uno de los más pintorescos personajes del siglo pasado. Hallará en sus páginas, además de solaz, provechosas ideas para escapar de una cárcel, que, en las actuales circunstancias y en su trabajo, nunca están de más. Lástima que no encontré los volúmenes primero y tercero. En cuanto a la obra religiosa, por contraria a los franceses, no le vendrá mal cuando los patriotas reconquisten la región. Eso sí, procure que no la vea un gabacho. La de Alós resulta apropiada para un soldado como usted. El diccionario se explica por sí solo.

—Hasta aquí, bien. ¿Y cuál utilizamos para cifrar?

—Propongo el Trenck y, como alternativa, Alós. El de Forner es para su edificación personal —añadió con sonrisa maliciosa, tendiendo un puente, que rehusé.

—¿Cómo sabremos cuál estamos usando en cada momento?

—Si es el de Trenck no se pondrá ninguna señal. Si es el de Alós, una «A» mayúscula al principio del texto cifrado.

—Visto, aunque hubiese sido preferible decirme esto en la carta que me mandó.

—Más vale tarde que nunca, y nunca es tarde si la dicha es buena. Además, mi olvido me ha valido la oportunidad de esta agradable entrevista —continuaba con la chanza, haciendo caso omiso a mi frialdad.

—Sigamos —me apresuré a decir. Deseaba evitar que la conversación se desviara por derroteros complicados—. ¿Cómo abro las cartas sin que se note?

—Le recomiendo el vapor.

—¿Y los candados de las valijas? —La tenía atrapada.

—Con esto. —Sacó un pedazo de metal alargado—. Una ganzúa. Cortesía de El Niño de los Hierros. Gran patriota que cumple condena perpetua en el penal del Puerto por unas naderías.

—Quedan sus dos muchachos. —No cedía yo fácilmente.

—Blas es un ángel, pobrete. Puede aprender mensajes, cortos, eso sí, y los repite como un lorito. Presenta la ventaja de que a nadie se le ocurrirá que el tonto del lugar trabaja en asuntos de espionaje.

»En cuanto a Gómez, es un mercenario, verdad. Pero el oro inglés, que obsesiona a Napoleón, existe, aunque no en las cantidades que piensa. Lo suficiente, sin embargo, para comprar quinientos Gómez. Añadiré, a riesgo de faltar a la modestia, que tiene debilidad por mí. —Hizo un esfuerzo por sonrojarse.

—Vaya, otra conquista. Como el cocinero aquel de Durango, o donde fuese, al que sacaba el rancho. Mis felicitaciones. Elige usted bien. La crema de la sociedad.

—Se hace lo que se puede y lo que se debe, señor capitán. Y no se preocupe, que tampoco faltan pretendientes con cuatro cuarteles de nobleza.

—Estoy convencido.

Me fui tan abruptamente como en la primera entrevista. Me sacaba de quicio, y cada vez me atraía más. Había temido que hiciese una alusión al anterior encuentro y al feroz beso. Me gustaba que se hubiese abstenido. Era mujer entera y poco gazmoña, elogiables virtudes, que admiro de particular manera.

Lástima que un tropezón estropease la dignidad de mi partida. La linterna, en el suelo, iluminaba poco, y no vi la raíz hasta que topé con ella. El accidente deslució el efecto que buscaba. El cascabel de una risa que vino desde las sombras certificó mis temores.

IX

LAS PRIMERAS ARMAS

Aquel domingo fui a misa. No sé qué me impulsó. Es posible que quisiera pedir perdón por los pecados que iba a cometer, o rogar por el buen éxito de la empresa. Admito que llevé en la faltriquera una barra de lacre y uno de los sellos, y que los apreté durante el ofertorio. Vi, en esa ceremonia privada, el equivalente a la vela de las armas que practicaban los caballeros de antaño. Las mías eran menos limpias, pero no por eso menos necesitadas de bendición, o de absolución.

Seguía el santo sacrificio con bastante fervor para lo que acostumbro, debido a la solemnidad del momento. No era, en efecto, asunto de poca monta optar, a mis años, por una de las escasas encrucijadas que me podía ya reservar la vida. De ahí que me hubiese acogido a la penumbra de la iglesia, incienso y oro viejo, para bañarme en su paz unos momentos antes de emprender un recorrido que podía terminar en el infierno.

Me sacó del arrobo el cura Cañizares. Aprovechando que el rito exigía que se volviese a los fieles, me asestó un guiño malicioso. Se me puso la carne de gallina. Buena colección de espías éramos. Fue flagrante la osadía, por la presencia de numerosas mujeres sentadas en el suelo, en primera línea. De ser sorprendido, se habría interpretado que el gesto salaz iba dirigido a una de ellas.

Pasó desapercibido, porque la congregación, recogida, tenía humilladas las cabezas. Esa circunstancia, en cierto modo, me reconfortó. Dentro de la vesania que suponía, el momento había sido escogido con tino. Latía, pues, un relativo método tras ella.

Recordaba a lo sucedido con Blas. Era medio bobo, pero transmitió el mensaje como si del propio arcángel San Gabriel se tratara. Oí en mis tiempos cuartelarios una frase que venía como anillo al dedo a la presente situación: «He conocido muchos locos, pero que se aplastara los cojones con dos piedras, ninguno». Así era este particular grupo de conspiradores. En apariencia, unos aficionados desmelenados. A la hora de la verdad, en cambio, no se pillaban los dedos. Lo que les salvaba, como al oficiante en el caso que comento, era lo imprevisible de sus acciones, que escapaban a toda lógica.

El lunes me estrené. Era día de valija, portada, aprecié, por el pantagruélico correo que ya conocía. Como en el anterior viaje, llegó y puso rumbo a la cocina, dejando la saca abandonada.

Rápido, tracé un plan de batalla. De una carrera, llegué al Gran Maestre antes que el cliente. Cogí del bracete a la Beltrana y, en tono confidencial, entablé conversación.

—El correo es buen parroquiano.

—Uy, sí, señor. Don Jacinto nunca deja de comer cinco platos, al menos, y no olvida jamás la propina.

—Tú le animarás, ¿no?

—Claro, es mi obligación —contestó dolida porque pusiese en duda su buen hacer.

—¿Y si te da un pellizco?

—Cómo es usted… —Hizo un mohín.

—Mujer, un pellizquito de nada… —deslicé.

—Si es inocente, pues bueno.

—Quisiera pedirte un favor.

—Usted dirá.

—Que si no es inocente, también. Hay que conseguir como sea que el cliente quede satisfecho. Piensa, además, las penalidades que pasa por el servicio de Su Majestad el Rey —pronuncié las últimas palabras con mayúscula.

—Si me lo pide usted —se puso colorada—, lo que sea.

No esperaba la respuesta, ni el rubor. Dios mío. ¿Habría hecho una conquista sin saberlo? Su consentimiento aumentó mi turbación. La tercería era lo único que me faltaba.

Me negué a mayores cavilaciones. El tiempo era precioso. De cuatro en cuatro, subí las escaleras. Agarré en la habitación recado de escribir, papel, lacre, sellos y ganzúa. Bajé como un tiro. Al pasar por delante de la cocina las estruendosas risotadas me espolearon.

La valija seguía tirada en el suelo. No había nadie a la vista. Con el corazón en la boca, me apoderé de ella. Fingiendo una tranquilidad que distaba mucho de sentir y que a ningún observador hubiese engañado, fui al cubil que Blas ocupaba en las caballerizas. Cualquier cuadra olía mejor y estaba más limpia. El loco canturreaba algo, sentado frente a una chimenea encalada que, junto con un camastro, ocupaba el estrecho recinto. Alzó los ojos legañosos pero, antes de que me preguntara algo, le mandé que pusiese agua a calentar.

Mientras iba a por ella, me enfrenté con el saco de cuero. Todo resultó muy sencillo, en contra de lo que esperaba. La cerradura se entregó sin condiciones, hasta el punto que me pregunté que para qué cerrajeros, habiendo artistas como el Niño de los Hierros. Así, sin pena ni gloria, quebranté el *sigillium*, caro a los templarios y que había prometido respetar.

Busqué afanosamente, sin que me distrajera la vuelta del mozo, hasta dar con un pliego dirigido al general jefe de la artillería de los ejércitos imperiales en España, con residencia en Madrid. No estaba lacrado. Para entonces, el agua hervía. La oblea cedió, obediente al vapor. En minutos, garrapateé el texto en un papel, cerré la carta y la devolví a la valija. Tenía dotes para el crimen.

Quizás no tantos, porque durante toda la operación temblé como un azogado, presintiendo el regreso del correo, temiendo cualquier ruido. Casi ni se podía leer la copia que hice del documento, por lo agitado de mi mano. Blas, ocupado con sus cantatas, permaneció ajeno a mis trepidaciones.

Devolví la valija a su sitio. Llegó al cabo Jacinto, se la echó al hombro, subió a la silla con las dificultades habituales en él y salió en demanda de la siguiente comida.

Ya tranquilo, examiné el documento. Se trataba de una solicitud rutinaria de accesorios: escobillones, lanadas, botafuegos, espeques, sacatrapos, esas cosas que tienen inventadas para mejor matar a la infantería. El último párrafo se dedicaba a las almorranas de los cañoneros a caballo, necesitadas de algún remedio cuyo envío se interesaba de la superioridad.

El estreno de Príncipe y Asociados, del gremio de los espías, no pasaría seguramente a la posteridad. Era, sin embargo, obra primeriza. Ya mejoraría.

A la hora de cifrar el papel, quedaron al descubierto las limitaciones de los libros escogidos por Patricia. La mayoría de las palabras no aparecía en ellos. Después de recorrer en vano todo el Trenck, abandoné la lectura, aburrido.

Hice flamear la camisa. Gómez vino a las tres horas, con una ofensiva peluca marrón. Por las hechuras, podría ser de crin de caballo.

—Usted dirá —empezó molesto.

—Mi coronel —completé, sin derecho alguno.

—Usía dirá, mi coronel —rectificó.

—¿Esos pelos? —con mala intención.

—Le dije que me seguían y como Usía me llama tan a menudo… Es un disfraz.

—Ah, ya. ¿Tienes pistolas?

—Naturalmente, soy un profesional.

—Dame una.

Obedeció de mala gana. Enrollé en el dedo índice el mensaje, previamente trasladado a papel sutil, y lo introduje en el cañón. Le devolví el arma.

—Para la señorita. Va sin cifrar y sin tintas simpáticas, que dicen los expertos —advertí—, pero ahí escondido sobran refinamientos.

»Verás —continué— que el invento añade una importante ventaja a la discreción. Si los franceses te descubren y corres peligro de caer en sus zarpas, sé que te defenderás cual león en lugar de rendirte. Más te vale, porque en tu doble condición de espía y desertor no puedes esperar misericordia. Al disparar, si tienes puntería, te llevarás a uno por delante. En cualquier caso, aunque falles, el mensaje quedará destruido.

Torció el gesto. Metió la pistola en la faja, hizo tan exagerado saludo que escoró la falsa melena y desapareció de mi vista. Era patente que se estaba cansando de tanto viaje. Quizás debía yo movilizar a Blas, pero me resistía.

Para hacer tiempo hasta que llegara la hora de ir a la botillería fui a inspeccionar los establos. No cabía en mí de gozo por el genial sistema que había descubierto. Agallas, libros, arsénico y demás engorros sobraban. Eso del espionaje tenía sus ventajas. De momento servía para agudizar el ingenio, embotado por la rutina de la casa de postas. Antes de llegar a mi destino caí en la cuenta de que me había precipitado al considerar que aquellos adminículos holgaban. Si a Patricia se le antojaba mandar algo en clave, los necesitaría para el descifrado.

Compungido, abandoné el proyecto de organizar un segundo auto de fe con la parafernalia secreta. Tendría que conservarla, pero sólo para esa eventualidad. Yo, desde luego, me atendría a mi portentoso hallazgo. Las pistolas de Gómez se convertirían en mudas depositarias de todos los secretos que, a buen seguro, iba a desentrañar en el futuro.

Dos mozos estaban trabajando. Uno, con almohaza y bruza, rascaba y cepillaba enérgico el caballo que había traído Jacinto. El otro, Honorio o Gregorio de nombre, un chico desmedrado y picado de viruela, empesebraba una yegua. Nunca me gustó. Lenguaraz, poco amante del trabajo y demasiado del trago, resultaba un mal ejemplo para sus compañeros, entre los cuales gozaba de la reputación que generalmente se brinda a esos valientes baratos. Con varios topé yo en el ejército y a todos puse en su lugar sin gran esfuerzo. Ahora, éste me ofrecía una oportunidad para enderezarle.

—Pero ven acá, perillán. ¿Y la cabezada de pesebre?, ¿no le quitas el bocado?, ¿cómo quieres que coma?

Mientras esto decía me iba arremangando, dispuesto a desgraciarlo. Al verme venir se escondió tras una columna. Solté un fustazo, pero marré por culpa del pétreo parapeto. Había que acudir a mayores estrategias, como el envolvimiento, que empecé a ejecutar. Lo contrarrestó imitándome. Una vez estuve a punto de alcanzarle, pero se escurrió a otra columna, donde recomenzó la danza. El bobo juego ofendía mi dignidad. Lancé una ofensiva a fondo, hasta arrinconarle. Estaba en mis manos. Le apliqué un trallazo que tuvo que escocerle. Preparé el siguiente.

—¡Téngase, señor Príncipe!, que no respondo —oí el miedo palpitar tras la voz desafiante.

Navaja en mano vino hacia mí. Le planté cara, desde luego. De un golpe en la muñeca quedó desarmado. El segundo le abrió la mejilla, de la oreja a la barba. No esperó más. Con un juramento, escapó. Le dejé ir. Pesaba la falta de ejercicio, y no me iba a rebajar a perseguirle ante toda la servidumbre. En cualquier caso ya se llevaba una buena lección. Y tanto que, sin despedirse ni cobrar los jornales vencidos, hizo el petate y se fue ese mismo día.

La ridícula escaramuza aumentó mi buen humor. Temía que mi condición de capataz me hubiese enmohecido mollera y brazo. El truco de la pistola demostró que la primera todavía se hallaba en buen estado. El reciente cuerpo a cuerpo acreditaba que el segundo aún servía. Quizás estaba volviendo a ser yo, cumpliendo las esperanzas de Patricia, aunque fuera por los senderos retorcidos del espionaje y de las reyertas de cuadra. ¿Sería posible que el camino emprendido no acabase necesariamente en la perdición? ¿Podría desembocar en una compañía de granaderos, aunque fuera a través de enrevesados vericuetos?

Disparos, relinchos y un estruendo de cascos pusieron brusco término a las ensoñaciones. Una singular cabalgata invadió con gran estruendo la explanada frente a la casa de postas. A medida que la polvareda se fue posando, aparecieron unos treinta jinetes. Al pronto, los tomé por tropa circense. Las variopintas caballerías, las abigarradas vestimentas, salidas de olvidado caramanchón, así parecían indicarlo.

Uno iba descalzo, con los acicates atados al talón. Otro llevaba botazas propias de un caballo coraza de siglos atrás. Aquél tenía chacó francés, con el águila imperial patas arriba. Sus compañeros, gorros de cuartel, catites, sombreros de medio queso y toda suerte de monteras. Abundaban zamarras, chaquetillas y casacas de los más diversos tonos, desde el azul de los gabachos al blanco español, pasando por el verde y el amarillo de los dragones. Se veían calzones, campesinos o militares, pantalones y hasta unos zaragüelles mamelucos. No había dos atuendos, o dos colores, iguales. Idéntica variedad reinaba en el armamento: carabinas, espadas, tercerolas, fusiles, sables, escopetas, picas. En mi vida militar había visto nada tan detestable.

Cesó el fuego, que no el alboroto. Reconocí una voz. Para mi estupor, era la de Valderrábano, jinete en un jaco viejo, bayo anaranjado y argel. Me vinieron a la mente un par de refranes de chalán: «caballo argel, guárdate de él», «caballo argel, ni en él ni cabe de él». ¿Se podrían aplicar a su dueño también?

El botillero, exaltado, daba vivas a la revolución y mueras a los curas. Ello molestaba, al parecer, a un trinitario, vestido de sayal con una gran cruz roja en el pecho, que a su lado cabalgaba y que a cada grito respondía con un latigazo bien cumplido que propinaba a Valderrábano. Éste aceptaba los golpes sin rechistar. Podía ser que le moviera a ello la resignación cristiana, pero resultaba más probable que su estoicismo se debiera a la protección de la gruesa casaca que gastaba, o al mucho vino que llevaba encima, si su encarnada nariz no mentía.

Siempre había sabido de los fervores guillotinescos del individuo en cuestión. Sin embargo, los había considerado simples excesos retóricos de alguien que, en el fondo, era un burgués, por el rigor casi israelita con que administraba su negocio. Verle en mitad de aquella caterva y en calidad de cabecilla, que no de comparsa, demostraba que estaba equivocado y que, entre la pintoresca fauna de Doscastillos, se contaba un revolucionario de tomo y lomo.

Por fin cesó el alboroto. Dos hombres se abrieron paso a empellones entre la chusma y vinieron a mi encuentro. Ofrecían radical contraste. Uno de ellos gastaba el uniforme del regimiento de Montesa, de caballería de línea, con charreteras de plata. Desde la pluma hasta las espuelas, pasando por la casaca azul con divisa blanca, todo en él se conformaba con la Ordenanza.

Verle era recordar tiempos mejores, cuando nuestro ejército era ejército. Viejas heridas nunca cerradas se reabrieron al contemplar el símbolo vivo de un mundo perdido. ¿Dónde, si no en esas veneradas prendas, residía el honor y la gloria? ¿Cómo pude pensar que una infame riña de postillones me acercaba a lo que había sido yo? Aquél era un verdadero militar y todo el resto, ganas de engañarse.

El otro personaje parecía una especie de contrabandista: patillas en boca de hacha, castoreño, faja de seda, botones de oro, traje ajustado, marcando un cuerpo hecho en mil lances y en años de vida en la sierra. Montaba un tordo atizonado de espléndida melena, adornada, al igual que la cola, con cruces de la Legión de Honor arrebatadas a franceses muertos. Me disgustó el menosprecio a una condecoración reservada a los bravos.

Aun así, tuve que admitir que poco tenía que aprender de mí. Al menos, él era lo que parecía.

Habló el oficial:

—Sargento mayor Hernando de Cienfuegos, barón de Piedrahita, comandante de la partida de Montesa.

Tuve que contener el marcial saludo que me pedía el alma. Daba lástima que esa sarta de rufianes hubiese sido bautizada con el afamado nombre, heredero de gestas antiguas contra la morisma. Sin duda, su jefe lo había adoptado en recuerdo de su antiguo regimiento.

—Juan Moreno, por mal apodo *Trabuco* —siguió—. Mi segundo.

Más apropiado que Moreno sería *Negro*, en homenaje a lo oscuro de sus facciones, tostadas por muchos soles, algunos, barrunté, de presidios africanos. El bandolero se descubrió con una sonrisa burlona, como si leyera mis pensamientos. Luego, ajustándose el barboquejo, manifestó sus deseos. Necesitaba todos los caballos y mulas de la posta, raciones dobles para sus hombres y, por supuesto, cuanto dinero hubiese en posada, estafeta y casa de postas.

—Es por la causa nacional, amigo —precisó—. Se darán los correspondientes vales y recibos. La guerra es cara y de alguna forma hay que pagarla. También nos llevaremos a los criados en edad de servir. No tiene que recordarme que, por privilegio, los postillones están exentos de la leva. Esa ley ha caducado con los nuevos tiempos. Quedan desde ahora incorporados a la partida.

—¡Sargento mayor!

Levantamos los ojos. Trueba estaba en el piso superior del Gran Maestre. Tenía un fusil en las manos. Junto a él, tres postillones, también armados, y el diminuto *Víctor*, gruñendo feroz.

—Hay donde elegir —prosiguió plácidamente—. O siguen camino, tras un refrigerio, cortesía de la casa, o aquí es Troya. Lo que prefieran.

Cienfuegos, que había escuchado molesto las exigencias de Moreno, volvió a tomar el mando.

—¡Desmonten! Un guardacaballos por cada seis hombres que abreve los animales. Los demás pueden descansar. Partimos en media hora.

Incluso tan sencillas órdenes fueron recibidas con murmullos por la indisciplinada cáfila. Al fin se acataron, rezongando. Las criadas y Blas trajeron abadejo, pan y agua, que patulea como aquélla no podía oler el vino sin provocar un desastre. Comieron y bebieron bajo los fusiles.

En uno de los corros vi a alguien familiar. Costaba trabajo creerlo pero, sí, era Belmont, el jefe de los mercenarios suizos del que había escapado semanas atrás.

Se lo fui a decir a Cienfuegos. El sargento mayor, Cristo entre los ladrones, me daba pena. Convenía que estuviese advertido de la catadura del antiguo josefino.

—¿Ése? Un desertor, en efecto. Tenemos tres o cuatro. Aquí hay de todo, como en la viña del Señor. Buenos, malos y regulares. Los buenos, cinco infantes del Saboya que de verdad son dispersos y que no ven la hora de regresar al regimiento, y un par de estudiantes del Batallón de Escolares de Astorga, ya muy fogueados a pesar de sus cortos años. Regulares, la mayoría. Labradores sin tierra, soldados que prefieren servir en las guerrillas, porque hay más libertad que en el ejército. Malos, unos colegas de Trabuco, carne de horca; los desertores y dos campesinos sedientos de sangre, que los franceses han dejado sin familia ni hogar. Como siempre son los peores quienes se imponen. He pedido unos sargentos a la Junta, para meterlos en cintura, pero todavía no tengo respuesta. Si no fuera por mí, esto se convertiría en una banda de forajidos.

—Pero ustedes son patriotas, ¿no?

—Eso dicen. En realidad hay tantos motivos para estar en la guerrilla como hombres tiene. Botín, venganza, patriotismo, hambre, afán de medrar… Ya le digo, de todo.

»¿Qué quiere? Éstos son los mimbres y se hace lo que se puede. En su descargo debo decir que la gente roba a un gabacho antes que a un español, que atacamos los convoyes que no llevan demasiada escolta y que no damos tregua a los imperiales, en la medida que permite nuestro número. Sin ir más lejos, anteayer mismo cogimos un correo.

—¿Llevaba algo interesante? —pregunté, dándome ya por ducho en la materia.

—Lo ignoro. Los pliegos iban cifrados. Ya los tiene La Romana. El muy zorro los traía escondidos en las pistolas. Iban doblados muy menudo, en lugar del taco. Así resultaba casi imposible hallarlos y, si hubiese tenido tiempo de disparar, los habría abrasado. Fue precisamente su conocido Belmont el que descubrió la artimaña. Nadie como un pillo para estas cosas. A un caballero jamás se le ocurriría algo tan retorcido.

Me retiré apabullado. Quería, por otro lado, hablar con Valderrábano, a fin de que me explicara su presencia en la partida y así poderle catalogar de una vez. El pequeño mundo de Doscastillos estaba lleno de recovecos, como había demostrado la pertenencia de Cañizares al bando patriota, y necesitaba trazar un mapa para navegar por él. En mi búsqueda, tuve la mala suerte de tropezar con Belmont, a la vuelta de una esquina.

—¡El desertor! —dijimos ambos a la vez. Maldita la gracia que me hizo la coincidencia.

—Qué sorpresa, ¿qué hace usted por aquí? —se adelantó el suizo.

—Trabajo aquí —respondí adusto.

—Ha dejado la profesión —afirmó—. Hace bien. Es una vida de perros.

—Pues usted sigue en ella, por lo que veo.

—Sí —suspiró—. Pura vocación. Solo y sin armas no me encuentro. ¿Qué quiere? Cada uno tiene sus pequeñas debilidades. Las mías son la camaradería y un buen mosquete.

—La bandera no figura entre esas debilidades, por lo que veo —dije con mala intención.

—Claro que no —respondió con naturalidad—. Es un adorno. Lo esencial es lo demás.

—Tampoco hace asco al saqueo y esas cosas, supongo.

—Tampoco, tampoco. Son compensaciones por esta perra vida que arrastramos.

—Pues nada, que haya suerte. Hasta otra.

Me despedí. No le iba a felicitar por su buen olfato en el asunto del correo. Era lo que faltaba. Di al fin con Valderrábano, que venía haciendo eses.

—¡Qué raro es el hombre que tienen en el corral! —se quejó con voz estropajosa—. He ido a charlar un rato con él, y nada. No suelta una palabra.

—No habla nunca.

—¿Y qué hace todo el día?

—Beber, cuando hay. Cuando no hay, esperar a que haya.

—Todo un sabio —resumió con admiración.

Aunque comprendía el respeto del botillero por Sebastián de Las Hoces, parecido al que siente un alumno por su profesor, orienté la conversación para averiguar si mi interlocutor tenía decidido cambiar el mandil propio de su condición por la navaja y la escopeta de guerrillero. Me aseguró que no era el caso. En confidencial susurro que se oía a quince toesas, confesó su decepción con la gente de Montesa. Había soñado él iniciar la Revolución en Doscastillos; ¿no había comenzado en Móstoles la actual guerra?

Vanas ilusiones. La mitad de los hombres estaba con Cienfuegos por el botín. El resto, por aquello tan viejo de Dios, Patria y Rey. Todos echados a perder por el oscurantismo. Ni uno sabía quién era Rousseau, ni conocía la Enciclopedia. «Nada que hacer», remató sombrío. Y que se guardase el propio sargento mayor. Igual a alguien se le escapaba un tiro. No por aristócrata, que es lo que correspondería, sino por mandar, como si la disciplina no fuese imprescindible, aun en los ejércitos del pueblo en armas, para derrotar a las monarquías caducas.

En cuanto a él, afirmó, se limitaba al papel de guía, por práctico en el terreno, no fuera la partida a caer en manos francesas. Pero, en cuanto pudiera, regresaría al pueblo.

Seco el gaznate por la disertación, partió en busca de algo para refrescarlo. Tomó el rumbo de la posada. Antiguo conocido de la casa, gozaría de complicidades entre la Beltrana y sus colegas, que le evitarían la ignominia de recurrir al agua fresca que se había repartido a la guerrilla.

Pasado el plazo fijado por Trueba, siempre firme en su puesto, la turba aparejó y partió, malhumorada. Su comandante, muy urbano, hizo un largo saludo al maestro de postas y galopó tras sus subordinados, que se alejaban sin esperarle.

Después de tantas emociones preferí quedarme en El Gran Maestre en vez de acudir a la botillería. Acabada la cena, Trueba sacó el aguardiente añejo, que reservaba para las grandes ocasiones.

—Enhorabuena —le alabé—. Ha manejado bien la situación.

—Bah, una futesa. Y más contando con la ayuda del terrible *Víctor*. Con un aliado así se puede ir al fin del mundo.

Uniendo el gesto a la palabra, mojó un pedazo de pan en el vaso y se lo dio al perro, que lo devoró con fruición. Se estaba haciendo un soldadote.

—De todas formas. Eran muchos.

—No tantos. Yo tenía la ventaja de la sorpresa y estaba dispuesto a disparar. Eso se percibe y, claro, impresiona. Hace falta más que esa gentuza para asustar a...

Calló. Arrastrado por su entusiasmo, iba a cometer una indiscreción.

—Por la Real Brigada de Carabineros —levanté la copa.

—Por la Real Brigada —brindó, agradecido.

No dijimos más, ni era necesario. Pensé que, si continuábamos por esa vía, acabaríamos siendo amigos. Tan claro me pareció que cuando el maestro dijo que deseaba corresponder a mi fineza, solté:

—Por el regimiento de la Princesa.

—Por Princesa.

Bebimos. Hubo un segundo de embarazo, hasta que Trueba echó un capote.

—Buena tropa. Se comportó en la Batería de la Sangre.

¿Para qué más? Nos trabamos en cordial conversación. Anécdotas, chismes, cuestiones profesionales, nombres de batallas, guarniciones, generales cascarrabias, coroneles incompetentes, volaban del uno al otro. Nos quitábamos la palabra para completar una frase, rectificar una fecha equivocada.

No había tenido velada más grata en mi vida. En el regimiento era el único pino y con nadie podía hablar como hablé con Trueba aquella noche fresca de primavera. A él le sucedía lo mismo, de manera que clareaban las ventanas cuando nos fuimos a dormir. Dejamos a nuestras espaldas tres botellas vacías, a la Beltrana roncando, hecha un ovillo en un banco, y años de júbilos contenidos y de amarguras.

Tumbado en la cama, sin desnudar, con la cabeza dando vueltas por el alcohol y *Víctor* acurrucado junto a mi vera, sentí, durante el instante que tardó el sueño en llegar, que era un hombre feliz. Jamás hubiese creído que en la oscuridad de mi presente profesión iba a encontrar mayores satisfacciones que cuando era gallardo capitán de granaderos.

Me despertó el silencio, muy avanzada la mañana. Acostumbrado al ajetreo de hombres y caballerías, de las entradas y salidas de correos, coches y viajeros, la ausencia total de ruido me sobresaltó. Miré por la ventana. Ni un alma, excepto Blas, suponiendo que tuviera una, que sesteaba apaciblemente al amor del solecillo.

Bajé presuroso, alborotado por la novedad. Trueba contemplaba la explanada desierta.

—Buenos días —saludó seco, sepultando la noche anterior.

—¿Qué sucede?

—Lo ignoro. Sólo sé que hace dos días hubo correo yente, que hoy tocaba el viniente y que no aparece. Ni él ni nadie. Juraría que el camino está cortado. La cosa me huele a pólvora.

—¿La guerrilla?

—Es la única explicación.

El atardecer reafirmó la conjetura. Con el ganado que venía de pastar, llegó un jinete, el brazo en cabestrillo. Las alas gachas del sombrero ocultaban su rostro, que no reconocimos hasta que estuvo cerca. Era Belmont.

—A la paz de Dios —saludó con voz reposada—. ¿Podrían echarme un remiendo?

—Buenas tardes —respondió el maestro, adoptando el mismo tono—. Desmonte y déjeme ver.

—Nada, el tiro no tocó hueso.

Trueba, que no recuerdo si he dicho que tenía algo de veterinario, examinó la herida, manoseándola sin que el suizo se inmutara.

—En efecto —confirmó—, nada. Si quiere, la lavo y la coso.

—Bien.

Lo hizo en las cuadras, igual que si de un caballo se tratara. Belmont aguantó con entereza, creo que por fanfarronería, porque tuvo que doler. Una vez acabada la operación, se agarró con ansia a la bota que el maestro había mandado llevar. El trago, eterno, confirmaba el sufrimiento disimulado. Repuesto, satisfizo nuestra curiosidad mientras liaba un cigarrillo.

—Menudo punto, su Valderrábano. La partida salió de aquí disgustada, por los motivos que ustedes conocen. Buen susto nos llevamos —se dirigió a Trueba— al verle ahí arriba, escopeto en ristre. Aunque Cienfuegos intentó oponerse, tiramos para Doscastillos, en busca de un poco de botín y alguna violación que otra, ya saben lo que son estas cosas. Su paisano iba en cabeza, de guía. Al pie de una cuesta dijo que se adelantaba a explorar, que nosotros siguiésemos recto. No había pérdida.

Sabía el lugar exacto, de mis viajes casi diarios. Era una larga subida, entre rocas y matorrales, antes de llegar al pueblo.

—Buen sitio —murmuré.

—Le hicimos caso —continuó el suizo—. En lo alto del repecho nos sacudieron una descarga, bastante lamentable, *pitoyable*. Unos aficionados. Bastó, sin embargo, para tumbar a un hombre y medio. Digo medio, porque uno quedó malparado. Y para dispersarnos como una bandada de palomos asustados. La gente cabalgaba descuidada, confiando en el Valderrábano, sin pensar más que en las bodegas, las mujeres y el oro que nos aguardaban, cuando estalló la emboscada. El humo, los disparos y el susto al ver los encamisados, nos derrotaron en el acto, sin combatir.

—¿Qué encamisados? —preguntamos al unísono.

—¿Cuáles van a ser? Los que tiraban. Unos sujetos con sábanas blancas, cruces rojas y caperuzas. Salimos como alma que llevaba el diablo. No paramos hasta cerca de aquí, en un soto, para curarnos, que los fantasmas secundaron y lograron acertar a otros tres, uno de los cuales, el que suscribe.

»Fue nuestra Noche Triste, como la de Cortés. Los hombres, amilanados, ni se atrevieron a encender fogatas, como si nos persiguiera Napoleón con toda la guardia imperial. Una vergüenza. Cienfuegos votaba como un arriero, maldiciendo la hora que había nacido. Nos llamó de todo. Trabuco, en cambio, no abrió la boca. Afilaba un palito con la cabritera, como si nada.

»En cuanto amaneció, me vine para aquí. Ah —añadió, de pasada—. Cienfuegos ha muerto. Ahora manda Trabuco.

—Vaya —se interesó Trueba—. ¿Era uno de los heridos?

—Quiá. Estaba bien cuando se acostó, pero a la mañana siguiente tenía una navaja clavada en el corazón.

—¿Quién lo mató?

—Vaya usted a saber. Allí hay muchos pinchos. Da igual. Buena persona, pero demasiado mirado. Quitaba la gracia a la profesión con tanta rigidez. Pensaba que estaba en el regimiento, y una guerrilla es algo muy diferente.

»¿Les importa que me lleve la bota? Gracias por el parche —al maestro—. Es usted un cirujano de primera.

No necesitaba yo más. Todo estaba claro como el vino aguado del botillero falaz. Me engañó, el muy bellaco, igual que a los guerrilleros. Capítulo templario había, y en él estaba metido medio pueblo.

A galope tendido fui al negocio de Valderrábano. Allí estaba él, Cañizares, el ex depositario, todos. Cuando entré callaron, intercambiando medias sonrisas, cual párvulos cogidos en travesura. El propietario del tugurio, de puro risueño, amenazaba reventar las sisas de la chupa. Me dirigí al cura, que parecía el más formal.

—Pero padre —le afeé—. ¿Qué demonio de juego se traen entre manos?

—Inmarcesible gloria, la ganada ayer en los campos de Doscastillos.

—¿Y los disfraces?

—Ingeniosa idea, ¿verdad? —cloqueó.

—A ver, cuente.

—Sepa que lo más granado del pueblo, sería indisciplinado por mi parte desvelar identidades, decidió, al inicio de esta santa insurrección, organizar una asociación benéfica.

—¿Benéfica? Pero si andan a tiros por los caminos reales, como salteadores.

—En beneficio de nuestro amado Doscastillos. La mencionada asociación decidió armarse para repeler a los previsibles indeseables que, sin ser invitados, pretendiesen alterar con sus desórdenes la octaviana paz que, quizás inmerecidamente, gozamos. Ingresaron los miembros dejando de lado sus opiniones personales, insuflados sólo por el deseo de mantener incólume nuestra tranquilidad.

—¿Y las sábanas?

—Algún socio, bien informado de nuestra historia local, insinuó que, en honor de los pretéritos tiempos, podría adoptarse el inmortal nombre de Guardia Templaria, que hoy, dichosamente, intitula a la intrépida tropa, amén de inspirar su inquietante vestimenta.

Bastaba ver las caras de los tres compinches para saber que formaban en la pintoresca legión. En esto entró Hortelano. Por el recibimiento que le tributaron supe que también era colega. Así pues, la roja cruz del Temple cobijaba lo mismo al botillero revolucionario que al absolutista depositario, al cura liberal y al boticario, asesino en ciernes. Los mozos que Cañizares me dijo, hacía tiempo, que estaban alistados para caso preciso, formarían en el terrible cuerpo, calculé. Incontestablemente, robé la palabra al sacerdote, Doscastillos era un manicomio y, en efecto, existía el capítulo templario, que Estébanez me había negado. Sólo que formado por una colección de iluminados que jugaban con fuego.

Sin duda, tanto vivir con el recuerdo de los albos caballeros, del que me hablara Cuenca durante la hiladura en su casa, aquella noche ya lejana, había acabado por sorber la sesera a la doscastillesca grey.

La desastrada muerte de Cienfuegos fue mi objeto de reflexión cuando regresaba a la posada. Triste personaje. Nunca sabría lo que le llevó a la guerrilla. Quizás órdenes superiores, porque las juntas procuraban organizar un tanto el caos de la multitud de partidas que surgían por todas partes. Era posible, asimismo, que su regimiento de Montesa se hubiera visto envuelto en una de las derrotas españolas y que el sargento mayor quisiese seguir la guerra por su cuenta. En cualquier caso, su suerte era digna de conmiseración. Lástima grande, morir entre delincuentes, un oficial como él.

Pero su fin servía de faro entre mis tinieblas, arrojando alguna luz. En efecto, desde que la desgreñada patulea se presentó en la posada, los dos jefes, tan dispares, que la mandaban en comandita me tenían caviloso. Representaban para mi mente, empecinada en entender el vórtice que me arrastraba al abismo, otras dos de las múltiples Españas que brotaban por doquier al amparo de la guerra.

Se me hacía que Cienfuegos era la España hidalga, circunspecta, de negro vestida. Encorsetada, pero también sostenida, por el escrupuloso respeto a leyes añejas, de las cuales, la primera era lo que yo llamaba Santísima Trinidad. El sargento mayor luchaba, noblemente, ateniéndose a ellas, arropado en su certeza. La misma que había amparado a padre. La que yo tuve, hasta que osé plantearme preguntas que nunca me debería haber hecho.

Por el contrario, Trabuco era la España agreste, despechugada y anárquica, que, cínica y cruel, repudia cualquier norma y sólo se guía por el feroz individualismo. La que llevaba al contrabandista a pelear por pura intuición, como un animal, como una fiera carnicera.

La muerte aleve del militar anunciaba cuál de esas dos Españas era la que prevalecía en las presentes circunstancias. No estaba muy seguro yo de que, cuando remitiese la contienda, volviera, mansa, al cubil del que nunca debió salir. Hasta llegué a pensar que quizás hubiese sido preferible dejar que el pobre José I reinara en paz antes que soltar aquella bestia torva.

El frío homicidio me había abierto los ojos. La imagen del guerrillero amparado en la noche, hundiendo la navaja en el oficial de caballería, era el retrato mismo de nuestra tremenda guerra.

De esa forma se tenía que luchar. Sólo así podría la desgarbada partida de Montesa prevalecer sobre los formidables zapadores que habían pasado por el Gran Maestre, envueltos en su aureola de invencibles.

La anécdota de la Guardia Templaria lo ratificaba. La mejor, la única arma que nos quedaba, era el hombre, solo, o en grupo, sin apenas organización, violando todas las leyes, empezando por las de la lógica. Tan muertos como el sargento mayor estaban los principios antiguos. Todo valía.

X

LLEGAN LOS FRANCESES

Tardó el camino en recuperar su actividad normal, a pesar del descalabro de los guerrilleros. Fuera que la noticia viajara despacio, o que la mera presencia en la región de la cuadrilla, vencida o triunfante, inquietara al público, lo cierto es que transcurrieron dos días de forzado ocio antes de que una calesa viniera a detenerse frente a nuestra puerta.

Faustino Trueba llevaba mal la holganza. La primera mañana, caña al hombro, marchó al río. Volvió a la hora, mascullando que aquél era pasatiempo de viejo. Yo, por el contrario, me acomodaba mejor y pasaba buenos ratos a solas con el librito de Alós, que si se había mostrado poco menos que inútil para el cifrado, resultaba muy aleccionador para alguien aficionado al arte militar.

En ello seguía la tarde siguiente, pero el crujido de arena aplastada por ruedas me sacó de la provechosa lectura. Llegaba un carruaje que rompía nuestro aislamiento. Tocó generala Trueba y hubo que meterse en faena.

El coche llevaba a un comerciante y su criado. Ratificaron lo que habíamos supuesto: las nuevas sobre la partida habían sembrado profunda consternación en la comarca, sin que los vagos rumores sobre la emboscada de Doscastillos hubiesen bastado para devolver la tranquilidad a los espíritus. El amo, con aires de persona impuesta, nos comunicó con gran reserva que, ante la alarma, el mando francés se proponía enviar un destacamento de guarnición al pueblo.

Quise confirmar la noticia antes de trasladarla a Patricia. Para ello, ningún sitio mejor que la botillería, hacia la cual me encaminé en cuanto pude.

Encontré a Cañizares y Estébanez tan enfrascados en una de sus discusiones que ni repararon en mi presencia. El ex depositario, por lo que oí, estaba en vena elocuente, lo que en su caso, dada la verbosidad que se gastaba, era mucho decir. A voz en cuello proclamaba las bondades de su augusto Fernando, de las cadenas, de los sagrados derechos del trono y del altar, de la Santa Inquisición.

Brioso le respondía el cura, describiendo a esta última, irónico, como incomprendida, y exaltando otros derechos, los de la plebe, invariables, inalienables e innatos a la humana condición, según él.

Valderrábano, atraído por el griterío, hizo acto de presencia. No había seguido la disputa, pero aun así —creo que estaba achispado—, vociferó:

—¡Viva España!, ¡viva la guillotina!, ¡viva la Guardia Templaria!

El triple vítor les dejó confusos. Tan difícil era repudiarlo en bloque como adherirse a él en su totalidad. Antes de que llegaran a conclusión alguna, o que empezasen a diseccionarlo con argumentos especiosos, hablé:

—Dicen que los franchutes mandan tropas al pueblo, para quedarse.

—¿Cómo? —preguntó el ex depositario.

—Sí, a causa de la guerrilla.

—Pues la Guardia Templaria acabará con ellos, como aniquiló a la partida. —El botillero exageraba la mínima matanza.

—Cierto, perecerán todos. Ni uno quedará para contarlo —apoyó Estébanez.

—Despacio —Cañizares, juntas las yemas de los dedos, habló, la cabeza baja—. Alguno de mis hermanos en Cristo de las parroquias vecinas me había ya transmitido inconcretas noticias al respecto. Despacio. Nuestra bizarra legión vale para los cuatro secuaces de Trabuco. Pero si, como es regular, los gabachos introducen en Doscastillos una fuerza respetable, serán incontenibles y los templarios, incompetentes para impedirlo.

»Aguardemos a tener más detallada información. En el ínterin, infinita prudencia y vigilancia incesante.

Se pusieron serios los oyentes. El cura tenía bien ganada reputación de hombre prudente, al margen de sus peculiaridades, y de no hablar a humo de pajas. Yo estaba plenamente de acuerdo con una estrategia cautelosa. Media compañía de las tropas que había conocido en Espinosa de los Monteros tomaba el pueblo en un abrir y cerrar de ojos y se merendaba cualquier cantidad de aquellos templarios de pacotilla.

Rompió el silencio Estébanez tras, en mi criterio, demasiado breve reflexión.

—Nada, nada, a por ellos. Que Doscastillos, haciendo gala de su acendrado patriotismo, dé ejemplo a la Nación y se convierta en una segunda Zaragoza. Que sus calles sean tumbas para los gabachos y, si la suerte es adversa, lo que Dios no querrá, perezcamos como mártires por la sacrosanta causa de don Fernando. Sí, vuelen los halcones de la Guardia Templaria al encuentro de las rapaces águilas del enemigo del género humano, del corso sanguinario. ¡A las armas! —Las patillas le echaban chispas.

Trabajo tuvimos Cañizares y yo para tranquilizarlo, con la ayuda de Valderrábano, quien, no obstante su estado y apocalípticas ideas, demostró más sentido que el antiguo depositario, enajenado por su rabioso fernandismo. A la postre se calmó, aunque le vi poco convencido y dispuesto a entablar un combate que, forzosamente, nos habría sido fatal.

El botillero regresó a sus quehaceres y Cañizares salió con el furibundo Estébanez, encareciéndole que se tomara varias tazas de tila para sofocar sus ardores guerreros. Quedé en beatífica soledad tras el tumulto, sumido en admiración por los múltiples entresijos que cada persona oculta.

Valderrábano propugnaba la ejecución de medio país, pero se rebelaba ante la idea de arriesgar la vida de sus vecinos. En cambio, al patriota Estébanez se le daba un ardite la segura matanza, con tal de que pereciera un imperial. Cañizares era el más sensato de los tres, pero no sabía yo hasta cuándo podría seguir conciliando sus ideas afrancesadas con el odio a los gabachos, el espionaje y la complacencia con los planes de Hortelano para envenenar media Palencia.

A la vista de lo hablado en el mentidero, consideré que disponía de suficiente materia para justificar un nuevo encuentro con la señorita Trevelyan. Encuentro que, en cualquier caso, deseaba.

Porque, no obstante mis buenos propósitos de olvidar a la mujer, en cuanto me descuidaba su recuerdo me hería, a veces, como el rayo. Contraatacaba yo apelando a sus manejos miserables, que me habían llevado a devenir espía. Pero en vano. Surgían en mi memoria los ojos grises, retadores y me desarmaban. Mucho me temía que, a pesar de todos los pesares y de lo que ordenaba la cabeza, la estaba queriendo.

Lo que podía ser pretexto para una cita convirtióse al día siguiente en motivo.

Llegó el avinado Jacinto y, antes de emprender el obligado viaje a la posada, dejó por tierra no una, sino dos valijas. Bendiciendo mi suerte, puse en movimiento mi ejército particular, en lo que ya empezaba a ser una rutina. La Beltrana, para animarle a comer, seductora. Blas, para hervir el agua. Yo, debidamente equipado, en mi papel de violador del correo y copista.

Una vez más los hados fueron propicios. El mensajero trasegó, el agua rompió a hervir y el acreditado instrumental del Niño de los Hierros superó las cerraduras.

No obstante, sabido es que no hay nada perfecto. Había abundancia de pliegos, las nemas no ofrecieron resistencia, pero lo que tenía ante mi vista, como pude constatar con las primeras cartas, era correspondencia privada, no oficial. Ni una línea sobre grandes maniobras o proyectos ambiciosos, ni un estadillo de bajas, ni un parte de batalla. Sólo cartas particulares sin ninguna transcendencia.

No me di por vencido sin embargo. Tenía que encontrar alguna utilidad a todo aquello. Aparentemente era nula. Carecía de valor militar, aquel aluvión de asuntos privados, pequeños. Pero si el contenido resultaba baladí, no sucedía lo mismo con el continente. Daba igual lo que escribía su mujer a Jean Barrois. No era, sin embargo, indiferente que la cubierta revelara que el tal Barrois servía en el tercer batallón del 70.º de línea.

A gran velocidad anoté el nombre de todas las unidades, sin perder tiempo en abrir más cartas. Tenía ya sobradas razones para mantener una entrevista con Patricia. De milagro no me pilló Jacinto. Acababa yo de poner las sacas donde las dejó cuando salió de la posada, abrochándose la pretina. Podía venir de hacer de cuerpo, o de beneficiarse a la Bernarda. Daba igual. Sólo contaba que mi delito había pasado desapercibido.

Las manifiestas reticencias de Gómez a ser empleado con excesiva asiduidad aconsejaban echar mano del mozo de cuadras. Seguía en su cuchitril, dedicado a la cacería de piojos.

—Dile a la señorita —hablé muy despacio— que el jueves, aprovechando la feria, al mediodía, detrás de la casa de Estébanez. A ver, repite.

—¿Dónde estará el tesoro? Donde la otra vez y a la misma hora, mañana. Pobre Jacobo, ¡cuánto te hacen sufrir! Agua para hervir. Cartas, abre y cierra las cartas —respondió, orgulloso, de una tirada.

Me dejó anonadado. No se había enterado de lo que le acababa de decir y, en lugar de ello, tenía grabado en el cráneo lo referente a la anterior reunión con Patricia. El desdichado había retenido ese mensaje y no había aprendido el que le acababa de dar. Al cuarto intento conseguí que lo encajara entre las demás frases, aunque sin que olvidara el antiguo. No le pude sacar de ahí. Qué le íbamos a hacer. Con ese buey había que arar.

El primitivo sistema asustaba, por lo rudimentario y sujeto a errores, pero no se me ocurría ninguna alternativa. Confiaba en que el loco soltara a Gómez o a Patricia la parrafada, y que supieran hacer caso omiso de las majaderías, pasar por alto el recado correspondiente a la cita anterior y retener el que valía para la próxima. El problema se iba a suscitar cuando el pobre Blas estuviese tan atiborrado de fechas, horas y lugares que fuese imposible reconocer los últimos. Esperaba que fuese olvidando los antiguos y sustituyéndolos por los recientes. En caso contrario, si su memoria era demasiado buena, nos esperaba el caos y un sinfín de malentendidos.

Entre la trepidación por la aptitud de Blas como correo y el deseo de ver a la señorita Trevelyan, se me hizo largo el tiempo hasta el jueves.

La primera campanada de las doce me cogió en mi puesto de espera. A la quinta llegó ella. A pesar de que había aguardado con impaciencia ese momento, quedé sorprendido por la sensación de placidez que experimenté cuando la vi caminar hacia mí con sus andares de banderillero.

Súbitamente todo estaba bien. No había franceses ni guerra. Era una mañana normal de primavera, y lo único urgente era estrecharla entre mis brazos y abandonarme a su calor y a su perfume a jaboncillo. No quiero parecer presuntuoso, pero hubiese jurado que en su mirada había también alguna alegría. De ser así, la contuvo inmediatamente. Quitándose los guantes, con demasiada parsimonia, preguntó:

—¿Y bien?

—Está usted muy guapa, si me lo permite —dije sin poder retenerme.

—Un poco vulgar como requiebro. —Los ojos dulcificaron lo desabrido de la respuesta—. Pero no me habrá llamado para echarme flores. Nos jugamos la vida.

—Se dice —volví a mi papel de espía— que los franceses mandan tropas a Doscastillos.

—Es verdad. Llegarán mañana, una compañía de infantería y veinte dragones —respondió con suficiencia—. Si quiere, le doy el número de los regimientos.

—Hablando de eso —le entregué la lista.

—¿De dónde la ha sacado? Vale su peso en oro. Siete regimientos de línea, tres de ligeros, dos de cazadores a caballo y dos de dragones. Al menos dos divisiones completas. Es utilísima para formarse una idea del orden de batalla francés. El marqués de La Romana quedará satisfecho.

—Cuánto me alegro. La verdad —añadí con falsa modestia—, todavía no sé por qué copié las señas. Fue pura casualidad.

—Atribúyalo mejor a la intuición. Ya le dije que podría prestar grandes servicios a la causa patriota.

—¿Y qué le parece el truco para esconder mensajes en las pistolas? —retruqué, envalentonado por la alabanza.

—Pueril —implacable, asestó el serretazo.

Lo recibí sin pestañear. Ya sabía, por lo que contó el finado Cienfuegos, que los gabachos usaban métodos más refinados, porque al ir el papel entre la pólvora y la bala quedaba mejor escondido que con mi sistema. Nada desconcertado, pues, proseguí hablando con naturalidad de las dificultades que traería la presencia de una guarnición imperial en el pueblo.

Patricia mostró su agrado al ver que, esta vez, y al contrario que en pasadas ocasiones, yo no perdía los estribos. Como buenos colegas hicimos sesudos cálculos, y alguna chanza. Acordamos tomar mayores precauciones y pensar en lo que se podría hacer para amargarles su estancia. Evité hacer alusión a la Guardia Templaria, para que no me tomara a chacota y porque era tema que no tenía claro. Al despedirnos, en lugar de hacer ademán de besar su mano tendida, hice efectivo el gesto. Patricia no la retiró.

Estaba de magnífico humor. No quise volver al Gran Maestre dando un gran rodeo, como había hecho para acudir a la cita, y regresé por la calle principal del pueblo.

La pequeña plaza mayor hervía de gentío con motivo de la feria. Dejando de lado los puestos de frutas, verduras, telas y golosinas, curioseé en dos, dedicados a la venta de baratijas y joyas de escasísimo valor, que atraían la curiosidad de mujeres de todos los pelajes. Lugareñas y campesinas venidas de las aldeas más cercanas, mozas casaderas y matronas, se apiñaban en torno a la plata baja, el azabache y el cobre, manoseando collares, ajorcas, relicarios, anillos y toda clase de dijes, probándoselos, regateando a voz en grito, peleándose por una pieza, discutiendo o rogando a los hombres que las acompañaban que les compraran algo.

Merced a mi estatura pude mirar por encima del gallinero. Hasta entonces no me di cuenta de que estaba buscando un regalo para Patricia. Nada vi digno de ella. Todo era de dudoso gusto y mediocre factura. No merecía abrazar su cuello, colgar sobre su pecho o rodear su muñeca.

Uno de los últimos tenderetes correspondía a un cuchillero. Ojeé su mercancía. Me llamó la atención un puñal. La hoja, de dos filos, era moderna, sin mérito. La empuñadura, sin embargo, resultaba notable. De cuerno, con breves gavilanes, ostentaba una «t», en acero pavonado. En el acto decidí adquirirlo, por varias razones. Se me antojaba adecuado el acero para Patricia, más que el oro o la plata, demasiado vulgares. Además, el mango, agreste, encajaba con la ardua vida que llevaba, siempre en el campo, a caballo. En cuanto a la letra, claramente templaria, la veía como símbolo de Doscastillos, testigo de nuestros encuentros. Por último, lo poco femenino del regalo constituía un homenaje al carácter de la señorita Trevelyan, alejado de las ñoñerías tan difundidas en su sexo.

Pagué, tras simbólico forcejeo sobre el precio. Estébanez apareció cuando estaban envolviendo el arma. Se la enseñé orgulloso.

—¿Qué le parece? Lástima que no tengan más. Serían excelentes para la Guardia Templaria.

—¿Lo dice por esa letra? Ninguna relación tiene con la militar Orden. Es, querido amigo, la legendaria tau del linaje de los Castro.

El dictamen del ex depositario rebajó el placer de lo que yo creí gran hallazgo. Pero estaba contento con la daga. Tenía la sensación de haber dado en el blanco. Invité a Estébanez a comer, para celebrarlo, en el figón del pueblo. Nunca antes había estado allí y, en cuanto tuve delante el primer plato, alabé mi buen gusto. Era infecto. Compensamos la pésima calidad del almuerzo con la abundancia del vino, de manera que cuando entró, desalado, un galopín chillando a voz en cuello: «¡Ya vienen, ya vienen!», tuvimos cierta dificultad en levantarnos para salir a la calle.

Patricia se había equivocado, en parte. La compañía de infantería no pasaba de sesenta plazas mal contadas. Los dragones, en cambio, eran cerca de un centenar, casi un escuadrón.

Doscastillos en pleno les vio pasar con una mezcla de admiración, odio y miedo. Eran los vencedores de mil batallas, los sojuzgadores de tronos, los que desfilaban. Algunos de sus rostros justificaban la fama. Otros, en cambio, provocaban sonrisas despectivas.

Los infantes, en efecto, eran una mezcolanza de veteranos curtidos y de bisoños barbilampiños. Los primeros marchaban con la indiferencia que les daba haber realizado cientos de entradas similares en pueblos de media Europa. Únicamente la botillería de Valderrábano y alguna joven de particular belleza suscitaron rumores entre sus filas hieráticas. Los segundos, sudorosos, doblados por la mochila y el fusil, miraban a su alrededor con curiosidad adolescente, no exenta de temor. Bajaban la vista ante las mujeres guapas, dándose con el codo, o murmuraban ante un aldeano o un pastor nervudos y malencarados.

A continuación iban los dragones. Sus grandes monturas, los cascos de metal, adornados con crines, les elevaban, y no sólo en sentido figurado, por encima de la multitud. Ahí no había veteranos ni bisoños. Todos estaban ungidos por la secular reputación de la caballería, que, inconscientemente, los espectadores reconocían. Con ellos se borraron las sonrisas. El escuadrón, engreído, avanzó en silencio, la vista al frente, sin malgastar una mirada en la plebe.

La tropa iba mandada por tres oficiales. La infantería por un capitán de al menos cuarenta años. Por su edad, un pino como yo, si el ejército francés usara el denigrante calificativo, lo que no hacía. Era un hombre recio, de grandes bigotes negros, seguramente teñidos, y facciones duras, esculpidas en piedra. Al final de la columna, en un carromato, yacía un subteniente de poco más de dieciséis años, pálido y febril.

Los dragones traían a la cabeza un teniente joven, que calculé estaba en torno a la veintena. De piel sonrosada, sin sombra de barba, pero condecorado. El uniforme verde le sentaba como un guante. Juraría que llevaba corsé. Montaba un elegante tordo plateado, tan orgulloso de sí mismo como su dueño.

Los franceses entraron en la plaza mayor, provocando el mayor desorden entre los feriantes, que, a toda prisa, recogieron sus bártulos para no verse arrollados. Por mucho que se aplicaron, orzas de aceite, pirámides de manzanas y una pila de refajos se derramaron por el pavimento, con gran regocijo de los asistentes y molestia de los imperiales, que, tropezando con los diversos obstáculos, lograron al fin formar en chapucera línea. El capitán se mordía los mostachos, furioso por la poca lucida maniobra.

No asistí al reparto de boletas de alojamiento, que previsiblemente tendría lugar acto seguido. Entre la cita, la feria y el almuerzo, había faltado del trabajo casi el día entero. Volví, por tanto, a la casa de postas prometiéndome regresar esa tarde al pueblo, para comentar los acontecimientos en el negocio de Valderrábano.

El propio Trueba, impaciente por tener noticias, sujetó a *Galano* del diestro mientras desmontaba.

—¿Y bien? Dicen que han llegado los franceses.

—Los he visto —corroboré.

—¿Y?

—Habrá problemas. Muchos son soldados antiguos, es decir, enseñados a las fechorías. Los reclutas aprenderán pronto de ellos. Siempre pasa lo mismo. Lo que suceda depende de los oficiales. Si atajan el primer desmán con un castigo ejemplar, aquí paz y después gloria. En caso contrario, será la de San Quintín.

—¿Qué tal pintan?

—Un capitán viejo, ascendido desde abajo —rehuí su mirada—. Sabe que esos hombres o son muy buenos, o muy malos. Habrá que ver. Un teniente de dragones, con aires de lechuguino. Un subteniente de infantería, muy enfermo.

—Esperemos, sí. A veces, las apariencias engañan y el lobo sale cordero, y viceversa.

—Luego está la Guardia Templaria.

—Una complicación más.

Nunca habíamos hablado de ella. Al maestro le bastaba con administrar sus negocios y procuraba mantenerse al margen de lo que sucedía en el pueblo. Tenía tratos con la crema de Doscastillos, pero no se casaba con nadie ni tomaba partido. Escarmentado por su experiencia en los Carabineros, carecía de amigos y de enemigos. A pesar de que nuestras relaciones eran, en general, distantes, creo que yo era la persona que le resultaba más próxima, debido a nuestro común y algo vergonzante pasado.

En todo caso no daba la sensación de echar de menos a la gente. Con la posada y la posta, sus pujos de herrador y de albéitar, y la Beltrana, le bastaba. En el fondo, pienso, prefería los caballos a los hombres.

Deseoso de más detalles, me animó a que volviera al pueblo en cuanto terminásemos de cenar. Compartía su preocupación, de modo que, sin esperar al postre, partí para la botillería.

Había lleno. En la sala común no cabía un alfiler. Los parroquianos, solivantados por la invasión, entre constantes libaciones prorrumpían en mueras y carajos con cualquier pretexto. Unos blandían puñales, otros bastones. El más pacífico exigía degollar a los gabachos esa noche.

En el reservado el ambiente era tenso, pero menos estentóreo. Cañizares y Estébanez departían amigablemente, unidos por la desgracia común. También estaba Hortelano. Barbotábamos pestes y dicterios contra los franceses cuando se produjo un acontecimiento que, por su carácter único, merecería haber sido perpetuado en letras de oro. Porteado en silla de manos, Edelmiro Cuenca hizo una entrada propia del Santo Padre. El pasmo selló los labios de los presentes. Ni los más viejos del lugar recordaban que el administrador hubiese ilustrado con su presencia aquel antro. Nada podía reflejar mejor la gravedad del momento. Si San Tarsicio, patrón de Doscastillos, hubiera descendido de los cielos, no habría producido mayor sensación.

En cuanto los asistentes se recuperaron del asombro, todos quisieron tomar la palabra. Cañizares puso orden.

—Hablemos por turno y así podremos informarnos mutuamente de las inquietudes respectivas. Disimularán que empiece yo, como representante de la Iglesia. Es el caso, señores, que se ha infiltrado en mi casa, como inquilino, pero sin pagar renta, el oficial de dragones don Balduino de Châteauneuf de la Pierraille. Si bien me es ingrato decirlo, debo afirmar que se comporta cual intachable caballero. Pertenece a una de esas familias de la rancia aristocracia que indecentemente están empezando a aceptar a Napoleón.

—Sí, malditos sean. Dios les cría y ellos se juntan —metió baza Valderrábano, que había acudido a comprobar el prodigio de la presencia de Cuenca.

—Pues a mí —habló Estébanez— me ha tocado el capitán, un tal Luis Duhart. Hombre basto y de pocas maneras, que pretende vivir, a mi costa, como un príncipe. Ya ha anunciado que quiere cuatro platos para el almuerzo y los mismos para la cena, y que entre ellos debe figurar, sin falta, capón y trucha. A ese tren, me arruinará en una semana, seguro —El depositario respiraba por la herida de su avaricia.

—Mi teniente, en cambio —el cura se saltaba su turno— es muy fácil. Ha indicado que con un par de huevos al mediodía y sopa y verdura por la noche, se arregla. Insípida e indigesta dieta. Así está de delgado.

—Déjense de menús, que lo grave es lo mío —habló Cuenca que, con la novedad, ya no tosía—. Se imaginarán que, como alcalde, he tenido que organizar los alojamientos. Qué sofocos he pasado.

»Lo peor han sido los dragones. Lástima de San Jorge, para acabar con ellos. No había donde meter tanto caballo. Al final, pese a mis protestas, se me han aposentado en el palacio. ¡Cuando se entere el señor conde! Juro, sin embargo, que ha sido imposible evitarlo. A Dios tomo por testigo. No se fían de nosotros y quieren tener a todo el escuadrón reunido. Como nuestros establos son tan amplios…

»Al pobrecillo subteniente enfermo le he colocado en la casa de Hortelano. Parecía lo más propio.

—Y muy requetebién que ha hecho usted —saltó el boticario—. A ése le curo yo en dos patadas. Viene atacado de tercianas, diría un lego. Hay que cortarlas con quina, aseveraría un médico vulgar. Ni lo uno ni lo otro, afirmo yo. Su enfermedad es rara, y particular a esta región. La tengo muy estudiada ya que, humildemente, soy su descubridor. Como que me sé una cocción que le sanará, perdone, don Anselmo, en menos que canta misa un cura orate.

Temblé por el desdichado oficial. Hortelano, con toda su buena voluntad, iba a acabar con él como el más certero de los matarifes, seguro. Igual pensaban los contertulios, por el silencio que siguió a sus palabras. Hasta sonrisas aviesas hubo de alguno, complacido por la perspectiva del asesinato.

—Bien —Estébanez planteó un nuevo punto—: ¿Qué vamos a hacer?

—¡Matarlos! —rugió, previsiblemente, Valderrábano.

—No será en el palacio —dijo Cuenca, asustado—. Me niego a que se convierta en un campo de batalla, que el conde nunca me perdonaría el destrozo.

—¡Traidor!

—¡Mal patriota!

—Haya paz, mis señores Estébanez y Valderrábano. Éste es asunto de mucha consideración. Tenemos que inclinarnos sobre él, meditar, innovar. Intentemos llegar a una solución que no ponga en inminente peligro a Doscastillos ni a sus habitantes. No se puede improvisar. Pensemos.

La pacífica sugerencia levantó un coro de protestas, que el cura cortó:

—Acaben invectivas e improperios. Aliviar la suerte de la

inerme población doscastillesca se impone como meta a todos los presentes. Usemos nuestra influencia para evitar inflamables imprudencias que, infiero, tendrían inmoderado precio en vida y haciendas. Reflexionemos.

Sobrecogidos por los «ines», salimos de uno en uno.

Ya en la posada, *Víctor*, la perla de los confidentes, me escuchó con la misma atención que nosotros prestamos a don Anselmo Cañizares.

—La situación, bravo mariscal, es complicada. No veo manera de que tan corto lugar como Doscastillos pueda alimentar a tanto francés, sobre todo si la tropa despliega el voraz apetito que distingue a su jefe. Entre las desmesuradas exacciones y la revuelta hay un paso, que se puede dar, sin que nadie lo desee, a la menor oportunidad.

»En palabras de mi amo, y, por ello, tuyo, la Guardia Templaria complica el panorama. Porque da a estas gentes la ilusión de que tienen una fuerza que les puede proteger, cuando en realidad está compuesta por cuatro locos, buenos sólo para hacerse matar o para conseguir que los imperiales arrasen el pueblo. Mejor les iría si no existiese la grotesca Guardia. Entonces, quizás se resignaran a su destino y buscaran una forma de entenderse con el enemigo. Pero, con los templarios de cartón, creen que cuentan con poderosa salvaguardia que les pone al abrigo de los abusos. Ya de por sí es corta la correa de los habitantes para soportar vejaciones. Si además se consideran respaldados, pueden pasar a provocadores, con resultados que no necesito enumerarte. Los gañanes que encabeza el capitán son de pocas bromas. Con que salga un campesino respondón, basta.

Una cosa buena tuvo la ocupación francesa. Constituía un excelente motivo para un nuevo encuentro con mi otro jefe, Patricia Trevelyan, y de paso hacerle entrega de mi, esperaba que acertado, obsequio. Dediqué una parte apreciable de la noche a preparar el oportuno texto. Me importaba que constatara mis progresos en las artes del espionaje. A eso de las tres, contemplaba el siguiente mensaje: «Cinco días después a las dos comíamos y hablar en el fuerte. Precauciones», que en nuestra astuta clave se traducía por: 365, 15, 7; 364, 9, 1; 133, 10, 6; 155, 5, 9; 87, 15, 8; 197, 3, 4; 8, 10, 2; 100, 10, 4, como fácilmente podrá comprobar cualquier afortunado poseedor del Trenck, libro, por demás, recomendable.

Explicaré el contenido, algo abstruso. En realidad, mi impaciencia exigía ver a Patricia lo antes posible. No obstante, buscando en el libro de Trenck, en la página 365 encontré «cinco días después». Las tres palabras seguidas eran demasiado tentadoras, por lo que facilitaban la labor de cifrado, así que con ellas empecé el texto. No fue ésta la primera vez que mi precipitación por hacer las cosas se ha traducido, a la larga, en retrasos.

En cuanto a la falta de correspondencia de los verbos, que figuran en tiempos diferentes, se debe a las limitaciones del libro. Igual sucede con «fuerte». Quería escribir «castillo», pero no hallé ese vocablo. Esperaba que la señorita Trevelyan dedujera que me refería a las ruinas cercanas al pueblo. «Precauciones», por último, era un floreo, un alarde de magistral manejo de la clave. Por otro lado, daba un no sé qué misterioso a la cita que me pareció apropiado. Sobre todo, para atenuar el «comíamos». En efecto, me proponía que el encuentro no se limitase a asuntos del servicio, pero era preciso disimularlo.

Porque, lo reconozco, nuestro último encuentro me había vencido. Mi famosa capacidad para apartar pensamientos inoportunos se había ido eclipsando, ahuyentada por el obsesivo recuerdo de la maldita Patricia. Sin querer, a todas horas y en todas partes, me seguían sus ojos, oía sus palabras, que repetía en voz baja, paladeándolas. Verla fue la puntilla. Derrotado, abandoné el vano esfuerzo de luchar contra ella.

Sí, estaba vencido y dispuesto a capitular, con armas y bagajes, lo que me llenó de absurda alegría.

Llamé, mediante el conocido procedimiento, a Gómez. Le había dado tregua, usando a Blas en la anterior ocasión, y ahora le correspondía a él, le gustara o no.

Se presentó de buen talante, que atribuí al descanso.

—Que la señorita lo vea luego, luego —apremié—. Nada más urgente. Va en clave —añadí, dándome pisto—, por lo que no es preciso utilizar el magnífico truco de las pistolas.

Estaba en su papel de suizo. Se cuadró marcial, sin comentario alguno y galopó a cumplir la misión.

Pasé los siguientes días en un sin vivir. Pregunté a Jimena si sabía hacer empanada. «Y muy buena», fue su respuesta. Sugerí entonces que la pusiera de cena esa misma noche. Quería catarla antes de ofrecérsela a Patricia. La verdad es que no estuvo mal, pero podía mejorarse. Le di instrucciones al respecto para que preparara otra, y habría seguido haciéndolo hasta la víspera de la cita. Pero, de un lado, fui expulsado con malas maneras de su cocina. De otro, Trueba, mostró su extrañeza ante la repentina monotonía de los yantares. Cesé, por tanto, de sugerir cambios en la receta, confiando en que el día de autos Jimena estuviese iluminada por la Divina Providencia.

A la una me hallaba en el castillo, cesta en ristre, llena a rebosar con dos botellas de vino, un chorizo, medio queso, dulce de membrillo y la dichosa empanada. A riesgo de matarme, trepé al más elevado lienzo de muralla que seguía erguido. Una vez allí me puse a otear el horizonte, como habían hecho siglos atrás, en ese preciso lugar, centuriones romanos, arqueros musulmanes y ricohomes del conde de las Altas Torres.

Al cabo de una eternidad, con el alborozo que mis predecesores habrían visto llegar una tropa de socorro, divisé dos puntos. Veinte minutos después, Patricia y el fiel Gómez subían trabajosamente la cuesta.

—Buenos días, capitán —saludó la inglesa en cuanto se repuso—. ¿No había un sitio menos visible?

—Hace tiempo leí que los japoneses, cuando desean tratar materias reservadas, abren puertas y ventanas, en lugar de cerrarlas, como hacemos nosotros. Estiman que de esa manera evitan que se les escuche tras ellas y, al tiempo, ven venir a eventuales espías. Esto es igual, nadie puede acercarse sin que le descubramos con sobrada antelación para escapar.

—Cierto —admitió—. ¿Para qué me ha llamado?

—Un momento. Toma —dije a su escolta, dándole una botella y un pedazo de queso—. Vete abajo y cuida los caballos.

Ya solos, contemplé a mi sabor a Patricia. Finalizado el invierno, había trocado la pelliza escarlata por una entallada levita de caza, negra. Llevaba el sombrero de filibustero, del mismo color. Desconozco cómo lo hacía pero, a pesar de que cabalgaba tanto al aire libre, y sin velo, conservaba su cutis pálido, sólo ligerísimamente tostado por el sol. Al igual que en ocasiones anteriores, admiré la rara combinación de dulzura y vigor que desprendía. Era un guantelete de acero bajo guante de seda, o al revés, según.

—¿Y esto? —me distrajo, señalando las provisiones.

—He pensado que comer no es incompatible con nuestro deber.

Me felicité por su delicadeza de no fingir turbación. El mensaje, si bien torpe, anunciaba ya mi idea de almorzar. Su presencia mostraba consentimiento. Hubiese sido, por tanto, infantil hacer el mohín de sorpresa que mujeres de otro calibre hubiesen estimado obligatorio.

—De acuerdo. Empecemos por los negocios.

—Quería comunicarle dos cosas. De un lado, la cifra que me dio del destacamento francés en Doscastillos no responde exactamente a la realidad. Son cincuenta y seis infantes y noventa y tres dragones. Puede ser útil que sepa que la compañía de infantería está muy disminuida y que incluye bastantes reclutas. Los jinetes, en cambio y por desgracia, me han causado excelente impresión. Sus monturas son de talla y se encuentran en buen estado.

»De otro, pertenecen a regimientos que no aparecían en la relación que le entregué el otro día. Son del 110.º de línea y del 14.º de dragones.

—Interesante, como todo lo que se refiere al enemigo. Servirá para ir completando la lista de unidades imperiales en la región.

—Bien. Le haré llegar cuantos datos pueda recoger.

—Si lo desea, le facilitaré unas señas seguras, para que los remita por correo, ya que, como he visto, cifra a la perfección.

—Muchas gracias.

El cumplido me henchía de orgullo, pero deseaba evitar ese método, que convertía en superfluos futuros encuentros. De ahí que añadiera:

—Es labor muy trabajosa. Y, luego, nadie utiliza nuestra estafeta. Temo despertar sospechas si empiezo a usarla yo.

—Como quiera. Sepa que aprecio lo que hace —dijo súbitamente—. Comprendo que para un distinguido militar como usted, la vida clandestina que lleva tiene que resultar extremadamente difícil. La renuncia a su profesión, al uniforme, a la sociedad de sus compañeros de armas, es admirable.

Me emocionó el comentario. Siempre había creído que Patricia tenía una difusa debilidad por mí, pero nunca se me pasó por la imaginación que le preocupasen en absoluto «el estado de mi alma», que dicen los franceses con bella expresión. Suponía que para ella era sólo un instrumento, de buena planta, eso sí, pero ante todo una herramienta para sus maquinaciones contra los gabachos. No esperaba que hubiese dedicado un minuto a meditar sobre mi situación, los riesgos que corría sin siquiera la compensación de la gloria.

La frialdad que le atribuía había creado un lastre de rencor que puso coto, aunque insuficiente, a mis propios sentimientos. Ahora, suprimido con sus palabras, podía darles rienda suelta. Por otra parte, Patricia acababa de traicionarse al admitir que yo ocupaba un lugar en sus pensares, abriendo, al hacerlo, puertas a la esperanza.

Era esencial, sin embargo, no forzar nada. Conocía a las damas lo suficiente para saber que pueden escapar como golondrinas ante cualquier gesto que interpreten como brusco. Todo tenía que deslizarse con la suavidad de una pavana.

La empanada fue mi cómplice. Alcé la servilleta y apareció en su dorada gloria. Para completar el efecto, con gran alarde requerí el cuchillo y corté un pedazo. Lo clavé luego en la tierra, de forma que la singular empuñadura quedara en evidencia. Dio resultado.

—Qué arma más curiosa. Nunca vi una parecida.

—¿Le gusta? —pregunté mefistofélico—. Es templaria —mentí, no gratuitamente.

—¿De verdad? —fascinada por el imán de la primitiva letra.

—Un erudito lo ha confirmado. Imagínese. Igual se pavoneó por Jerusalén, o estuvo en San Juan de Acre, o se hundió en el pecho de algún sarraceno. Pudo, incluso, contemplar la Vera Cruz. Hay que saber escuchar a las cosas.

La sopesó un momento, luego la acercó al oído y la mantuvo allí un tiempo.

—Tiene razón. Habla.

—¿Qué le ha contado?

—No se lo puedo decir —rió—. Es una daga y hablábamos entre mujeres.

—Nunca me perdonaría poner término a una nueva amistad. Se la regalo. Además, la hoja hace juego con sus ojos.

Protestó levemente, por pura forma. Resultaba evidente que el frío brillo del acero, la leyenda que yo había enhebrado en sus filos, la atraían.

Con gran contento la metió en el cinturón, reforzando su aire corsario. Después se quitó el sombrero, derramando la cabellera sobre los hombros. Nunca estuvo más bella que en ese momento que, sin saberlo, yo me aprestaba a despedazar.

Comimos amigablemente, pues, entre las piedras gloriosas, contemplando desde nuestra altura las mieses que verdeaban. Acabado el frío, los campos renacían y yo con ellos. Hablé de lo que aquellos muros habrían presenciado. Del paso lento de legiones yendo al encuentro de nubes de bárbaros iberos; de caballeros al regreso de algaradas; de torneos, bufones y juglares; de prisioneros encerrados en lóbregas mazmorras; de bodas; de asaltos. Era tan sencillo imaginar esas y otras historias en aquel lugar, con Patricia junto a mí... Las piedras se me hacían más vivas que los hombres.

Respondió hablando de la dulzura de las tierras inglesas, de la infinita gama de sus verdores, en nada comparable con los nuestros, siempre amenazados por el espectro pardo de la sequía. De campos ordenados como jardines, de pueblos acogedores, dormidos en una paz centenaria, mientras que los de España estaban cosidos de cicatrices, por las continuas guerras. De las pequeñas iglesias de piedra, poco más grandes que casas, tan distintas a las de aquí, excesivas, surgiendo desafiantes de la pobreza que las rodeaba.

Era el suyo un mundo amable, diferente del mío, áspero. Un mundo de rosas frente a uno de espinas.

En el otero, desde los belicosos sillares, presintiendo dragones franceses, la plácida y confiada Inglaterra parecía un sueño. ¿Sería alguna vez así la infeliz España, roturada por la desolación y la muerte? Nunca, pensaba. Alguna maldición oscura residía entre nosotros y nos empujaba a un constante batallar. Éramos un país de hierro y nuestro destino, la espada.

Me di cuenta de que, en el curso de la conversación, Patricia había reclinado la cabeza sobre mi hombro. La miré a los ojos y la besé con naturalidad. Respondió con tal calor que, al instante, nos incendiamos.

Al principio, con firme voluntad, me retuve algo, como si fuese porcelana que se pudiese romper. Para mi estupor, ella era virgen. Yo, casi, olvidando tres o cuatro amores cuartelarios. La mutua torpeza ungió de inocencia el primer embate. Hubo forcejeos con botones, cierres y lazos, sonrisas avergonzadas. Luego, el éxtasis de hundirme en ella, deseando no salir nunca, llorando mi incapacidad de meterme yo entero dentro de su cuerpo, para encontrar seguro refugio, para no ser ambos más que uno.

Cuando terminamos, me dejé caer junto a ella. Cogido de su mano, cara al firmamento, sentí que renacía. Haber sido su primer hombre aumentaba el triunfo. Con los ojos cerrados aspiraba su perfume a cuero viejo, envuelto en el aroma fresco del romero que nos rodeaba. Entendí la religión y, por vez primera, cobraron sentido las expresiones de algunos rostros que, de cuando en cuando, había sorprendido en la iglesia. Toqué el cielo, sí.

Fue, claro, flor de un minuto. Enseguida sus manos dejaron de responder a las caricias de las mías. Los dedos yertos me dieron la sensación de que tocaba un cadáver.

Sin una palabra se levantó, arreglóse la ropa descompuesta y se fue, mogote abajo.

La dejé hacer. Nada hice por detenerla. Era yo lo bastante complicado para entender. Supe que su despiadado orgullo nunca le permitiría perdonarse, ni perdonarme, la pasajera debilidad, lo que mis ojos habían visto, lo que habían escuchado mis oídos. Nunca dejaría de reprocharme su flaqueza.

La vi alejarse, como la esperanza, por el camino que la había traído.

Esa tarde, en las ruinas del castillo, sufrí mi segunda derrota, más amarga que Espinosa de los Monteros. Tenía que irme.

XI

MEDINA DEL CAMPO

Metí espuelas al caballo y me dirigí a todo galope a la botillería. Necesitaba a toda costa escapar del silencio y para ello ningún lugar en el universo mundo mejor que aquél. Era algo temprano, faltaba para el atardecer, pero me urgía escapar.

Estaba seguro. Por muy liberal que aparentase ser Patricia, una cosa era darse aires de matasiete femenino y otra muy diferente refocilarse con Gaspar Príncipe, un don nadie. Bien estaba jugar al húsar con faldas, lo que la divertía. Comportarse como tal era ya otro cantar. No, me repetía, desolado, nunca me perdonaría.

Para llegar al oasis de gritos, ruido y humo que anhelaba tuve que atravesar la calle principal del pueblo. A pesar de la hora estaba totalmente desierta. Ni un alma a la vista. Puertas y ventanas cerradas se entreabrían, furtivas, al eco de los cascos de *Galano*. Doscastillos, profanado por la bota del invasor, se replegaba sobre sí mismo.

La lúgubre escena acentuó mi pesar, de modo y manera que arribé al establecimiento de Valderrábano desarbolado y cabizbajo.

En cuanto crucé el umbral, no obstante, comprendí lo acertado de la elección. El vocerío, el chocar de vasos, los reniegos resultaban ensordecedores. El humo de los cigarros y del mal aceite nublaba la vista. Justamente lo que buscaba.

Había mayor concurso de lo acostumbrado. Allí se encontraba reunida toda la población masculina, blasfemando de los gabachos; mientras que, sin duda, la femenina rezaba en las casas por el exterminio de éstos.

La sala reservada hervía también, aunque con cierto comedimiento. Los parroquianos habituales, reforzados con la presencia de Cuenca, que se les había unido ante la gravedad de la crisis, conversaban, cómo no, sobre los huéspedes que albergaban en sus respectivos hogares.

Hortelano informó sobre la salud del subteniente. Su cuasi milagrosa curación se hallaba a la vuelta de la esquina. El paciente no le había dado el menor motivo de queja. La circunstancia de que se hallara privado de habla y movimiento era, para el boticario, el mejor de los síntomas, la crisis que anunciaba pronta recuperación. Sus gruesos lentes lanzaban destellos nada tranquilizadores para los que conocíamos su escasa ciencia.

Estébanez y Cuenca, mucho más belicosos, clamaban por la sangre de los huéspedes, maldiciendo su descomunal apetito y sus continuas exigencias.

Cañizares, al igual que en la anterior reunión a la que asistí, rompió una lanza a favor de Châteauneuf. Al oírle, daba la sensación de que empezaba a brotar casi una amistad entre ellos.

—A principio, tuve dificultad para comunicarme con él —pronunció con suavidad el cura—, ya que desconoce la infinita lengua de Cervantes. No hay obstáculo insuperable, empero, si la determinación es inquebrantable. Derrochando ingenio, incansable y, tras varios intentos incoherentes, di en hablarle en latín. De su respuesta inferí, no lo domina bien, que lo aprendió de su tutor, antiguo jesuita.

Es posible que, ablandado por esa circunstancia, pecase el tonsurado de benévolo en sus juicios. El caso es que presentó al oficial de dragones como un dechado de perfección. Apenas comía y casi no bebía. Tan frugales resultaban almuerzos y cenas en común que Cañizares los completaba a hurtadillas en su cuarto, para evitar, a la vez, escandalizar al pupilo y morir de hambre, que él llamaba inanición. La misma sobriedad practicaba el francés en todo. El párroco, al principio, le asignó su peor cuarto, con un colchón por el suelo y sin sábanas ni almohada. No protestó, limitándose a sustituir las primeras por una manta de caballo y la segunda por el capote enrollado. El anfitrión, derrotado por tan buen conformar, le envió su mejor ropa de cama. Ahora le defendía a ultranza.

—Les aseguro que los inaguantables excesos que con elocuencia ha enumerado nuestro alcalde, que esas incosteables pretensiones, son producto exclusivo de Duhart al que, por cierto, Châteauneuf y yo llamamos «el centurión», a falta de la palabra «capitán» en la lengua de los invictos césares.

Llevaba bebido yo para entonces más de la cuenta, en mi afán por no recordar lo sucedido en las ruinas del castillo. Por eso, en lugar de limitarme, como siempre hice hasta entonces, a escuchar, metí baza, la lengua estropajosa. Lo de «centurión» de repente me pareció vocablo particularmente feliz para aplicarlo al Duhart. Rompí, pues, en desaforadas carcajadas y grité acto seguido entre hipidos:

—¡Centurión! ¡Magnífico! Eso, centurión, que rima con cabrón, con felón y con sayón. ¡Muera el centurión cabrón, felón, sayón!

La audiencia se unió exaltada a la consigna. Tanto aullamos que nos oyeron en la sala común, de donde partieron en respuesta salvajes alaridos, que mostraban el acuerdo de la plebe con las clases superiores. Nunca me consideré tribuno, pero la enajenada reacción del público me hizo preguntarme si tendría futuro en la política.

Me regocijaba yo con esa perspectiva, entre abrazos y parabienes de los contertulios, que no contribuían a ordenar mi acalorada mente, cuando, aun entre los vapores alcohólicos, me extrañó el silencio que repentinamente se abatió sobre el salón vecino, trasladándose en el acto al nuestro. Con cierto trabajo pude afianzar la mirada, lo que me permitió ver a la gente apartándose a regañadientes ante dos hombres. Eran Duhart y De Châteauneuf.

El capitán avanzaba con aplomo de bronce, los ojos fijos en un punto distante. Majestuoso, igual que un buque ante cuya proa se abren las olas, entró el militar por en medio de un centenar de enemigos, vencidos por su indiferencia. Le seguía el dragón, no menos bravo, pero más sensible, que con una sonrisa ofrecía excusas por la falta de urbanidad de su jefe, al presentarse de esa manera donde no había sido convidado.

Fueron al mostrador, ofreciendo las espaldas desdeñosas a las muchas navajas congregadas en el local, y pidieron dos vasos de orujo, que Valderrábano sirvió de mala gana. Los escanció de una damajuana que me tenía yo muy conocida, donde anidaba el peor de sus caldos, algo reservado a los más curtidos muleros, tan letal como cualquier preparado del boticario Hortelano.

Duhart apuró el suyo de un trago, sin pestañear. La hazaña era testimonio de lo acorazado de sus tripas, tras múltiples campañas en calidad de soldado raso. De Châteauneuf lo olisqueó y torció el gesto; pero bebió como un valiente.

Dejaron un napoleón, pasearon los ojos a su alrededor, buscando desafíos y, no hallándolos, salieron despacio.

Tardamos en recobrarnos de la general cobardía. Cañizares, con la mano, tapaba una sonrisa irónica. Ni a él hubiésemos consentido una chanza sobre la callada derrota colectiva. Al unísono empezamos a pedir vino, con rabia. No sé lo que hicieron los otros. Yo bebí hasta caer, feliz de haber acabado con el día.

Me despertó, entrada la mañana, un faquín que barría enérgico el campo de batalla. *Galano* me llevó de vuelta a la posada. Leal, fue con paso tranquilo, lo que le agradecí, que tenía un clavo al rojo metido en la frente.

Trueba paseaba ante la casa de postas, los brazos cruzados, cariacontecido. Algo le preocupaba.

—Buenos días, o buenas tardes, mejor dicho. ¿De dónde viene? —preguntó, claramente molesto.

—De la botillería.

—Ya. ¿Qué tal? —algo dulcificado ante mi deplorable aspecto.

—Me estalla la cabeza.

—Eso se quita con aire fresco. Tengo un problema —añadió sin transición.

—¿Ha pasado algo?

—El bruto de Jacinto. En su prisa por ir a la cocina, se apeó del caballo con mayor energía de la que su peso consiente y se ha quebrado una pierna. Hortelano ya le ha examinado y dice que tiene para varias semanas. Eso, si puede volver a montar. Y aquí estoy, con valija y sin correo.

—Lo siento.

—Tendrá usted que llevarla hasta Medina. No me fío de otro.

El cuerpo aconsejaba rehusar. La mente dictaba lo contrario. En efecto, si aquél pedía reposo, ésta reclamaba actividad. A medida que el vino se disipaba, volvían las memorias, como herida que duele al enfriarse. Sí, necesitaba un viaje, para alejarme del escenario de mi costosa torpeza.

—De acuerdo. Aunque con una condición.

—¿Cuál? —frunció el ceño Trueba, hecho a la obediencia ciega.

—Que no me acompañe postillón.

La propuesta le extrañó. Tras medirla, comentó:

—La valija, en esta ocasión, pesa poco. Por ahí no hay problema. Perderá tiempo, sin embargo, en los relevos, ya que nadie anunciará su llegada para que preparen los animales de refresco. Además, ¿y si le ocurre un percance? También, ahora que caigo, ¿dónde llevará la maleta? No puede sobrecargar el caballo.

—No habrá percances. En cuanto al equipaje, soy soldado. No necesito gran cosa. Faustino —era la primera vez que le llamaba por su nombre de pila—, se lo ruego. Déjeme ir solo.

Entendió que sucedía algo fuera de lo normal y que no se trataba de un capricho frívolo. Se portó como quien era. Sin más, dio su acuerdo y llevó la amabilidad a insistir en que cogiese a *Lucifer*. Incluso fue a su cuarto, a buscar un maletín de grupo de carabineros, turquí y encarnado, con galón plata, propio de Casa Real.

Guardé tres mudas y los materiales de espía, y me puse el cinturón con dinero, propiedad de Jacinto. Algo flácido estaba. Trueba aseguró que, según las normas, me correspondía por haber ocupado su lugar.

Luego, en solemne ceremonia, confié a *Víctor* a los cuidados de la Beltrana. La criada lo estrechó contra su seno, jurando que lo mimaría como a la niña de sus ojos. El perro soportó con estoicismo los arrumacos. Era evidente que hubiese preferido correr el ancho mundo como escolta de su amo pero, disciplinado, se plegaba a las órdenes.

Sujeté el maletín a la silla y partí al galope, llevando la última advertencia del maestro: «Recuerde, rapidez y reserva». El *sigillium*, tantas veces vulnerado.

De esa guisa comenzaba mi segunda fuga, parecida por muchos conceptos a la que emprendí tras Espinosa. Nuevamente claudicaba, lo sabía, pero no me sentía con fuerzas para prolongar la estancia en Doscastillos, escenario de otro fracaso.

En aquella batalla inicié mi particular descenso a los infiernos, renegando de la particular Santísima Trinidad que había guiado mis pasos desde la infancia. Luego creí encontrar en Patricia un ancla salvadora, para redimirme del infame pecado de la deserción. Y entre las ruinas templarias del castillo, con mis propias manos, acababa de cortar la cuerda que me unía a esa áncora. Parecía destinado a equivocarme siempre. Tenía que huir, una vez más.

Si alguien me pregunta qué es la libertad, le diría que galopar, con una buena montura entre las piernas, un día brillante de primavera. El viento fresco en la cara, el armonioso redoble de los cascos, la posibilidad de pararse o de seguir, de alargar o acortar el tranco, de tomar un camino u otro, son sensaciones más embriagadoras que cualquier vino. Hasta el polvo que se levanta al paso deja en la boca un regusto de aventura.

Podía escoger el carril que se abría a la izquierda y perderme por él, hasta el mar. O parar en esa casa blanca, de tejado rojo y emparrado verde, y quedarme allí toda la vida, viendo el paso de las estaciones. O subir a la cueva aquella, franquear su negra boca y convertirme en eremita, lejos de pompas y vanidades.

Más de una vez pensé en ceder al guiño de un sendero, pero no quise decepcionar también a Trueba. En Medina, depositado el correo, decidiría si prolongar la fuga. Mientras, jugaría a ser un joven don Sebastián de las Hoces.

El paisaje no ayudaba a vencer las tentaciones. Día tras día galopaba por las ilimitadas llanuras de Castilla. A muchos les parecen monótonas. A mí me ensanchan. Me esponjo en esos horizontes sin término, en la dura tierra, que no se doblega ante el hombre, en la lucha soterrada que entabla cada año contra el campesino. La una, avara de sus frutos. El otro, necesitado de arrancárselos para vivir.

Con ser tan distintos del mío natal, me reconocía en los humildes pueblos de adobe, aferrados a los campos con los que se confundían, y en los labriegos, color del suelo que araban, con el rostro cruzado por surcos idénticos a los que sus yuntas trazaban. Todo era de una pieza, sin concesiones ni fisuras. No cabían componendas en ese universo agrio, en ese combate cotidiano por la supervivencia.

De trecho en trecho, la vista se reposaba en largas filas de álamos que orillaban un río, fugaces treguas que mutuamente se concedían los rivales.

Castilla era una lección permanente para gentes de mi calaña, siempre propensas a la indulgencia consigo mismas, a lo fácil, a rehuir el castigo, como los toros mansos. Enseñaba a afrontar la adversidad, sin doblegarse, la frente alta.

Lucifer era compañero perfecto. Llegó entero al primer relevo, de modo que me propuse no cambiarlo en todo el trayecto. Si administraba bien sus fuerzas, podría hacerlo en el tiempo prescrito, sin necesidad de sustituirlos. De común acuerdo nos adoptamos el uno al otro. Sobraban fusta y espuelas. Él sabía lo que yo quería y yo lo que él necesitaba.

La primera noche visité la valija que llevaba, medio vacía. Había sólo una carta de posible interés, dirigida por el Ejército del Centro al mariscal Jourdan, mayor general de los ejércitos imperiales en España. Como poseía el correspondiente sello, decidí abrirla, lo que hice felizmente, sin complicaciones. Dediqué, sí, un recuerdo a mis cómplices, la Beltrana y Blas; aunque en las circunstancias, solo en el cuarto de una venta y sin Jacinto en la cocina, sobraban los auxiliares. El pliego me intrigó. Parte se hallaba redactado en francés y mencionaba soldados, cañones, movimientos. El resto eran números, salpicados entre las palabras. No resultaba difícil deducir que correspondían a materias más reservadas, como cifras de efectivos, nombres de localidades y de generales.

Se había seguido un método intermedio entre el texto en claro, como aquel sobre material artillero con el que me estrené, y el enteramente cifrado, que condujo a la aciaga cita en el castillo. Trasladé el contenido a una hoja de papel, que escondí en una camisa sucia, lacré la carta y cerré la valija. Un delito más quedaba impune.

A medida que me fui alejando de Doscastillos entré en la guerra, legua a legua. Por algún milagro, nuestro pueblo, quitando la casi chusca actuación de los templarios de guardarropía contra la ineficaz guerrilla de Montesa, apenas había sido rozado por el conflicto. Ahora éste mostraba su cara atroz, despertando memorias de mis tiempos con Blake.

Enseguida la muerte se quitó la máscara. Con un respingo y un extraño, *Lucifer* tuvo que sortear con creciente frecuencia informes bultos. Mulas y caballos, sacos y toneles rotos, furgones quemados. Junto a ellos, casi siempre, túmulos. Yo los contaba, sabiendo que cada uno acogía un enemigo. A veces había también cadáveres en descomposición, con réquiem de moscardones. Eran guerrilleros que los franceses no se molestaban en enterrar.

Asustaba la multitud de guarniciones imperiales, testimonio de lo endeble de su soberanía. En pueblos somnolientos, que jamás vieron fusil, si acaso la escopeta de perdigones del cura, precarios fortines albergaban destacamentos. Muchos eran lo que se llamaba «puestos de correspondencia», equivalentes a casas de postas, con animales de refresco para los correos militares. Gentes de Baden, Francia, Nassau, Brunswick, Polonia, Frankfurt, Westfalia o Nápoles, armadas hasta los dientes, el dedo en el gatillo, componían los destacamentos, aterrorizados de los mismos habitantes a los que aterrorizaban. Reinaba en ellos atmósfera de polvorín. Cada bando temía la antorcha del otro. Era dura la vida de los soldaditos, encerrados en sus islas de piedra, sospechando puñales, venenos, traiciones y asechanzas.

Mención aparte merecen los gendarmes, raza distinta. Veteranos, sin excepción, con sus grandes bicornios, uniforme azul y rojo, chupa y calzón anteados, tenían ojos de cazador. Siempre al acecho de las partidas, no daban ni recibían cuartel. Eran, con motivo, temidos y casi respetados. Muchos llevaban al cinto una soga con el nudo corredizo ya hecho.

No eran adorno, no, que los árboles no daban de por sí los extraños frutos que en ocasiones pendían de ellos. Patriotas ahorcados, con la lengua negra fuera y un cartel que proclamaba su condición de brigantes. En algunos lugares colgaban por racimos, señalando una emboscada aún fresca. Los gabachos gustaban de dejarlos allí hasta que se pudrieran. Por su parte, familiares y compañeros procuraban descenderlos subrepticiamente, sombras furtivas en la noche, para darles cristiana sepultura. De ser posible los sustituían por un enemigo, que tomaba el relevo en la macabra centinela.

El camino se convertía en escuela sobre las atrocidades de la guerra, dando materia de reflexión sobre los aspectos más viles de la naturaleza humana. La muerte, el robo y la violencia, santificados con patrióticos pretextos, festoneaban las cunetas, pregonando el triunfo del despropósito.

Tan pronto como llegué a Medina, hice entrega de la valija y me alojé en la mejor posada. Frente a un estofado no malo, tiraba yo con pólvora del rey, tuve que felicitarme por la decisión de haber emprendido viaje. Los hados, en forma de Trueba, se me habían aparecido al ofrecerme, precisamente cuando lo hicieron, la posibilidad de alejarme de Doscastillos.

En efecto, ocupado por las distintas incidencias de la ruta, descuidé los recuerdos. Encontraba ahora que éstos habían perdido color, faltos de atención. La pena subsistía, naturalmente, pero achatada. Ya no me latía, siempre presente, en las sienes, sino que se había ocultado en algún lugar de la memoria, empujada por el olvido. Pensé, evitando entrar en mayores detalles, el creciente número de esos zaquizamíes oscuros que se iban creando en mi cabeza. Trasteros que nunca visitaba, que me guardaba muy mucho de visitar. La tarde en el castillo se iría a reunir con Espinosa, humillaciones de cuartel y otros escombros, de cuya existencia sólo yo supe alguna vez. Quizás era inevitable resultado de la vida ese esconder fantasmas. Imaginaba que, si tenía la desdicha de llegar a viejo, la mente estaría llena de desvanes cerrados y de espejos deformados, única forma de hacer tolerable la revisión de lo que sería entonces todo mi bagaje: el pasado.

En él acomodé a Patricia, desde el otero de la distancia. Escarmentado por mi transitoria debilidad, había elegido colocarla donde no me hiriera, y darme por satisfecho por el atisbo de redención que me había proporcionado.

Cerrada la entreabierta puerta, quizás algo aleccionado por la entereza de Castilla, me reconcilié con mi sino. Condenado estaba y nadie podría salvarme. De mí, y sólo de mí, dependía salir del lodazal.

Al día siguiente lié el petate. Tras cavilar la noche entera estaba decidido a volver al redil, nuevo hijo pródigo. No sin sorpresa había descubierto que, al cabo, allí tenía mi hogar, y la única vida que aún era posible, lejos del mundanal ruido, de la guerra, de todo.

¿Qué hacer, si no? ¿Dónde ir? Perdida Patricia, por culpa de mi torpeza, no quedaba ya otro mundo que Doscastillos. Sí, en el pueblo, rodeado de los amigos y del perro, lamería las heridas, mientras aguardaba más propicios vientos.

El viaje había servido de peregrinación particular. Lo que sucedía era que la meta no era el final, Medina, como creí, sino su principio, Doscastillos. Tornaba ahora, aleccionado por el horror que rodeaba el minúsculo universo, ansioso de su paz, de la tranquilidad de los establos, de las conversaciones en la botillería y hasta de la disparatada Guardia Templaria y sus pintorescos miembros. Estaba resuelto. Regresaba a casa.

Pero no sin antes pasarme por las Clarisas, en pos de sus celebérrimas cocadas, de las que pensaba obsequiar una libra a la Bernarda, a cambio del hospedaje de mi mariscal.

Por el torno me llegó la negativa. Ya no las hacían, debido a los quebrantos de la guerra. Sólo tenían unos almendrados, que compré.

—Ya ni cocadas. Vamos al abismo.

—Allá vamos, por la posta —respondí, fastidiado por la falta de los celestiales dulces.

—Cierto, ¿le apetece un chocolate?

El alma generosa pertenecía a un sujeto que, por sus palabras, había ido al convento con el mismo propósito que yo. Era bajito, enteramente afeitado y con ojos y tez oliváceos. De hecho parecía una aceituna esmirriada. Vestía de color caramelo, con corbatón de siete vueltas y, en la solapa, la Gijona o Berenjena, caricatura, inventada por el rey Pepe, de la más gloriosa Legión de Honor. Me hallaba, pues, ante un afrancesado y de pro, como ratificaba la despreciable condecoración que exhibía.

Acepté, sin embargo, su oferta. El estado de mis finanzas había impuesto un desayuno de jilguero. Nada de malo tenía completarlo a costa del enemigo.

Fuimos a un establecimiento vecino. Sin esperar el consentimiento del pagano, pedí chocolate para tres y picatostes para cuatro. Tras el parapeto de jícaras, azucarillos y pan frito me dispuse a resistir el envión.

Eugenio Pastor, que así dijo llamarse el afranchutado, se lanzó, de entrada, a encendido panegírico, exaltando la figura del

Intruso. Enumeró sus actividades cotidianas, irrefragable prueba de sus desvelos en beneficio de la ciudadanía. Se levantaba a las seis o a las siete de la mañana. Desayunaba un par de huevos o pescado a las nueve y media. De diez a una despachaba con ministros y generales, y a continuación con el Consejo de Estado. Por la tarde, paseos a pie o a caballo, como cualquier burgués, y vida social. Ni en seis meses Carlos IV hacía tanto.

Terminado el aleluya, que casi no oí por el sin par chasquido de los picatostes en mi boca, entró de lleno en una lección de Teoría Política. Habló de luces, tinieblas —que se empeñaba en calificar de «tenebrosas»—, Derechos del Hombre, Iglesia y superstición. Ahíto ya, le escuchaba desde una nube placentera, el estómago lleno. Su discurso coincidía en gran medida con el de Cañizares, excepto por una pequeña diferencia. Mientras que Pastor era acérrimo partidario de la Magna Carta otorgada en Bayona bajo napoleónica supervisión, el cura clamaba por una constitución puramente indígena, obra de los legítimos representantes del pueblo, no concedida por extranjeros. Con esta salvedad, ambos se mostraban de acuerdo sobre el contenido de la misma.

Resultaba singular esta coincidencia, ya que cada uno formaba en campo distinto. Si se me apura, osaría afirmar que mayor era la afinidad de Cañizares con el afrancesado que la existente entre el sacerdote y Estébanez, que, sin embargo, militaba en el mismo bando. A tal extremo había llegado el galimatías español. En muchos aspectos los enemigos podían estar más próximos que los amigos.

Claro que, con el país ardiendo, el tema fundamental era otro. Para mi anfitrión, sólo un monarca foráneo, y de la dinastía de los napoleones, para más señas, sería capaz de promulgar en España las necesarias reformas, apoyado por el genio y el prestigio del Emperador. En cambio, Cañizares creía que únicamente los españoles estaban llamados a resolver sus propios problemas, sin participación extranjera alguna. Ahí residía el infranqueable foso que separaba a los dos liberales.

Pastor no entendía estas distinciones. Para él lo esencial eran los cambios políticos que debían plantearse. No le entraba en la cabeza que gentes que compartían su opinión sobre la necesidad de aquéllos fuesen sus más recalcitrantes adversarios.

—José o Fernando, ¿qué más da? —argumentaba—. Lo importante es cambiar este sistema caduco y oscurantista. Además, de José nos consta que desea hacerlo, y en ello está. De los propósitos de Fernando, en cambio, ignoramos todo y sus antecedentes no resultan alentadores. Como dicen ciertos cortesanos que de Nápoles se ha traído el monarca, el hijo de Fernando VII es un *furbo*, o un sinvergüenza, maquinador y carente de escrúpulos, en román paladín.

Algo, bastante, de razón tenía mi engabachado interlocutor pero a mí, como a miles de compatriotas, se nos daba una higa. Quizás hubiese sido un buen rey, pero le faltaba fundamental requisito: haber nacido en Madrid, o en Cerezo de las Viñas, si me apura, no en tierra extraña. Miles de hombres morían por ese detalle geográfico.

Dando por agotado el tema, que yo, discreto, no entré al trapo, se interesó por mi humilde persona. Poco le dije, ya que sus simpatías desaconsejaban la sinceridad. Sólo que había venido a Medina con el correo y que era mayoral en la casa de postas de Doscastillos, cerca de Palencia. Abrió los ojos, sorprendido.

—Este mundo es un pañuelo. Se lo digo a diario a mi santa esposa. Pues no salgo yo esta tarde para la propia Palencia, a encargarme de los bienes nacionales.

Era, pues, a pesar de su falta de carnes, uno de esos vampiros que administraban el patrimonio expropiado a los conventos disueltos y a los pocos nobles que no se habían unido a Napoleón. El negocio estaba en sus comienzos, pero ya se adivinaba su gran porvenir. Los bienes se venderían a vil precio, a los ricos amigos de José, que de esa forma se harían aún más ricos.

Preguntó luego por mis planes. Si el objeto de mi visita era sólo llevar una valija, calculaba que volvería pronto al pueblo. Admití que ése era el caso, hasta tal punto que yo también regresaba esa tarde.

—Le voy a hacer una proposición. El gobierno paga una calesa para mí solo. Queda un puesto libre, que le ofrezco. Gratis, desde luego. Nos haremos mutua compañía, que agradeceré particularmente. No soy hombre de armas y viajar por esos caminos de Dios, llenos de guerrilleros, me da miedo, para serle franco.

—No sé —contesté dubitativo—. Además, tengo mi caballo.

—Mejor que mejor. Lo llevaremos a la zaga. Así usted y él llegarán más descansados.

Estaba en lo cierto. Remató la propuesta afirmando que se haría cargo de todos los gastos. Yo pasaría por secretario o escribiente suyo, lo que justificaría el dispendio.

—Me ha convencido —cedí.

—¿Cuándo estará preparado?

—Ya. He pagado el hospedaje y tengo al caballo ahí al lado.

—Pues vamos.

El coche llegó al punto, cargado con el equipaje de Pastor. Pregunté si le importaba que metiese con nosotros mi silla, en lugar de ponerla en el imperial.

—Lo digo por las pistolas de arzón. Así las tenemos a mano —argumenté con tono ominoso.

—No faltaba más. Eso, usted téngalas a mano.

Callé que no me preocupaba por las armas, sino por la copia del pliego cifrado que encontré en la valija. Para escapar a eventuales pesquisas, la había cosido debajo del faldoncillo y prefería llevar la montura a la vista.

Finalmente todo estuvo preparado, y nosotros instalados como duques. Nos disponíamos a partir cuando un húsar se acercó. Sin pensarlo me eché para atrás en el asiento, de forma que no me viera. Era más una espada que un hombre. Pálido, fino, estrecho de caderas y flexible, abultaba más de perfil que de frente. Tenía algo indefinible de acerado, de amenazador. No me gustó absolutamente nada.

—Teniente coronel Démonville —saludó—. Venía a presentarle mis respetos, señor Pastor. También he sido destinado a Palencia. Me incorporaré la semana próxima, pero no quería que saliera de Medina sin tener el placer de saludarle.

El sombrerazo de don Eugenio mostró lo muy honrado que se sentía por la deferencia. ¡Todo un teniente coronel de húsares franceses se ponía a su disposición! Siguió parloteando sobre el acontecimiento mientras nos poníamos en marcha.

No le presté atención. Sólo pensaba que, en español, el nombre del oficial se traducía por «Ciudad del Demonio».

XII

DE VUELTA A CASA

Era un placer viajar con Pastor. De estentórea munificencia, nada era demasiado bueno para él, ni para sus invitados. Sólo degustaba los mejores vinos, las viandas más escogidas. Me confió que antes de la guerra fue impecune picapleitos, llevador de litigios de tres al cuarto. La ocupación francesa le cambió la vida. Abrazó con entusiasmo la causa josefina, por sus profundas convicciones liberales, afirmó; y el nuevo rey, que andaba escaso de partidarios, le recompensaba con lareza, concediéndole jugosos empleos, de pingües beneficios. La fulminante riqueza que le había caído del cielo explicaba su desenfrenado gusto por el lujo, que tenía un poco de patético y un mucho de alarde.

—Coma, coma, Príncipe —recuerdo que me espoleaba en una fonda—, que estas chuletitas de recental no tienen parangón. Ilustran en ocasiones la mesa de Su Majestad, aunque no tantas como quisiera, que para llevarlas a la Corte necesitan escolta de setenta caballos y pierden mucho con el viaje.

Quitado ese pequeño defecto, que a veces resultaba irritante, como cuando decía que en Madrid nunca caminaba, sino que se hacía llevar en calesín aun en trayectos cortos para que sus zapatos no perdieran lustre, era hombre amable y discreto. Sospechando que nuestras opiniones no coincidían, evitaba la política y se limitaba a generalidades. Poseía una virtud adicional. Manejaba el silencio con naturalidad, lo que es enorme ventaja cuando dos personas, sin mucho en común, comparten encierro durante días en un cajón de madera con ruedas.

Por último, para acabar el panegírico, era persona bien informada, cosa que agradecía sobremanera alguien como yo, alejado de todo en el palentino destierro.

Costaba dar crédito a sus palabras, tal era el catálogo de desgracias del ejército español que fue desgranando. No sólo se había perdido Zaragoza, como ya sabía. Es que casi parecía que no existiera lugar en toda la piel de toro que no hubiese presenciado un revés. El último, en Medellín, se lo debíamos a mi vencedor de Espinosa, el detestable Víctor. Tomé buena nota para el futuro.

No por ello cejaba la guerra. Los ejércitos patriotas resurgían cual Ave Fénix, aunque desplumada, tras cada rota, y los británicos, que también se llevaron lo suyo en La Coruña, continuaban acuartelados en Portugal. Además, estaban los guerrilleros.

—¡Jinetes!

El grito, que suspendió el desfile de reveses, provenía del pescante. Me asomé. Damián, el cochero, señalaba un grupo de hombres que a campo traviesa galopaba a nuestro encuentro. Por lo irregular de su vestimenta, supe que eran, precisamente, guerrilleros.

—¡Quítese eso! —chillé a Eugenio.

Me miró, confuso. Arranqué la Berenjena de su pecho y la tiré al camino.

—¿Lleva papeles? Su nombramiento, cualquier cosa que le comprometa.

Abrió el cabás y me tendió un pliego, que, rápido, metí en la caña de la bota. Para entonces la calesa, rodeada, se había detenido.

—Afuera —sonó una voz imperiosa, segura de obediencia.

Bajamos. Trabuco, patillas en ristre, apoyado en la perilla de la montura, nos estudió.

—A usted le he visto antes —me señaló.

—Sí, hombre, es el mayoral de Doscastillos. —El suizo Belmont, saliendo del grupo, se puso a su altura—. Buenas y frescas.

—A la paz de Dios —respondí.

—¿Y quién es éste?

—Un primo mío —dije antes de que Pastor pudiese hablar—. Va a Palencia por asuntos de familia.

—Pútrido, mira lo que llevan encima.

Un sujeto, vestido con zamarra medio pelada y gorro cuartelero sucio, nos registró. Le cuadraba el nombre, porque apestaba a una legua, con el olor dulce y espeso particular a los cadáveres en sazón. En un verbo, fruto de asidua práctica, me encontró los reales supervivientes. La cosecha de Pastor fue más sustanciosa: una bolsa repleta, reloj de plata y dos anillos.

Trabuco anunció que todo quedaba requisado para la causa nacional, al tiempo que se pasaba la cadena por un ojal de la chupa. Eugenio rogó que no le desvalijaran de forma tan concienzuda, jurando que no tenía otro patrimonio y sí, en cambio, nueve hijos voraces. Ante la indiferencia del guerrillero, se postró de hinojos, implorando que al menos le dejasen lo preciso para llegar a su destino. Trabuco apenas le escuchaba, ocupado en observarme de arriba abajo.

—Usted ha servido. No lo niegue. Le recluto como instructor de mis muchachos.

Me tenía en sus manos, y estaba fresca la ristra de desastres suministrada por Pastor. Se presentaba ahora la oportunidad de salir de la pasividad, de hacer algo.

—Muy bien. Será un placer enseñarles a matar franceses.

El brigante quedó sorprendido por la rápida respuesta. Quizás me tomaba por un cobarde y esperaba mayor resistencia.

—Ahí me gusta —aprobó. Acto seguido, dictó sentencia, salomónico—: Ya que es de la partida, puede recuperar su dinero, como prima de enganche. Si le apetece dar algo a su pariente, por mí no se prive.

Entregué al afrancesado unos reales, a cambio de su profundo agradecimiento y en pago de sus atenciones, ensillé a *Lucifer* y dije:

—Cuando quiera.

—¿Es suyo? —preguntó Trabuco—. Buen caballo. Igual también lo requiso.

—Ese negocio lo tendremos que tratar a solas, cuando le acomode —mientras hablaba, destapé las pistoleras.

—Vaya un genio. ¿Con qué destetan a los de Doscastillos?, ¿con vinagre?

—Mezclado con pólvora —puntualicé.

Descargó estruendosa carcajada. Luego, a Damián:

—Suelta dos mulas, nos las llevamos.

—Trabuco, que soy patriota.

—Por eso te dejo las otras dos. Así tardarás en llegar al próximo relevo y, aunque quieras denunciarnos a los gabachos, estaremos ya lejos.

—Dios me libre.

—Por si acaso. El que evita la ocasión evita el peligro. Espabila.

Nos alejamos al galope. Preferí guardar distancias con Trabuco, manteniéndome en el centro del pelotón. Había engrosado desde su visita a los dominios de Trueba. Pasaba ya de los sesenta jinetes, alguno de los cuales recordaba, mientras que a otros les veía por vez primera. En cualquier caso la mezcla seguía siendo la misma: desertores, maleantes, dispersos y campesinos. Eché en falta a los de Saboya y a los Escolares, seguramente regresados al ejército. Tampoco había mejorado la indumentaria, que era aún más variopinta. Al menos tres vestían prendas de uniformes de gendarme, lo que apuntaba a reciente escaramuza con esa correosa tropa.

En dos horas llegamos al campamento de la guerrilla. Su jefe podía no ser militar, pero su ajetreada vida le había enseñado a escoger los sitios. Se trataba de un vallecillo con una gran charca en el centro y una tenada, con parte del tejado en pie. Por todo acceso, un sendero estrecho, que serpenteaba entre dos lomas. Resultaba, pues, fácil de defender, mientras que, desde las crestas, centinelas podían descubrir al enemigo con sobrada anticipación para evitar sorpresas.

Junto a la hoguera que encendimos al objeto de preparar la cena, Belmont me puso al corriente de sus andanzas. Tras el revés a manos de la Guardia Templaria y el establecimiento de la guarnición francesa, la guerrilla evitaba cuidadosamente Doscastillos, por mucho que sus miembros ardiesen en deseos de venganza. Desde entonces batía la estrada por los alrededores, ojo avizor para aprovechar cuantas oportunidades se presentasen. Fue reticente a la hora de concretar cuáles pudieran ser éstas, ciñéndose a vagos comentarios.

Trabuco, aseguró, se había revelado como un jefe nato. Nunca chocaba con los gabachos si no estaba garantizada la victoria y había logrado introducir en la raída fuerza más disciplina que Cienfuegos.

—A su manera, desde luego. Por un quítame allá esas pajas ahorcó a cuatro, y aquí no chista nadie. Tiene olfato de alimaña. Sabe cuándo hay que atacar y cuándo toca correr. Corremos mucho, pero así es esta clase de guerra. Como dure, llegará a capitán general. Si no, al tiempo.

Antes de dormir, comprobé que tenía razón. El relevo de la guardia, por ejemplo, se llevaba a cabo a la buena de Dios, por lo que a formas se refiere. Un individuo mal encarado sustituía a otro de no mejor catadura, sin ceremonias, pero con rigurosa puntualidad. Una vez de facción, se disponía en lo alto de la colina evitando que la silueta se recortara en el horizonte, y se abstenía de fumar. Con las reservas que se quiera, la partida tenía buen aire.

Muy de mañana salimos a merodear en torno al camino real. De nuevo admiré el buen hacer de Trabuco. Ponía gran esmero en no cansar los caballos y medir los altos, de forma que la tropa estuviese siempre fresca. Asimismo destacaba exploradores a vanguardia, que cuidaban de no alejarse demasiado, para mantenerse a la vista del grueso.

A media tarde, sería en torno a las cinco, Pútrido y Belmont, que marchaban en vanguardia, agitaron los sombreros. Luego salieron a rienda suelta. Nos lanzamos en pos de ellos. Si iban tan decididos, era que había buena presa. Se oyó un disparo. Luego un segundo. Cuando llegamos, todo había terminado.

El francés yacía en el polvo. Por los distintivos celestes y el brazal en la manga, era un oficial de estado mayor. Tenía un mosquetazo en el bajo vientre. Con las manos procuraba sujetar culebras inmundas que le salían por la herida. El suizo le registraba, sin miramientos, haciendo caso omiso a los quejidos. Pútrido estaba en cuclillas, a cierta distancia, una pajuela en la boca. Suerte que estuviésemos a barlovento.

—¿Y bien? —Trabuco, saltando a tierra.

—Un correo. La montura cojeaba, por eso le hemos cogido como a un palomo. Le he pegado un tiro. Llevaba dos cartas en el portapliegos, aunque sólo queda una. Pútrido ha cogido la otra para limpiarse.

—¡Maldita sea su estampa! —grité, desmontando a mi vez.

Le arranqué el mensaje. Venía escrito parte en claro y parte en cifra, igual que el que sustraje de la valija.

—¿Ve? —lo mostré a Trabuco—. Puede ser importante, y ese mameluco se está limpiando el culo con uno igual.

—Belmont —fue su respuesta—, alcánzame esa carabina tuya.

Apuntó tranquilo y disparó. El gorro del guerrillero salió por los aires. Calmoso, nuestro jefe recargó. El cagón, puesto en pie, los calzones alrededor de las rodillas, papel sucio en mano, miraba, petrificado. Esta vez la bala le partió la frente.

—Tira un pelo alto —dictaminó Trabuco, devolviendo el arma—. Coja la carta —me dijo— y dé gracias que sólo a uno le dio el apretón.

Con las últimas luces entramos en una aldea miserable, cuatro casas perdidas entre campos de centeno. Belmont me confió que el general en ciernes procuraba cambiar el alojamiento de cuando en cuando, para ahorrarse sustos.

Los doce habitantes mal contados salieron a nuestro encuentro. Las antorchas delataron la falsedad de sus sonrisas de bienvenida. Hasta un ciego vería que estaban aterrados.

—Cuánto bueno por aquí, señor Trabuco —saludó medroso un anciano, probable capitoste del agujero.

—A las buenas noches, señor Fulgencio. Vengo a cobrar la contribución.

—¿Otra vez?, si ya estuvieron aquí hace dos meses —retorcía el sombrero, en su angustia.

—La guerra es cara. ¿Qué quiere? Son tres reales por barba.

—No hay una blanca en todo el lugar. Lo poco que dejaron ustedes se lo llevaron los franceses.

—¿Y los mozos?

—En el monte, haciendo carbón para ayudarse.

—Igual que en la visita anterior. Mucho carbón es ése. La próxima vez, si no están, lo aprovecharemos para pegar fuego al pueblo. Bueno, basta de cháchara. El dinero.

—Le juro que no hay.

—No se me ponga nervioso. No pasa nada. Me paga en especie, y aquí paz y después gloria.

—Granos no quedan ni para la sementera. Los gabachos han vaciado las cillas de Dueñas y Doscastillos. Bestias tampoco. Apenas nos han dejado dos bueyes viejos para arar. El resto lo han cogido para bagajes o para la artillería.

—Muy amigo se me hace usted de los franceses.

—Vienen con los fusiles, dando voces, ¿qué le voy a hacer?

—Tiene razón. —Despacio, le pegó un culatazo en pleno rostro. La nariz reventó, con un chasquido que me erizó el cabello—. Volveremos dentro de un mes. Para entonces quiero el dinero, aunque tenga que vender a las mujeres. Los tres reales, más dos de multa. Y ahora a cenar.

Nos comimos uno de los bueyes, correoso cual zapato viejo, a pesar de las lamentaciones de los vecinos, que se quedaban sin medios para realizar las faenas del campo. Devoramos todo lo que había a la vista, y una orza de chorizos que encontramos en un pajar. Luego, el que pudo se metió a dormir en las casas. Fui uno de los privilegiados.

Alguien me sacudió. Abrí un ojo. En la pesadilla, una jeta de tremendas patillas, apestando aguardiente, se cernía sobre mí. Lo cerré de nuevo, vencido por el sueño. La patada me devolvió al mundo de los vivos.

—Salga —susurró Trabuco.

Le seguí a la noche, que empezaba a clarear. Reavivó el fuego, mientras extraía de las alforjas el material preciso para hacer chocolate.

—Qué acémilas estos campesinos —comentó a modo de prólogo—. Y marrulleros como nadie. Le apuesto que, en cuanto nos vayamos, aparecen los mozos, que estarán escondidos en algún sitio, con unos buenos machos cargados de todo.

—Usted sabrá, pero me parecen más pobres que ratas —respondí, irritado por el súbito despertar y por la forma de tratar a los campesinos.

—Un poco alcanzados sí que andan —admitió—, pero estamos en guerra.

—Estaremos. El caso es que entre los amigos y los enemigos les sacamos la sangre como sanguijuelas. Además, ¿hace falta tanta violencia?

—Hace, porque no son verdaderos patriotas. Si lo fuesen, entregarían de buen grado lo que les pedimos y se lo negarían a los gabachos.

—Pero ¿cómo van a negar nada si son tres desgraciados?

—La guerra. —Y se encogió de hombros.

Resultaba ocioso seguir la discusión. Ni quería ni podía entenderme, y yo me rehusaba a aceptar sus mal traídas razones. Trabuco entró en materia.

—No le he sacado de la cama para hacer conversación. Lo que quiero es decirle que tiene que empezar a ganarse el sueldo.

—Me da una alegría. No sabía que hubiese sueldo.

—Es una forma de hablar. A ver si empieza a enseñar a la gente.

—No pido otra cosa.

—¿Cuándo empieza?

—Hoy mismo si le parece.

—¿Y cuándo acaba?

—En seis meses le garantizo que la partida nada tendrá que envidiar a los mejores regimientos de Su Majestad.

—¿Seis meses? —se escandalizó.

—Calcule usted mismo. Instrucción a pie y a caballo. Esgrima de sable, montada y desmontada. Manejo de la carabina, ídem. Luego, naturalmente, terminada la escuela individual pasamos a la colectiva.

—¿La colectiva? —preguntó con sorna.

—Claro, para el conjunto de la fuerza. Lo mínimo, aprender las formaciones en columna, por mitades, cerrada y con distancia. Luego, en batalla, en guerrilla y la marcha en línea, en retirada y por escalones. Ninguna floritura. Lo justo.

—Lo justo —repitió, fingiendo que reflexionaba—. Seis meses. Entiendo. ¿Sabe usted lo que puede suceder en seis meses?

—Sólo Dios lo sabe —respondí cristianamente, y sorbí del chocolate.

—Mientras Él no disponga otra cosa, se lo anticipo yo. En seis meses todos muertos, si no andamos despiertos. Con la que está organizada, sus seis meses son una vida entera.

—Pues eso es lo que hay. No se fabrican soldados de la noche a la mañana, como debían saber las juntas, que no paran de hacerlo, y así nos luce el pelo.

—Entiendo. Habrá que ganar la guerra sin ellos. Esperemos que, a falta de soldados, basten los hombres.

De esa forma concluyó mi carrera de instructor. Duró un cuarto de hora, minuto más, minuto menos. Trabuco tenía razón al desistir del proyecto. Siempre acosado por el enemigo, viviendo a salto de mata, resultaba imposible convertir en militares a los guerrilleros. Mejor dejarse guiar por el instinto guerrero del contrabandista, y rogar por que fuese certero.

La noticia de que las lecciones se habían acabado, antes de empezar, circuló a la hora del desayuno, para la ruidosa satisfacción de la chusma. Ni por ésas mis compañeros de armas acabaron por aceptarme. Algo de barniz del oficial debía de tener todavía, lo suficiente para que supieran que no era uno de ellos.

Volvimos a nuestro apostadero habitual, dejando el pueblo asolado por nuestro airado paso. En cabeza marchaban un desertor y uno de los campesinos que habían perdido todo, y que el finado Cienfuegos tenía por sanguinario. Pedí a Belmont ratificación del diagnóstico.

—¿Emerindo? Tiene mucho peligro. Nada le gusta más que freír gabachos en aceite. No lo creerá, pero se quedan muy reducidos, parecido a lo que sucede con la cebolla. Uno mete en la olla un gastador de pelo en pecho, y tras un hervor le sale del tamaño de un corneta. Curioso.

En un alto, regresaron los descubridores, alborozados. Habían visto diez franceses en el camino.

—¿Sólo diez? —se interesó Trabuco, desconfiado—. ¿No vendrán otros detrás?

—No, que les hemos seguido un buen trecho. Diez.

—Qué raro, deben de haberse extraviado. Últimamente van, al menos, por compañías enteras. Saben que andamos por la comarca —terminó, feliz con la alarma que causaba—. Pues si estáis seguros, a por ellos.

Guiados por Emerindo trotamos en dirección norte, hasta que nos recomendó parar. El jefe fue con él a cerciorarse. Volvió muy contento.

—Diez. Ni nueve ni once, diez justitos. Aguardemos a que se detengan para comer. Si echan una siestecilla, están perdidos, y gratis.

Esperamos pacientes, aguijoneados por los tábanos que revoloteaban en torno a los caballos. Trabuco no permitió que nadie se apease. Cuando llegó el aviso, cruzamos el camino, hasta llegar al Pisuerga. Allí preparamos las armas. Unos desenvainaron sables, otros terciaron carabinas. Por mi parte, amartillé una pistola.

—¡A degüello! —bramó Trabuco.

Picamos espuelas y salimos como un rayo, sin saber adónde íbamos, fiados de nuestro jefe. El destacamento enemigo sesteaba junto a un regato, los hombres desperdigados, los fusiles en pabellón. El centinela, medio dormido, no tuvo tiempo de abrir la boca. Un tajo le partió la cabeza. La mayoría murió soñando.

Mientras los guerrilleros rebuscaban en los cuerpos dinero y cartuchos, observé que Emerindo se inclinaba sobre un cadáver, hacía algo y luego pasaba al siguiente. Pregunté a Belmont, que se calzaba las botas de un francés.

—Ni a la medida. ¿Ése? Nada, les castra y les mete sus partes en la boca. Suerte que no haya quedado uno vivo, porque se lo haría igual.

La partida comió en el nuevo campo santo de lo que los enemigos guardaban en la mochila. Los tábanos, atraídos por los muertos, nos dejaron en paz.

—¿Qué le ha parecido? —solicitó Trabuco mi opinión, buscando aplauso.

—Hombre, eran pocos y desprevenidos —rebajé la hazaña.

—Claro, como debe ser.

—Así no tiene mérito.

—¿Mérito? ¿Quién piensa en el mérito? Me cisco en el mérito. Yo estoy en este negocio para vivir y, si se puede, para matar franchutes, no para morir. ¿Qué se ha creído? ¿Qué quería, que les avisase antes? Está usted fresco. No se ha enterado de nada.

Se fue soliviantado y pienso que con cierta decepción por mi comentario. Para él había sido una victoria total. Ni una baja propia. Diez de los enemigos. Diez fusiles, otros tantos pares de pantalones y botas. Casacas, cartucheras y dinero. Aquello, desde su punto de vista, fue Bailén.

Lo mismo pensaba el resto de la jauría, alegre por el triunfo y el vino encontrado en las calabazas de los muertos. Pletórica de euforia, se puso en marcha, bravuconeando noticias sobre las respectivas heroicidades y el botín conseguido. De contenta que iba, olvidó desplegar flanqueadores. Todos los facinerosos tenían gestas que narrar, y no era momento de distraerse con minucias.

Los dragones estaban a la salida de una curva. Era una muralla verde, rematada por los broncíneos cascos a la Minerva. Sable al hombro, inmóviles, esperaban. Ellos sí que habían tomado precauciones, alertados con tiempo por sus propios exploradores. Sólo era cuestión de aguardar, hasta que cayésemos en la trampa. Las solapas rosa mostraban su pertenencia al regimiento de guarnición en Doscastillos. De Châteauneuf, caracoleando ante la línea, lo confirmaba. Aburrido, con la mano enguantada disimulaba un bostezo de hastío.

Estaba yo algo retrasado por culpa de una cincha floja. Me puso en guardia el ruido que hizo la partida al verse, de súbito, ante el adversario formado. Saliendo del camino galopé hasta una colina, culpable de la curva que nos había ocultado el peligro. Desmonté y subí a la cima sin ser visto. Desde mi observatorio pude seguir los acontecimientos.

El teniente dio tiempo a que la confusión ganara a la guerrilla. Los jinetes que cabalgaban en cabeza, al divisar al enemigo, pararon en seco. Los demás, sorprendidos, buscaron abrirse paso para ver lo que sucedía. Se formó un remolino desconcertado de monturas y hombres. Unos pretendían retroceder. Otros avanzar. Todos gritaban.

Cuando el oficial juzgó que el caos había llegado al paroxismo, hizo un leve gesto. Sonó terminante la trompeta, imponiendo silencio. Luego los dragones se pusieron en movimiento. El espacio estaba calculado a la perfección. Fue el preciso para que los caballos pudiesen pasar cómodamente del trote al galope, de manera que llegaron al choque a plena carrera pero, a la vez, perfectamente alineados. Una carga como sólo se veía en las maniobras, una obra de arte.

Empecé el descenso. Sobraba ver más. Nada podía resistir algo así, y menos la abigarrada horda de Trabuco. Era un axioma que caballería inmóvil y desunida jamás aguantaba el encuentro con un enemigo lanzado y bien agrupado.

Antes de llegar al llano oí el estampido del choque. La vanguardia española había sido arrollada. Luego, el chasquido de sables en el entrevero. Los patriotas, ocupados en controlar sus monturas, apenas podrían defenderse. Ni me cruzó la mente la idea de participar en la rebatiña.

No sólo era que el combate estuviera perdido de antemano. Es que los métodos de la guerrilla me causaban profunda repugnancia. Su comportamiento con los labradores y el grupo de gabachos me había asqueado y, en mi opinión, resultaba injustificable. Es cierto que nuestras circunstancias nos obligaban a olvidar viejas ideas, como la caballerosidad o el respeto a los vencidos. Entendía que sólo atacáramos con ventaja, por sorpresa, incluso a traición. También, que los habitantes fuesen forzados a mantener a los guerrilleros. Nuestra falta de disciplina y de organización nos obligaba a ello. Pero nada autorizaba la crueldad, gratuita y refinada, de la que había sido testigo.

Por consiguiente, que siguieran matando enemigos, cuantos más mejor, que continuase la guerrilla sus correrías a costa de los labriegos, pero sin mí. Mejor cien veces el espionaje, hasta que pudiese volver al frente de mis granaderos de Princesa. Al menos no me manchaba las manos con la sangre de heridos y de compatriotas. No caía en el asesinato.

Puse rumbo a la casa de postas. Antes de adentrarme en una chopera alcancé a ver jinetes huyendo, despavoridos. Eran los más cobardes, anunciando la desbandada del resto. No me sorprendió distinguir entre ellos un desertor westfaliano, reputado por blando entre sus compañeros, aunque yo atribuía su timidez a morriña por tierras más verdes. Hubo un tiro. El alemán se agarró un brazo, lo que le hizo perder el equilibrio. Cayó de la silla, con la mala estrella de quedar estribado. Lo último que vi fueron sus desesperados esfuerzos, que de lejos parecían cómicos, por liberar la pierna atrapada. En alguna piedra quedarían sus sesos.

Yo, tornaba a casa.

XIII

EL HIJO PRÓDIGO

El recibimiento fue cual el más exigente de los hijos réprobos hubiese soñado. Trueba corrió a mi encuentro al oír los inarticulados graznidos de Blas. Se detuvo justo a tiempo antes de darme un abrazo, que transformó en un sólido apretón de manos. Casi le alcanzó la Bernarda, aunque, tan contenida como él, quedó en segundo plano, para hacer sitio al salto felino de *Víctor*, que, olvidando todas las conveniencias, se me echó encima lamiéndome ansioso la cara, incluyendo la boca. Jadeando, no se saciaba de mí. Estaba más gordo, lo que atribuí a debilidad de la criada ante los irresistibles encantos del cuadrúpedo veterano. Me ocuparía de ponerle en perfecto estado de revista; pero, mientras, me solazaba en la acogida, tan grata como el tibio sol de primavera.

Cogiéndome de los hombros de Faustino, aunque sólo en espíritu, fui con él a la posada. Todavía hoy me faltan palabras para describir mi alivio ante la recuperación de tantas cosas familiares. El paciente golpeteo de cascos en los establos; el restallar de látigos de los mayorales; los manteles, con zurcidos que me conocía de memoria; la cara enrojecida de Jimena asomando por la puerta de la cocina; hasta el ácido olor a estiércol. Todo era tan mío que daban ganas de llorar, al ver que me había esperado fiel, en la certeza de un retorno que yo mismo ignoraba.

—Cuente —dijo Trueba, escanciando un vaso del orujo añejo reservado para las grandes solemnidades.

Le hice una sucinta exposición de lo que había visto y vivido en la ruta, y de lo que Pastor me contó.

—*Delenda est Hispania*, estimado Faustino —terminé.

Había escuchado meditabundo, el vaso entre las manos, sin beber una gota. Al oír la conclusión, se levantó pesadamente y marchó a las cuadras, la cabeza gacha.

No le pedí licencia para hacer la obligada visita a la botillería. Quería recuperar a mis amigos. Antes de ponerme en marcha visité a la Beltrana, que limpiaba lentejas en la cocina. Hice entrega del regalo, prueba de mi reconocimiento a sus desvelos por don *Víctor*. Emocionada, me plantó dos sonoros besos en las mejillas, como si de una niña se tratara. La aparté delicadamente, no fuese a pasar a mayores. Veía a la moza como una especie de apéndice del perro, casi una tía que por aberración de la naturaleza le hubiese salido. En esa calidad, contaba con mi rendido afecto, olvidado ya el rechazo que en su día produjo su inoportuna afición a las pipas de girasol. Pero de ahí no pasaba.

Luego, cogí en brazos a *Víctor*, que no se alejaba de mis botas, y monté el primer caballo que trajeron. *Lucifer* se había portado como bueno y merecía largo descanso. Coloqué al canino mariscal en su bolsa y, a paso tranquilo, salimos para Doscastillos.

Hablé poco durante el trayecto. Tiempo atrás habíamos llegado ambos a ese grado de intimidad que consiente, sin embarazo alguno, prolongados silencios. Algo le dije, no obstante:

—Debo anunciarte, perro amigo, que a punto estuviste de perder el nombre. Déjame seguir —aborté cualquier conato de protesta—, es ya agua pasada. Tuve la tentación, al regreso de Medina, cuando me enteré de que nuestro vencedor en Espinosa, cuyo apellido ostentas, repitió la gracia en Medellín. Tanta obstinación en derrotarnos es, admitirás, impertinente, y dos palizas, demasiadas. Sin embargo, magnánimo, he optado por dejarlo correr. Si bien se mira, y aunque sea sobre españolas costillas, esos triunfos son prueba de las virtudes militares que adornan al mal nacido.

»Dado que tú eres cumplido soldado, pero de mejor cuna, a pesar de desconocida, he pensado que puedes seguir siendo *Víctor*, conjurándote a que no olvides tus hispanos orígenes y a que sepas guardar distancias con el canalla con quien compartes nombre y belicosas virtudes, y no otra cosa.

Quedamos los dos complacidos con la explicación y, sin incidentes, arribamos a nuestro destino. Muy cambiado hallé el pueblo. Tenía la costumbre de, a veces, seguir a lo largo del Pisuerga y entrar en el caserío por un callejón lateral. Para mi pasmo estaba tapiado a cal y canto, y aspillerado. No hubo más solución que dar un rodeo a todo el lugar, hasta llegar al camino real, que, durante su corta travesía de Doscastillos, se transformaba en calle Mayor. Estaba expedita, faltaría más, ya que constituía el único acceso tras el general amurallado.

A falta de pared, gozaba de un plantón francés, con mal español y peores humos, que me pidió la cédula. Le dije que carecía de ella, y que qué era esa novedad. Contestó que requisito ineludible para acceder al pueblo. Entre unas cosas y otras nos acaloramos, y aquello tenía visos de acabar de mala manera, cuando surgió un sargento, relativamente civil. Explicó que se trataba de una orden terminante del comandante de la plaza, capitán Duhart, y que pasase por el ayuntamiento a por la papela, sin armar más escandalera. Lo prometí y pude, por fin, pisar Doscastillos, murmurando que a cualquier cosa llamaban plaza los putos franceses.

No fue ése el único cambio. Cerca del cabildo encontré al cura Cañizares, con los obligados Estébanez, Hortelano y Cuenca, este último en un carricoche que, por turnos, empujaban los tres. Paseaban cual alma en pena bajo los soportales. Me dirigí a ellos.

—Buenas tardes. ¿Cómo así no están donde Valderrábano? ¿Por fin han encerrado al botillero envenenador?

Ni una sonrisa arrancó la broma. Obtuve a cambio un saludo desvaído.

—Da gusto. Llega uno de Medina y como si viniera de aquí al lado. Podrían aprender de *Víctor* en materia de recibimientos.

—No lo tome a mal, inquieto viajero —contestó Cañizares—. Es el caso que, involuntariamente, hemos dejado el insalubre negocio del, por otro lado, inofensivo Valderrábano. Ha sido invadido —terminó apesadumbrado.

—¿Qué oigo?

—Lo que oye. Incautos, consentimos que el infame Duhart se instalase allí para ingerir su vaso vespertino, y ahora va a diario a incordiar.

Los restantes compinches se unieron a la conversación. Porfiando entre sí para llevar la voz cantante, explicaron el nuevo estado de cosas. El capitán se había extendido como la peste sobre el pueblo. Su sombra funesta llegaba a todos los rincones. A golpe de cédulas, barreras y toques de queda, sabía la vida y milagros de todos los habitantes. Nada ni nadie se movía sin su consentimiento. Hasta se contaba que tenía espías.

Algunos vecinos quisieron ocultar alimentos a sus rapiñas y los imperiales descubrieron en el acto los escondrijos. Se celebró una reunión clandestina al objeto de buscar el modo de oponerse a las continuas exacciones, y al día siguiente los asistentes eran multados. En lugar tan pequeño la simple hipótesis de una traición pesaba como una losa. La sospecha planeaba sobre Doscastillos, agostando amistades viejas y creando recelos por doquier. Con ella había desaparecido la alegría y la libertad, sustituidas por miradas huidizas y medias palabras. Incluso el paso de la gente había adquirido algo de furtivo.

Poco a poco, Duhart estaba royendo el espíritu de los pueblerinos. Acosados por las requisas, doblegados por la impotencia, recelando de su prójimo, parecían prontos a entregarse a la desesperanza.

Contraataqué. Estaba arrepentido de mi sinceridad con Trueba. Había que animar a la tropa. En este caso, a los cuatro oyentes.

Reconocí, pues, las derrotas de los ejércitos españoles, pero alabé su tenacidad. Admití los éxitos de los franceses, pero acentué su aislamiento en tierra hostil. Saqué a relucir a los británicos y, sobre todo, me agarré a las guerrillas, cual a clavo ardiente.

El boticario Hortelano resumió mi análisis:

—Si he entendido bien, las partidas actúan de moscas cojoneras. No son mortales, pero no dejan vivir. Nuestras tropas, cual tentetieso. Por muchos golpes que reciben, siempre vuelven a ponerse en pie. En esta gran corrida que nos traemos entre manos, los guerrilleros fungirían de banderilleros y las tropas regulares de picadores, que, aunque les maten caballos, montan otros y siguen dale que te dale con la puya. Visto. ¿Y quién le da la puntilla al toro francés? Porque, mientras dura el festejo, la gente muere de hambre o queda arruinada.

—Es usted un águila —aprobé el símil taurino—. Muchos pueden ser los cacheteros. Los ingleses si entran en fuerza; las potencias del norte, que pueden obligar a Napoleón a distraer tropas de España. El propio agotamiento de los gabachos, cuando se harten de tantos rehiletes, tantas varas y tantas privaciones.

El discurso produjo visibles efectos. Mis antes decaídos interlocutores sacaron pecho, levantaron la barbilla y cuadraron los hombros, tomando andares de próximos vencedores. Incluso Cuenca, hundido entre los almohadones, hizo un esfuerzo para erguirse.

Ni una hora duró esa llamarada de orgullo. Cuando todavía nos felicitábamos mutuamente, apareció De Châteauneuf, seguido de sus dragones. Atados a las colas de los corceles se tambaleaban cinco guerrilleros. Varios, heridos. Todos maltratados por la caminata. Sólo reconocí a Emerindo. Los restantes, jetas borrosas, que había visto junto a un fuego o en el estruendo de una carga durante mi breve estancia en la partida.

Duhart, que debía de estar en el Ayuntamiento despachando asuntos, salió al oír la tropa. Estaba igual que la última vez en la botillería. La buena vida que se daba a costa de la despensa de Estébanez no le había dejado huella. Seguía siendo granito, apenas desbastado por el escoplo.

—¿Qué me trae, teniente? —engoló la voz.

—Brigantes, de Trabuco.

—Se podía haber ahorrado la molestia. Cuélguelos.

—A la orden.

Se dejaron poner el ronzal al cuello, impasibles bajo la máscara de suciedad que cubría sus rostros. El capitán les pasó burlona revista, comentando sus andrajos o su aspecto. Le causó particular gracia que uno de ellos tuviese los ojos de distinto color. Al llegar a la altura de Emerindo, iba de tan buen humor que le dio una paternal palmadita.

—He tenido mucho gusto. Que tenga buen viaje —y rió la chanza.

El escupitajo del freidor le alcanzó justo en la guía izquierda.

Colgó unos segundos, antes de resbalar sobre la mejilla y dejar un rastro negruzco de betún. En el mostacho, tan artesanalmente lavado, brillaron traidoras hebras de plata.

El insulto echó atrás al francés, la mano en la espada. Luego lo pensó. Mientras se limpiaba sacó al ofensor de la fila. El guerrillero, solo en un círculo de silencio, miraba el balcón del Ayuntamiento, ignorando a Duhart, que giraba a su alrededor como un gato malévolo, meditando adecuada venganza. No acababa de decidirse, digo yo que sería por la magnitud del atentado, hasta que un cabo le resolvió las dudas. Tocóse la visera del chacó y carraspeó.

—¿Qué pasa? —inquirió áspero el capitán.

—A sus órdenes. Conozco a ése. En febrero serví en el destacamento de Villodrigo. Trabuco nos cogió por sorpresa. Me dieron un balazo en una pierna, pero pude esconderme. Los demás cayeron todos en manos de la partida, unos muertos y otros heridos. Vi a este hombre escoger a uno de los heridos, llenar un caldero con aceite, ponerlo a hervir y echarle dentro. ¿A que sí, cabrón? —apuntó el hirsuto mentón a Emerindo—, ¿a que freíste a Alphonse Harbert, de Montpellier?

—No sabía el nombre pero, por las señas, sí, fui yo. Y a mucha honra —sonó la feroz respuesta.

—Muy bien —era Duhart—. Ya que el señor es aficionado a métodos primitivos, le daremos gusto. Serás descuartizado, *mon cher*, por cuatro caballos. Pondremos uno de los cuartos a la entrada de Doscastillos, el segundo a la salida, y los restantes, en Villodrigo. Tu cabeza irá a lo alto del rollo, para que disfrutes con las vistas. De esta forma, la gente se percatará de los peligros que tiene la cocina. Espero que te parezca bien el reparto. —Sin aguardar la respuesta, se dirigió a De Châteauneuf—: Teniente, los caballos, si es tan amable.

—A la orden, mi capitán, pero vienen muy cansados y romper un hombre resulta trabajoso. Me permito sugerirle que requise mulas, más apropiadas, por otro lado, para esos menesteres.

Saludó lánguido y, haciendo una seña a los dragones, emprendió camino hacia el acuartelamiento.

Duhart enrojeció de cólera ante el desplante. No obstante, dejó marchar al teniente, para hurtarnos el placer de presenciar una trifulca entre oficiales. De malas maneras, buscando recuperar prestigio, exigió al pobre Cuenca que, como alcalde, encontrara al momento las bestias.

Cañizares, con discreción, nos llevó a la botillería, desierta desde la llegada de los dragones.

—¡Infame, mil veces infame! —explotó, cerrando la puerta—. ¡Inexpiable crimen! Proclamo general insurrección. Que se inflame Doscastillos. Tras este atroz incidente, no caben los indecisos. ¡Insurrección o muerte!

Estébanez y Hortelano vitorearon con discreción, no les oyeran los gabachos. El ardor patriótico, y la ausencia de Valderrábano, animó al viejo depositario a coger una de las buenas botellas escondidas tras el mostrador. La abrió, llenó los vasos hasta el borde y los repartió, magnánimo y alborozado ante la perspectiva de beber gratis. Corté en seco su brindis. Como militar, prefería ir al grano y tantear antes el peligroso terreno.

—¿Qué significa exactamente insurrección general en esta aldea?

—Inútil pregunta, o inadecuada, tanto da. Invoco la inmediata movilización de la Templaria Guardia.

—Cuatro gatos. Repórtese, señor cura, que juega con la vida de sus feligreses. ¿Y para qué? ¿Qué van hacer esos desgraciados, aparte de sacrificarse en vano? Esperemos. El tiempo juega a nuestro favor. Seguro que Trabuco se reorganiza, alista a más gente y regresa. Recuerden la famosa tesis de la mosca cojonera. Entonces hablaremos.

Pasada la primera cólera, Cañizares escuchó con gravedad. Hasta creo que su llamamiento a la revolución fue sólo un pretexto para alejarnos de la terrible ejecución. Y si no, me dije, ¿por qué la rociada de «ines», que únicamente desgranaba cuando hablaba medio en serio? Me conocía lo suficiente para saber que yo saldría al paso de su ira, evitando disparates.

—Tiene razón el ejército —dijo, apaciguado—. Inexperto, he dejado que un insidioso mal pronto me cegase. *Mea culpa*. Le intimo a que sea indulgente. Cual inepto pastor, a pique he estado de olvidar mi rebaño. Aguardemos. Me pliego a la insistencia de nuestro insigne soldado.

—Pero ¡qué cuatro gatos! Un puñado de héroes dispuestos al

martirio por nuestro cautivo soberano —era Estébanez que, rabioso, echaba leña, por no decir aceite, al fuego—. ¡Gloriosa legión, la Templaria! ¡Se van a enterar los gabachos! ¡A muerte!

Valderrábano, que entró en ese instante, oyó sólo el último grito, pero fue suficiente.

—Eso, ¡sangre!, ¡por fin sangre! El primero que caerá bajo la guillotina justiciera será el capitán.

Se detuvo en mitad de la arenga. Había visto el saqueo de sus existencias. La puerta se abrió, empero, antes que su boca, para dejar paso a Cuenca, empujado por un mozalbete. El alcalde venía demudado, color de cadáver. Piltrafas inmundas habían salpicado uno de los cojines.

—Yo me muero, señores, me muero —sollozó entre toses—. ¡Qué abominación, qué bárbara crueldad!

Le dio un vahído. Cogí un vaso y se lo alargué. Violando sus morigeradas costumbres lo apuró hasta el fondo, con óptimos efectos. El relato fue espeluznante. Duhart había exigido su asistencia a la ejecución para que, como máxima autoridad civil, levantara acta.

—No hay palabras —gemía—. El crujido de los huesos. Los músculos, estirándose hasta romperse. Emerindo se mordió los labios, aguantando el dolor inconcebible. Luego no pudo más y fue puro grito hasta el final. Gracias a Dios, así apagó el ruido, que imagino atroz, cuando todo se rompió. Hubo una lluvia de cosas rojas y me desmayé.

Horrorizados, le escuchábamos. Sin darnos cuenta, empezamos una segunda botella que Valderrábano descorchó, serio. Alguien entró. Le ignoramos, sumidos en el espanto. Cañizares me dio un codazo.

Duhart, dando trompicones, pasó a nuestro lado. Su rostro, gris, parecía más pétreo que nunca. Sin decir nada, cogió un cachirulo olvidado en el mostrador y se fue con él a una mesa, en la esquina opuesta. Allí lo vació metódicamente, con gestos de autómata, una copa tras otra. Ni siquiera lo hacía con ansia. Era una máquina, dedicada a beber sin tasa. Apurado el aguardiente, con un chasquido de los dedos reclamó más. El botillero llevó refuerzos.

Le contemplamos casi con lástima. Se le había partido un resorte, en alguna parte. Durante la aciaga retirada de Espinosa vi a hombres en parecida situación, los ojos alucinados, la mirada ausente, destruidos por la bestialidad del combate, muertos en vida. El capitán francés ya no estaba entre nosotros. Era una carcasa vacía, desnortada.

Entre cuchicheos comentamos el hundimiento del que fue azote de Doscastillos. Hortelano, osado, aventuró que, con cierto bálsamo suyo, le pondría nuevo en veinte días.

—Calle, Ambrosio, que está asistiendo al naufragio de un hombre, tremenda escena y amarga lección.

El cura, teja en mano, nos llamaba al orden, recordándonos nuestra fragilidad. Para quitar hierro añadió, con cierta demora que revelaba lo afectado que estaba.

—Y no olvide, inapreciable boticario, que anteayer inhumamos al infeliz subteniente que usted juró curar en un instante.

Disolvimos la reunión. El boticario, espléndido, aconsejó a Valderrábano que anotase las botellas bebidas en la cuenta que, a nombre del capitán, figuraba en un pizarrín. Contagiado por su generosidad, Cuenca dijo que me enviaría la cédula al Gran Maestre, con un propio, para evitarme molestias.

Creo que el fanático Estébanez se fue poco persuadido de la necesidad de olvidar, por entonces, las represalias. Pero al menos el motín quedaba aplazado. Por mi parte, entendí los cambios de estado de ánimo del sacerdote. Emerindo, por muy patriota que fuese, era un monstruo sediento de sangre, no únicamente francesa, y todo el pueblo lo sabía. Su muerte no significaba una gran pérdida y, desde luego, tampoco justificaba un alzamiento que acabaría en matanza de vecinos.

En cuanto a Duhart, quizás fuese víctima de su propio rigor, más que un discípulo de Sade. Entre el desalmado guerrillero y el francés, aniquilado por su dureza, prefería al segundo. Era sólo asesino temporero, mientras que el otro lo era vocacional. Por lo menos el derrumbe del capitán mostraba que tenía sentimientos, lo que ciertamente no era el caso de Emerindo, tan terne después de no sé cuántas frituras.

Torné al Gran Maestre, preocupado por lo visto y escuchado. Tanto miedo me daban Duhart como Estébanez, porque uno sería el pagano de las respectivas ferocidades: el pueblo de Doscastillos. Antes de dormirme, empero, eran otras las ideas que me rondaban la cabeza.

La experiencia guerrillera, si breve, había demostrado que esa forma de hacer la guerra, aunque útil para la Patria, se acomodaba mal a mis inclinaciones. En cuanto a regresar al ejército, seguía siendo ilusorio, mientras careciese del aval de Patricia.

Al tiempo, todo a mi alrededor me impelía a participar en la desigual contienda. El relato de Pastor, el aflictivo estado del país recorrido durante el reciente peregrinaje, la desquiciada situación de Doscastillos, plasmada en la lamentable suerte de Emerindo y Duhart… Resultaba obligado que cada uno aportara su grano de arena para poner término a esa locura.

En un principio había aceptado con repugnancia que mi particular forma de contribuir fuese el espionaje. Después atisbé la importancia real de la nada gloriosa profesión. Más tarde, tras la escena con Patricia, el encuentro con la partida me hizo creer que existía una alternativa diferente.

Desengañado ya, estaba decidido a regresar a mi anterior profesión y constituirme en espejo de espías. Prueba de ello es que me consideraba en posición de comunicar algo trascendental en esa materia a la señorita Trevelyan, como resultado de mis trabajos.

Porque también había llegado a una conclusión respecto a la británica. Como primera providencia tenía que verla.

En efecto, en el viaje de ida lidié con su recuerdo, como ya he dicho. Pero en el de vuelta, cuando languidecía la conversación con Pastor, di en contemplar mi baldío futuro. ¿Qué culpa tengo yo de que por esos resquicios de silencio se me colase el recuerdo? ¿De ceder a la tenaz persecución? Cabalgaba ella, sí, al estribo del coche y yo indefenso ante el porvenir, ¿cómo no iba a ceder a la dulce tentación de agarrarme a la única luz que veía a mi alrededor?

Ignoraba si aún cabía salvación para mí, tras escapar de Espinosa, tras esconderme en la casa de postas, huyendo de la guerra. Pero si la había, me veía obligado a reconocer, pasaba por aquella mujer. Patricia era el primer peldaño o, en el peor de los casos, el postrer refugio, el cayado del que habló Cañizares en su huerto. Necesitaba, de forma irremediable, su fuerza y su ironía. Sin la inglesa, Doscastillos podía ser refugio, nunca camino. A ninguna parte llevaba.

Creía absurdo, injusto, pagar yo tan alto precio por su orgullo. Sí, daría una última batalla contra él. Me humillaría, de ser preciso, porque estaba en juego, pensaba, mi alma. Porque era la única alternativa en el páramo reseco de la soledad, azotado por todos los vientos.

Dormí, al fin, arropado por la decisión de ganar mi guerra particular. Para ello tenía que ser buen espía y recuperar a Patricia. Con suerte una cosa llevaría a la otra.

Ni corto ni perezoso, en cuanto me vestí coloqué en la ventana la consabida camisa. Transcurrió la mañana sin Gómez, lo que tampoco resultaba extraño. Mi prolongada ausencia le habría llevado a descuidar el servicio. Sin embargo, me propuse recordarle, en cuanto le viese, que si uno andaba dándoselas de suizo, lo menos que podía era ser puntual.

Me hizo bien el trabajo, que no faltó. Hubo que despachar correo y llegó un coche con dos señoras accidentadas. El movimiento las había mareado y necesitaban sales y desabrochamientos de corsés. La Beltrana se encargó de suministrarles esas y otras atenciones, mientras yo vacaba a mis labores.

Por cierto, que el correo me hizo recordar a Jacinto, el mensajero estropiciado al que sustituí. Pregunté a Trueba.

—Venga, venga —contestó con gesto de infinita paciencia.

Don Sebastián de las Hoces yacía en el lugar y posición habituales. La novedad era que, a su lado, y en idéntica actitud, tenía un hermano, mucho más grueso y con la pierna entablillada. Se trataba del eximio Jacinto, converso admitido de reciente data en la borrachil cofradía.

—¿Lleva mucho así?

—Una semana —respondió el maestro—. Lo malo es que se va aficionando. Ande, ayúdeme.

Le vaciamos un cubo encima, cuidando de no salpicar a don Sebastián, y con la ayuda de cuatro postillones lo acarreamos a su cuarto a pesar de las incoherentes protestas que farfullaba.

—En cuanto pase una berlina con sitios libres, lo mando a Madrid cual valija. Y, como tal, con candado en boca, a ver si deja de beber —decretó Trueba, y así lo hizo al día siguiente.

Seguí en el tajo hasta la hora de comer. Gómez no daba señales de vida, lo que empezaba a preocuparme. ¿Habría disuelto Patricia la red de espionaje? ¿Y si lo habían hecho los franceses? En esto apareció Blas con la cesta del almuerzo. Mientras retiraba la servilleta que cubría los manjares preparados por Jimena, empezó su estúpida letanía. Me sabía de memoria algunas frases. Otras sonaban a tontunas acumuladas durante mi ausencia. Menos la última.

—Hoy, aquí, a las nueve.

Solicité repetición, la obtuve y no me sacó de dudas. ¿Cuándo era el hoy?, ¿dónde el aquí?, ¿cuál de las dos posibles nueve? Como no existía forma de saberlo con seguridad, decidí, de acuerdo con mis fervientes deseos, que la cita era esa noche, en las caballerizas de la casa de postas. Nada tenía que perder, sino tiempo, y me sobraba. También, verdad, alguna ilusión, de las que andaba escaso, pero el riesgo valía la pena. Por otro lado, después de lo sucedido en el pueblo, no lamentaba perder una velada *chez* Valderrábano.

Aguardé ansioso la hora. Extravagante lugar para una cita se me hacían los establos. Aparte de los inconvenientes que reunía el sitio en materia de olores, estaban los derivados de la proximidad de don Sebastián, que, derrumbado en el vecino corral, amenizaba la noche con estruendosos ronquidos.

Para cuando llegó Gómez, mi humor no era el mejor, entre la impaciencia y el disforme concierto. Estuvo tan expresivo como si fuese un suizo auténtico. Se cuadró, sin ningún comentario sobre mi periplo, ni sobre nada, porque se limitó a permanecer ante mí, silencioso cual poste.

—¿Y? —pregunté al rato, ante su pasiva actitud.

—Usía dirá, mi coronel. Es Usía quien ha llamado.

El correveidile estaba cada vez más insolente. Tarde o pronto le tendría que poner en su sitio. Pero de momento era otra cosa la que me preocupaba.

—¿La señorita?

—Me ha dicho que le pregunte qué quiere usted.

—Es demasiado complicado. Se lo tengo que decir a ella en persona. Tú adelántale que he cogido dos mensajes en clave.

—A la orden.

Se fue, dejándome pesaroso por la ausencia de Patricia. Resultaba claro que no olvidaba. Por fortuna, yo tenía dos cartas en la manga, y cifradas. En ellas residían mis esperanzas. Sobre la tristeza cayó una andanada de rugidos. Estallé.

—Cállese, viejo borracho. —No pude evitar el exabrupto, aunque al momento me arrepentí.

El grito tuvo la virtud de convocar un fantasma. Surgiendo de las sombras, me interpeló, con cavernoso acento.

—¿Quién osa turbar el sueño de un correo de gabinete de Su Majestad?

Levanté la linterna sorda que llevaba. Ante mí se alzó el señor De las Hoces, majestuosamente envuelto en una manta apolillada. En medio de su descenso a los infiernos, conservaba un aire patricio que hacía de la zamorana toga de senador antiguo.

—Capitán Príncipe —contesté, obligado por el empaque del interlocutor—. Vuesa Merced disimulará, pero estoy aquí en asuntos del servicio. Le ruego que perdone por despertarlo con tan poca consideración.

—El servicio es sagrado, capitán. Se lo dice quien ha comido durante cuarenta años el pan del Rey. Soy yo quien le pide excusas por molestarle en el ejercicio de sus delicadas funciones.

Con esto, el hidalgo desapareció a continuar durmiendo la borrachera, por lo que alcancé a oír. Seguí camino rumbo a la cena, sorprendido por la firmeza de su voz, sin rastro de alcohol, y acunado por el dulce sonido de mi título, tanto tiempo callado.

A prima hora del otro día, el mozo lerdo me entregó un billete. Se me esperaba junto al río, a las tres.

Cuando cogí el papel, caí en la cuenta de que podríamos haber utilizado desde el principio ese método para enviar mensajes. Que no lo hubiésemos hecho era prueba añadida de nuestra bisoñez. Sin embargo, eso eran minucias, sin trascendencia alguna, comparadas por la espléndida victoria. ¡Se aceptaba mi propuesta de una nueva cita! No dudé que, esta vez, Patricia estaría presente. Me lo decían los huesos.

Llegaron las tres y, con ellas, Gómez. Tras el taconazo de rigor, visitó diligente los alrededores, sin perdonar matojo. Sus movimientos de ojeador indicaban que alguien se nos iba a unir. Como no decía nada, entregado en cuerpo y alma a las pesquisas, le felicité por su acierto al fiarse más de las manos que de la cabeza de Blas.

—Muchas gracias, mi coronel. Eso se le ocurre hasta a un niño de teta. Lo que pasa es que el sistema tiene sus riesgos. Nunca se sabe lo que hará el mozo con un papel. Lo mismo se limpia el trasero, que lía un cigarro o que dibuja uno de sus planos templarios. Por eso sólo lo utilizamos en casos de monta.

Henchido de orgullo por la importancia concedida al encuentro, pasé por alto la parte del comentario que dejaba mal parada mi perspicacia.

Silbó el helvético de mentira, hubo murmullo de telas que me desbocó el corazón y apareció Patricia. Una capa de amplios pliegues ocultaba su cuerpo. El tupido velo, la cara. Había trocado el sombrero de copa por un castoreño, en inútil esfuerzo por borrar cualquier rastro del pasado. Inútil, porque lo que no podía evitar era su perfume, que despertó un alboroto de recuerdos.

—¿Y bien?

El timbre era estrictamente neutral. Hubiese sido casi irreconocible, excepto por aquel aroma traidor que se desprendía de ella.

Profesional, entré en materia, desplegando los dos partes, el que guardé en la silla de *Lucifer* y el cogido al edecán muerto por la gente de Trabuco.

—Tenemos dos mensajes, parte en claro y parte en clave. Desde luego, pueden responder a cifras distintas, en cuyo caso, no hay nada que hacer. Pero si se ha utilizado la misma, lo que es verosímil, quizás sea posible romperla.

Me interrumpió un súbito chaparrón primaveral. Cerca había restos de un cobertizo. Agarré a Patricia de un brazo y corrimos a guarecernos. Por el camino grité a Gómez:

—Quédate ahí, vigilando. Hay gabachos por todas partes.

Puesto el suizo a remojo, para que aprendiese modales, proseguí:

—Todo reside en saber a qué letras o palabras corresponden los guarismos. He pensado que una fórmula para abordar el problema sería la siguiente. En cualquier idioma, hay letras más usadas que otras. Por tanto, si buscamos números que se repiten con inusitada frecuencia, la lógica permite deducir que equivalen a ellas. En francés, por ejemplo, proliferan las «aes» y las «es», con diferentes acentos. He constatado en estos papeles, abundancia de 54 y 71. Asimismo, hay varios 32 tras el 71. Ahora mismo no recuerdo ninguna palabra gabacha de dos letras, la primera de las cuales sea «a», aunque quizás me equivoque. Existe, en cambio, la muy frecuente «et», que quiere decir «y». Deduzco, por tanto, que 71 es la «e» y 32, la «t», con lo que 54 sería «a». El hecho de que haya varios 54 sin acompañamiento refuerza esta idea, ya que la «e» aislada no existe en francés, y sí la «a» sola. Ya contamos, pues, con tres letras. Continuando el proceso de deducción, en poco tiempo podemos tener el alfabeto entero.

»Ítem más —la inspiración me salía a borbotones—, resulta plausible que nuestros enemigos, para aligerar el proceso de cifrado, utilicen números que representan palabras enteras muy comunes, en vez de descomponerlas en letras sueltas. Por ejemplo, se me ocurre, ya que hablamos de partes de guerra, cosas como "hombres" o "mil". Tras asiduo estudio he hallado algunos 96 seguidos de 22. Apostaría la paga de un coronel a que 22 se refiere a efectivos y 96 a millares. ¿Ve estos dos 9622? En claro significa "mil hombres". Seguro. Es posible incluso que cantidades redondas, como veinte o treinta, tengan adjudicadas un número, sin que sea preciso cifrar cada letra.

Hablé largo rato. Todo dependía de que los gabachos, en su ilimitada soberbia, no hubiesen considerado preciso utilizar una clave compleja. Si así era, para romperla se requería tiempo, buenos conocimientos del francés, mediano seso y, sobre todo, muchos documentos. Cuantos más tuviéramos, más se adelantaría en el proceso deductivo.

—Tiempo se sacará —dijo Patricia terminante—. En el cuartel general tenemos al señor de Montmirail, noble emigrado, profesor que fue del Real Colegio de Artillería de Segovia. A Blake se le ocurrió ir formando un cuerpo de estado mayor, a imagen y semejanza del napoleónico. Todavía no está constituido, por lo que no se han iniciado labores de descifrado. Pero cuando traspasó el mando a La Romana, le dejó un grupo selecto de oficiales, sobradamente inteligentes, a los que, además, inculcó el hábito de guardar cuanto escrito cae en sus manos, para escándalo de los mandos veteranos. Ahí tiene su tiempo, su experto en francés, sus sesos y sus documentos. En cuanto transmita a Blake la idea, todo eso se pondrá en marcha.

»Es más —añadió con voz firme—, se circularán órdenes a todas las partidas para que redoblen sus esfuerzos, a fin de interceptar correos.

Con esto y con Gómez satisfactoriamente empapado, se disolvió el cónclave. Antes de separarnos, la inglesa me tendió la mano.

—Le felicito, capitán. Patricia Trevelyan. Ha sido un verdadero gusto.

La vi alejarse, paralizado por la emoción. Al enunciar su nombre, daba a entender que se iniciaba una nueva etapa entre nosotros. Y bajo alentadores auspicios, de acuerdo con sus mismas palabras. No cabía duda. Había vuelto.

Feliz, la vi marchar. Sin falsa modestia, estaba yo orgulloso de Gaspar Príncipe, modelo de espías y afortunado en amores.

XIV

LOS CHACONES

Apenas me moví durante las siguientes semanas. Con el buen tiempo, en la casa de postas había faena para dar y tomar. La ocupación francesa había adquirido tintes de permanencia, si bien precaria, y la gente viajaba casi igual que antaño. Como, por otro lado, continuó el movimiento de correos militares y convoyes, no se daba abasto. Días hubo con El Gran Maestre lleno de pasajeros, obligados a pernoctar por falta de caballos de refresco. También, eso sí, se advertía un continuo aumento en la importancia de las escoltas, síntoma de que Trabuco había vuelto a las andadas tras el rapapolvo. De un pelotón pasaron a dos, y así hasta frisar el centenar de hombres.

Para mi irritación, el mayor trasiego no repercutió en la cosecha de mensajes. Madrid se había devorado al tragaldabas de Jacinto y tomó su lugar un tal Huidobro, antiguo soldado, concienzudo y reglamentario, que se apartaba tan poco de las valijas que parecía encolado a ellas. Ni cataba el vino ni era amigo de sobremesas.

—Como debe ser —aplaudía Trueba—. Así eran todos antes.

Ya, pero no había forma de hincarle el diente a una saca. La herramienta del Niño de los Hierros, falta de uso, se oxidaba, y me llevaban los demonios ante la sequía de noticias que ofrendar a Patricia.

Nada supe de ella, cosa que me atribulaba, pero sin que afectara a la certeza de encontrarme en el buen camino. La memoria de la última cita constituía eficaz antídoto contra la nostalgia. En mujeres como ella, media palabra vale más que mil de otras, como señalaba a *Víctor* durante nuestras frecuentes conversaciones al respecto. Lo poco que dijo, y que yo no dejaba de acariciar en el pensamiento, valía su peso en oro. Al igual que las abejas se alimentan de su propia miel en invierno, yo me solazaba en sus tres frases, esperando, resignado, que cambiase el viento.

Algo estaba ya rolando, en esfera más amplia, si no más elevada. Una buena tarde asistí al paso de un regimiento de infantes. Llevaba prisa, gracias a Dios, lo que nos salvó. Mil gabachos sueltos no dejan tonel sin vaciar ni gallina sin desplumar.

Desfiló la columna envuelta en rumores. Que si procedía de Asturias, evacuada; que si marchaba sobre Portugal, en son de conquista; que si su destino era Madrid, como refuerzo. Al frente, rodeado de barbados gastadores, el coronel con su plana mayor. Luego las banderas. Cubierta la seda por fundas enceradas, hubiesen parecido simples palos de no ser por las brillantes águilas doradas que las remataban. El bronce, símbolo de victorias incontables, engrandecía a la tropa, desgalichada, por otro lado.

En efecto, más se asemejaba a turba de gitanos que a marcial cohorte. Los capotes, azules, marrones, blancos, grises, ocres, multicolores, como los pantalones remendados y las fundas de los chacós. No pocos calzaban alpargatas en lugar de zapatos. Sobre las mochilas, sartenes, panes, cazuelas, pedazos de carne cubiertos de moscas. A continuación, una recua de burros, cargados de enfermos y fatigados. Tras ella las cantineras, en mulos, asnos o carricoches, saludaban con soeces risotadas nuestro silencio. Mujeres bravas, pistolón en refajo, chaquetillas verdes, rojas, pardas, con cordonadura a lo húsar, enormes faldas y sombreros sujetos por pañolones. Cerraba la comitiva, reforzando la semejanza con tribu egipciana, el balido numeroso de un rebaño de ovejas.

La dispar fuerza poco tenía que ver, a ojos novicios, con los formidables zapadores que pisaron esa misma ruta meses atrás. Sin embargo, para observadores avezados, era aquella bragada infantería con sobrado fuego en el cuerpo para dar un susto al lucero del alba, cuanto más a nuestros deslavazados ejércitos. Ya lo dijo por la noche Estébanez, siguiendo la taurina comparación del boticario:

—Ese toro tiene todavía demasiados arrestos. Necesita aún mucho castigo. Tal y como está, no hay quien le ponga en suerte.

Hablaba así durante la que fue nuestra última tenida donde Valderrábano. El mal que sufría Duhart resultó no ser pasajero, ni el aguardiente remedio. Las visitas a la botillería fueron menudeando tanto que, a la postre, el capitán decidió aposentarse en ella. Hizo llevar cama, perchero y bacín, expropió un rincón y comunicó al propietario que, a partir de ese momento, contaba con un invitado.

Desde su nueva sede, medio regía Doscastillos, cada vez con menor celo y mayor dedicación a la bebida. Obsesionado por posibles cuchillos en la sombra, apenas hollaba la calle. Sucio, sin afeitar, envuelto en una bata vieja del depositario, cubierta la cabeza por una servilleta a modo de gorro de dormir, fulminaba órdenes que nadie cumplía. Hoy, desmesurada requisa, incumplible. Mañana, amplia distribución de víveres, que no existían, al vecindario. Amenazaba atroces represalias por crímenes que nadie había cometido y a todas horas requería confesión a Cañizares. Era, en suma, hombre a la deriva, sin puerto ni gobernalle.

El traslado de Duhart provocó el exilio de la tertulia. Con él acampado donde el botillero, se acabó la libertad para hablar, y las ganas. Consulté el espinoso problema con Trueba. Después de alguna vacilación, aceptó que nos reuniéramos en su comedor, aunque él jamás hizo acto de presencia.

—Quien manda es Châteauneuf, sujeto que ni tiene cosa buena ni le falta cosa mala —enunciaba un día, las patillas gachas y quejumbroso, Estébanez—. Nos ha salido un segundo Duhart, aumentado en tercio y quinto.

—No se queje —le consolé—, que el capitán ya no le vacía la despensa y el dragón parece menos cerril. Acuérdese de su comportamiento en la ejecución de Emerindo.

—Quite allá. Se negó a prestar caballos porque le preocupaba que se fatigaran. El guerrillero no entraba para nada. Créame, es frío cual carámbano. Ya le podía administrar un tósigo aquí el amigo Hortelano.

—Para qué —intervine—. Una de sus medicinas daría idéntico resultado.

Al tiempo di una palmada en la pierna al boticario, para mostrar que tiraba sin bala. Las antiparras acogieron con paciencia la chanza. Era buena persona, aunque se propusiera envenenar la comarca entera.

Con los amigos a domicilio, cesaron mis visitas a Doscastillos. Me ahorraba el insulto de la cédula y la penosa escena del pueblo, otrora tan vivo, amedrentado. Transcurrieron los días en nuestro refugio, apenas rozados por el distante rumor de la guerra, hasta que vino a llamar a la puerta.

El depositario, Hortelano y Valderrábano llegaron a media tarde. Cañizares, requerido para dar la extremaunción en una casa remota, vendría luego, aseguraron. Los tres estaban radiantes y comadreaban entre sí con guiños significativos. Ajeno a la causa de tanta euforia, les serví el trago de rigor.

—¿No tiene el maestro un aguardiente famoso? —preguntó Estébanez.

—Sí, señor, pero guardado para ocasiones festivas.

—Ésta es una.

—¿Qué ha pasado?, si se puede saber. —No sé por qué, pero me escamaba el regocijo.

—Traiga el néctar y se lo explico —trinó Hortelano.

Iba para la alacena cuando entró el cura.

—Alabado sea el Señor —se frotó las manos—. Ya hay nuevo inquilino en el Paraíso. Acaba de fallecer una intachable persona. Inocencia fue el nombre que con admirable intuición le pusieron sus inatacables padres, ya que les salió incansable. Intacta ingresará en el Cielo, no habiendo conocido hombre ni pecado.

—Otro motivo para brindar —proclamó Valderrábano, creo que con ganas de resarcirse de las dos botellas que nos bebimos en su tienda—. Venga el aguardiente.

—¿Cómo otro?, ¿hay alguno más?

—Claro. Dígaselo, genial Estébanez, que suya fue la idea —cedió el honor Hortelano.

La historia era corta, pero el parla puñados la hizo larga. Harto de la francesa férula y confiado en el desvarío de Duhart, había movilizado a la Guardia Templaria. En audaz golpe de mano, tres encapuchados acababan de rajar a un gabacho que volvía de la fuente.

—Nada, un chiquito de diecisiete años —admitió el estratega—. Pero por algo se empieza. El próximo será pieza mayor. Por ejemplo, un verraco de cabo que tengo marcado.

Cañizares, que comenzaba a quitarse el manteo, detuvo el gesto. Abrumado, se dejó caer en un taburete.

—Desgraciados, ¿qué han hecho?

Por mi parte, había asistido espantado a la narración. Oír que el cura dejaba pasar la manifiesta oportunidad de usar «infelices», mostraba a las claras que compartía mis sentimientos.

—Pues quitar de en medio a un enemigo del verdadero Rey —contestó el depositario—, como es obligación de los buenos españoles.

El sacerdote, el rostro hundido entre las manos, sollozaba:

—Pobre Doscastillos. Conocerá la ira de Dios. Que Él nos coja confesados.

De tan mohíno, ni era capaz de amonestar a los osados. Me miraron éstos, en demanda de explicación.

—Están ustedes locos si creen que los gabachos pasarán por alto su hazaña. Son capaces de no dejar piedra sobre piedra en el pueblo —les amonesté—. No sé cómo, pero se vengarán. No pueden permitir que algo así quede sin castigo. Harán de Doscastillos ejemplo que nadie olvidará.

—¿Usted cree? —dijo Hortelano asustado.

—Es la fija. Y todo, ¿para qué? ¿Para matar un recluta, de los que Napoleón tiene decenas de millares? Con Duhart, mal que bien nos bandeábamos. Acierta el sabio cura: ahora sabremos lo que es la cólera francesa, que nada tiene que envidiar a la divina.

El duro vaticinio disolvió la reunión. El boticario y Valderrábano, la vista en el suelo, salieron mudos. Estébanez, con jirones de desafío en la voz, profetizaba el exterminio de los cómplices del Emperador, sin engañarse ni a sí mismo.

Cañizares permaneció unos minutos más. Quieto en su sitio, la espalda vencida, repetía:

—¿Por qué?, ¿por qué?

Apartó la copa que le ofrecí y con gran suspiro se fue, llevándose la pregunta. Quedó el aguardiente en la alacena, a la espera de que hubiera algo que celebrar. Me maliciaba que tardaríamos en catarlo.

Supe parte de lo que sucedió luego por viajeros. Al enterarse del crimen, De Châteauneuf hizo que tendieran a Duhart en una carreta, que lo llevó a Palencia, con cuatro dragones. Pero él, ladino, se puso a la cabeza del escuadrón para seguir a la caravana, a prudente distancia.

La Guardia Templaria, crecida por el reciente triunfo, tuvo la catastrófica idea de ceñirse nuevos laureles, aprovechando la magra escolta. A mitad del camino preparó torpe celada. Unos dicen que hubo dos disparos, otros que tres, todos contra el vehículo, todos marrados. Cuatro, desde luego, no, porque llegó el teniente de rebato con toda su gente. Ni se combatió. Los cinco encapuchados fueron sableados en un suspiro. De Châteauneuf los trajo de vuelta al pueblo, una vez depositado el capitán en la ciudad. Eran mozos, y clientes de Valderrábano. Los cuerpos, desgarrados por el acero, se dejaron expuestos en la plaza mayor, pendientes de sogas, bajo custodia.

Con el escarmiento quedó el pueblo sojuzgado. El terror sucedió al miedo. La gente salía de sus casas lo imprescindible, como en época de nevada. En las calles muertas retumbaba el paso de las patrullas. Y eso fue todo.

Desde mi refugio, estimé barata la proeza. Cosas peores esperaba. Al fin y al cabo, el teniente se había limitado a derrotar al adversario. Ni traza de rabia o de cólera. Su conducta reafirmaba mi opinión sobre él. Era un auténtico militar, aunque sobrara el ahorcamiento póstumo.

Para entonces, pesaba en demasía la falta de noticias de mi inglesa. Comencé a cavilar si juzgué mal sus palabras, que se podrían traducir también como un simple homenaje a mi ingenio por proponer el método para descifrar la clave. A veces me sucede eso. Quiero afinar tanto que desenfoco, igual que el cegato que, creyendo mejorar la vista, se calza unos malos anteojos, que se la enturbian más. Éste podía ser el caso, en efecto. Quizás siguiera reprochándome lo sucedido en las ruinas. Quizás sus elogios habían sido puramente profesionales y el resto imaginaciones mías, fruto del desamparo. Castillos en el aire, que en ocasiones me obnubilan.

Jimena necesitaba unos cacharros para la cocina. Aprovechando que el día siguiente había feria, tomé la determinación de ir al pueblo para entretenerme y comprar los utensilios. De paso husmearía el ambiente.

—Vaya con tiento —aconsejó Trueba, taciturno—. Temo a perro poco ladrador. Aún nos propinará un disgusto su Châteauneuf.

Doscastillos era un desierto. En la plaza, sin tenderetes, un fusilero bostezaba junto a cinco cristos surcados de tajos.

Fui en busca de solaz a la botillería. Desaparecido el capitán, mis amigos podían estar allí. Acerté. Estaban, pero alicaídos, charlando de asuntos banales sólo para desterrar silencios. La cama de Duhart, que nadie se atrevió a mover, seguía en la esquina, impregnando el local con el recuerdo amargo del antiguo comandante de plaza.

El rumor de pasos nos llevó a las ventanas. Por la calle principal avanzaba una docena de hombres. Vestían de marrón, con divisa encarnada, sombrero de ala recogida y botín jerezano. En las manos, carabinas. Entre las fajas y las cananas, arsenal de pistolas y cuchillos. De no haber sido por la indumentaria uniforme, los hubiese creído guerrilleros, tan irregular era su marcha y tan patibularios los rostros atezados.

Hicieron alto justo delante de la botillería, donde el teniente llegó a su encuentro. Del grupo se adelantó uno. Con trepidación, reconocí a Miguel Míguez, el granadero valeroso y desertor, ladrón de casacas y bolsas. Hablaba francés cuartelario mezclado con español.

—Aquí están los chacones, cortesía del teniente coronel Démonville, comandante militar de Palencia. Para lo que mande, aunque traemos órdenes.

Y le tendió un pliego. De Châteauneuf, el ceño fruncido, tras romper el sobresello, lo leyó.

—Bien —con un dejo de resignación—. El sargento le dirá dónde se pueden acomodar. Luego venga a verme al Ayuntamiento.

Formando círculo, comentamos la novedad. Un labrador, llegado esa mañana de la ciudad, nos puso al corriente:

—Son contra guerrilleros. Mal ganado donde lo haya. La mitad viene de partidas patriotas, desertores o prisioneros. El resto de cárceles. Los gabachos, desesperando de capturar a Trabuco y demás colegas con sus tropas, han levantado grupos de esta gentualla por doquier. En algunas partes les llaman chacones, por su primer jefe. En otras negros, sospecho que por el color de sus almas. En todas, hijos de Belcebú. Ésos no se paran en barras. Que Dios nos tenga en Su gloria.

Nos batimos en retirada a nuestro reservado. Estébanez aún galleaba:

—Mejor, más carnaza para la Guardia Templaria.

Estalló el cura como una bomba:

—¿Nunca escarmentará? ¿No ha oído al campesino? ¡Está loco de atar! ¿No le bastan cinco muertos? Pero ¿qué Guardia?, si quedan tres pobretes. No sé quién dijo, quizás yo mismo, que eran cuatro gatos. Pues ya ni eso. Tres. Aparte de nosotros, claro.

—¿Y no somos nadie, nosotros? —se empinó el otro—. A mí me sobran redaños para llevarme a esos monigotes por delante. Y a Hortelano, ciencia. Corra, don Ambrosio, corra a preparar la ponzoña suya, que esta noche caen todos.

—Don Ciriaco de mis entretelas, si sabe mejor que nadie que aún no he dado con la fórmula. Ayer, sin ir más lejos, probé con un perro, y sigue tan vivo como usted y yo.

—Seamos serios, caballeros —zanjé—. Aquí no se mueve nadie hasta que pase el nubarrón, y recemos para que no descargue. Conozco a su jefe, hombre atravesado y de mucho coraje. Cuidado con darle motivos para mostrar de lo que es capaz.

Acto seguido conté lo que sabía de Míguez, presentándolo, ni que decir tiene, como compañero de filas, que no subordinado. Les convencí, porque incluso Estébanez quedó pensativo.

—Ya ven cómo se las gastan los angelitos —concluyó el cura—. Así que cada uno en su casa y Dios en la de todos. Queda disuelta la Guardia Templaria.

En cumplimiento de las instrucciones, cada mochuelo partió para su olivo.

No encontré a Trueba en el comedor de la posada. Se había retirado ya con la Beltrana. Cada vez disimulaba menos sus relaciones con ella, sin escándalo de nadie. Las dos mujerucas de la cocina eran viejas y curadas de espantos, y a mí no me correspondía juzgar a un camarada. En cuanto a la moza, discreta, en ningún momento se aprovechaba de la situación. Continuó trabajando como si aún perteneciera al servicio, almorzaba y cenaba con las criadas y nunca se dio aires de ama, aunque empezaba a serlo. Salvadas las apariencias, todos aceptamos con naturalidad el emparejamiento.

Subí a la habitación para celebrar consejo.

—*Víctor* —comuniqué al interesado—. Hoy se ha producido un acontecimiento que te alegrará. Antes de darte la buena nueva me veo obligado a comunicarte que, en cambio, puede ser aciaga para mí. Te ruego, pues, que moderes las alharacas, para no herir mis sentimientos.

»Resulta que ha brotado en Doscastillos mala hierba, de nombre Míguez. Sí, veo que agitas alegre ese octavo de cola tuyo al oírme invocar a tu viejo camarada. No pierdas de vista, empero, que el fulano nos dejó tirados en el monte, sin blanca y llevándose de recuerdo unas charreteras de canelones de buen oro que valían un pico. Refrénate, por consiguiente, y duerme con la íntima satisfacción de lo que acabas de oír, pero sin demostraciones, que, a fuer de sincero, me parecerían fuera de lugar.

Siguió las instrucciones al pie de la letra, leal como siempre. Yo, en cambio, pasé la noche en vela, preocupado por la proximidad del granadero.

Al otro día me sumí con particular ahínco en el trabajo. Varias veces estuve tentado de confesarme con Trueba, pero me contuve. Era difícil predecir si el relato de lo que hice en Espinosa merecería la censura del maestro, y por nada del mundo deseaba poner en peligro nuestra amistad.

Hablábamos en la cuadra del estado de los caballos cuando entró un postillón demudado. Sin resuello, nos dijo que llegaban franceses. Salimos a ver.

De Châteauneuf iba a la cabeza. Detrás, en dos columnas a lo largo de las cunetas, los chacones. Varias galeras seguían dócilmente, sin poder adelantarles, porque el teniente de dragones marchaba por el centro de la calzada, dueño del camino real.

Me dio un vuelco el corazón al observar que la tropa se desviaba para dirigirse a la casa de postas. Volví al establo, mascullando algo sobre el pienso. Prefería no acompañar a Trueba, que fue al encuentro de los gabachos, tieso como el mejor carabinero.

244

Oí que el oficial, por medio de uno de sus gañanes, le comunicaba que el objeto de la visita era efectuar un registro en busca de armas escondidas. Respondió el maestro que ninguna había, excepto las autorizadas por la superioridad, imprescindibles para la defensa de correos, pero que hiciesen lo que les viniera en gana.

Los hombres se dispersaron. Por el ruido, uno se dirigía a donde yo me hallaba. Es posible que pensara ocultarme, pero sólo por un segundo. Hay cosas que un capitán de Princesa no hace, por muy bajo que haya caído.

Tardé algo en reconocer a Míguez, parado en la puerta, con el sol a las espaldas. Lo mismo le sucedió a él, hasta que se acostumbró a la penumbra.

—¡Toma, el capitán! —exclamó.

—El mismo, señor granadero, aunque ladrón le cuadraría mejor —me tiré a fondo.

—A su sabor. —Encogió los hombros—. Salvé la pelleja, y de eso se trataba.

—¿Y por lo mismo ha cambiado de bando?

—No sé dónde está el cambio. Con uniforme marrón y cocarda roja de España me conoció, y de marrón y pedrada encarnada me encuentra. Sigo en el ejército español, lo que no se puede decir del capitán —agregó avieso—, que parece que se ha hecho paisano.

A su modo, llevaba razón el bellaco. Míguez había sustituido un rey por otro, pero continuaba en el ejército. Yo, en cambio, seguía teniendo el mismo señor, pero estaba convertido en civil. ¿Cómo entender tanta demencia? Acabaría más loco que Duhart por culpa de la incomprensible guerra.

—En fin —prosiguió—, vamos a lo que cuenta. ¿Qué es del bizarro *Víctor*?

—En la posada está, y bien de salud, gracias —respondí adusto.

—Luego me pasaré a saludarlo —contestó, nada desconcertado—. Si por casualidad no lo encuentro, dele memorias. Gran perro.

—Gran perro —concedí.

—Pues por él, y únicamente por él, no diré nada de usted a Châteauneuf, que a veces tiene malas pulgas. No quisiera dejar huérfano al bicho. Pero ándese con ojo. Pintan bastos para los patriotas. Por cierto, ¿qué hace aquí?

—Soy el mayoral —contesté ruborizándome.

—Vaya carrera que lleva.

Se fueron por fin, habiendo hallado sólo una tizona mohosa, desenterrada por Blas, y que no se molestaron en requisar. Supe del fraternal encuentro de *Víctor* con Míguez por Trueba, que lo comentó de pasada, mostrando alguna extrañeza, pero sin pedir razones por tanta familiaridad. También hizo referencia a la inspección de la posada por el teniente. En el curso de la misma, dijo, estuvieron en mi cuarto. Al parecer, De Châteauneuf quedó sorprendido al ver los grabados. No obstante, se repuso enseguida. Se cuadró ante el del Emperador, persignóse frente a San José y se inclinó con falsa gravedad ante Fernando VII, todo ello con aire socarrón. Soltó luego una parrafada, que el trujimán resumió:

—Aquí el teniente dice que ustedes ponen una vela a Dios y otra al Diablo.

Reímos de buen grado el maestro y yo con la anécdota, pero luego se puso serio.

—Qué idea, colgar los tres grabados a la vez. Por más cauto le tenía. ¿No dije que se debían administrar dependiendo de quien le visitase? —me recriminó sin acidez.

—Lo siento, pero se me antojaba la habitación desnuda sin nada en las paredes. Además, usted sabe que nunca entran extraños en ella.

—Suerte que el teniente tiene sentido del humor, pero quémelos, por si acaso.

El domingo empezó todo, me contó Cañizares en la tertulia, que se había mudado de nuevo a El Gran Maestre tras la invasión de los chacones. A la salida de misa, para ser precisos. Dos de ellos cogieron del brazo a uno de los supervivientes de la Guardia Templaria, lo llevaron a la plaza y lo fusilaron ante el vecindario entero. Colgaron el cuerpo junto a los guerrilleros.

—No entiendo —se rascaba una oreja el tonsurado— cómo lo supieron. Iban a tiro hecho, sin preguntar a nadie.

Compartí su perplejidad, que aumentó el miércoles, cuando se repitió la operación. Esa vez la víctima fue Sancho Álvarez, otro guardia, detenido y arcabuceado al regreso de su viña. Se unió a los demás ahorcados.

La curiosidad morbosa me obligó a ir a Doscastillos el sábado. Si el dragón francés o Míguez seguían un plan, tocaba ese día a Mendoza, el tercer y último templario raso.

Logré entrar tras muchas comprobaciones. El pueblo estaba convertido en una cárcel, de la que resultaba imposible salir sin permiso de los gabachos. Los vecinos, ratones encerrados en una habitación, a merced de un gato que se los iba comiendo uno a uno, a su capricho, con la tranquilidad de saber que él no tenía prisa, ni sus enemigos escapatoria.

Era la hora del paseo, taciturno, como todo en aquellos tiempos turbulentos. Mendoza, pinche de Valderrábano, giraba junto a unas amistades en la tradicional noria, hombres por un lado, mujeres por otro, calle arriba, calle abajo. Algo bebidos, los pulgares en las fajas, lanzaban miradas achulapadas a su alrededor, ocultando el pánico.

Míguez, cauto, utilizó toda su tropa. El despliegue de fuerzas consiguió el resultado apetecido. Nadie hizo un gesto ante las carabinas. Los primeros en retraerse fueron los propios compañeros del sentenciado. Para mayor seguridad, el caporal de los juramentados, que también llamaban así a los chacones, degolló a Mendoza allí mismo, en plena rúa. Mientras cuatro hombres arrastraban el cuerpo a la plaza mayor, Míguez dijo, elevando la voz:

—Faltan ya pocos, ¿no?

Se fueron andando hacia atrás, sin perder la cara a los viandantes, petrificados por el súbito crimen.

Prometí entonces no volver al pueblo. Me asqueaba la frialdad con que los franceses se cobraban venganza, haciendo que cada templario supiera, con anticipación, su muerte próxima. Para colmo hubo que suspender nuestras reuniones en la posada. El toque de queda se empezó a aplicar hasta a notables como el ex depositario o el cura.

Llevé mal la soledad tras meses de contar con los contertulios para combatirla. En cuanto a Trueba, enfrascado en la Beltrana, se retiraba temprano, tan pronto levantaban los manteles. Tristes días, sin otra compañía que *Víctor* y los libros de la exigua biblioteca. Picoteé en uno, con la tinta aún reciente, titulado *El grito de la razón al español invencible, o la guerra espantosa al pérfido Bonaparte de un togado aragonés con la pluma*, barato folleto para cadetes y otros mandrias, futuro pasto de cañón. De nada sirvió.

Tiempo sobrado tuve para sufrir por el silencio de Patricia. El estricto control impuesto por De Châteauneuf sobre Doscastillos y aledaños, podía justificarlo, pero no mitigaba la nostalgia, ni el ansia de confirmar la reconciliación que me pareció entrever en sus palabras. La idea de que muy probablemente hubiese abandonado la región, a causa de la reforzada presencia francesa, era demasiado desoladora, por lo que la rechacé.

Para contribuir a mi desasosiego, de madrugada me despertó el paso de un destacamento francés. Lo formaban dragones, con juramentados a la grupa.

Estuve dos días reconcomiéndome. Al tercero llegó Míguez, solo.

—Buenas —saludó—. Vengo en son de paz. Primero, para darme una vuelta con *Víctor*, a ver qué cuenta. Segundo, para llevarme a Trueba. No —tranquilizador—, no pasa nada. Que el herrador de los dragones ha caído enfermo y De Châteauneuf ruega al maestro que vaya al pueblo, a calzar algunos caballos. Hay fragua y todo lo necesario. Con que lleve su cuerpo serrano, basta.

Fui a dar el recado a Faustino. En el entretiempo, el chacón jugaba al escondite con *Víctor* en el patio. Corretearon, pelearon de mentirijillas y rieron a pleno pulmón, que los perros ríen, aunque muchos lo ignoren. Sentí algunos celos, no lo oculto.

Trueba acató el ruego del teniente, que tanto se parecía a una orden. Yo iba como su asistente. Para nada me necesitaba y nula ayuda podía prestarle. Era un favor, consentido por el juramentado, para que pudiera ver a mis amigos. Ya no podía aguantar el limbo de El Gran Maestre. A pesar de la palabra recientemente dada de no pisar Doscastillos, necesitaba saber lo que estaba sucediendo.

Le dejé en el palacio del conde de las Altas Torres, donde moraba la caballería, para desesperación del administrador y alcalde, Edelmiro Cuenca. Míguez se despidió y yo partí a la busca del cura. Sentado en su jardín, estudiaba taciturno un rosal seco.

—Qué insospechada alegría. Aplaudo que, inaccesible al desaliento, siga incondicional de sus íntimos amigos. Agradezco infinito la visita. Casi inánime me encuentra.

Con hondo placer acogí el regreso de Cañizares a su habitual vocabulario. No obstante, sus palabras y su evidente abatimiento se conciliaban mal con esa apariencia de normalidad. Para salir de dudas, repliqué:

—No me engaña, señor cura, le conozco demasiado. Algo sucede.

Tan mínimo asalto bastó para que cayeran por tierra sus defensas.

—Advierto que son inanes mis intentos y capitulo. Es usted demasiado inteligente para engañarle. Sí, las cosas marchan mal. ¿Se acuerda de *Holofernes*? Veo que no. Mi gato. Ha aparecido ahorcado.

Callé mi odio a la especie sinuosa y egoísta. Con un ademán rogué que continuara.

—Su muerte, de por sí, habría bastado para afligirme. Le tenía ley. Pero es que, para mayor escarnio le pusieron al cuello un cartel que decía: «Ocho y medio». La suma es fácil. Ocho son los templarios asesinados. El medio es el minino de uno de los jefes de la extinguida Guardia. Yo. Me están diciendo que saben que pertenezco a su estado mayor. Puedo ser el próximo en caer.

Logró alarmarme. El cerco se estaba estrechando.

—¿Se lo ha contado a los otros? A Valderrábano, Hortelano, Cuenca y Estébanez.

—Acabo de tropezar con el cadáver. Me ha faltado tiempo. Reconozco también que ha sido un mazazo que me ha dejado anonadado y falto de energía.

—Nada, nada. Arriba los corazones. Vamos a la botillería. Le invito. Nuestros amigos pueden estar allí y les contaremos lo sucedido para que tomen precauciones.

Valderrábano secaba vasos tras el mostrador, lanzando miradas incendiarias a los chacones, sentados en el mejor sitio de la sala común. Eché en falta a Míguez, pero le descubrí en nuestro reservado, tumbado en un banco, dormido como un lirón. Estébanez y Hortelano discutían no lejos de él, obligados a la proximidad por la estrechez del local.

El boticario, muy excitado, cuchicheaba. Al vernos no se pudo reprimir y, alzando la voz, barbotó:

—¡Eureka! ¡He encontrado la esquiva receta! —Los ojos

miopes se animaban con el orgullo del descubridor—. Esta misma noche la probaré en un perro vagabundo que he acogido en mi casa con ese propósito.

—La piedra filosofal, don Ambrosio —se extasió Estébanez—, la solución a todos los problemas. El brebaje divino que acabará con el invasor.

Cañizares se llevó el índice a los labios, apuntando con la otra mano al jefe de los juramentados.

—Tranquilo, señor cura, a éste no le despierta un batallón. Ya estaba aquí cuando llegamos y no ha parado de roncar. Seguro que ha bebido demasiado.

Un rugido de fiera confirmó el diagnóstico.

—El miedo guarda la viña, caballero depositario —respondió el sacerdote. Acto seguido les puso al corriente del gaticidio—. Que me han descubierto es indiscutible. Que los franceses poseen un indicador o informante, casi seguro. Me intriga, por cierto, su inaprensible identidad.

»Dado que ustedes no han experimentado sinsabores parecidos, deduzco que el insaciable Châteauneuf ignora sus insistentes actividades clandestinas. Sean discretos, empero y, desde luego, olviden inquinas, insensatos venenos y demás zarandajas. Lo repito, la Guardia Templaria está disuelta, indefinidamente. O in perpétuum, a su gusto.

Al salir nos detuvimos a hablar con Valderrábano, al que pusimos al corriente de lo sucedido, recomendándole prudencia. Cañizares me acompañó un trecho.

—A usted se lo puedo decir. El despilfarro de «ines» ha tenido como único objeto apaciguar a Estébanez y a Hortelano. Si les gana el pánico por creerse acorralados, entre el odio acérrimo del uno y las químicas del otro, pueden hacer disparates. Quizás no estemos en peligro. El óbito del desdichado *Holofernes* puede haber sido sólo una broma pesada. Pero resulta esencial que esos dos permanezcan tranquilos. En fin, me voy para casa, para predicar con el ejemplo. Adiós, Príncipe.

Le oyó un soldado que, linterna en mano cual Diógenes, parecía buscar algo.

—¿Es usted el señor Príncipe? —chapurreó.

—Tengo ese honor.

—El señor Trueba me ha encargado que le diera esto.

La carta decía:

Apreciado amigo:

Acabo de terminar con los caballos y estoy agotado. Me acojo a la hospitalidad de Cuenca y dormiré en su casa. Le quedaría muy agradecido si volviese usted a la posada. Con los tiempos que corren no me gusta que las mujeres se queden solas de noche.

Suyo.

T.

P.S. Le adjunto salvoconducto firmado por De Châteauneuf para que pueda salir sin dificultades.

Vale

El maestro, aunque no la mencionaba expresamente, estaba preocupado por su dama. Ensillé a *Galano* y volví a El Gran Maestre, a ejercer de paladín hasta la amanecida.

Trueba llegó a la hora del desayuno, demacrado. Rechazó la taza de chocolate apurando, a cambio, de un trago una copa de aguardiente.

—Ha muerto Hortelano —anunció.

Di un salto en la silla.

—¿Cómo es posible? Ayer lo dejé bueno.

—Envenenado.

El maestro añadió que no se encontraron rastros de la poción y que el boticario tenía en la mano un papel que decía «nueve y medio». Alguien le había forzado a beber el tósigo. El texto nos informaba de que proseguía el exterminio de templarios. El asesino era, sin lugar a dudas, Míguez. Fingiéndose dormido, oyó lo que dijimos. Que lo contara a De Châteauneuf o que actuara siguiendo instrucciones de Démonville, en Palencia, daba igual.

A modo de coletilla, y convencido de que era rumor sin fundamento, Trueba dijo que se comentaba que el boticario tuvo tiempo de, agónico, garrapatear: «Me duele, más que la muerte, que se recreen en la suerte». Al pronto lo dudé, por considerar que el boticario no tenía hígados para, en el apretado trance, dedicarse al verso, por malísimo que fuese. Luego he pensado que quizás lo hizo, para seguir hasta el fin la taurina comparación, que tanto le gustara en vida.

—¿Lo sabe Cañizares? —me apresuré a preguntar.

—Aún no. Me enteré en el palacio, cuando informaron a Châteauneuf, y he venido a escape.

—Pues, con su venia, al mismo paso voy a volver a Doscastillos. Urge enterar a algunas personas de esta desgracia.

Por mucho que corrí, el sacerdote ya estaba al corriente. Es más, celebraba un conciliábulo con los cómplices supérstites. Estébanez, naturalmente, exigía sangre. Valderrábano y Cuenca, muy afectados, callaban.

—Basta ya de necedades, Ciriaco, no sea mentecato —le increpó el cura—. Ahora está claro que vienen a por nosotros. Estamos perdidos, oleados casi. Nos tienen atrapados. No hay forma de salir a rostro descubierto de Doscastillos. Ni siquiera podemos defendernos. La Guardia Templaria está exterminada y Hortelano se llevó el secreto de la pócima a la tumba. Sólo se me ocurre que, cada uno por su lado, busque la forma de huir.

—Perdón —casi no se oyó al botillero—, Míguez ha venido a verme y ha dado a entender que, mientras siga dando bebida gratis a los chacones, mi vida no corre peligro. Me reconcome la capitulación, pero el caso es que he aceptado el trato. Un revolucionario como yo pactando con los esbirros de un emperador. Qué vergüenza.

—Ha hecho bien, querido amigo. ¿Qué iba a ganar negándose? Hubiera sido firmar una sentencia de muerte.

No había más que hablar. En un último gesto de desafío, los cuatro visitamos el cementerio para depositar unas flores en la tumba de Hortelano, enterrado a toda prisa, por miedo a que el veneno le descompusiera los humores y empezase a oler.

La siguiente jornada en la casa de postas estuvo envuelta en la melancolía. Abúlico, vi llegar a Huidobro, el puritano correo. Hacía tiempo que ni intentaba apropiarme de una de sus valijas, tan celosamente cuidadas. Apenas nos saludábamos. Le reprochaba su vigilancia de cancerbero.

En esta ocasión, sin embargo, vino hacia mí y me entregó, con gran misterio, un billete. No quiso nombrar a quién se lo había dado. Sólo condescendió a decir que era un antiguo compañero suyo y que por eso, sin que sirviera de precedente, infringía el reglamento que le obligaba a aceptar nada más que pliegos franqueados en buena y debida forma.

Nervioso, lo abrí. Contenía números, benditos números, porque tras ellos adiviné a Patricia. La veía inclinarse sobre el libro, pasar páginas, presurosa; recorrer líneas en pos de la palabra deseada y luego, quizás sacando un poco la lengua, copiar la cifra en el papel.

Estreché fervoroso la mano de Huidobro, patidifuso por el repentino afecto, y volé a mi cuarto. Estuve a punto de desgarrar la obra de Trenck, empujado por el ansia. El texto, breve, reveló en minutos su secreto.

Decía: «27, 1, 3; 273, 15, 1; 97, 17, 7; 92, 6, 5; 27, 9, 6; 101, 20, 8». Si se prefiere en cristiano: «General muy satisfecho soldado visita pronto». O mejor: «La Romana muy satisfecho. Gómez irá pronto».

Lo releí una y otra vez, descubriendo en las cifras claves ocultas. La lucidez de mi inglesa, que había encontrado en una sola página, la 27, dos de los vocablos buscados; «general» y «visita», y en tres tan seguidas como 92, 97 y 101, «soldado», «satisfecho» y «pronto». No es pequeña hazaña hallar en corto espacio gran parte de las palabras necesarias, como sabe cualquiera que ha trabajado en ese negocio.

Su ternura, también. ¿Por qué molestarse en llegar a la 273 para encontrar el «muy», si abundaba entre la 27 y la 101?¿Por qué, además, haber añadido el adverbio, si el mensaje no lo exigía? Norma elemental del engorroso sistema era reducir al máximo su extensión para ahorrarse trabajo. Patricia, al utilizar la página 273, me enviaba una señal, mostrando que se había tomado una molestia gratuita sólo para complacerme.

Mentira parece que seis palabras puedan decir tanto. De un lado, comunicaban un éxito profesional importante, ¡el general en jefe aplaudía mi trabajo! Tocaba ya mi ardua meta, la rehabilitación. De otro, la anunciada «visita» de Gómez llevaba aparejada el encuentro con ella, que anhelaba más de lo que pudiera expresar. En suma, las seis palabras anunciaban que, finalmente, todo acabaría bien.

Pasé el día silbando como un tonto, ante el silencioso reproche de Trueba, escandalizado por el rápido olvido de Hortelano. Así es la humana condición, sin embargo. Las desgracias ajenas apenas dejan huella, eclipsadas por la felicidad propia.

Gozoso, me veía abrazando a Patricia, recibiendo de su boca, entre besos, los parabienes del mando. Muy probablemente regresaríamos juntos al ejército, para mi entrada triunfal. En efecto, había hecho mucho más que cumplir órdenes, leía yo en el mensaje. Seguro que, gracias a mí, se estaba en vías de romper el código francés.

De contento, cuando la Beltrana nos sirvió la cena, la agarré y di con ella un par de vueltas de baile al salón. Se echaron a reír dos huéspedes que también estaban comiendo y el propio Trueba desarrugó el ceño y se unió a ellos. Dormí como un bendito.

Antes de amanecer estaba en pie de guerra, que seguía el ir y venir de coches y bagajes. Las horas pasaron raudas sobre mi felicidad, sin disminuirla.

Cerca del ocaso, salí con *Víctor*, Blas y una escopeta, a ver si echaba algo a la cazuela. Distraído, pensando en Patricia, se me escaparon cuatro conejos sin un tiro. Tuve que soportar la mirada censoria del perro, cansado de hacer muestras en vano; pero todo me daba igual ante la inminente dicha.

Ya de recogida, aumentó mi contento al ver a Gómez salir de unos matorrales. Llevaba un sombrero de paja y vestía, creo, de negro. No estoy seguro, porque una capa espesa de polvo blanco le tapaba hasta las cejas.

—¿Qué te ha pasado? —pregunté para aclarar el singular fenómeno.

—Nada. Vengo disfrazado de molinero —contestó con cara hosca.

—Parece que te has vaciado encima un saco de harina.

—Eso he hecho.

—Bueno —mejor, no hurgar—, ¿qué te trae por aquí?

—La señorita quiere ver a mi coronel. Mañana a las siete de la tarde. En Cueva Negra. Está ya viniendo del cuartel general —explicó, abriendo los ojos, impresionado—. Ah, y que Usía tenga el equipaje preparado. Se va de aquí.

No creí lo que oía. La estolidez del mensajero chocaba con la importancia del mensaje.

—¿Te he entendido bien? ¿Irme? ¿Cuándo, adónde?

—Ya le he dicho, el sábado, mañana. Lo demás no lo sé.

Tomó el portante sin mayores explicaciones. Apreté el paso hacia El Gran Maestre. Quería hablar con Trueba. A veces, *Víctor* era demasiado silencioso interlocutor.

Con las prisas y la creciente oscuridad, no supe del agujero hasta caer en él. Desapareció el suelo de repente, di un traspié y luego otro. A ciegas agarré algo, recuperando el equilibrio. El perro, despistado, empezó a aullar, como si me hubiese matado. Un grito le hizo callar.

—¡Blas, dame luz!

No hubo respuesta. Para algo tenía que servir haber sido granadero. Nunca me separaba del mechero que el reglamento requería para encender las bombas de mano. A tientas encontré una rama. Anudé el pañuelo a la punta y lo prendí.

Tres escalones se hundían en la tierra. Yo estaba en el segundo. Terminaban en una sala abovedada de ladrillo. En el piso se advertían los arañazos de un pico.

—¡Blas, mendrugo, has sido tú! Has estado cavando aquí. Tú y tus condenados tesoros. ¿Por qué no avisas? Casi me mato.

La rústica tea alumbró la sonrisa culpable del mozo, que como pudo me ayudó a salir. Luego, rebuscó en la faltriquera y me enseñó algo. Picado por la curiosidad, lo estudié. Era una moneda. Por los símbolos y leyendas, romana.

—Siento decirte que no es templaria —dictaminé vengativo.

—Ya, pero oro. —Y se carcajeó.

—Toma, y dicen que eres tonto.

Fuera ya de la tumba, nuevo Lázaro, arrojé la antorcha, casi consumida. No hacía falta. A un tiro de fusil se alzaba El Gran Maestre. Continuamos la marcha. Por si acaso, hice que el cretino, más listo y baqueano que yo, tomase la vanguardia.

Trueba no estaba en el comedor. Se habría retirado a la vida matrimonial. Tendría que esperar al día siguiente. *Mea culpa*. Por primera vez desde que nos conocimos, no acudí a los servicios de *Víctor* en calidad de confesor. Creí, sin hacerle justicia, que sus entendederas no estarían a la altura de las circunstancias.

Rendido, y malparado por la costalada, me dejé caer en la cama. ¡Qué jornada! Empezó con un cadáver y acababa con la perspectiva de mi definitiva redención. Tantas emociones apenas permitieron el sueño, de forma que desperté, aunque muy tarde, más cansado que la víspera. En mala hora, con lo que se venía encima.

XV

LA GRAN CIFRA DE PARÍS

Para espabilarme, decidí, aunque era sábado y no domingo, lavarme, afeitarme y mudar de camisa. Patricia aguardaba, además, al final del día, y deseaba solemnizar el encuentro esmerando mi apariencia. En plena lid con la navaja, me sorprendió un repiqueteo persistente en la ventana. Asomé la barba enjabonada. Cañizares, en el patio, se disponía a lanzar más piedrecillas. Al verse visto, agitó los brazos cual aspas de molino. Preocupado por la extemporánea visita, hice señas de que subiera.

Llegó sin aliento. Le ofrecí la única silla segura. Se sentó. Se levantó. Volvió a sentarse. A veces parecía abatido. Otras triunfante. Perplejo, seguí las evoluciones, esperando que ordenase sus ideas.

—No sé por dónde empezar —dijo al cabo, confirmando lo obvio.

—¿Y si me cuenta a qué debo el honor, inesperado a la par que inopinado e inmerecido? Hable, intranquilo me tiene.

Pagó mis esfuerzos con mueca que podría pasar por sonrisa.

—Menos «ines», caballero, como habría dicho, o pensado, usted en mejores tiempos. He logrado escapar de Doscastillos. ¡Gran evasión! —se fue exaltando—. Digna de pasar a los anales de los efugios históricos. Comparable a la estupenda fuga de Trenck.

La mención al libro cabalístico me estremeció. Escruté los ojos del cura, que me devolvió la mirada con unos restos de burla.

—Sobraban motivos para liar el petate. Conoce la vil cacería de templarios. Sabe de la muerte de los acólitos, del envenenamiento de Hortelano, de la defunción de *Holofernes*. Quedaba, sin embargo, el rabo por desollar. Anoche murió Cuenca.

—¡Dios mío!

—Amaneció colgado en su gabinete. Míguez, con mucha guasa, tomando su copita de anís matutina donde Valderrábano, decía que el suicidio era producto de una amonestación del conde de las Altas Torres, sulfurado porque los dragones hubiesen hollado su palacio. Había leído el noble, mantuvo, que en parecidas circunstancias aunque con causas menos justas, porque el francés profanador era rey, un castellano quemó su residencia en tiempos antiguos. El de las Altas Torres no llegó a tales extremos, aunque sí propinó soberano rapapolvos a su administrador.

Sacó el cura un pañuelo de hierbas y se lo pasó por la frente sudorosa.

—Pero a continuación —jadeó— el malvado chacón recalcaba con hipócrita sorpresa que el cuerpo había aparecido con un letrero que decía: «Diez y medio». Entre guerrilleros, boticario, Cuenca y minino salen las cuentas.

Se levantó de nuevo. De dos zancadas, llegó a la ventana, que abrió de par en par.

—Me ahogo —dijo a modo de explicación—. Cuando supe la noticia volé con la esperanza de prestar los últimos auxilios al administrador, pero era tarde. Regresé, pues, a casa. Fenomenal susto me esperaba. Juana, mi fiel ama, yacía en el suelo, dando boqueadas. Tras casto examen, pude constatar que su vida estaba a salvo. Dos villanos embozados, dijo entre sollozos, le habían cortado la parte posterior de las faldas y pintado algo en salva sea la parte. Era cierto. Un diez campeaba en un carrillo y un tres cuartos en el otro. Vamos a por vino.

Fuimos. Tras algunos cuartillos, prosiguió:

—¿Tengo que decirle que, tras poner a la paciente en manos de una sobrina, el cuarto que faltaba, es decir, yo, optó por ganar franquía al minuto? Dios me vino a ver, trayendo a la memoria que hace días, como recordará, llevé la extremaunción a una feligresa que vivía muy apartada. Falleció, usted lo sabe, pero pensé que los gabachos podían ignorarlo. Todos los chacones se hallaban en la botillería celebrando sus proezas. Era el momento. Me lancé a la calle. El centinela, un chico católico, que me besó la mano respetuosamente, creyó la mentira. Aquí me tiene. De milagro, pero vivo, y lejos de la ratonera.

—De buena se ha librado, que Doscastillos lleva camino de convertirse en cementerio. Felicidades. Y ahora, ¿qué piensa hacer?

—Ésa es la cuestión. No se me ocurre otra cosa, por el momento, que pedir asilo a Trueba. Después, ya veremos si algún párroco de la comarca me acoge.

—Hablemos con el maestro.

Trueba se hallaba en la herrería. Soltó el fuelle en cuanto vio al cura.

—¿Cómo así, la flor de la Iglesia, a estas horas?

—Insólitas circunstancias me traen. La intervención de los infernales chacones y la inhumana inmolación de los indómitos templarios me han obligado a inmediata partida del pueblo, inhabitable, ingrato ya para mí.

Quiso seguir, pero un suspiro le cortó la palabra.

—No disimule, reverendo, y cuénteme qué se le ofrece.

—Instalarme, si le place.

—¿Aquí?

—*In situ, incontinenti* —respondió el tonsurado, luchando como quien era por mantener su cantilena, más allá de lo razonable.

Prendió Trueba un habano, señal de gran confusión en él, que apenas fumaba. Formaba aros con el humo y los dejaba flotar, meditador. Cerca de media hora nos tuvo en vilo entre volutas aromáticas. Terminó el cigarro y, mientras lo aplastaba, sin levantar la vista, habló. Advertí que se sonrojaba, cosa inusitada, diría el cura.

—De acuerdo, pero a cambio, un gran favor.

—Usted dirá.

—Cáseme.

—¡Casarle! —Abrió los ojos el sacerdote—. ¿Con quién, hijo mío?

—Con la Bernarda —Trueba no levantaba los suyos del suelo.

—Si se empeña… En cuanto pueda volver a Doscastillos comenzaré los trámites. Indubitablemente —añadió con cierto retraso.

—No, padre, ahora.

—Caro amigo, casarse no es tan sencillo. Como le he dicho, hay que seguir unos trámites. —Acosado, olvidaba sus «ines».

—Creía que *in articulo mortis*, y disimule que le robe la expresión, se puede hacer en el acto. —El maestro casi suplicaba, otra novedad que trajo el día.

—Claro, pero…

—Con lo que está sucediendo en Doscastillos, en eso estamos. ¿Cree de verdad que alguien puede considerarse a salvo?

Le llegó el turno de cavilar al mosén. Sin hablar, pidió un cigarro. Dando chupadas, caminaba de un extremo al otro de la herrería. No acabó el tabaco. Aún quedaba la mitad cuando dijo:

—Hecho.

Me arrojé sobre Faustino, fundiéndome en estrechísimo abrazo.

—Albricias, entrañable amigo, la más cordial de las enhorabuenas. —Político, omití pasados escarceos con la futura—. Le ruego que me acepte como padrino.

—Tendrá que ser padrino, testigo, congregación, monaguillo y sochantre —saltó el cura—, ¡pero qué importa!

Y se nos unió. Los tres, hechos piña, fuimos breve estatua de carne, homenaje a la amistad.

Después nos dispersamos. Trueba, a pedir a la Beltrana matrimonio. Cañizares, para adecentar algún sitio. Yo, a repartir órdenes a los cuatro vientos. Posada y casa de postas entraron en febril actividad. Fue un zafarrancho, con hecatombe de capones y gallinas, batido de huevos, asado de cochinos y limpieza general. Hasta se emperifollaron crines y colas de los caballos. Los mozos corrían aquí y allá, tropezando con *Víctor* que, fuera de sí, no paraba en ningún sitio. Jimena desplumaba, hervía, cortaba, freía. Asunción, su ayudanta, soplaba cual posesa en volcanes alimentados sin tasa por Blas. Sin embargo, todo en esta vida tiene término y llegó un momento en que hasta ese descomunal trabajo fue culminado, como acabaron los doce de Hércules, de no mayor envergadura.

El acontecimiento tuvo lugar en la pieza de conversación, reservada a los clientes de marca. Era de dimensiones modestas y, aunque se apartó el mobiliario, el espacio disponible quedaba pequeño para el público, una docena escasa de personas. Mejor, porque nada más desangelado que acto en salón semivacío. Así pues, el reducido tamaño del local prestó a la peculiar boda una calidez de que hubiese carecido en sitio menos estrecho.

Una mesa, cubierta por la mejor sábana de la posada, hacía de altar. Junto a ella se colocó, grave, Cañizares. Enfrente la concurrencia. En primera línea, Trueba, muy serio, con sus habituales ropas de trabajo, cepilladas con esmero. A su lado, yo, luciendo, en honor de la ocasión, el traje que me dio la Beltrana cuando llegué a El Gran Maestre. Detrás, la patulea de los postillones, que, como servidumbre de puertas afuera, nunca habían entrado en la pieza bisbiseaban entre sí, admirados por el mediocre lujo que les rodeaba.

Brazadas de flores silvestres llenaban la sala de perfume y color, aliviando la monotonía de vestimentas pardas y negras, y ahogando la peste a cuadra condigna a la profesión de los congregados.

Tras razonable espera, entró la Beltrana. No diré que estaba bella, porque sería mentir, pero sí digo y mantengo que rozaba la hermosura. Llevaba vestido de buen corte, verde musgo, que dejó olvidado semanas atrás una viajera elegante y de mejor talle que la moza, cuyas formas peleaban rebeldes con el terciopelo. Sobraba cuerpo o faltaba tela, pero los rústicos no repararon en ello.

Como séquito iba Blas, convertido en imaginario paje, con la adición a sus harapos de un par de lazos rojos descoloridos, de los que se usaban para engalanar mulas. En el pecho refulgía, absurdo, el medallón con los dos jinetes. Tras la novia, Jimena y Asunción, convertidas en damas de honor, algo sudadas todavía tras sus actividades culinarias.

La ceremonia en sí fue corta, como demandaban las circunstancias y la total falta de los adminículos que la liturgia exige. Se inició con mal pie, porque el oficiante no pudo reprimirse y se le escapó un «que Dios me perdone», que al menos yo oí. No sé si los contrayentes también, pero daban la sensación de estar tan embargados por la solemnidad del momento que quizás no se percataron.

Sin embargo, Cañizares a continuación pronunció sentida homilía, logrando emocionar a todos. Exaltó las prendas de los futuros esposos, sin permitir, en lo que a la moza se refiere, que la verdad rebajase los elogios. Habló del sagrado vínculo del matrimonio, santo remedio para la concupiscencia y piedra angular de cualquier república bien ordenada y, con palpable sinceridad, hizo votos por una larga y feliz vida en común de la pareja. Latinajos apresurados, confusa bendición, que no sonó muy católica, y vigoroso apretón de manos a la pareja remataron el acto.

Por el lugar que me asignaba el protocolo, tuve el privilegio de ser el primero en estrechar la mano a Trueba y besar, respetuoso, la mano de la esposa. Ni el espectador peor intencionado hubiese podido deducir de nuestras fisonomías que pocos meses antes mis labios se posaban con abandono en otras partes menos públicas de su anatomía. Me retiré luego, para que el resto de la asistencia manifestara su afecto a los tórtolos. Acabados achuchones y lloriqueos, pasamos al convite.

El comedor era un placer para la vista, reluciente como si se estrenara aquel día, con las mesas cubiertas de las viandas más sabrosas. Nos sentamos y ya la rehala aprontaba las facas, único cubierto que manejaba, cuando la mujer dijo algo al oído de su esposo. Éste, complaciente, se levantó y dispuso que dos hombres fuesen a buscar a don Sebastián de las Hoces.

Volvieron enseguida, lo que hizo sospechar que el hidalgo, enterado del festín, merodeaba por los alrededores, esperando por si se acordaban de él. Nos aplastó su noble apariencia. Sin una mota de polvo en ropas de la mejor calidad, aunque muy gastadas, la melena domeñada, parecía lo que era: un caballero.

Con reverencia cortesana y paso firme pasó a ocupar el puesto de honor, a la derecha de la novia, que le cedí con gusto antes de que lo pidiera. Quedamos, pues, sentados, con Cañizares en el centro, flanqueado por el matrimonio, el borracho junto a la dama y yo al lado del maestro de postas. Había cierto tufillo a Última Cena.

Arrancó el pantagruélico banquete. Los postillones, cohibidos ante el despliegue de platos, se moderaban, sin hacer otro ruido que el exigido por las quijadas para masticar tanta comida.

En la mesa presidencial, don Sebastián desplegó sus artes palaciegas. Fue galante, sin sobrepasarse, con la Beltrana, cordial con Trueba, comedido con el cura, afable conmigo. A todos nos rindió con multitud de anécdotas de su mocedad en la Corte, de sus galopadas europeas. Mencionaba nombres ilustres con familiar respeto, pero marcando las distancias con ellos. Dejaba claro que los había tratado en acto de servicio, no como igual, de forma que los presentes no se sintiesen disminuidos, aunque, por algunos detalles, hubiese yo jurado que su cercanía a los grandes fue mayor de lo que daba a entender. Habló de Godoy con lejano despego, aunque sin una palabra hiriente. Mencionó al propio Carlos IV, con lealtad, si bien lúcida. Se abstuvo de panegíricos y calumnias.

En suma, derrochó ingenio y tacto, rara habilidad. Le oíamos boquiabiertos hablar de esos mundos apenas concebibles para nosotros, aldeanos. Trueba, que los había conocido en su época con los Carabineros, mantuvo una sonrisa desdeñosa.

Fue una pena que el vino acabara venciéndole. Lo manejó con entereza y sin perder la dignidad. No obstante, su progresivo silencio de bebedor, atento sólo a la copa, llegó a ser embarazoso. Duró muy poco esa sensación, porque los criados tomaron el relevo. A medida que el alcohol apagaba a don Sebastián, les encendía a ellos. Empezaron a envalentonarse, con gritos y risas, lo que acabó con la incomodidad que se iba abatiendo sobre la presidencia. El cura, la Beltrana y Trueba acogieron risueños las ocurrencias de los perillanes, comentándolas entre sí. Aproveché para ausentarme, a fin de preparar mi escueto equipaje.

Al regresar a la sala, el tono de las chanzas estaba subiendo, con algunas bárbaras alusiones a la noche de bodas, que el maestro recibía, con el ceño nublado y corta paciencia. Deseaba yo que la fiesta acabara en paz, y conocía la escasa correa de Faustino. Le pedí, pues, que me acompañara a la cocina.

Allí, entre restos de la victoriosa batalla librada por Jimena, le comenté los planes de partir esa misma tarde. Quedóse confuso, recelando que algo tuviese que ver su cambio de estado civil. Le persuadí de que no era, en absoluto, el caso, hablándole por vez primera de mis actividades clandestinas y de las órdenes recibidas. No hube terminado, que me felicitó con calor.

—Cuantísimo me alegro. Le confieso que me preocupaba su aparente pasividad en estos tiempos de guerra. Mi caso es diferente. Soy algo mayor, tengo mi vida hecha en El Gran Maestre y más ahora, casado. El ejército, además, me trató como a un lacayo. Pero usted es todavía joven, buen oficial. No diga nada, lo adiviné el primer día, salta a la vista. Sí, le felicito por servir a la Patria y desde luego, le conmino, si falta hiciese, a acatar lo que se le ha mandado. Váyase al momento. Siempre es tarde para cumplir una orden. El servicio sobre todo. ¿Necesito recordarle que, si precisa de algo, no tiene sino que cogerlo, y que deja un amigo?

Le aseguré que estaba listo y que, después de la sobremesa, partiría. Con eso volvimos al comedor, que entre nosotros holgaba el sentimentalismo.

La zafiedad de las bromas seguía *in crescendo*. La Beltrana se removía molesta ante los salaces vocablos que le disparaban.

Cañizares, al ver la cara del novio, cortó por lo sano.

—*Ite, missa est!* —tronó, dando gran puñetazo en la mesa.

No hizo falta más. El secular anuncio, conocido por los presentes desde la cuna, fue seguido, como por ensalmo, de una apresurada dispersión. Creo que alguno hasta se persignó mientras ganaba, reculando, la salida. Quedamos Cañizares, Trueba y yo charlando en una esquina. En la otra se apelotonaron Jimena y Asunción, dando consejos a la nueva señora, que bien poco necesitaba de asesoramiento, habiendo conocido el tálamo con tanta anticipación. Cuatro garañones transportaron a don Sebastián a su domicilio en el corral.

Al ver que las mujeres tenían para rato, nos retiramos al despacho del maestro para degustar su legendario aguardiente, que el sacerdote calificó de «inefable», sin que nadie le contradijese.

Supo entonces de mi partida. Se admiró ante la novedad, que contó con sus bendiciones. Opinaba que la situación se estaba convirtiendo en insostenible, con los inconsiderados chacones incontrolados, inundando la comarca. Indudablemente, debía plegarme a los insondables designios de la inescrutable superioridad. Si bien el triunfo era indefectible, correspondía a los indomables patriotas persistir en incesantes intentos para acelerarlo.

No pensaba él permanecer indolente de forma indefinida.

Tan pronto como sus indagaciones le indicaran en cuál de las parroquias vecinas podría iniciar de nuevo la resistencia contra el invasor, se trasladaría a ella para instigar, incitar e, incluso, inducir, con toda su industria y no por interpósita persona, a la indispensable insurrección, o al menos incomodar al enemigo, sólo aparentemente indestructible, con ininterrumpidos ataques, hasta lograr la inaplazable independencia y los correspondientes laureles, tan indefectibles como inmarcesibles.

Trazando planes nos halló el mozo, que, sin llamar, entró.

—¡Los negros!, ¡los negros!

Trueba soltó atroz blasfemia, que hizo dar un bote al cura, acostumbrado a barbaridades, pero no tan feroces.

—¿Dónde? —preguntó el maestro, luego del juramento.

—A una legua. Llevaba los caballos al alfalfar y los vi desde la loma.

—Una legua, una hora —calculó, militar—. Hay tiempo. ¿Cuántos?

—De treinta no bajan.

—Imposible, a no ser que hayan parido, porque en Doscastillos sólo había doce —corrigió—. Con el miedo, se te hacen los dedos huéspedes.

Las mujeres acudieron, atraídas por el bullicio. El maestro exigió silencio.

—A callar. Beltrana, tú cargarás los fusiles. Jimena, Asunción, haced el petate y marchad. Aquí no se os ha perdido nada. Gaspar, Anselmo, adiós.

—Poco a poco, Faustino —protesté—. Yo no voy a ninguna parte. Me quedo.

—Y yo, faltaba más —abundó el tonsurado—. Que una cosa es que me vista por la cabeza y otra que me tome por lo que no soy. O nos vamos todos, menos las mujeres, o en El Gran Maestre muere Sansón con todos los filisteos.

—No sean necios. Gaspar ha recibido órdenes y las cumplirá, así tenga que mandarle atado a Cueva Negra. Usted, padre, se irá con él. Resultará más útil para la causa vivo, incordiando franceses, como usted diría, que muerto en la posada. La Beltrana no es una mujer. Es mi esposa y se queda. Y yo estoy en mi casa y no me saca ni Dios, cuanto menos esos pelanas.

—Qué cerril es, querido Trueba. Ya que no se quiere apear del burro, le digo que hay otra solución, y mejor —respondió Cañizares—. Los chacones vienen a por mí. Nada tienen contra ustedes. Me entrego y Santas Pascuas.

—¿Entregarse? No lo veré yo. Hice un trato. Ha cumplido su parte. Ahora es mi turno. ¿Qué se ha creído? Le ofrecí refugio y lo tendrá, así se hunda el mundo. Estaríamos buenos.

—No hay forma de hacer carrera con usted. Pues nada, venga un fusil, que los gabachos ya me han aburrido. Cansado me tienen: los guardias templarios, Hortelano, Cuenca, el pobre Estébanez, al que presumo ahorcado a estas horas, *Holofernes*. Hasta el ultraje a mi pobre ama habrán de pagar. El fusil, volando. Nunca se supo de liebre que se me escapara. Menos un francés, que están más gordos.

—Hágase su voluntad, padre —dijo irreverente Trueba—, así en la posada como en Doscastillos. Le voy a prestar un mosquete inglés que tira que es un primor. Si falla, suya será la culpa, no de él.

Quise convencerles de que me permitieran unirme a ellos, pero los dos se aliaron contra mí. La voluntad de La Romana primaba sobre cualquier consideración. El tiempo era precioso. Debía partir en el acto, antes de que el enemigo cercase la casa. Ellos, por su parte, tenían que preparar la defensa. Ya sólo pensaban en el próximo combate, perdido de antemano. El resto, comprendido Gaspar Príncipe, no existía. Holgaban adioses. Silbé a *Víctor* y me fui con el maletín de grupa a cuestas.

Hice alto en el patio, para mirar por última vez el único hogar que tuve desde que dejé el pueblo natal. Resultaba difícil soportar el reproche de aquellas paredes que me habían acogido y que ahora yo desertaba, dejar atrás para siempre tantos recuerdos felices. Sentí el desgarro de una pérdida irreparable. Nunca volvería a ver las caballerizas desde la ventana, mientras me afeitaba. No cenaría con Trueba, ni galoparía con *Galano*, camino de la tertulia, ni reiría con las locuras templarias de Blas. Era mucho lo que de mí quedaba en El Gran Maestre.

Fueron unos pocos meses. Pero cuántas cosas habían sucedido. Llegué como un vagabundo, un réprobo casi. Sin aspavientos, Trueba y los doscastellanos practicaron en mí las virtudes capitales. Me vistieron, me dieron de comer y de beber, me enseñaron un oficio.

En la posada me estrené como espía, empecé la senda de la rehabilitación. Pero el mayor triunfo fue Patricia. Allí me la gané, con mis dotes para la deducción y mis ignoradas artes con la ganzúa. Todo el pueblo había sido mi aliado en la empresa. En universal confabulación, sus gentes, sus paisajes, sus blancos caballeros, muertos años ha, me ayudaron a descubrir el amor y la amistad.

Y, como pago, abandonaba a las gentes, a las cosas, a las que tanto debía. El porvenir, aunque brillante, no mitigaba la pena. Nunca cerraría la herida de la obligada traición. Con un nudo en la garganta, me eché a la espalda el peso abrumador, lamentando no saber llorar, doliéndome la generosidad de los muros leales que, callados, me veían partir.

Corrían los criados a campo traviesa, huyendo de los franceses, impelidos por tamaño pánico que nadie pensó en coger un caballo para apresurar la fuga. Jimena y Asunción se aupaban como mal podían a la mula de Cañizares. Dos candeleros de plata asomaban de un hatillo improvisado con la pañoleta de la cocinera. El latrocinio me quitó las ganas de llevarme a *Galano*.

Bastantes remordimientos cargaba como para añadir, aunque solamente fuese a mis propios ojos, un robo. Conociéndome, sabía que en el futuro me perseguiría lo que estaba haciendo en esos momentos. Importaba, pues, no agravar con faltas nuevas el proceso que contra mí mismo abriría, por permitir que unos ojos de mujer y la vanagloria de una bandera me hubiesen arrancado de la muerte que debía a mis amigos.

¿No aprendería nunca a escoger el lugar adecuado para morir? Espinosa fue uno, y no lo aproveché. Otro, temía, El Gran Maestre y también lo estaba dejando pasar.

Me detuve al llegar al agujero descubierto por Blas. Algo rebullía junto a la bóveda. Era el mozo, acurrucado, sollozando como un niño. Descendí los escalones, le entregué a *Víctor*, con la recomendación de que no le dejara ladrar y me dispuse a presenciar la batalla. Quería, al menos, ser testigo y desde allí se presentaba una excelente perspectiva del caserío.

Los diez juramentados pararon a prudente distancia, fuera

del tiro de un fusil, abiertos en abanico, las armas acunadas en los brazos. Míguez se adelantó.

Trueba estaba en el balcón, igual que el día de los guerrilleros. Vestía su uniforme de Carabineros: casaca, vuelta y calzón azul, solapa, chupa, cuello y forro encarnado, botón blanco, galón de plata en puños, cuello y carteras, y con las charreteras de su grado. Llevaba la bandolera de cuero, que no usaban los oficiales, en recuerdo de sus tiempos de soldado raso. En las manos un Baker. Jamás le había visto de esa guisa, ni siquiera con motivo de su reciente matrimonio. Habló, cortés:

—¿Qué se le ofrece?

—Venimos a por el cura.

—Sigan camino, que éste a ninguna parte buena lleva.

—Seguiremos, si usted dice que no está aquí —ofreció el chacón, con triste generosidad.

—Sigan.

No dijo más, porque un afrancesado, creyéndose a salvo, levantó el arma. Faustino hizo fuego, espetando al imprudente, desconocedor del alcance del rifle, un tiro en mitad del pecho.

Se dispersaron como palomos los juramentados, poniéndose a cubierto. Precaución inútil, sabía yo que el Baker era lento de recargar y mucho dudaba que la Beltrana supiese hacerlo. Enseguida repuestos, como gente avezada a esas lides, se organizaron. Unos tiraban, mientras otros comenzaron a avanzar. El maestro, por su parte, se retiró a lo interior, sin responder. Permanecía atento, empero, y cuando un atacante quiso acercarse demasiado, le plantó un balazo.

Ante la nueva baja, esbozaron un envolvimiento por la derecha, sin mejor suerte, porque tropezaron con otro tiro que les mató el tercer hombre. Tuvo que ser Cañizares el cazador, supuse, apostado para cubrir ese flanco.

Con ello se puso fin a la maniobra. Los de Míguez disparaban a intervalos, sin adelantar un palmo. Imaginé que estaban resignados a un asedio, ante la puntería de los defensores. De estar en lo cierto, la cosa duraría. Abundaba la comida en la posada y no escaseaba la munición.

Me engañé. Se oyeron órdenes, el paso acompasado de una tropa y el patio se llenó de turquí. Eran una veintena de infantes, parte de la guarnición de Doscastillos, que, marchando más despacio que los chacones, llegaba para sumarse a la lucha. Un sargento tenía el mando. De Châteauneuf desdeñaba mancharse las manos.

Con el refuerzo, cambió el cariz de la situación. Treinta fusiles eran muchos. Los suficientes para abrir tal fuego graneado que los sitiados no pudieran asomar a las ventanas y para que, al amparo del mismo, se reanudara la aproximación. Así, dos franceses, bordeando la casa de postas, entraron en el corral. Una figura surgió de golpe ante ellos. Don Sebastián, erguido cuan largo era, blandiendo la vieja espada que Blas había encontrado, acudía al fuego.

Los gabachos, confusos por la fantástica aparición del moderno don Quijote, en camisa, cabellera al viento, ojos desorbitados, quedaron clavados en el sitio. El correo, en cambio, no perdió tiempo, dando estocadas tan deprisa que agujereó cual odre al primero, antes de que se repusiera. El segundo, un veterano, terció rápido el arma. No es fácil la esgrima de bayoneta, pero se trataba de un experto, como enseguida vimos.

Cesaron los tiros ante lo singular del duelo. El señor De Las Hoces, fuera por el vino o por la edad, no era contrincante para su rival que, fríamente, le fue arrinconando, hasta que dio con las espaldas en el vallado, sin retirada posible. No soñé que miró implorante hacia la posada, dándose por perdido. Y nunca se conocerá de quién fue el plomo que lo tumbó antes de que el acero le hurgara las entrañas. Pudo ser Cañizares, o Trueba, el que le prestó ese último servicio. Da igual. Lo que cuenta es que don Sebastián de Las Hoces murió invicto, defendiendo a su señor.

Hasta tuvo el honor de un mudo responso, los pocos minutos de silencio que siguieron al final del combate. Luego arreció, más rabioso que antes. Juramentados y franceses preparaban el asalto. Observé a varios de ellos, ya a los pies de los muros, con haces de leña. Bandolera de pimientos cruzaba el pecho de uno.

Todo estaba terminado. Al poco empezaría el humo sofocante. Los tres defensores tendrían la elección de salir, medio asfixiados por las guindillas, al encuentro de los mosquetes, o de perecer entre los escombros. Hicieran lo que hiciesen, morirían.

Me deslicé fuera del refugio, llevando a *Víctor* en brazos. Con una mano le tapaba la boca. Blas se asía a la otra, desolado. Caminé con mis dos perros, sin mirar atrás, ni ver la nube gris que se iba cerniendo sobre El Gran Maestre, casi sin oír los disparos.

Gómez me llevó a Cueva Negra, tras encontrarme deambulando como alma en pena. Patricia estaba en la entrada, contemplando el horizonte enrojecido por las llamas.

—¿Trueba?

—Y Cañizares —añadí.

Esperamos callados, sin apartar la visita de la brasa lejana, que me quemaba por dentro, hasta que todo estuvo consumado. La noche se abatió sobre nuestra melancolía.

Sólo entonces habló:

—La Romana me ha ordenado expresamente que le reitere mi felicitación.

Moví la cabeza. Flaco consuelo en aquellos momentos.

—Dice —prosiguió— que ignoraba que fuera usted discípulo de David Arnold Conradus.

El nunca oído nombre me sacó de mi ensimismamiento.

—No sé de qué me habla —respondí irritado. No estaba yo para Conradus.

—Pues parece que fue el autor de una rara obra, *Cryptographia, o el Arte del Descifrado*. A mi hermano le acaban de enviar una copia desde Londres. En ella propone para romper claves un método muy parecido al que usted siguió.

Como siempre, me venció la vanidad.

—¿Es cierto? —contesté halagado, sin esconder mi satisfacción—. Le juro que ni sabía que existiera el tal librejo.

—Pues ya ve. La gente del cuartel general está impresionada.

Nada me duró el triunfo, porque, viéndome en suerte, asestó el golpe, sin mirarme.

—Tiene que ir a Palencia —susurró.

—¿Cómo? —No la entendía.

—A Palencia.

—¿A Palencia? —repetí confuso.

—Sí —con un hilo de voz.

—¿No volvemos al ejército?

—Usted no, de momento. Se necesitan sus servicios en Palencia —repetía el nombre con voz monótona, agarrándose a él.

—Pero ¿por qué Palencia? ¿Para qué? —No daba crédito a mis oídos.

—Porque es la ciudad más próxima. Como se halla relativamente alejada de la zona de operaciones, pensamos que tendrá menos dificultades para actuar. Disponemos en ella, además, de un agente soberbio.

Anonadado, buscaba en vano palabras para expresar mi desilusión y mi rabia. Ante la falta de respuesta, continuó:

—Le espera una misión vital para el futuro de la guerra —quería animarme—. Tiene que conseguir la Gran Cifra de París. Los franceses se han enterado por un confidente de que poseemos gran parte de su clave. La verdad es que era bastante sencilla. —Resentí el agujonazo—. El informante fue descubierto y fusilado. Pero antes de que muriese, le sonsacamos que han decidido recurrir a la mejor que tienen, la que usa el propio Napoleón. Dicen que es tan complicada que nadie ha desentrañado su secreto. La única forma de leer lo que se escribe en ella es hacerse con un ejemplar. Lo que le puedo afirmar es que desde hace unas semanas todos los mensajes capturados se han vuelto indescifrables, y que sabemos que, en los últimos días, los altos mandos han recibido un paquete traído por escoltas excepcionalmente numerosas.

—Es posible que sean órdenes para alguna operación —respondí desinteresado.

—No. No ha habido movimientos que lo indiquen. Las tropas continúan en sus acantonamientos. Eso y que, repito, el sistema que usted descubrió haya dejado de servir, revela un cambio de códigos.

—¿Qué tiene el nuevo de especial? Todos responden a una lógica y, por tanto, ninguno resiste un análisis riguroso. —Apenas escuchaba.

—Parece que está llena de trampas. Utiliza varias combinaciones para designar la misma letra o la misma palabra y, en cambio, otras no tienen sentido alguno. Por lo menos, es lo que asegura el estado mayor. Ahí radica el problema. Al no seguir un método visible, no se puede deducir el sistema que se ha seguido para elaborarla.

Tuve un postrero gesto de resistencia. Resultaba evidente que se había tomado la decisión por mí y la destrucción de la posada me dejaba sin alternativa. La fatalidad me arrastraba, garreando, hacia nuevos escollos.

—Creí que La Romana —era un lamento, ni siquiera un reproche— estaba contento con mi trabajo y que me llamaría a su cuartel general.

—Claro que está contento. Por eso le encomienda este trabajo tan delicado, por la magnífica opinión que tiene de usted. No es algo que cualquiera pueda hacer. Lo lamento —agregó, tarde.

—Vaya por Palencia, entonces —claudiqué.

La honda desilusión, tras lo sucedido en El Gran Maestre, me había aniquilado. Ya todo daba igual. O eso creí. Porque Patricia añadió algo que me hizo dar un respingo.

—Irá como verdugo —dijo con voz queda, casi ininteligible.

—Pero ¿qué dice? ¿Ha perdido el juicio? —me sublevé, deseando haber oído mal.

—Entienda —quiso apaciguarme—, el puesto acaba de quedar vacante. Le permitirá tratar a las autoridades y, acercarse así a la Cifra. Por otro lado, no se preocupe, que no tendrá que ejercer. Démonville achaca a la guerra todos los desafueros que se cometen, hasta las simples raterías. Fusila por la espalda lo mismo a un cortabolsas que a un guerrillero. Para él, son iguales.

Flaco consuelo, saber que no practicaría la nueva profesión que se me endosaba. Parecían sin fondo los abismos a los que estaba llamado a descender. Oficial tornado espía. Espía tornado ejecutor. ¿Tenía límites la bajeza? Cada vez que creía tocar el término de mis cuitas, nueva sima se abría, más profunda que la anterior. Cuando reencontré a Patricia, en El Gran Maestre, en lugar de la vuelta al ejército, que esperaba, no me ofreció más salida que el espionaje. Ayudé a romper la cifra francesa, y por toda recompensa se me degradaba a verdugo.

Hurgué en las palabras de Patricia, buscando un blanco para la amargura, un escape a la ira. No podía hacer frente al naufragio de las esperanzas depositadas en aquella mujer, ni encarar la traición a Trueba y a Cañizares. Necesitaba odiar. El odio es, en efecto, eficaz narcótico, que adormece otros sentimientos, como el láudano engaña el dolor.

Mientras la inglesa hablaba del vital código, yo escarbaba en los designios ocultos que le atribuía, con ansia suicida de completar mi ruina. Ya que el destino me acorralaba, le plantaría cara, solo, como un duelista, erguido entre los escombros de mi vida.

¿Quién movía los hilos? ¿Era la inglesa títere de La Romana, y yo de ella? ¿O actuaba sin órdenes de nuestro general? Al poco de conocerles, Estébanez y Cañizares dieron a entender que servía a Wellesley. ¿Me estaban, pues, utilizando los británicos a través de ella? No había modo de responder. La elevada dignidad de La Romana, mi reputación en entredicho desde Espinosa, vedaban la posibilidad de averiguar la verdad.

Bien pensado, yo era una herramienta ideal. Solo, sin amistades entre mis antiguos compañeros, con una hoja de servicios manchada, a nadie podía acudir. ¿A qué carta jugaba Patricia? Era mi único lazo con el ejército. Sabía, o sospechaba, que estaba enamorado. Quizás por eso creyó que podía manejarme a su antojo. Ah, pero erraba, y cuánto. Yo siempre tenía una reserva helada, una capa gélida en que envolverme, para distanciarme de todo. Iría a Palencia. Sería verdugo. Pero no por sus ojos grises, sino porque no cabía opción, porque, expulsado del paraíso que fue la posada, no tenía donde caerme muerto.

Las sospechas bastaron para enfriar el ardor que sentí esa mañana ante la cita. ¿Acaso es posible el amor sin confianza? Me había dado a ella con la misma lealtad con que *Víctor* se entregó a mí. Por la inglesa, rompí el sagrado *sigillium*, me rebajé de capitán a espía. Hice todo eso porque me lo pidió, pensando que sus deseos eran los míos, que quería tanto como yo mi rehabilitación. ¿Y ahora me pagaba de esa manera?

Temía que otro fuese su móvil, que el rey de su baraja no fuese Gaspar Príncipe, sino un sujeto de aristocrático perfil y casaca roja, un general despreciador de pinos, Wellesley, de nombre.

Con voz dura, manifesté mi disposición a cumplir la orden. Después, me tumbé en el rincón más apartado de la cueva, junto a *Víctor* y Blas, buscando en los dos parias refugio a mi desamparo. Advirtió ella la distancia. Sin embargo, le pudo su soberbia. En lugar de darme el abrazo que yo necesitaba —todavía no se me había congelado el corazón—, se envolvió en un cobertor. Gómez dormía atravesado en la boca de la cueva.

Estaba vacío tras el nefasto día, que había supuesto el hundimiento del andamiaje que había apuntalado mi vida en los últimos meses: los amigos, la esperanza de regresar al ejército, la fe en Patricia. Nadie más desdichado que yo.

A pesar del cansancio, me esforcé en ahuyentar el sueño, sabiendo que las pesadillas acechaban para asaltarme en cuanto cerrase los ojos. Los mantuve abiertos, pues, durante horas, mirando el techo de la caverna, procurando no adivinar en las tinieblas sombras que me recordasen lo sucedido.

Perdí la batalla. Medio inconsciente, vi al maestro de postas envuelto en llamas. Salía dando trompicones de la casa incendiada, el Baker listo. El uniforme con divisa de Casa Real se llenaba de flores rojas y él caía despacio, muy despacio, sobre las rodillas, para recibir la segunda descarga que le remataba. Luego, la Beltrana, antorcha que giraba sobre sí misma, ante el espanto de los chacones, que le abrían paso, se desplomó junto a su marido, hoguera chisporroteante.

Pude oír el crepitar del fuego, los estallidos de la madera reseca. Me agité, desazonado. Alguien me estaba sacudiendo. Era Gómez.

—El desayuno.

Me costó trabajo volver a la realidad, ponerme en pie, todo entumecido. Patricia daba vueltas a una jícara de chocolate. No la saludé. El asistente, con gestos precisos, desleía en agua una onza. Fuera, todavía era de noche, aunque la oscuridad comenzaba a teñirse de rosa.

—Estamos de suerte, mi coronel —anunció el antiguo suizo—. Ahí cerca hay una fuente. Dos animales, huyendo de la posada, se han acercado a beber. Los he cogido. El mulo se ha roto la mano del estribo, pero el alazán no tiene un rasguño. Es el que montaba usted.

Corrí a su encuentro. *Galano* pastaba plácidamente. Me reconoció en el momento, con un relincho de bienvenida. Abracé el cuello reluciente, hundiendo el rostro en su pelo, impregnado de olores cálidos que me habían sido tan familiares. Qué amargura, tener que asirme a dos animales para hallar consuelo frente a los hombres.

Decidimos que partiera sin dilación, para llegar a Palencia en el momento de abrir las puertas. A esas horas, la guardia, legañosa, se descuidaba, preocupada sólo por el relevo.

La comitiva se puso en movimiento sin cruzar palabra. Llevaba yo a Blas a la grupa. Inevitablemente, pensé en el símbolo templario de los dos jinetes en un corcel. Tristes caballeros, en verdad, éramos.

Guiados por Gómez, fuimos a dar con el camino. Un regimiento terminaba de pasar. Mala tropa, italiana o napolitana por las trazas, sin orden ni concierto. Alcanzamos a ver la retaguardia, horda de vivanderos montados en caballos ranas, mulas lechuzas y burros viejos de tahona. Caterva jaranera de perros famélicos, niños harapientos corriendo entre las patas de los animales, mujeres desgreñadas en jamugas toscas y hombres cejijuntos con barbas de tres días.

—Únase a ellos —apremió Gómez—. Así le será más fácil entrar.

—Pregunte por Asunción Bustamente —dijo la inglesa que, tan orgullosa como yo, nada había hecho para romper mi mutismo.

Piqué espuelas y me uní a la desparejada plebe. Me acogieron sin preguntas, aunque con general cloqueo de las mujeronas ante el curioso cuarteto que éramos. Un mastín lanudo enseñó los dientes a *Víctor*, que, seguro en mis brazos, gruñó amenazador. Alguien, que parecía ser su amo, le hizo callar. Otro, con pinta agitanada, admiró a *Galano* y propuso comprarlo. Chalaneando con él, franqueé los adustos muros de Palencia.

XVI

PALENCIA

Nos dejaron entrar sin preguntas ni pesquisas. Tocaba a su término el cuarto de la modorra y los centinelas sólo pensaban en volver al cuartel tan pronto apareciera la guardia entrante. Además, el arca de Noé malhablada y peor encarada que era nuestra columna no invitaba a zambullirse en ella con demandas de cédulas y registros de equipajes. Según pintara la suerte, se podía salir con una cuchillada, un salivazo o una pulla hiriente. Preferible era quedarse apoyado en la garita, pasando revista a la disforme masa de hombres y animales, en la esperanza de que faldas descuidadas dejaran ver alguna pantorrilla sabrosa.

A la primera oportunidad me concedí licencia absoluta y abandoné a los italianos. Me hallaba en Palencia, sano y salvo, pero dejado a la misericordia de Dios. Patricia, por despecho o por esa forma tan suya de hacer las cosas, se había limitado a dar un nombre. Nada de contraseñas o de direcciones.

Puse al mal tiempo buena cara y, tras dejar a *Galano* en unos establos, custodiado por Blas, abordé al primer individuo bien vestido que se cruzó en mi camino, un sujeto con aspecto notarial.

—¿Sabe dónde para doña Asunción Bustamante?

—Conozco a Asunción Bustamante, pero es don, y no doña, y mayordomo de Propios. ¿Quién no le conoce? Siga usted recto por esta calle, que es la Mayor, y tome la segunda a la derecha. Vive en una casa de dos pisos, pared por medio con el almacén de paños Viuda de Tomás García.

Mejor no podía empezar mi aventura palentina, patinazos sobre el sexo de Asunción aparte. Seguí al pie de la letra las instrucciones, admirando la mucha actividad que reinaba en la ciudad. En Doscastillos había oído hablar de Palencia como una especie de París español, pero lo atribuí a pueblerino entusiasmo. Ahora que estaba allí, los elogios no parecían exagerados.

Ocupado en sortear cerros de mercancías, atento al paso constante de carros que varias veces estuvieron a punto de atropellarme, se me olvidó contar las bocacalles. Ignoraba si había pasado dos, tres o cuatro. Como el fedatario no había mencionado el nombre de la que buscaba, me vi precisado a nuevas averiguaciones.

También esa vez estuve acertado a la hora de escoger cicerone. El caballero de menos que mediana estatura y aires importantes al que me dirigí respondió, con más altivez que desconfianza:

—¿El mayordomo de Propios? ¿Quién pregunta por él?

Su curiosidad resultaba justificada, pero difícil de satisfacer. Callé, mientras buscaba una contestación que bastara, sin comprometerme. Mi confusión dio excelentes resultados.

—¿No será usted el hombre enviado por la señorita Trevelyan? Desde luego, concuerda con la descripción, así como el perrillo, indescriptible, según me dijeron.

Mucho podría discutir sus palabras, en nombre de *Víctor* y en el mío propio, pero ni el lugar ni el momento lo aconsejaban. Tragando una porción de dignidad, respondí escueto:

—Sí.

—Magnífico. Soy don Asunción.

Le miré con mayor detenimiento. Tenía orejas de soplillo y la piel de un amarillo anaranjado. Nunca hasta entonces había visto un níspero con chistera, pero ahí estaba, casi de puntillas, para reducir la distancia que separaba su frente de mi barbilla. Tranquilizaban sus ojos vivos, su aplomo de burgués acomodado.

—Venga a casa. Hay mucho que hablar.

El mayordomo constituía todo mi universo en la ciudad. Era necesario, pues, congraciarse con él. Me apresuré a enaltecer los signos de riqueza que se prodigaban a nuestro alrededor: los comercios numerosos, el lujo de los coches, la elegancia de los viandantes. Cayó en la trampa. Pocos hombres se resisten a exhibir sus conocimientos.

—Y esto no es nada —aprobó—. Tenía que haberlo visto antes de la guerra. Un segundo Manchester. La tercera industria de España: estameñas, cordellates, bayetas. Nuestros famosos cobertores, ordinarios, de dos y tres rayas. Zapatos, sombreros. Lo que quiera. Hasta tres mil operarios, entre maestros, oficiales, aprendices, tramaires, hilanderas, peinadoras, apartadoras, pelaires y cardadoras.

»La agricultura tampoco es manca, aunque la tierra es de año y vez. Más de ochocientas mil fanegas de granos anuales, de las que se vendían unas cien mil a Madrid y Santander.

Siguió en esa vena, mientras nos abríamos paso entre una multitud atareada que parecía confirmar sus palabras. No paró tampoco cuando entramos en la casa y subimos al principal. Me instaló en un salón con tres balcones, abarrotado de muebles, desapareció, volvió con una jarra de vino dulce, bollos tontos y listos de Frechilla, dos vasos y continuó:

—Aquí hay cinco de todo. Cinco conventos masculinos, cinco femeninos. Cinco parroquias. Cinco fábricas de sombreros. Cinco hornos de loza. Incluso cinco hospitales, haciendo algo de trampa, porque al de San Bernabé y San Antolín, y al de San Juan de Dios, se han añadido tres más para los gabachos, que dos no bastaban.

Tenía yo la sensación de que también había cinco Asunciones Bustamante, de lo que parlaba. Resultaba fundamental, sin embargo, tenerlo de mi lado. Solté, por consiguiente, a intervalos regulares, extáticos monosílabos y supe que, desde luego, la ilustre urbe se ufanaba asimismo de su grandiosa catedral, hospicio, seminario, colegio de niños de la doctrina y escuela gratuita de geometría, por no mencionar —aunque lo mencionó—, la Real Fábrica de Salitre, la de harinas, las siete, no cinco, de curtidos, cordobanes y badanas, los molinos y los batanes.

—¿Qué le parece? Ah, y doce mil habitantes, más de mil trescientas casas y voto en Cortes. Esto es Palencia. Si toda España fuese igual, otro gallo nos cantara.

Se refrescó el gaznate, que imaginé seco cual cordobán viejo. Aproveché la oportunidad para preguntar por lo único que me interesaba, los franceses.

Habían llegado en junio de 1808, el pasado año. Se retiraron tras Bailén, para regresar en noviembre, después de su victoria en Gamonal. Estaban desde entonces, y para siempre, si Dios no le ponía remedio. El gobernador era un tal general Carrié, hombre gris, de mediocres luces, perdulario y mujeriego. El comandante militar, el teniente coronel Démonville, mal bicho. La guarnición variaba, pero raramente descendía de los dos mil hombres, que ocupaban el cuartel de caballería, en la calle del Río, el estudio de gramática y los conventos de Santo Domingo y San Francisco, habilitados al efecto. En los hospitales se podía calcular que había unos quinientos, entre heridos y enfermos, que en tiempo de operaciones aumentaban hasta sobrepasar el millar.

—Ésos —suspiró— son los estantes. Los transeúntes, según las épocas, se cuentan por miles, con lo que imaginará la carga que ello supone para una ciudad del tamaño de ésta. Hablaremos de ello otro día. Vayamos ahora a lo práctico.

Me alegré de oírle, porque no deseaba otra cosa. Asunción, una vez vaciado el costal de elogios a la ciudad, resultó ser un informador precioso. Entendí por qué Patricia le había reclutado.

Describió minucioso la organización política afrancesada. Intendente, corregidor, regidores, obispo y comisario de policía. El que más me importaba era el primero, José Pedro Mazagán del Esquife. Hechura de los gabachos. Ojo con él. No cabía olvidar a Manuel Pardillo, presidente de la Junta Criminal Extraordinaria, dedicada a perseguir los delitos contra el régimen josefino.

Con motivo de la guerra se habían constituido por el Ayuntamiento diversas juntas. Las dos principales eran la de Subsistencias y la de Alojamientos. Don Asunción servía en ésta, que funcionaba día y noche, lo que resultaba muy conveniente para seguir al detalle las entradas y salidas de la tropa imperial.

—Es un trabajo agotador —se lamentó y sorbió un poco de vino—. Qué le vamos a hacer. Cuento con la ayuda de un escribano, que por diez reales de sueldo se queda la mayoría de las noches. Un alivio. También, y esto me enorgullece, mantengo buenas relaciones con el Guarda Mayor del Campo y del Monte, que se encarga de recopilar todos los partes de movimientos a partir de la puesta del sol. Por él me entero de mucho. Por ejemplo, de la llegada, que conocerá, de ciertos documentos —guiñó un ojo—. Llegaron cierta madrugada, bajo fortísima escolta, y fueron enviados directamente al domicilio de Carrié.

Como es fácil de concebir, ante la referencia a lo que podía ser la Gran Cifra, agucé los cinco sentidos. Ansioso, pedí detalles, pero Bustamante sólo sabía que los papeles continuaban en el despacho del general gobernador, para su uso exclusivo. Todo indicaba, por tanto, que la Clave de París estaba siendo utilizada ya.

Para concluir, y antes de concretar mis futuras labores, don Asunción refirió que, junto a las autoridades mencionadas, existía una junta secreta patriota, compuesta por un oficial primero de la contaduría principal de rentas, el tercianista del almacén de granos estancados, el teniente del resguardo, un empleado del pósito, el maestrescuela y uno de los racioneros.

—No cuente con ellos —afirmó despectivo—. Nada saben de mis actividades, ni de las que usted está llamado a desempeñar. Me son útiles porque, si se ha fijado en sus cargos, habrá advertido que, entre unos y otros, tocan todos los ramos de la vida en Palencia. A lo tonto, en conversaciones banales les saco lo que quiero. Pero no se fíe —remachó—, son unos patriotas.

Me costó disimular mi sorpresa ante el tono de sus últimas palabras. Resultó que el mayordomo de Propios pertenecía a una más de las variadas sectas que cría la tierra hispánica, con la que hasta entonces no había topado. Adoraba con fanatismo su terruño y, al tiempo, sentía ilimitado menosprecio por el resto del país y patética admiración por lo extranjero. España, me adoctrinó, estaba muerta. Peor, era un cadáver en descomposición, putrefacto y maloliente. No había clases dirigentes: la nobleza, afeminada; el clero, romo; los generales, incompetentes. En cuanto al pueblo, supersticioso y atrasado, un rebaño de borregos que, además, tenían el prurito de creerse cada uno pastor.

—Ni para rebaño servimos, bien pensado, porque no hay orden ni disciplina. A todos mueven las bobadas que oyen en púlpitos y mentideros; pero todos piensan que son suyas propias, indiscutibles y originales. Al final acaban haciendo lo mismo, pero cada uno por su lado. Vea, vea las mil juntas que hemos organizado contra los franceses. Hasta Alar del Rey, una aldea de tres al cuarto, armó una que se titulaba «soberana» y «suprema», que está a la greña con la de Aguilar de Campoo, que se encuentra a dos leguas. ¿Cree que así se puede ir a alguna parte? Se explica que las cosas anden manga por hombro. ¿Cómo había de ser de otra manera, en este país de listos tontos, como los bollos que acabamos de comer?

Los franceses eran mejores, aseveró, aunque sólo fuese por no ser españoles, pero tampoco le deslumbraban. Ni tenían industria, ni tenían nada. Vivían del saqueo de los países conquistados. Unos muertos de hambre, mandados por mariscales ladrones, dirigidos, eso sí, por un genio. Gran déspota, Napoleón, un Atila si se quiere, pero extraordinario hombre. Algo bueno tendría Francia, no sabía qué, cuando había producido tan portentoso estadista y general. Aunque, bien pensado, ni eso, que nació en Córcega.

¡Ah, pero Inglaterra! Inglaterra era otra cosa. ¡Qué emporio! Todo el país una pura fábrica, y con la mejor flota del mundo. La combinación ideal, plebe dócil y dirigentes ilustrados, como debe ser en toda república: el que manda, manda; y el que obedece, obedece. No como aquí, que es el puerto de Arrebatacapas. ¡Qué gobernantes! Admirables sin excepción. ¿De cuando acá ha habido en España un Pitt, un Castlereagh? ¿Y el ejército? ¿Qué se le podía criticar a esa máquina perfecta, profesional y bien pagada?

—Hombre, pues que, según mis noticias, siguen acochinados en Portugal tras la tunda que le propinaron a Moore.

El desdén por lo propio y el ramplón entusiasmo por lo ajeno me hicieron olvidar mis propósitos de caer simpático al anglófilo mayordomo.

—Calle, calle, que usted no entiende de estas cosas. ¿El astuto Wellesley acochinado? Quiá, espera a completar sus preparativos, a que se debiliten los franceses...

—Claro, a golpes de sangre española —interrumpí.

—Alguien tiene que pagar el escote —dijo tan tranquilo, porque en Palencia no se habían pegado tiros—. Pero espere y verá cómo les asesta el golpe de gracia.

—Si para entonces no nos han matado a todos.

—Hierba mala nunca muere, todavía sobra mucho español cerril, si queremos unirnos al concierto de estados civilizados.

Dejémoslo, que el tiempo dará la razón a quien la tenga y preste atención, que paso a contarle lo que más le importa.

Al día siguiente sentaría plaza como verdugo. No detalló mis funciones, lo que agradecí. El sueldo era modesto, aunque alcanzaba. Tenía como suplemento cincuenta reales por ejecución capital y treinta por las menos radicales, como los azotes. Los materiales precisos, como cuerdas, corrían por cuenta del municipio. Una ventaja adicional era que incluía alojamiento gratuito, una buhardilla propiedad del cabildo, en lo alto de una tablajería, en la calle —encogió los hombros— de Sal Si Puedes, no lejos de allí, entre la plaza del Mercado y la calle de Burgos.

Acto seguido, vino la lista de humillaciones. Debía usar sombrero redondo, con un escudo con las armas de la ciudad, para que no se me confundiera con persona decente. Si entraba en un establecimiento público de bebidas, tenía que llevar mi propio vaso. Al parecer, se me consideraba un leproso, que contagiaba lo que tocaba. El trabajo tenía aparejadas las funciones de oficial de voz, o pregonero, y la vigilancia de los cerdos sueltos. Si veía alguno deambulando por la ciudad, era responsabilidad mía arrestarlo, y no ponerle en libertad hasta que su dueño pagara dos reales.

—Entienda —se disculpó—, el Ayuntamiento está en quiebra y hay que ahorrar personal.

Tras aperitivo tan poco agradable, Bustamante me invitó a compartir su comida. Se cuidaba bien el níspero: sopas albadas, tortilla de colas de cangrejo, truchas, codornices y hojuelas pasaron por sus fauces en rápida sucesión.

Yo me limité a picotear. La charla me había quitado las ganas. Preferí atender al vino, que era soberbio y que me permitió llegar a los postres algo menos alicaído. Al fin y al cabo, pensé, mientras el mayordomo embaulaba, estaba ya en Palencia, contaba con un protector influyente y, quizás, después de todo, nunca tendría ocasión de ejercer.

Así lo reiteró don Asunción, coincidiendo con lo dicho por Patricia.

—Si se da un paseo por la plaza Mayor, aquí cerca, verá el patíbulo armado, soga incluida. No permita que le impresione. Hasta el presente, no se ha estrenado. Hay asimismo un retén de curas para dar los últimos sacramentos a los reos, a cualquier hora, pero de momento sólo han atendido a condenados al fusilamiento, que es lo que gusta a Démonville.

De pie en el vestíbulo, volvió a tranquilizarme.

—Pásese mañana por el Ayuntamiento. Le estarán esperando para firmar el contrato y darle su carta de seguridad. Todo está arreglado. Ah, si quiere salir hoy, no olvide el toque de queda. A las diez de la noche, en casita.

Antes de que se me olvidara, le pregunté por Eugenio Pastor, el afrancesado con el que había viajado desde Madrid.

—Sí, le conozco, Pacomaula, un infeliz. Una guerrilla le desvalijó. Mala suerte, aunque salvó la pelleja. Contó una historia tremenda del ataque. Se había defendido como un tigre, pero los otros eran muchos y, agotadas las municiones, tuvo que capitular, cual plaza con brecha abierta. Nadie le cree pero, como tiene buen fondo, todos disimulamos. Trabaja, precisamente, asesorando a la Junta de Subsistencias.

—Pensaba que se iba a ocupar de los bienes nacionales, los que se han expropiado a la Inquisición y a los pocos grandes que han salido patriotas.

—A eso vino. Sin embargo, el dichoso Carrié no se fía de nadie y prefiere llevar personalmente esos asuntos, que dan mucho dinero. Como Pastor entendía de suministros para el ejército, le ha empleado en la Junta. Por cierto, sabe mucho de él. ¿Le conoce?

—Apenas.

Si se había presentado como un héroe de la contraguerrilla, ¿para qué contar la verdad? Me quedaba, no obstante, una duda.

—¿Por qué le llaman Pacomaula, si su nombre es Eugenio?

—Me parece que es Eugenio Francisco. Además, da igual, esto es España. —Encogió los hombros—. ¿No pretenderá que las cosas sean lógicas? Por otra parte, con lo tardo que es, el apodo le sienta como un guante. Es parecido al del hermano de Palafox, al que llaman Pacovaina. Ahí tiene a otro bergante. Cuando el primer sitio de Zaragoza, escapa, dice que para organizar la resistencia exterior. ¡Ya! También salió corriendo de Tudela, curiosamente poco antes de la batalla, llevándose las tropas que hubiesen podido evitar la derrota.

»Se encierra otra vez en Zaragoza con ellas —prosiguió— un montón de batallones, que si hicieron falta en Tudela, sobraron en la ciudad, agravaron el problema de alimentos y contribuyeron al hacinamiento que causó la peste. Claro, cuando se produce la capitulación, son miles de prisioneros más que caen en manos francesas. Valiente Aníbal. Cinco iguales pierden cualquier guerra. Su villanía ha pasado desapercibida, al amparo de la hazaña de la arriscada gente aragonesa, que soy el primero en saludar y conocer. ¿No era, acaso, de Teruel mi difunta Engracia, varonil patricia, cuyo recuerdo atesoro? Pero el niño Palafox, un mandria, por no decir un canalla.

No quise entrar en nueva discusión. Me despedí, pasé a recoger a *Galano* y a Blas, y juntos los cuatro, verdugo, perro, caballo y tonto, buscamos nuestra nueva morada.

Se encontraba, en efecto, muy cerca de la de Bustamante. El carnicero, Juan Polvorosa, no se hallaba en el negocio, cerrado a esas horas. Me atendió Margarita, su esposa, mujer de mostacho granadero y talle de tonel, envuelto en delantal cubierto de sangre. Nunca vi nada tan poco florido. Era, sin embargo, de extraordinaria amabilidad, y muy pulcra, cualidad esta última encomiable, aunque rara, en su oficio.

El cuartucho, pequeño, tenía encanto, y mucha luz. Estaba retranqueado, de forma que el edificio de enfrente quedaba bastante distante de su única ventana, con pretensiones de balcón, merced al añadido de una balaustrada de un palmo escaso de alto. Desde él se ofrecía, en primer plano, un panorama de tejas rojas, ennegrecidas por la intemperie y, al fondo, una torre que, me dijo Margarita, pertenecía a San Francisco, antes convento y hoy cuartel.

Algo bueno habría dicho de mí Bustamante, porque, si no, resultaba imposible explicar el colchón de terliz, las sábanas de lienzo santiago y el mantel de gusanillo de España que ilustraban cama y mesa. Orinal, todavía no desportillado, tinaja del Toboso y silla completaban el suficiente mobiliario.

Acordamos que *Víctor*, naturalmente, dormiría conmigo; Blas, en un jergón en el descansillo; y *Galano*, en unas caballerizas vecinas. Para comer, la carnicera recomendaba los servicios de Vicente Ochandiano, dueño de un local a cuatro puertas a mano izquierda, según se salía.

Mientras guardaba mis pocas cosas en un baúl que mandó subir, cavilé sobre el desdichado nombre de la calle donde me había tocado alojarme. Mala señal, pero tenía yo toreadas peores plazas y salí con vida de ellas. Al menos, en ésta rozaba el fin de mis cuitas.

En efecto, si obtenía la Gran Cifra, no habría general en España, qué digo, en Europa entera, que no se postrase a mis pies. El código permitiría leer documentos dictados por Napoleón en persona, que era tanto como leer sus pensamientos. ¿Qué no valdría? Caso de que me hiciera con él, no sólo estaba garantizado mi regreso al ejército. Es que hasta me podrían dar un título que inmortalizase mis hazañas. Duque de Palencia, por ejemplo. Saboreé su sonido. Me gustaba. Sí, aunque por enrevesados vericuetos, se presentaba, por fin, la ocasión de alcanzar metas largamente acariciadas, de cumplir lo prometido a padre, siglos atrás.

¡Afuera, pues, oscuros pálpitos! ¡A mí, la doblez y la astucia! Convocaría a rebato todos mis recursos, para consagrarlos a la noble tarea. Deslumbraría a La Romana y a Wellesley. Se iba a enterar Patricia de quién era yo.

Pasado el momento de enajenación, acompañado de tan desasosegado paseo que dejó estupefacto a *Víctor*, puse los pies en tierra. Como el excelente espía que me había propuesto ser, necesitaba, antes que todo, información. El azar me puso en contacto con Eugenio Pastor, bienquisto de los franceses. Le buscaría, a ver si me resultaba útil.

Con ese propósito me lancé a la vorágine de la urbe. Estuve deambulando, en vano, toda la tarde, pasmado por el incesante trajín de personas y mercancías, que nunca habría esperado en la estepa castellana. Se observaban, no obstante, algunos talleres cerrados y comercios que parecían de capa caída, señas de que la guerra empezaba a producir sus efectos. Decidí visitar otro día la multitud de iglesias que me pareció excesiva, incluso para la próspera metrópoli.

Sin querer llegué a la plaza Mayor. En su centro reinaba, siniestro, cubierto de negros crespones —un sí es, no es, raídos— el cadalso, cuyos escalones esperaba no subir jamás, ni en calidad de verdugo ni como víctima, que las dos opciones tenía abiertas por mis pecados. La atravesé raudo, claro, y con los dedos cruzados. Di término al periplo en la plazuela de San Antolín. Lejanos tambores anunciaron la proximidad de la noche. Se dispersó el personal, huyendo de las calles, prohibidas a partir de las diez, como Asunción dijo.

Me acogí a Casa Ochandiano. Era, no nos engañemos, un bodegoncillo de puntapié, mucho más modesto que el regentado por Valderrábano. Un hombre macizo, de gran nariz y pelo ralo, frotaba con energía el tablero de una mesa. Supuse que sería el propietario. Le presenté, pues, mis cartas credenciales.

—Margarita Polvorosa me ha aconsejado que venga a comer aquí.

—Vicente Ochandiano. ¿Es su nuevo inquilino? —Me estudió con curiosidad.

—El verdu… —empecé a contestar con demasiada brusquedad.

—Chist. Estoy al cabo de la calle. No sé quién es, pero sé que no es lo que dice que es.

—Vaya —respondí, cauto, ante el galimatías.

—Juan y su mujer me lo han dicho. No necesita traer su propio vaso.

El brazo de don Asunción era largo, y parecía abarcar Palencia entera. Mejor. O no, porque si tanta gente sabía de mi disfraz, lo mismo podían enterarse los franceses. Desafiando, filósofo, al sol a que saliera por Antequera, me dediqué a la cena que el vasco fue trayendo.

La comida del figón era opípara; el precio, módico. El vino, un clarete del Paramillo, se podía beber. Formaban la clientela franceses, a los que se dispensaba trato de apestados, pequeños comerciantes y oficiales de la administración. Ochandiano se acercó a los postres con una copa de orujo, cortesía de la casa. Me dijo que, con cierta frecuencia, se dejaban caer parroquianos de alto rango, como el mayordomo de Propios, que sabían apreciar la buena cocina, sin que les preocuparan los malos olores, los toscos muebles o los jirones de arpillera en las ventanas.

Desde luego, no se juntaban con la plebe. Había un cuarto al fondo discreto y apañado, en palabras del bodeguero, al que incluso se podía acceder por una puerta falsa, que daba a un callejón.

—Muy discreto —repitió con significativa mirada.

Sería buen sitio para reunirme con don Asunción, cuya posición no le permitía confraternizar en público con el verdugo. Al ver que le había entendido, siguió Vicente:

—También viene a menudo Gregorio Gallego, portero de la mayordomía, hombre de confianza del señor Bustamante. Es ese que sale ahora.

Un ratón humano, escuchimizado, hocico puntiagudo y ojillos vivaces, se deslizaba hacia la salida. Al pasar junto a un grupo de soldados, como sin querer empujó el taburete de uno de ellos, que, puesto en pie, peroraba a sus compañeros. El francés, ajeno a la artera maniobra, fue a sentarse. Faltas de asiento, las posaderas dieron gran costalada contra el suelo. Los camaradas, coléricos, buscaron culpables, pero el escurridizo roedor ya se había escurrido. Ante la ausencia de sospechosos, achacaron el suceso a un accidente y retomaron desairados sus sitios, entre las ahogadas risitas de los españoles.

Con media hogaza y una jarra de leche para *Víctor* y Blas, que se habían quedado de guardia, regresé a la buhardilla. Cada vez me gustaba más el señor Bustamante. Tenía todo previsto: alojamiento, comida, lugar de encuentro y, si preciso fuera, mensajero, en la persona de Gallego. Mi estancia en Palencia iba a resultar un paseo militar. Cuánto me engañaba, aunque no lo supiera entonces.

Al día siguiente, temprano para causar buena impresión, me hallaba en el Ayuntamiento. Se me aguardaba, como vaticinó don Asunción. Un servicial chupatintas hizo los trámites oportunos en minutos. Junto con una copia del contrato, me entregó la carta de seguridad y un certificado de mis anteriores y distinguidos servicios.

Salí con ellos al pasillo, perplejo ante el posible contenido de los escritos, pero no tuve tiempo de leerlos. Un ujier campanudo me comunicó que el Excelentísimo Señor Intendente requería mi presencia.

Don José Pedro Mazagán del Esquife me recibió con remota urbanidad, aunque sin levantarse ni extender la mano. Daba la sensación de que alguien le había enseñado que, si bien se debía ser cortés, siempre existirían clases, casi todas inferiores a la suya. Una cosa era mostrar una sonrisa de circunstancias, que no iluminó el rostro hierático, y otra pecar de deferente con un miserable verdugo.

Una vez que estuvo claro que el gesto no podía tomarse por un saludo, alargó dos dedos, con un movimiento brusco, de autómata. Ignoro de qué oculta habilidad se valía, pero las diferentes partes de su cuerpo funcionaban con total independencia del resto. Al igual que la boca, al sonreír, no alteró el resto de la cara, ahora el brazo avanzaba, sin ser seguido por el busto, clavado a la cintura, atornillada a la poltrona.

Puse, obsequioso, los papeles en la pinza, que se elevó de manera que los ojos muertos, color ámbar, pudieran recorrer el primer pliego, el certificado falso, al tiempo que don José Pedro mantenía incólume su perfecta rigidez.

—Su función, Príncipe, es trascendental en grado sumo, más de lo que pudiera encarecer —afirmó con voz descolorida—. Es usted el brazo armado de la Justicia, encarnada en el Tribunal Criminal Extraordinario. Que no le ofusque la conciencia. Sólo llegarán a sus manos reos convictos y confesos, malos españoles, canalla rebelada contra su legítimo soberano. Leo con placer que tiene larga experiencia, en Soria.

Nunca oí mayor disparate, pero lejos de mí contradecir al personaje altivo. Bustamante o sus acólitos habían dado rienda suelta a la fantasía. Me correspondía dejarles en buen lugar.

—Despaché a siete —asentí modesto— y no tuve ni una reclamación.

—Ja, ja —rió sin alegría—. Pero aquí dice que fueron cinco.

—Olvidaron los dos últimos —inventé—, unos guerrilleros de nada, de los baratos. Los cobré a veinticinco reales, en lugar de a cincuenta. Dos por el precio de uno.

—Ja. Parece usted hombre algo ilustrado —dijo de sopetón, acusador.

—Pero muy venido a menos —le tranquilicé—. Tanto, que apenas soy nadie.

Se le escapó la broma, que era sujeto obtuso, a pesar de lo impresionado que estaba con don José Pedro Mazagán, o quizás por eso. Volvió a encender y apagar, por si acaso, la sonrisa insípida y, tras exaltar de nuevo la trascendencia de mis responsabilidades, bajó la cabeza para que los ojos pudiesen ver un legajo abierto que sobre la mesa estaba. La pinza seguía en el aire. Un imperceptible giro de la mano había hecho que mis papeles de verticales pasasen a horizontales. Entendí que era una invitación a que los recogiese y marchase. Lo hice, saludando a la coronilla del personaje.

Salí a reculones, con la esperanza de gozar de otro de sus movimientos de máquina. Por eso la colisión me cogió desprevenido. Si hubiese sido una carga de caballería, habría pasado a los anales. Fue justo en el flanco, lo que recomiendan reputados tratadistas. Mi posterior embistió al contrario por estribor, para ser exactos. Como todos saben, nada desequilibra más al enemigo que sorpresivo ataque a costado indefenso. El choque, por tanto, lanzó con violencia al adversario contra la pared opuesta, donde rebotó a mis brazos, que se abrieron, hospitalarios, para acoger a Eugenio Pastor, alias Pacomaula.

Tardó algo en reconocerme, tras el brutal impacto. Cuando lo hizo, había recuperado ya la sangre fría, por su hábito de los cortesanos laberintos, sembrados de añagazas y sorpresas.

—Don Gaspar, mi salvador —susurró para que nadie le oyera.

Era comprensible. Con la versión que había propagado de su encuentro con la guerrilla, le sobraban testigos.

—Antes de todo, las deudas son sagradas —dijo echando mano precipitada a la bolsa.

El dinero que recibí, la cantidad entregada cuando caímos en manos de Juan Moreno, alias *Trabuco*, olía a soborno, para comprar silencios. Vaciló y dijo:

—Faltan los intereses.

—Están pagados con el placer de saludarle —contesté malicioso.

—¿Qué hace en Palencia? La última vez que le vi era guerrillero.

Le llamarían maula, pero se revolvía como una serpiente. Primero, los reales. Ahora, la amenaza encubierta, sabiendo que Démonville se desayunaba con patriotas fusilados. Si me hubiese quedado fe en la humana condición, me habría decepcionado esa forma de tornar favores, pero estaba curado de espantos.

—Tengo el honor de ser el verdugo de la augusta Pallantia.

Descubrir de golpe las baterías era la única forma de evitar que Eugenio me comiese el terreno. Ante débiles como él, cualquier muestra de flaqueza es peligrosa. Se crecen.

—Pero ¿cómo es posible? —balbuceó, vencido por mi franqueza.

—Dos malas rachas con el naipe, don Eugenio de mis entretelas. Entiendo eso que dicen, que no se puede ganar siempre. Pero es que yo no gano nunca. Tuve que vender el caballo, y guerrillero desmontado no vale nada. De ahí el cambio de oficio, favor que debo a un tío, portero que es del mayordomo de Propios.

—Si le puedo ayudar… Conozco a gente, seguro que le consiguen un empleo decente. —Buena persona en el fondo, ahora era sincero.

—Muchas gracias. No me quejo. Hábleme de usted. ¿Cómo van los bienes nacionales?

—Viento en popa. Tengo en la faltriquera al general Carrié —mintió.

—Me han mencionado que trabaja en la Junta de Subsistencias.

—Además. Les asesoro en los ratos libres. Como en su día le dije, sé de abastecimientos militares.

Hablando, salimos a la calle. Pastor me convidó a una limonería. Ante un vaso perlado por la nieve, se sinceró. La situación era preocupante. No había forma de que la provincia diese de comer a las tropas. Imposible que Palencia alimentase, al tiempo, a la población y a los franceses. No salían las cuentas, por mucho que Carrié se emperrase.

—Esta guerra cruel y absurda arruinará a la pobre España, don Gaspar. No hay que darle vueltas —pronosticó burocrático—. Si es que no hay solución. Otra fórmula sería dar dinero en lugar de víveres. Pero ¿de dónde se saca, si la población no tiene un cobre? Y si lo conseguimos, ¿dónde y qué van a comprar los hombres, si los almacenes están vacíos?

No necesitaba tanta explicación para saber que la guerra se iba a llevar por delante al país. Lo visto en mi viaje a Medina y en mi etapa de guerrillero, los negocios que empezaban a cerrar en Palencia, a pesar de no haber sido escenario de grandes operaciones, todo anunciaba a voz en grito miserias, hambrunas y epidemias. Pero la idea que me rondaba la cabeza en esos momentos era de muchos menos vuelos.

—Pinta usted gravísima situación. A pesar de ello, la ciudad entera confía en sus dotes para resolverla. —Avancé un peón.

—¿Ah, sí? —preguntó halagado—. ¿Quién se lo ha dicho?

—El intendente en persona, por ejemplo. —Un alfil.

—¿Seguro?

—Salgo de verle. —La reina.

Creció dos pies con la noticia. Aproveché el momento.

—Alguien de su importancia estará en posición de hacer algún favorcillo. —El otro alfil.

—Hombre, alguno, sí. —Aún flotaba.

—Si pudiera ocuparse de que atendieran debidamente a un carnicero, Polvorosa. —Jaque.

—Delo por hecho.

—Y también…

—¿Hay más? —De vuelta a la realidad.

—Un bodeguero de nada, un fulano Ochandiano, gran admirador del rey José. —Mate.

—En ese caso, capitulo, pero no me pida nada más.

No podía seguir tensando la cuerda. Había amarrado cosas importantes. En otro asalto me ocuparía de la recogida de información. Tras asegurarme de que se hacía cargo de la cuenta, me despedí.

Estuve pronto adaptado a la nueva vida, como había sucedido en El Gran Maestre. De mañana, llevando a *Víctor* y a Blas a la vera, hacía acto de presencia en el Ayuntamiento, para oír que mis servicios no eran requeridos. Dejaba al mozo, en quien había subrogado mis competencias como vigilante de cerdos y salía a pasear hasta la hora de comer. Tras la parada y fonda donde Ochandiano, una siestecita.

Luego pasaba por Blas y recogía el producto de las multas que había impuesto. Era de una eficacia asombrosa y pronto los cochinos vagabundos desaparecieron de las calles. Una partida de tresillo después de cenar, con Gregorio Gallego, portero y tío mío sin que lo supiera, el bodeguero y algún cliente, completaban la jornada. Por cierto, el roedor tiraba el cartón cual tahúr. Raramente no salía gananciosa. Yo, que acostumbraba a jugar de pareja con él, compartía la bonanza.

Para completar el grato panorama, el siguiente lunes, al bajar de la buhardilla. Margarita, hecha unas castañuelas, hizo ademán de abrazarme. Hurté el cuerpo, por temor al delantal.

—¡Qué ojo tuvo su madre al apellidarle Príncipe! —exclamó alborozada.

Inquirí por la causa del peculiar piropo, que agradecía, en cualquier caso. Resultó que cuando su Juan fue a la Junta de Subsistencias a recoger los vales, había recibido, bajo mano, el doble que la competencia. La felicité, aunque contesté que no veía relación entre el súbito maná y los elogios a la autora de mis días. Dijo que era notoria mi intimidad con Pacomaula, perdón, don Eugenio Pastor. ¿Pues no me habían visto tomando limonada con él? No dudaba que yo era el fautor del milagro. Tenían los Polvorosa eterna deuda conmigo. Mis deseos eran órdenes y, a partir de ese instante, gratis la limpieza de mi cuarto y el lavado de ropa. Si aguardaba un minuto, me presentaría a la joya que realizaría en el futuro esas labores. Volvió en menos de sesenta segundos.

Petra Murillo rondaría los veinticinco años, descarados y jugosos. La boca carnosa, aunque con malos dientes, y escote tentador. Toda ella irradiaba frescura, pese a que juraría que había revuelto más camas de las que había hecho. Si no graduaba de bocado de cardenal, bastaba para condenar un seminario entero. Hizo gentil reverencia, mostrando el entreabierto corpiño. A la vista de sus redondeces, pensé que quizás, después de todo, un purpurado tampoco le haría ascos. Con risas y alboroto de faldas subió escaleras arriba, para que apreciara el pie chiquito.

Margarita, no satisfecha con su generosidad, me entregó enorme chuletón, prometiendo que otros le seguirían en el futuro, si la Junta no era cicatera.

Seguido por Blas, que cargaba la pieza sanguinolenta, fui al bodegón para caer en las zarpas de Ochandiano, que también había sido tratado con largueza por las autoridades municipales. Estrujándome la mano, me informó de que comería a su costa mientras permaneciese en la ciudad. Hasta me daría pan de verdad, hecho con trigo, como el de antes de la guerra, reservado desde la ocupación para los hospitalizados. Nada de esa porquería, mitad trigo, mitad cebada, que cocían ahora para los sanos.

Buen vasco, no sabía de servilismos, pero se las arregló para expresar su profundo agradecimiento. A duras penas conseguí que aceptara la carne. Se la llevó diciendo que no hacía falta que trajese más, que él tenía suficiente, pero que me la prepararía para la cena, a la manera de su tierra, quemada por fuera y cruda por dentro y con pimientos, y que me chuparía los dedos. Como era, cumplió. Ahí están, para atestiguarlo, los naipes de la nocturna timba, con mis grasientas huellas.

Me vi, pues, con todos los problemas materiales resueltos, entre Polvorosa y Ochandiano, el dinero devuelto por Eugenio Pastor y la habitación del cabildo.

En flagrante contraste, mi misión continuaba en pañales. La Gran Clave seguía tan lejana como si estuviese en París. Las esperadas relaciones con los capitostes, que se confiaba propiciasen el puesto de verdugo, se reducían a la breve entrevista cotidiana con el plumilla de turno. No había ni por donde iniciar las espionescas gestiones. Por otro lado, Pacomaula parecía haberse esfumado. No le volví a ver.

A medida que pasaban los días, comenzó a flaquearme el ánimo. Las ilusiones concebidas a mi llegada se disipaban, arrastradas por las horas estériles. Pensé que nunca saldría de aquella ciudad, extraña, después de todo. Y peligrosa, me dije al advertir que, de nuevo, sin darme cuenta, me encontraba en la plaza Mayor, al pie del patíbulo.

XVII

LA JUNTA CRIMINAL
EXTRAORDINARIA

Aquel día fui algo más tarde de lo usual a pasar mi particular revista de comisario al Ayuntamiento. El calor empezaba a apretar, la partida de la noche anterior se había prolongado y lo cierto es que me costó trabajo arrancarme de la cama para acudir a la fútil cita cotidiana.

En esa ocasión, sin embargo, transcurrió de diferente manera. El cagatintas, en vez de despacharme con la consuetudinaria fórmula, indicando que mis servicios no eran requeridos, preguntó si era cierto que sabía leer y escribir. Se le notaba agobiado por grave problema.

Cortésmente, le aseguré que tal era el caso y que, si bien mi redondilla no se podía comparar con la un pendolista, resultaba aceptable.

—Entonces, venga conmigo, venga —apremió con el alivio de quien se quita un peso de encima.

—Un segundo —respondí muy digno—, que tengo obligaciones.

Parsimonioso, al objeto de demostrarle que no hablaba con cualquiera, adoctriné a mi sólita compañía, Blas y el perro. Al primero, recomendé muy serio diligencia en la persecución de cerdos. Para el segundo tuve una mirada de reproche. *Víctor*, casquivano, estaba trabando creciente amistad con el profanador de tumbas templarias, a la par que desarrollaba belicosa afición al acoso y derribo de cochinos.

Cumplido el deber, hice una seña al funcionario para indicarle que me hallaba a su disposición.

Subimos de dos en dos solemnes escaleras, y arribamos ante una puerta, con gran cartón blanco que decía: «Junta Criminal Extraordinaria». Rascó el otro y entramos. Obsequioso él. Yo con el corazón en la boca, por penetrar en aula de tan siniestra fama.

Ocupaban el estrado cinco caballeros, de negro vestidos. El sexto, asimismo de luto, charlaba de pie con ellos. Al oírnos se volvieron.

—Señor Presidente —dijo mi guía, tras profundo saludo que le debió partir alguna vértebra—, el sustituto.

—¿Sabe escribir? —se interesó el reverenciado.

—Como Cervantes, señor Pardillo —respondió a bulto el oficinista.

—¿Se llama?

—Príncipe —avancé, repuesto del susto.

Mi nombre fue acogido, como sucede a veces, con curiosidad no exenta de respeto. Huele a palacio, y eso impone.

—A ver si da mejor resultado que el otro, ese Fernández.

—Hernández, excelencia.

—No había forma de entender su letra.

—Es que con el tembleque de las tercianas…

—Bueno, bueno, retírese, que tenemos trabajo. —Se volvió a mí—. Nada de lo que escuche debe salir de esta sala. Las deliberaciones del tribunal son secreto de Estado. Una indiscreción y da con sus huesos en presidio. Siéntese, calle y tome nota cuando se le ordene.

Fui a un pupitre que, por el aparato de papel sellado, plumas, tintero y salvadera, parecía el más apropiado para un escriba; me senté, callé y tomé nota.

Discutían el caso, supe, del alcalde de Amusco. La partida de El Marquesito, guerrillero cuya reputación corría de boca en boca, había estado en el pueblo tres horas enteras, comiendo, bebiendo y reclutando. Después marchó, con los caudales del municipio y hasta seis piezas de buen paño de la fábrica local.

—Fuerza mayor, fuerza mayor. Meridiano caso —proclamó uno de los jueces—. ¿Cómo se iba a oponer el pobre hombre a tanta gente armada?

El que se hallaba de pie, que presumí era fiscal, le respondió con voz cansina. Se notaba que había repetido el argumento cien veces.

—Don Froilán, que no nos chupamos el dedo. Sabe mejor que yo que hay obligación de tener un vigía en la torre de la iglesia, de ondear bandera roja si se avistan guerrillas y de avisar al punto a la autoridad.

—Y avisó, sí, señor. Aquí tiene el parte. —Lo blandió.

—Ya, pero ¿cuándo? Demasiado tarde, a propósito, para que la tropa no pudiera pillar a los malandrines.

—Estos alcaldes son unos indinos —intervino Pardillo, no se sabe si con admiración o reproche.

Se enzarzaron en floja discusión. Tras breve debate dictaron sentencia. Veinte mil reales de multa al pueblo y severa amonestación para el alcalde.

—Príncipe —decretó Pardillo, envuelto, magnífico, en la toga—. Orden al sota de puesta en libertad. Conozco a Marcial Vega y pagará en cuanto pueda.

Levantóse la sesión y marché a casa del vasco. Hice estación en un puesto de cebada, ya he dicho que el calor asomaba, bebí un vaso y, con el sabor fresco todavía en la boca, entré en el figón.

Ochandiano, que disfrutaba con las conspiraciones, me abordó. Con gran secreto, puso en mi conocimiento que don Asunción nos honraba con su presencia. Se hallaba en el cuarto de atrás y aún no había empezado el almuerzo. Tenía dicho que, si me pasaba por allí, sería bienvenido a su mesa. Acepté de buen grado.

Servilleta al cuello, para defendernos de la ensalada, hablamos de mi experiencia judicial. Aun en ese campo tuvo pasto el mayordomo para criticar a los degenerados pueblos mediterráneos.

—Qué disparate, pretender reducir el Derecho, esto es, la vida, a un puñado de leyes escritas. Qué manía la nuestra, compartida con los gabachos, por los códigos, como si los múltiples avatares de la humana existencia pudiesen encerrarse en un manojo de artículos, redactados por doctores que nada saben de la realidad. Cuánto más admirable la flexibilidad inglesa, sustentada en el sentido común de hombres justos.

—Riesgosa confianza, se me antoja —apunté—. Dudo que hombre y justo sean conceptos que vayan con frecuencia de la mano.

—Ya estamos. Otra de nuestras ancestrales maldiciones. —Blandió un rábano—. Los anglosajones parten de que, salvo prueba en contrario, las personas son decentes. Nosotros, a la inversa, creemos que uno es un sinvergüenza mientras no pruebe que es honrado. De ahí proviene esa manía de aherrojar al ciudadano con jurídicas cadenas, en lugar de dejarle respirar, esponjarse en paz, sin trabas. Aunque, en el fondo, la culpa es de la Iglesia, naturalmente.

Con ella habíamos topado, como buenos españoles. No había más que hablar.

Al percibir que rehuía el combate, Alipio desistió. Aproveché la pausa. Le pregunté si tenía alguna novedad de mi negociado.

—Ninguna —dijo, echando mano de la vinajera—. Siempre falta aceite —me comunicó.

—Sí. Pero ¿qué hago yo aquí? De nada sirvo. Quizás sería mejor que fuera al ejército —tanteé.

—No tengo órdenes al respecto. Paciencia y barajar.

Por algo no le llamaban Asunciónmaula. Lo dejé correr, acabamos de comer y ahí quedó la cosa.

Contra lo que esperaba, en los siguientes días no se requirieron mis artes de escribano. Lo sentí, porque me había hecho a la idea de pasarme las mañanas en el tribunal, a ver si, por lo menos, pescaba algún dato reservado que valiera la pena. Expresé al empleado municipal mi sorpresa. Era público y notorio que la Junta debía trabajar día y noche. Me corrigió. Tenía que estar dispuesta a trabajar, que era muy diferente. Mirando reprobador el sombrero de paja que llevaba, en lugar del redondo propio de mi oficio, aventuró la posibilidad de que los honorables componentes de la misma estuviesen en sus casas respectivas, huyendo del calor.

Para combatir el aburrimiento ensillé a *Galano* y fui a dar un paseo. Buena falta le hacía al pobre bicho, porque, adocenado por la vida provinciana, apenas lo sacaba ya. Dando un largo rodeo, acabamos en el barrio de Allende el Río.

Como en anteriores ocasiones, desde mi entrada en Palencia, me vino Patricia a la cabeza. Pero, esta vez, por fin la pude afrontar cara a cara. Con calma, sin aspavientos, descarté el recuerdo ingrato. No olvidaba a la mujer, pero en nada ayudaba echar leña al fuego del recuerdo. Mejor seguir el consejo de Alipio: paciencia y barajar. Ya llegaría mi hora.

Me distrajo ver acercarse a una poderosa columna. La infantería marchaba por las cunetas. Los jinetes por la calzada, en los intervalos de la artillería. Una división, como mínimo, moviéndose hacia Valladolid. Procuré fijarme en mantillas y chacós para identificar los regimientos, pero el polvo que levantaban me lo impidió.

Entré en la ciudad escocido por mi fracaso. Llevaba semanas en Palencia, sin el menor progreso y, cuando se presentaba la oportunidad de conseguir algún dato, no le sacaba partido. Tras dejar a *Galano* en la cuadra, volví a casa.

Estaba de regular humor, que no mejoró un ápice cuando tropecé con la carnicera en la puerta.

—Buenos días, don Gaspar. Qué calor hace.

—Buenos. —Ninguna gana tenía de charlar—. Sí que lo hace.

—¿Está contento con Petra? —no cejaba.

Tardé algo en recordar que así se llamaba la fámula.

—Mucho —cortante.

—Una joya, como le dije. Lástima que esté liada con gabacho.

—¿Ah, sí? —intenté pasar, no quería perder tiempo en hablillas.

—Sí, señor —firme en su sitio—. El asistente del Carrié ese, Sabater, o como se diga.

—Qué me cuenta —mostré absoluta indiferencia.

Se desanimó al cabo. Pasé la tarde en el cuarto, pensando en la tal Petra. Poco a poco, a medida que entraba la noche, empecé a ver más claro. Parecía que las tinieblas que se iban enseñoreando de la habitación me iluminaban. Sí, podía ser una posibilidad, aunque remota.

A la hora de cenar, pregunté a Vicente Ochandiano por la moza. La conocía y la consideraba buena española, y casquivana, añadió con sonrisa procaz, malinterpretando la pregunta. Le aseguré que se trataba de negocio de talla, no de devaneos, que no tenía el cuerpo para alegrías.

—En tal caso —respondió serio—, hay que consultar a don Asunción. Le mando un propio.

Nos juntamos los tres en el comedor del fondo. Hablamos de la división francesa. Media Palencia la había visto pasar. Nadie sabía nada sobre ella, ni su composición, ni su destino. Mencioné a Petra. El mayordomo, no contento con ratificar el criterio del bodeguero, dio mayores precisiones.

—Gran lagartona, pero patriota a carta cabal. Tiene también amores con el teniente del resguardo. Es muy dadivosa —explicó—. Y el francés se llama Sabatier, no Sabater, Alexis Sabatier. Es más que un simple asistente. Lo que ellos dicen un hombre para las tareas bajas. Despacha a celosos; recluta, si hace falta, meretrices. Un poco de todo. Lo que se encarte. Carrié siempre lo tiene a mano. Hasta duerme en una habitación pegada al gabinete del gobernador.

—A propósito del teniente. ¿No forma parte de la Junta secreta que usted mencionó?

—Justamente por él me enteré de que Carrié había recibido el famoso paquete. Se lo dijo Petra, que lo supo por el machacante, el Sabatier de marras. ¿A qué viene tanta curiosidad?

Esbocé un gesto ambiguo, que despertó la de mi interlocutor, y escurrí el bulto, rumbo a la partida. Como había previsto, quedó Bustamante intrigado, dando vueltas a una rodaja de tomate. Una sonora victoria al tresillo completó la triunfal jornada. Quizás, después de todo, la Gran Cifra de París no estuviera tan lejos.

Por la mañana, con el desayuno me trajeron la noticia de que me esperaba una visita. Un tal padre Teodosio. No tenía el gusto, pero dije, benévolo, que pasara. Estaba ya reconciliado con la vida, gracias a un proyecto que me rondaba la mollera.

Gómez venía vestido de cura, con tales pintas que me extrañó que las patrullas no le hubiesen fusilado en el acto. Teja y sotana, muy baqueteadas, mostraban sendos agujeros, seguramente por haber pertenecido a un mártir de la causa. Grueso cinturón, que apestaba a militar, ceñía su cintura, y al sentarse mostró sólidas botas de caballería, con espuelas reglamentarias. Distinguí sospechoso bulto en el bolsillo. Podía ser misal de altar mayor catedralicio, pero diría que, más probablemente, se trataba de pistolón.

Como miraba ansioso los pestiños, le invité a que se sirviera uno. Mientras comía, le mencioné que ignoraba que un regimiento de franceses ciegos hubiese entrado de guardia, porque no de otra manera, se explicaba que hubiera podido franquear las puertas de la ciudad.

Me respondió con mirada torcida. Cuando se zampó el pestiño, y antes de que secundara la maniobra, demandé que a qué debía el honor.

—Don Asunción —farfulló, con la boca todavía llena.

—¿Qué pasa con don Asunción?

—Dice que mi coronel tiene un plan.

—El señor Bustamante es un águila, pero se equivoca. Tengo una idea, que es distinto.

—Cuénteme.

—No son tus entendederas para eso. Que venga tu jefa y se lo explicaré.

—Está en Carmona.

—Como si está en la China. Si quiere saberlo, que venga. Adiós.

Un pálpito me decía que el falso suizo había inventado el andaluz paradero de Patricia. En todo caso, era cierto que sólo me rondaba el esbozo de un proyecto, y muy verde. Precisaba saber más sobre el gobernador antes de que me urgiera hablar con la inglesa. Y debía contenerme ante el mayordomo. Llevado por su fogosidad probritánica, era capaz de comprometerme, sin querer, con tal de quedar como agente avispado a los ojos de su amado Wellesley.

Tuve que retrasar mis indagaciones, no obstante, porque en el cabildo se me notificó que el Tribunal me precisaba.

Encontré a la distinguida institución reunida en pleno, examinando varios casos de quebrantamiento de edictos promulgados por Carrié. El primero, el de tres ciudadanos arrestados por haber formado corrillo en la calle. Juraban por los evangelios que trataban el precio del centeno, pero habían violado la norma que no admitía que se juntasen más de dos personas. El segundo versaba sobre una situación opuesta. Sólo dos eran los acusados. Su delito residía en que conversaban sobre la marcha de la guerra, materia vedada. El tercero, muy complicado, por incluir conflicto jurisdiccional, concernía a un sacerdote que se negaba a predicar el sermón ante las pretensiones de los franceses de supervisar previamente lo que pensaba decir.

Jueces y fiscal, olvidados sus respectivos papeles, discutían, esta vez con acritud. Los más clementes aseguraban, en el primer caso, que nada de malo tenía comentar el coste de los cereales. En el segundo, que formaban el grupo solamente dos, y no tres. En el último, que en un estado moderno, al poder civil no le correspondía entrometerse en materias religiosas.

Sus oponentes esgrimían, en respuesta, el adagio de *dura lex, sed lex*. Sería draconiana, pero allí estaba. Les correspondía a ellos aplicarla, no interpretarla. Los primeros eran culpables por constituir trío, al margen de que hablaran de granos; los segundos, por referirse a la contienda, aunque únicamente fuesen dos; y el tercero, por no acatar lo dispuesto por la superioridad.

Ambos bandos coincidían, en mayor o menor medida, en que el derroche de severidad que practicaban los franceses no hacía si no perjudicarles.

—*Manca finezza* —clamaba Pardillo—. No todo se arregla a trompadas. Mal ganado el español para las varas. Mejor el capote. Dulzura, caballeros, y mano izquierda. Si liberamos a esos seis infelices, mañana José I tiene seis aliados. Si les condenamos, seis mártires. Ustedes dirán.

Escribía yo a toda prisa, con el afán de recoger fiel cuanto se decía, que era mucho. Concentrado en mi labor, me llevé buen susto cuando la puerta se abrió con estrépito.

Entró en la sala un gabacho. Por sus entorchados y la faja, era el general Carrié. Un campesino de pelo gris, facciones toscas y modales bruscos. En lugar de media de seda, zapato con hebilla y espadín, que requería la etiqueta en una guarnición, gastaba botas de campaña y gran sable que arrastraba con estruendo sobre el pavimento. No se quitó el sombrero, que llevaba atravesado, en batalla. Por su ceño, venía igual que el bicornio: atravesado y en pie de guerra.

A sus espaldas se insinuaba Pedro José Mazagán. Su presencia, viscosa, se derramó por la sala. Causaban asco sus zalemas propiciatorias, la sonrisa sin alegría, los ojos amarillos, vacuos, sus untuosos gestos de meapilas. Después, Démonville.

Si Mazagán era aceite, espeso y turbio; el húsar era mercurio, inaprensible y brillante. Sus movimientos de espadachín, danzarines casi, contrastaban con la rigidez mecánica del intendente. Éste, con corvetas torpes, se doblaba ante los togados para volver a su posición primitiva como sacudido por un resorte. El militar, en cambio, se deslizaba mirando de hito en hito a cada uno con rictus despectivo. Sentí frío en el cogote cuando llegó a mi altura. Haciendo de tripas corazón, soporté sin pestañear sus ojos. Por suerte no se había fijado en mí cuando conoció a Pacomaula en Medina.

El afrancesado se me antojó culebra de río, hecha a reptar por el fango. Démonville, letal serpiente de cascabel, que anunciaba su peligro. De haber tenido que elegir, le prefería a él, para amigo y para enemigo.

Rompió fuego el generalote. Con formidable patadón en el suelo, exigió explicaciones por la leve pena impuesta al de Amusco. ¿Se trataba de una broma? ¿Veinte mil reales y una amonestación? Fusilamiento, al punto.

Mazagán, retorciéndose las manos, concurría. ¿Ignoraban la enormidad del delito? ¿No era flagrante ejemplo de complicidad con los brigantes? Imploraba calma al gobernador, sensatez a los jueces. ¿Qué dirían en Madrid, ante la escandalosa lenidad del tribunal?

Démonville callaba.

Pardillo se defendió, altivo.

—Es éste tribunal de primera y última instancia. No cabe apelación. La sentencia está dictada y se cumplirá. Nadie puede tocarla.

—Pero a ti sí, botarate —bramó Carrié.

—¿Amenaza a un magistrado de Su Majestad? —se revolvió el presidente trémulo, con voz poco segura ya.

Se le unieron sus colegas. El gabacho había tocado su honor y no estaban dispuestos a transigir. O casi, observé, porque a varios de ellos se les notaba a cien leguas que tenían más miedo que vergüenza.

La palmada cortó el alboroto de gallinero. Trajo a un húsar veterano, de los que todavía llevaban gruesas trenzas cubriendo las sienes, para precaverse de los sablazos. Una espantable cicatriz lívida le cruzaba el rostro. Se cuadró.

—Ah, Wumster —pronunció el teniente coronel con tono desmayado, que revelaba aburrimiento.

Aún seguían juntas sus manos enguantadas. Esbelto, el talle aprisionado por corsé, los calzones pegados a las piernas nervudas, parecía un bailarín de acero. Habló en alemán, idioma común en los viejos regimientos. El otro, seguramente un alsaciano, escuchó firmes. Cuando el teniente coronel hubo terminado, saludó de nuevo y, con marcial media vuelta, marchó.

—Creo que todo está resuelto, Excelencia —dijo Démonville. Mirando a los jueces—: que Sus Señorías no olviden lo que se les ha dicho. Se puede tocar a Sus Señorías en el bolsillo, en la cabeza. Donde guste el general. Ah, lo olvidaba. Para los casos de hoy. El cura, que deje la parroquia y se retire a su pueblo. Los que discutían sobre el centeno, que entreguen seis arrobas por barba, a ver si así baja el precio, y los parlanchines, ochenta mil reales cada uno. Mientras los cuentan, dejarán de hablar de lo que no les compete. En cuanto al alcalde que juzgaron ayer, he revisado la sentencia.

Carrié y el intendente, acatando la orden silenciosa del teórico subordinado, se retiraron. El general, entre denuestos. Mazagán, tras él, volviéndose a cada paso hacia los juristas con su tonta sonrisa que expresaba, a la vez, consternación y piedad, tan falsa la una como la otra. Él estaba de acuerdo con todo el mundo. Todos tenían razón. Qué pena que no se entendieran. ¿Por qué no habría más gente como él, siempre dispuesto a ceder?

Pardillo me echó con cajas destempladas, enfurecido. En alguien tenía que descargar su cólera. Nadie mejor que Príncipe, vil escribano, y molesto testigo del lamentable espectáculo.

El camino al bodegón pasaba por delante de la cárcel. Vi la puerta entreabrirse y salir a un aldeano, acompañado de uno de los bastoneros, que le despidió con cordialidad. Dio dos pasos el liberado, cubriéndose los ojos, deslumbrados por el sol. Un hombre marrón y escarlata se le acercó y, sin mediar palabra, le descerrajó un tiro a quemarropa. Tranquilo, metió la pistola en la faja y se fue, paseando por la sombra.

Era, por el uniforme, un juramentado, que acababa de cumplir la sentencia dictada por Démonville contra Vega, regidor de Amusco.

Ninguno de los presentes pudimos hacer nada para evitar lo

sucedido. ¿A qué engañarse? Aunque hubiésemos podido, no lo hubiéramos hecho. Tal era el terror que imponía el húsar, verdadero dueño de Palencia, convertida en la ciudad del demonio, como indicaba el nombre de su despiadado amo.

Apesadumbrado, narré a Ochandiano lo sucedido. Con la pública ejecución, el teniente coronel demostraba quién tenía el mando. Ni general ni intendente, sólo él.

—Esperemos que no quiera dar más lecciones, que para ese viaje no hacían falta alforjas. Y menos, muertos. Desde que llegó, la cosa estaba muy clara.

—Casi me preocupan más los chacones.

—Razón tiene. Gente de cuerda, criada a los pechos de los franceses. Sin ellos no son nada. Han apostado la vida a su victoria. Si pierden la guerra, los afrancesados de medio pelo, igual salvan la vida. Pero de los juramentados no quedará ni uno. Demasiadas tropelías han cometido para esperar piedad.

El aciago futuro de la desalmada ralea en nada reconfortaba mi espíritu. Lo que me preocupaba era el presente. Les había visto meterse en un puño a Doscastillos, en una semana escasa. Resultaba fácil de imaginar lo que sería Palencia con esa traílla de perros rabiosos a disposición de Démonville. Sin olvidar que donde había chacones, estaba Míguez. Imposible de predecir su reacción si me descubría. Su cariño por *Víctor* se me hizo demasiado frágil salvoconducto. Bastó una vez, pero ¿y la segunda?

Los lóbregos pensamientos me quitaron las ganas de comer. No quise encerrarme en la buhardilla, donde aguardaba la soledad para aumentar mi desasosiego. Buscando distracción, me dediqué a escuchar las conversaciones de las mesas vecinas.

A pesar de los decretos de Carrié y del asesinato del alcalde, el único tema era la guerra. Para variar, las noticias eran buenas. En Gerona, asediada desde mayo, los imperiales habían sufrido terrible revés en un asalto fracasado a Montjuich. Entre el zumbido de las moscas, el entrechocar de platos y los regüeldos, volaban de grupo en grupo las cifras fantasiosas. Un hortera afirmaba que tres mil fueron los muertos. Replicaba un dependiente que siete mil. Un criado, arriesgando los vasos que llevaba en una bandeja, se inclinaba confidencial para susurrar que le constaba de la mejor tinta que veinte mil eran las bajas. Subían las pujas de la subasta, que nada costaban.

Concurrían los presentes en el triunfo mayúsculo, y en los muchos méritos del jefe de los asediados, un tal Álvarez de Castro, militar severo, dispuesto a enterrarse entre las ruinas de la ciudad antes de entregarla. Narraban que había respondido a un timorato, tembloroso por la escasez de víveres, que, si preciso resultase, empezarían por comerse a los cobardes como él.

Tan placentero desfile de franceses muertos sirvió de fulminante bálsamo para mis temores, con ayuda del aguardiente que el vasco trajo para celebrar las noticias.

El deseo de profundizar mis averiguaciones me llevó al mesón de El Cordón, lo más fino del lugar. Nunca había estado, por prudencia, ya que era sitio vedado a gentuza como yo, pero ahora entré en él con gran aplomo. Los efectos del alcohol en el estómago vacío contaron para algo, imagino.

Aunque, también, el creciente desparpajo con que circulaba por Palencia. Como he dicho, no usaba el sombrero reglamentario, y no había ejercido ni una sola vez de verdugo, por lo que no resultaba conocido al vulgo. Los pocos que sabían mi oficio eran colaboradores de Bustamente. Verdad es que existía el riesgo de tropezar con Mazagán o Démonville, que se hallaban al corriente de mi condición de ejecutor, pero calculé que sería pésima suerte que precisamente aquella tarde hubiesen decidido pasarse por allí.

Una ojeada al local bastó para convencerme de lo infundado de mis temores. Era de mediano pelaje, se mirase como se mirase. Demasiado ampuloso, clientela demasiado empingorotada, servicio demasiado altivo. Unos grabados delataban al menos una visita del propietario a París. Era evidente que las apariencias le habían despistado. No hay elegancia sin discreción, y lo excesivo de todo lo que se ofrecía a la vista mostraba que el dueño, tomando la forma por el fondo, creía que, a base de muebles, cristales y alfombras, se hacía de comedero castellano *restaurant* francés. Gran error, compartido por los parroquianos, como pude observar en sus expresiones satisfechas. No, ningún riesgo había de que el atildado intendente o el exquisito húsar hollasen El Cordón.

Estaba, en cambio, como cabía esperar y yo había supuesto,

Pacomaula. Me hice el encontradizo, aunque él era el principal motivo de mi presencia allí.

—Hombre, Eugenio, ¡qué sorpresa!

—¿Qué hace usted aquí?, ¿no temen que le vean?

Era al revés. Temía que le vieran conmigo. Le tranquilicé.

—En un sitio como éste, nadie conoce a gente como yo. Por cierto, usted que sí se codea con la flor y nata, ¿sabe algo de Gerona?

—Ahí sigue, tres meses van de asedio, y sin caer.

No corroboraba el éxito patriota, pero sí, al menos, la impotencia francesa.

—¿Cómo van las cosas? —Tenía que darle cuerda, antes de entrar en materia.

—¿Cómo van a ir? Mal, muy mal. Un día se levanta el pueblo y nos tira al río. Cada tres meses los gabachos suben los impuestos, aparte de las contribuciones extraordinarias. ¿Se lo puede creer? ¿Es ésa forma de que nuestro José gane el amor de sus súbditos?

—Don Eugenio, que ha dicho gabachos —le advertí.

—¿Y qué? —se engalló—, si es verdad, si están matando el amor al más benéfico de los reyes. Ya sabe que el pueblo llama al Emperador Napoladrón. Sus motivos tiene. Comienzan ellos la guerra y ahora quieren que la paguemos nosotros.

—¿Nosotros?

—Claro, los españoles.

Se me estaba haciendo patriota, don Eugenio, sin saberlo. Empecé la partida.

—El Carrié, que no tiene luces para el cargo. —Arriesgada apertura, pero tenía ganado el juego.

—Para el cargo, no sé, pero le sobran para pegar fuego a este polvorín. Además, es un sinvergüenza.

—¿Qué me cuenta? —le apreté, antes de que se batiera en retirada.

—Se lo afirmo. Parte de esos caudales se le quedan entre las uñas. ¿De qué guindo se cae si es la comidilla de toda la provincia? ¿Cómo, si no, cree que se paga las francachelas, las mujeres?

—Un poco de comprensión, será hombre festivo. Con el sueldo le tiene que bastar para divertirse —le pinché.

—Está usted tonto. Ni aunque fuese mariscal podría pagarse esos lujos. Vinos de Burdeos, carne de primera, fruta fuera de temporada, un centenar de velas por noche. Verdad es que ha sacado la cubertería a las iglesias, fundiendo la plata, y que la vajilla es regalo forzoso del Ayuntamiento; pero el resto, de algún bolsillo sale, y no del suyo. Pero si dice abiertamente que ya que le han mandado a esta porquería de país, al menos saldrá rico. ¡Una porquería, España! ¿Qué se habrá creído el yuntero con charreteras, que eso es lo que es?

Veía yo a Pacomaula en la partida de El Empecinado de seguir en esa vena. Continué moviendo.

—¿Tantas fiestas organiza?

—¿Tantas? Más. Y orgías, que no fiestas. Si yo le contara. Ha pasado por sus brazos lo granado de las mujeres de aquí. Las esposas o hijas de afrancesados, como prueba de la lealtad de los maridos o padres. Las de los sospechosos de patriotas, en calidad de soborno. Y no para. Es un fauno. Falda agraciada que ve, falda que levanta. Un viejo verde, cegado por la pasión.

Satisfecha la curiosidad, nada me retenía junto al amotinado Pastor. Le dejé que se explayara un rato y, deseándole una buena tarde, hice mutis por el foro. Todo empezaba a encajar.

Gregorio Gallego, el portero tramposo, me detuvo en el camino a casa. El señor Bustamante precisaba verme a la anochecida, en el bodegón.

Don Asunción esperaba impaciente.

—¿Ha contado su plan a Gómez? —rompió el fuego.

—Que no hay tal plan, señor mayordomo. Doy vueltas a algunas cosillas. De ahí no he pasado.

—Si usted lo dice… —nada convencido—. Aunque, igual, no es preciso —agregó con pícara sonrisa.

—¿Y eso por qué?

—¿Conque Wellesley acochinado, eh?

—No me conteste con preguntas, que no es gallego, que yo sepa.

—¡Pues que ha vencido en titánica lid! —No se pudo contener—. Sí, cabe a Talavera. Una batalla decisiva. ¡Hemos ganado la guerra! A estas horas marcha sobre Madrid. Antes de una semana desayunará en Palacio.

—Cálmese y cuente.

Atropellándose por la emoción, el mayordomo describió el combate que había tenido lugar en Talavera a fines de julio. Un ejército hispano-británico, mandado por su querido lord y por el general Cuesta, había batido de lleno a uno imperial, dirigido por Pepe Botella en persona, causándole más de diez mil bajas.

—¡Dos Cuerpos y la Reserva aniquilados! José huye con el rabo, si lo tiene, entre las piernas. ¡Esto se acaba! Dentro de poco empezará el paso de heridos y de tropas en desbandada. Desconozco cuál sería esa idea suya, pero la puede guardar para contársela a sus nietos.

Costaba creer tanta ventura, aunque Bustamante suministraba tal copia de detalles que sus palabras sonaban ciertas. Si era verdadera la victoria, y si dichas tropas francesas estaban derrotadas, nada impedía, en efecto, a los aliados entrar en Madrid. Caída la Villa y Corte, con Gerona resistiendo, Andalucía y Valencia aún en manos españolas y guerrillas en todas partes, los gabachos podían perder la guerra. Para aniquilarlos, bastaría una ofensiva concéntrica de los ejércitos de Asturias, de la Izquierda, de Extremadura, de la Mancha y de la Derecha, y del inglés, aunada con universal alzamiento de las partidas.

En esas circunstancias, ciertamente, mi plan sobraba. Nada me costaba archivarlo. Es más, en cierto modo, lo prefería, porque saldría caro.

La cena fue pantagruélica, como demandaban las noticias, amenizada por el vocerío proveniente de la sala. La buena nueva había corrido como la pólvora y, echando al viento toda prudencia, la gente celebraba el triunfo. Cuando acabamos, Asunción salió por la puerta trasera, discreto. Yo, menos, preferí el comedor grande, para disfrutar de la vinosa alegría que en él imperaba.

Denso silencio me detuvo a medio camino. Escamado, asomé la punta de la nariz. Había dos uniformes marrones y punzó en la sala. Los juramentados no tenían armas en las manos. En lugar de ellas, cigarrillos que fumaban despaciosamente, con indolencia, ignorando a los asistentes. No se movía un pelo. Todos sabían lo que pasaba cuando esa gente se sentaba en el pescante. Podía cantar misa Bustamante con sus Talaveras. Pintaban espadas.

Cerré con cuidado y seguí los pasos del mayordomo, dando

vueltas a la cara de uno de los chacones. Le conocía, pero no recordaba de dónde.

Nada más pisar la calle, topé con una patrulla.

—¿Quién vive? —ladró su jefe.

—El verdugo —escupí, tragando hiel.

Después de concienzudo examen de la carta de seguridad, me dejó pasar. Fuertes contingentes franceses recorrían la ciudad. Volví a casa. Por el camino soltaba reniegos contra Bustamante, Wellesley y la madre de todos ellos. Así que titánica lid. Decisiva batalla. Quizás, pero el puño de hierro de Démonville seguía aplastando Palencia.

¿Conque archivar mi plan, eh? ¡Cuán equivocado estaba! Ponerlo en marcha era más urgente que nunca.

XVIII

UN BAILE

Empezaron a llegar heridos, cumpliéndose la profecía de Asunción. Durante días entró el torrente doloroso de ayes, carnes maceradas, ojos vidriosos, rostros demacrados, vendajes sucios, miembros amputados, ante las miradas compasivas de algunos.

No era yo uno de ellos. Lo que veía desfilar era el merecido pago por aquel otro convoy, el que se llevó las bajas de Espinosa de los Monteros, y con ellas a mi brigadier, y mi honor. Donde las dan, las toman. Después de tanto dar, les tocaba tomar. *Dura lex*, como decía el docto Pardillo. Evangélico, mascullaba, «ojo por ojo, diente por diente», al contemplar gabachos desojados y desdentados por horripilantes cortes.

Ante las continuas caravanas me sentía tentado de dar pábulo a las palabras del mayordomo. Los heridos son todos iguales, provengan de victoria o de derrota, pero fuere cual fuese el caso, eran muchos. Tanto si habían ganado como si habían perdido, las bajas del enemigo fueron crueles. Trabajo tendría su Emperador en colmarlas, siquiera fuese con reclutillas recién sacados de la cuna.

Quizás para ocultar la gravedad de las mismas, la guarnición no se daba tregua. Continuamente salían destacamentos para buscar las escurridizas partidas, y a todas horas sus rondas peinaban las calles, a la caza de patriotas encubiertos.

Démonville se multiplicaba. Con fría cólera practicaba registros en casas sospechosas o gobernaba escuadrones de reconocimiento, sus juramentados siempre a mano, tan ávidos de muertes como él. Fueron todos, sin embargo, espadazos en el agua. Los guerrilleros se retraían, y don Bustamante y demás conspiradores apenas resollaban.

El tribunal proseguía sus sesiones, aunque más para comentar los sucesos de actualidad que para juzgar casos pendientes. Yo creo que, también, para darse valor los unos a los otros. Se hallaban entre dos fuegos. Si se tambaleaba el imperio francés sobre España, podían acabar ahorcados por los patriotas, y ante el paredón en el caso de que sus sentencias no placieran a las autoridades gabachas. Casi daban lástima.

Fuera de ello, la preocupación inmediata eran los problemas de atender a tanto herido. Carrié exigía nuevas contribuciones en especie y los jueces se desesperaban ante la imposibilidad de que la ciudad las atendiera.

—Han pedido quinientos servicios para los hospitales —gimoteaba Pardillo—. ¡Quinientos! Marregones, tableros, colchones, sábanas.

—Sin mencionar —aportó un colega— bacinas, escudillas, tarros, camisas, trapos para hilas…

—Qué trapos —intervino otro—, sábanas sin remiendos ni agujeros, y camisas sin puños ni cuellos, pretenden los señores para fabricar vendas. Como si sus andrajosos heridos fuesen duques.

Fingiendo que preparaba las plumas les oía yo con disimulo, reflexionando sobre el triste barro humano. Los que así hablaban eran hechura de los imperiales. De ellos comían, y muy bien, y a ellos debían sus privilegiados cargos. Los heridos que aullaban en las calles luchaban en su mismo bando. Y ahora, cuando las cosas amenazaban torcerse para sus protectores, sólo denuestos para ellos tenían. Ni siquiera el valor de la lealtad, o del agradecimiento.

Sorteando la náusea, busqué un sitio apartado, donde no llegara el chirrido de los carros, con su carga de ayes, donde alejar el mal sabor de boca a golpes de vino. Al principio supuse que los pasos eran de alguien que caminaba en la misma dirección. Pero, tras tomar por una callejuela, sin que se alejaran, me puse en guardia. Hice dos giros bruscos, al azar, en otras tantas encrucijadas. Ahí seguían. Me volví de sopetón. Al menos que el cuchillo no me llegara por la espalda. El fusilero de Hesse paró en seco, tan bruscamente que el turbante que cubría su cabeza se le cayó sobre los ojos.

—¡Carajo! —soltó el tudesco.

Tomé el palabro con naturalidad. ¿En qué iba a jurar Gómez, sino en buen español?

—¿Qué haces así vestido? Te la estás jugando de veras, con esas trazas.

—Voy de hessiano, mi coronel.

—Ya, por eso te lo digo. A propósito, ¿sabes alemán?

—*Ja.*

—¿Qué hora es?

—*Nein.*

—Muy bien. ¿Y eso? —Señalé la toalla, que había recuperado su lugar en torno a la hueca testuz del mensajero.

—Voy de hessiano herido —precisó.

Estábamos frescos. El espía, o lo que fuera, se había metido en una ciudad ocupada, vestido con uniforme enemigo y de nacionalidad cuya lengua ignoraba. Cómo lograban sobrevivir las huestes de Patricia era un misterio.

—¿Ni siquiera aprendiste tres palabras de tus camaradas cuando ibas de suizo?

—Era muy difícil, mi coronel. Aprendí dos, que no está mal.

—Yo que tú quemaba el uniforme, y me vestía de lavandera. Pasarías más desapercibido, aun con el bigotazo. Pero haz lo que quieras. ¿Tienes algo que decirme?

—La señorita le espera, en El Cordón.

—Poco ha tardado en llegar desde Carmona —fui irónico.

Nada respondió, ocupado en ajustar bien el peculiar gorro.

Sería inútil decir que recibí la noticia con ecuanimidad. Los nombres que se han querido siempre despiertan ecos.

Pero, además, me alarmaba la súbita presencia de Patricia en la ciudad. Aunque yo la hubiese requerido, daba un mentís a los optimistas vaticinios de Asunción. Si estaba en Palencia, era que las cosas no andaban tan bien como parecía indicar la procesión de heridos, ni como creía el mayordomo.

Apreté, pues, el paso rumbo al mesón, aunque antes, con disimulo, hice lo posible para lustrar los zapatos en las medias. El cosmopolita mensajero me pisaba los talones.

Frente a Santa Clara, caí en la cuenta.

—¡Honorio! ¿O era Gregorio?

—¿Mi coronel?

—Cosas mías. Sigamos.

Ya sabía por qué me fue familiar la jeta de uno de los chacones que vi el día anterior, en casa de Ochandiano. Se trataba del postillón que azoté en El Gran Maestre, y que a punto estuvo de clavarme un cuchillo. Tenía cerca un enemigo más, y nada desdeñable, que si algo sé es medir a las gentes. Lo enseña el ejército. No me equivocaba, seguro, al tomarle por sujeto rencoroso y poco olvidadizo. Un hombre perfecto para Míguez y, por ende, malo para mí.

Para cuando llegamos iba yo serio, pensando en el juramentado. Por ello entré circunspecto en el reservado, lo que se avenía al carácter de Patricia, que abominaba de alharacas. Desentonaba la inglesa, con su moño severo, ojos fríos y traje negro, en el entorno de lupanar. De nuevo, el dueño había errado en la decoración. Los grandes espejos, el diván de terciopelo rojo, la luz tenue y los cuadros, más eróticos que mitológicos, parecían propios de burdel y no de salón privado. Aunque vaya usted a saber el uso que se le daba. En provincias hay mucho vicio.

Me tendió una mano de cera y deposité en ella beso de mármol. Como me dije en las ruinas del castillo, aunque allí no lo cumplí, es malo precipitar los acontecimientos.

Escueto, dediqué mi primera pregunta a la acción de Talavera. Bustamante estaba bien y mal informado. Bien, porque los franceses resultaron batidos. Mal, porque su derrota no fue decisiva. Perdieron más hombres, pero es que tenían más. Ambos ejércitos quedaron, pues, en la misma proporción que antes de la matanza. No era eso lo grave, sin embargo. Lo grave era que el mariscal Soult, con tres cuerpos al completo, se descolgó desde la zona de Salamanca hacia Plasencia, amenazando cortar la retirada a Wellesley y Cuesta, cuando los aliados preparaban ya la marcha sobre Madrid.

Por eso, mientras hablábamos, ambos generales se hallaban en franca retirada, con destino a Badajoz, esperando que el Tajo les protegiera de los gabachos antes de que les cayeran encima.

En grande, fue lo mismo que nos sucedió con Blake el año

313

anterior. Cuando creíamos que íbamos a barrer al enemigo del País Vasco, casi nos copa, atacando desde Castilla. Las maniobras sobre la retaguardia son mortales. En aquella ocasión terminaron en el desastre de Espinosa. En ésta, al parecer, se evitó lo peor, pero el susto había sido mayúsculo. Patricia criticó amargamente a Cuesta, según ella, culpable del fracaso de la campaña.

Me senté sin pedir permiso. Adiós a las esperanzas de un rápido final. ¿No acabaría nunca el tejer y destejer? Magro consuelo fue saber que entre los perdedores de la batalla destacaba Víctor, nuestra Némesis de Espinosa y de otros reveses españoles. Había que seguir sosteniendo las espadas en alto y yo estaba muy cansado.

El profundo desaliento que me embargaba dio mejores resultados que cualquier carantoña. Patricia, que lo compartía, no pudo reprimir un gesto de compasión, acariciando la cabeza vencida. Hundí la cara en el regazo hospitalario. Quizás sollocé en el refugio de terciopelo, huyendo del mundo desquiciado, borracho de sangre, que acechaba fuera; huyendo, quizás, de mí mismo. Me sentía seguro en el claustro cálido. Sólo ahí residía la certeza, sólo en él el reposo. Alcé el rostro y vi el suyo inclinado sobre el mío. Una sonrisa, maternal y angustiada, curvaba sus labios. Los besé y, como en el castillo, fuimos llama.

Cuando los criados me despertaron, con ruidos de escobas y arrastrar de muebles, me vestí apresuradamente y contraté una habitación discreta, a la que subí a Patricia, como sonámbula, por excusada escalera. Entre las cuatro paredes, en dos días vivimos una vida. Medio desnudos, hacíamos el amor, hablábamos de lo divino y de lo humano y picoteábamos la comida que, cuando el hambre nos devolvía a la realidad, traían de abajo. Pero cuando ella dormía, extenuada, maquinaba yo planes.

La última tarde discutimos la guerra. Pensaba ella que iba para largo. Talavera había mostrado que las uvas estaban verdes. Quedaba mucho francés. Mientras estuviesen en condiciones de reunir dos ejércitos en las Castillas, cualquier fuerza que intentase penetrar desde la frontera portuguesa se exponía al envolvimiento por uno de los flancos, como sucedió en la última campaña.

—Hay que esperar a hacernos más fuertes, o a que los imperiales se debiliten por sus errores, por la acción de las guerrillas o por acontecimientos en Europa —dictaminaba el desvestido general—, a pesar de que las últimas noticias apuntan a una nueva victoria de Napoleón contra Austria, en Wagram. En cualquier caso, hay guerra para rato.

Asentía yo, reflexivo. Si la versión de Asunción me había hecho vacilar, el relato de la inglesa aclaraba definitivamente el panorama. Estando así las cosas, la Gran Clave era más vital que nunca, y yo tenía un proyecto para apoderarme de ella. Patricia me preguntó por él, recordando tardíamente el mensaje que le había transmitido Gómez, motivo de su venida a Palencia. Respondí, difuso, que aún quedaban cabos por atar.

El tono militar de nuestra conversación me devolvió al sendero del deber. Lo había abandonado, junto con *Víctor*, mi trabajo, Bustamante y Blas. Era tiempo de volver a la realidad, que, despiadada, aguardaba.

Margarita me recibió al borde del soponcio. Estaba convencida de que había caído en las redes de los chacones. Después de tranquilizarla, pregunté por el perro y el tonto. Cazaban cerdos. Luego por Petra. No había novedades en sus amoríos.

Víctor me olió a una manzana. Gimoteando, me saltó al cuello. Tuve que sosegarlo, que la emoción casi lo ahogó, pero cuando quise depositarlo en el suelo, se resistió con tal ansia que me vi sin valor para apartarlo. En cuanto a Blas, entre alborozados gruñidos, se quitó la moneda templaria que llevaba al cuello y la puso en el mío. Nunca recibí presea más sentida, y menos merecida.

Fuimos los tres al cabildo, donde aduje como verosímil excusa, que fue aceptada, un golpe de calor. No se me había echado en falta. Los esfuerzos de Démonville habían sido baldíos hasta el presente y ningún guerrillero capturado necesitaba de reuniones de la Junta Criminal. No se precisó, pues, durante la ausencia, ni de escribano ni de verdugo.

La acogida de Ochandiano fue sustanciosa. Enterado de mi resurgir por la carnicera, tenía preparado enorme pastel de liebre y polvorienta botella, y no flaco refrigerio para el perro y Blas. Entre hombres, le confié que del encierro era culpable una pelandusca, que por sus buenas artes en el camastro me sorbió el seso, y otra cosa, durante dos veces veinticuatro horas.

Claro es que vino don Asunción, avisado por el bodeguero, con gran carga de reproches por la prolongada desaparición. Había removido Roma con Santiago en mi busca, creyéndome en oscuro calabozo. Cariñoso, me amonestó por el silencio. En chanza, preguntéle yo por milord Wellesley y sus hazañas. Estaba ya al tanto.

—El maldito Cuesta, a él tendría que preguntar —refunfuñó—. Viejo testarudo, en campaña contra todos. Contra el lord, por rencillas; contra Venegas, por celos. Empeñado en hacer su santa voluntad, sin encomendarse ni a Dios ni al diablo, campando a sus anchas con unos miles de desgraciados, como si tuviese un ejército veterano, y como si, solo, pudiese derrotar a los franceses. Gravísima responsabilidad ha incurrido frente a la Nación, por su terquedad. De él la culpa, no del excelente Wellesley.

Resultó que el tal Venegas mandaba las tropas patriotas de la Mancha, que habrían tenido que tomar la ofensiva a la par que los otros dos generales, de forma que mientras éstos amenazaban Madrid desde el oeste, aquél lo hiciera desde el sur, formando mortal tenaza. Como los tres andaban de morros, faltó acuerdo, los anglo-hispanos acabaron por tener que replegarse, como narró Patricia, y los manchegos fueron cruelmente escarmentados en Almonacid.

—Eso, mi querido Príncipe, es lo que se llama hacer un pan con unas hostias. Otro gallo nos hubiese cantado si el noble lord ostentara el mando supremo aliado, como propugnamos algunos.

Ochandiano, al vernos empantanados en altas estrategias, marchó a atender a la clientela. Sacando partido de la soledad, pedí noticias de Carrié a Bustamante. Gozaba de perfecta salud, el cabrón, siempre enredado en faldas y escándalos.

—¿Algún festorrón en perspectiva? —me interesé.

—El sábado. Para celebrar lo que tiene la osadía de llamar el triunfo de Talavera —barbotó—. ¿Por qué?

—¿Podría conseguir una invitación?

—¿Para quién, para usted?, ¿le ha dado por la sociedad? —zumbón.

—Para una mujer.

—Eso es diferente. Si es bonita, delo por hecho. El gobernador no se sacia.

—Es bonita.

—Pues ya está. Mañana la tiene en su mano. ¿Y de quién se trata, de su fulana? —El vasco le había contado mis novillos.

Le saqué del error. No, de Patricia Trevelyan, que había venido. Se me ocurrió, le dije, que sería buena idea que conociera a Carrié. A ver si le sonsacaba, entre baile y baile, algo sobre los planes franceses. Ella era hermosa y él galán. Nunca se sabía. Me miró fijamente, sin atreverse a relacionar mi ausencia con la llegada de la inglesa, rechazando la enormidad de cualquier sospecha al respecto. Prefirió contentarse con mi palabra de que acababa de entrar en Palencia esa tarde, debido al prematuro aviso que, justamente él, dio a Gómez sobre un supuesto plan mío, que no existía.

—Ya que ha venido, por culpa de su precipitación, al menos que se vaya con algo y no con un desengaño.

Aceptó el razonamiento sin discutir. Gregorio Gallego traería la tarjeta al día siguiente. No sólo eso. Él en persona acompañaría a la señorita Trevelyan. Estaba, claro, descartado que el verdugo mancillara la residencia del gobernador.

—Gran idea, Príncipe —me felicitó—, enhorabuena. O poco conozco a Carrié o, al verla, le contará hasta de qué color son los calzones de sus granaderos. ¿Qué le parece si la presento como viuda de un hermano mío?

No tuve nada que objetar, siempre que dijera la verdad sobre su nación. El acento de la británica no daba margen al disimulo. En eso quedamos. Finiquitado el pastel, y las copas que Ochandiano envió para digerirlo, nos separamos, algo bebidos y ya con el crepúsculo en ciernes. El mayordomo, satisfecho con lo que sabía de mi plan. Yo, madurando el resto. Pasé por la cocina, a comunicar al mariscal y al mozo que partía a El Cordón, mi cuartel general hasta nueva orden. A golpe de enfáticas promesas de vernos a prima hora del día, logré que el perro autorizara la separación.

Con Míguez y Gregorio, o como se llamase, sueltos, elegí calles desusadas para enderezar hacia la fonda. Una de ellas rasaba las paredes de lo que colegí iglesia o convento, por los dulces cánticos que de ellas provenían. Femeninas eran las voces. Monjas sin duda. Agustinas Canonesas, si no andaba despistado. Ramas de peral que sobrepasaban los muros delataban un huerto. Cerca de una puerta falsa, brillaba la lamparilla de una hornacina. Dos figuras paseaban ante ella, del bracete. La más delgada correspondía, por los andares gatunos, afelpados, a Démonville. La otra, irreverente, se aproximó a la luz para encender un cigarro. Era, me dijo el súbito resplandor que produjo al aspirar, el finado Estébanez.

No, me corregí. Demasiado aguardiente. El depositario murió, como el resto de la Guardia Templaria. Pero, reflexioné, ¿qué prueba tenía? Cañizares y yo lo supusimos, a causa del terrible ojeo de los chacones, que acabó, uno tras otro, con sus enemigos. Constaba la defunción de Cuenca y Hortelano, por la cuerda y el veneno. Lo visto por mis propios ojos permitía deducir la del cura y Trueba, por el fuego o el plomo. En el caso de Estébanez, sin embargo, no había otro argumento que la lógica, y de bien poco servía ante la evidencia que caminaba con el húsar.

Era él, pues, el traidor que informó a los juramentados. Por eso los golpes de éstos fueron tan precisos, sin tanteos previos. Iban a tiro hecho. Anonadados por la rapidez del exterminio, no tuvimos tiempo para especular sobre el culpable. Los sucesivos golpes sólo dejaban espacio para el asombro y el pavor.

Ahora se explicaba todo. Entendí el truculento afán del ex depositario por que la mísera Guardia entrara en combate, a pesar de la resistencia de Cañizares. Claro, buscaba un pretexto para eliminarla. Hasta al loco Duhart le hubiese resultado difícil explicar una poda, sin motivo alguno, de doscastellanos de a pie, como los guardias, o de pro, como sus jefes. El mendaz depositario necesitaba argumentos para que las autoridades palentinas tomasen cartas en el asunto, dando de lado a De Châteauneuf, poco partidario, por estética y por carácter, de la innoble montería.

Pero, una vez que los templarios se pusieran en campaña, matando franceses, se podía luchar contra ellos. Llamar a los chacones. Eliminarlos. Y así fue, hasta que no quedó uno con vida, excepto el bellaco que, en esos momentos, degustaba un buen puro ante mis ojos. Su conocida avaricia bastaba para explicar la canallada. Buenos cuartos habría costado a los franceses comprarlo, pero no los suficientes, lo juraba, para evitar que a ese cerdo le llegara su San Martín.

Paradojas del endemoniado conflicto, guerra civil, que no civilizada. Estébanez, espejo de patriotas, afrancesado. Valderrábano, el apasionado de la Revolución gala, comprando su vida a cambio de emborrachar gratis soldados en su botillería. Repelía esa ciénaga, espesa de traiciones y falsedades. Únicamente los pillos sobrevivirían. La gente de una pieza, como el nunca olvidado San Román, Trueba o, en menor medida, el cura, iba quedando por el camino, pasto de carroñeros. Tomaba nota de la lección que, de todas formas, ya tenía aprendida.

Una esquina me cobijó hasta que los peripatéticos, resueltos los temas que les hubiesen reunido, partieron.

Lavé tanta suciedad en la piel tersa de Patricia. No hizo falta decir nada para que advirtiera la ilimitada congoja que me embargaba. Ignoraba su origen, pero supo que algo malo me roía.

Una vez limpio, la hice partícipe de mis gestiones en relación con el sarao. Preguntó si aquélla era mi famosa idea. Lo negué como mejor pude. Se me había ocurrido al pronto, hablando con Asunción.

—¿Seguro que quieres que vaya? —Me clavó los ojos, estudiándome.

—Claro —con mi voz más acariciadora—. Te vendrá bien salir de este cuartucho, tomar el aire, ver a la crema local. A tu vuelta me lo contarás, y nos reiremos. Fíjate especialmente —aconsejé festivo— en los trajes de las señoras. Seguro que llevan la moda del siglo pasado.

Asintió, con sonrisa insegura, desconfiada. Cuando nos dormimos, por primera vez se alejó un poco. Muy poco, pero ya éramos dos, y no uno.

Al toque de maitines estaba en la calle. Parecía más político no enfrentarse con el despertar de Patricia. Odio los desencuentros, los silencios artificiales, y no sabía con qué pie se levantaría la inglesa tras la nocturna frialdad. Mejor darnos tiempo para que ella recapacitase —por mi parte, yo tenía ya todo pensado— y se convenciera de la bondad de mi propuesta.

Tomé el chocolate en el primer local que abrió y fui al Ayuntamiento, a ponerme a las gratas órdenes de quien fuese. El funcionario de turno, extrañado por la temprana visita, me dijo que perseverara en la caza y captura de cerdos. Como había delegado en Blas esa parte de mis funciones, le hice una higa mental.

Dediqué el resto del día a perfilar la maniobra que me traía entre ceja y ceja. No había lugar para el error.

Por fin, regresé a El Cordón, con curiosidad por el recibimiento que me estaría reservado. Patricia me acogió como si nada hubiese pasado. Lamentaba su despecho, absurdo, ahora lo veía.

—Te parecerá tonto, pero me dolió un poquito —hizo un mohín— que sugirieras que fuese sola al baile, con la reputación que tiene Carrié.

—Llevas demasiado tiempo en España —reí—. Te has contagiado. Nada de malo tiene, y te acompañará persona irreprochable, como es Asunción. Pero, por descontado, si prefieres quedarte, lo entiendo perfectamente. Encargaremos que nos suban algo y cenaremos aquí. Me pareció una buena forma de sonsacar al gobernador, sólo eso. Pero quizás estoy equivocado.

Bastó que plegara velas yo para que cediera ella. Claro que iría. Calificó la idea de magnífica. De tontos, sus escrúpulos. Nos reconciliamos, como suele suceder en estos casos. Quedaba, sin embargo, producto del breve roce, minúscula fisura en nuestro cristal. Ya no vibraba con la misma armonía que antes.

Llegó el mayordomo a la hora fijada, en quejosa tartana, hecho un currutaco, barba afeitada, fraque negro y centelleante sombrero. Charlamos un rato en la entrada, a la espera de la dama. Presentó excusas por la pobreza del equipaje. La berlina había sido requisada para transportar heridos. Le respondí con mis simpatías. En medio del cortés parloteo apareció Patricia.

En lugar de seguir la corriente que imponía la moda francesa para los actos de sociedad, iba a la española, con mantilla y basquiña. El negro encaje resaltaba a maravilla el rostro ligeramente pálido, virgen de pomadas. Hasta las ojeras, fruto de noche insomne, la favorecían. Detenida por nuestra admiración, allá, en lo alto de la escalera, tenía algo de sobrenatural, casi de divino, brillando en el ramplón entorno.

Hasta el espeso propietario del lugar lo percibió, admitiendo, con las profusas reverencias que le dedicaba, la derrota de su pésimo gusto. Ahí, nácar y seda, tenía la belleza, sin abalorios ni afeites.

Pasó ante nosotros, dejando un suave rastro de perfume. Eché de menos, sin embargo, el olor a cuero.

Gentil, dio su abanico a tener a Bustamante, que lo acogió como preciada reliquia. Si conseguía el mismo efecto en el baile, no dudaba yo que, como anticipara don Asunción, Carrié se rendiría con armas y bagajes.

Pasé la noche con los naipes, pero con la cabeza en el baile, de modo que el portero, que jugaba contra mí, me desplumó. La suerte en un envite y dos campanadas evitaron la ruina. No se había apagado el eco de la segunda cuando puse término al saqueo, volviendo al mesón. Patricia debía de estar a punto de llegar y deseaba aguardarla al estribo del coche. Un pequeño desvío, a través de un solar, me pertrechó de un manojo de flores, cogidas al paso.

Se las tendí, antes de que su pie tocara la acera. Venía arrebolada, más guapa que nunca. Recibió el homenaje espurio, que nada me había costado, con una sonrisa. Agradeció la escolta a Bustamante y, alegando cansancio, subió al cuarto.

Buscaba palabras el mayordomo para expresar su fervor.

—¡Qué triunfo, Príncipe! ¿Sabía que baila tan bien el vals como el fandango y la cachucha? Las mujeres, y lo digo, porque no todas eran señoras, que alguna furcia famosa se hizo presente, estaban verdes de envidia. ¿Verdes? ¡Negras! Dejó chiquitas a todas, por belleza, por elegancia y por simpatía. De los hombres, no hablemos. Desde Carrié al último ujier, no hubo uno que no quedara prendado.

Escuché orgulloso el panegírico. Yo, Gaspar Príncipe, pino hecho de la nada, oficial por la puerta de atrás, espía y verdugo, era el dueño de lo que todos deseaban. ¿Cuántos, en esos momentos, no revolcarían esposas o barraganas, soñando que poseían lo que era sólo mío? Singular placer sacaba de esos pensamientos y del entusiasmo del mayordomo.

—El éxito ha resultado abrumador —prosiguió—. Mañana algunos adefesios tirarán del pelo a sus modistas, reprochándoles el exceso de lazos y volantes. Quizás, un teniente y un regidor cambiarán estocadas por un bolero con Patricia, objeto de disputa. Sí, señor, que por tal motivo cruzaron palabras pesadas, en pleno sarao.

Se atragantaba Bustamante, al llegar a Carrié.

—Rendido, entregado y sin resistencia, no como Gerona. Ver a la señorita Trevelyan y dejar todo, fue uno. Olvidó al intendente, esa sierpe de ojos amarillentos. Ignoró a Démonville, su maléfico *alter ego*. Abandonó a una hermosa cortesana, traída de Madrid para la ocasión, y que había costado cinco dragones porque el convoy cayó en una celada. Sólo tuvo ojos para la inglesa. Cada vez que alguien se la arrancaba para un baile, ponía cara de dolor de muelas. Aun con eso, no se la cedían hasta acabar la pieza completa, prueba irrefutable del ardor de sus admiradores, pues para contrariar al gobernador hacen falta muchos arrestos.

No, no sabía qué confidencias susurró Carrié a Patricia. En el viaje de vuelta se había limitado a cotillear, irónica, sobre los atuendos de sus vencidas rivales. Le deseé buenas noches. Necesitaba saber lo que él desconocía. De cómo hubiese ido todo dependía la siguiente parte de mi plan.

La inglesa estaba a punto de meterse en la cama. Le faltaba sólo quitarse una gargantilla, que durmió con ella, porque, alborotado por la descripción de don Alipio, la asalté al punto. Sorprendida al principio por mi fogosidad, enseguida la compartió. Fue feroz el cuerpo a cuerpo, única manera de describir aquella lucha encarnizada sobre las sábanas. Parecería que ambos teníamos demonios que exorcizar.

Al otro día, muy tarde, entramos en materia. El bronce, llamando a misa desde veinte torres, ponía un fondo grave al diálogo. Tuve antes que soportar un prólogo, deliberadamente eterno. Sobre vestimentas masculinas y femeninas. Deplorables. Los únicos presentables eran los hombres de uniforme. «Estáis mucho mejor con ellos.» Sobre viandas. «La carne mechada, espléndida, creo que era de tu amigo Polvorosa.» Dulces y confites de monja, riquísimos. El resto, mal. Qué manía con el ajo y la cebolla. La música. Me la podía imaginar. Una banda militar, reforzada por solistas de aquí. «Aún me zumban los oídos.» El baile. Ellas se movían como espantapájaros. Ellos como elefantes. «Todavía me escuecen los pisotones.»

Le dejé hablar, sabiendo que necesitaba tiempo para ordenar sus ideas en las cuestiones que contaban.

Al fin llegó. El gobernador, dándose tono, había estado locuaz. Opinaba que Soult, obtenida la retirada de Cuesta y Wellesley, no abrigaba planes de invadir Portugal. Caso contrario, se habrían recibido en Palencia las habituales órdenes que preceden a una ofensiva: abastecimientos, municiones, preparativos de hospitales, concentraciones de carros. Daba la sensación de que los franceses se habían impuesto un compás de espera, quizás para operar en otra región.

Lo que contaba valía su peso en oro. A los ya sabidos encuentros de Talavera y Almonacid, añadió Patricia, citando a Carrié, el de Puente del Arzobispo, donde Cuesta sufrió nuevo descalabro. Tras ellos, los anglo-hispanos necesitaban a toda costa una tregua para reorganizarse, completar batallones y parques, instruir reclutas. Gran noticia, pues, saber que los gabachos la concedían. Los dos generales quedarían agradecidos.

Faltaba el último capítulo, el gobernador.

—Es una bestia, pero —matizó— tiene un doble encanto. De un lado, el que poseen los grandes entusiastas de mujeres. Te resultará raro, pero su propio deseo les da un magnetismo especial, un algo de Don Juan, vagamente cautivador. Irradian pasión. Se les ve tan rendidos, o tan encelados, que no es fácil sustraerse a ellos. Sobre todo, para las niñas melindrosas, que les ven como turbadoras encarnaciones del mal, verdaderos demonios, y tentadores, por ende. Su segunda ventaja reside en su propia brutalidad. Un hombre tan elemental, tan primitivo, de puro repelente, puede resultar atractivo.

Escuché en silencio. Desconozco las vueltas de la lógica femenina, y de la masculina, ya puestos; y ni sé ni me importa si el razonamiento de Patricia es o no compartido. Daba lo mismo. Sólo contaba que ella pensara así.

Dije que necesitaba una muda de ropa y fui a la buhardilla.

Blas se abanicaba en una esquina del cuarto. *Víctor*, jadeante, estaba tumbado, buscando el frescor del azulejo. No obstante se levantó, leal, y vino a saludarme. Le comuniqué el plan para escucharlo, por vez primera, en voz alta. Me miró con reproche, lo que me confirmó su precio. Pero siempre lo había sabido.

El ruido de la puerta de abajo anunció la llegada de don Asunción, a quien había mandado recado. Bajé a su encuentro, para ahorrarle la molestia de subir. El perro, hecho un ovillo sobre el suelo, meditaba mis palabras.

Bustamante, tras echar pestes contra el calor, me felicitó de nuevo.

—Sí, señor, excelente idea la suya de que la señorita Trevelyan acudiese al baile. Debo admitir que, al principio, me pareció un tanto peregrina, pero estoy seguro de que sacó buen partido de su encuentro con el gobernador.

Lo confirmé, detallando lo que Patricia había contado.

—Perfecto —se regodeó con mis palabras—. Todo resuelto. Tenemos por delante un par de meses tranquilos. Cuando terminen, el lord habrá hecho acopio de lo necesario y estará preparado para cualquier eventualidad. En ese plazo, la moderna industria británica le abastecerá de cuanto armamento precise y de toda suerte de provisiones de boca y guerra. No hay que preocuparse. Pasado ese tiempo, ya pueden venir todos los franceses que quieran. Serán debidamente recibidos.

—¡No! —grité, cortando la triunfal parrafada.

—¿Cómo? —boquiabierto.

Me tardaba ganar la guerra. Si Soult había detenido su ofensiva, por algo sería. Posiblemente debido a la falta de medios. Teníamos que recuperarnos antes que él y tomar la ofensiva.

—Muy modesto le veo —proseguí sarcástico—, resignado a la defensa. Así no se triunfa. Hay que atacar. Cuanto antes.

—¿Atacar? ¿Por dónde, si los imperiales están desplegados desde Salamanca al Mediterráneo?

—Ése es el quid de la cuestión. Línea tan extensa tiene que ser vulnerable en alguna parte. Necesitamos saber más de sus planes y de su fuerza. Iniciar una nueva ofensiva, pero sin sorpresas desagradables, como la que nos llevamos tras Talavera. Tomar Madrid y poner término de una buena vez a esta locura.

—Pues usted dirá cómo. Me doy por satisfecho con lo averiguado. No tentemos la suerte. Wellesley estará feliz cuando se entere del respiro, y lo sabrá aprovechar. Basta.

—¿Qué me dice de Petra Murillo? —cambié la conversación—. ¿Sigue tan inconstante en sus constantes amoríos?

Me miró raro, por el repentino capotazo, pero le hizo gracia el juego de palabras.

—Está bien visto. Inconstante, porque engaña al gabacho y al español. Constante, porque sólo tiene esos dos amantes. Ja, ja. Pues sí, con Sabatier y con el del resguardo sigue.

—¿Seguro que es buena patriota?

—Como Agustina de Aragón, ¿por qué?

—¿Tiene alguna influencia sobre ella doña Margarita?

—Cuánta curiosidad. De nuevo, sí y, de nuevo, ¿por qué?

—Cosas mías. Cuénteme ahora cómo va a enviar el mensaje a Wellesley.

Se puso a hablar de arrieros, guerrillas y párrocos de aldea, que utilizaba para esos menesteres. Dando vueltas al plan, no le presté atención. Ya había dicho lo que quería saber. Estaba decidido. Seguía adelante con mi proyecto.

XIX

DOS EJECUCIONES

Reconfortaba hablar del futuro con Patricia, en la penumbra de la alcoba, torre de marfil segura. Desde la atalaya umbría, lejos de todo, era fácil soñar el porvenir. Barajamos lugares, llegando a un acuerdo sobre Santander. La casa estaría sobre un acantilado, entre el mar bravo y prados pacíficos. Allí discurriría una vida plácida, sin sobresaltos, rayana en la mediocridad.

Demasiado había visto y hecho a lo largo de la espantosa guerra. No quería ver más que a ella, dije, ni hacer otra cosa que pasear y escribir mis memorias, para que hubiera constancia de la atrocidad y del heroísmo, a fin de que futuras generaciones supieran de lo que era capaz el hombre, y velaran para que lo sucedido no se repitiese jamás. Para que no volviesen luchas fratricidas, ni quemas de iglesias, para que se aceptase que cada español era una España, y todas ellas hermanas.

Me veía anacoreta, de luenga barba blanca, rodeado de libros y planos, nuevo Tácito. Patricia se ocuparía del jardín. Blas de la cocina, y *Víctor* correteaería de un lado a otro, acompañado de su fiel esposa y una camada de cachorrillos que nos alegrarían con sus juegos. En medio de esa familia pasarían mis días de patriarca venturoso. Siempre habría flores en la casa.

Hasta de la decoración hablamos. Patricia se encastillaba en cretonas y grabados de caza, sin encontrar oposición en mí, que sólo soñaba en un sofá frente al ventanal, y en una panoplia con mi espada de oficial y las charreteras, quizás ya de teniente coronel.

En esas invenciones llamaron a la puerta. Nos extrañó. No habíamos pedido comida y nadie, salvo Bustamante, y Blas, que no contaba, conocían el refugio. Abrí, esperando un error. Los seis pies largos de batidor no cabían por la puerta, y eso que tenía en la mano el gorro de pelo. El ramo, también desaforado, casi le tapaba entero. Lo dejó en mis brazos perplejos, y se retiró.

Se lo di, a mi vez, a la inglesa, única destinataria posible del obsequio.

—Qué amable Asunción —comenté, sabiendo que otro podía ser el origen.

—Es de Carrié. Me invita a cenar cuando yo quiera. —Palideció, leído el cartón.

—Vaya, el destripaterrones se nos ha civilizado —dejé caer con descuido afectado.

—¿Es todo lo que se te ocurre? —imploró.

—Sí, ¿por qué?

No respondió. Vi que la tristeza nublaba sus ojos grises. Abandoné Santander para momento más apropiado. Detesto el melodrama. Fingiendo que su cambio de humor me había pasado desapercibido, murmuré unas banalidades y me despedí con el pretexto de acudir al Ayuntamiento. Volvería por la tarde.

En la calle respiré a mis anchas. Resulta difícil el papel de canalla. Uno nunca se acaba de habituar. Aunque la visita al cabildo fue un pretexto para alejarme, opté por hacerla. Necesitaba ocuparme en algo.

Reinaba gran tumulto en el edificio. Por lo que pude colegir, finalmente Démonville había tropezado con una partida, la de Trabuco, al parecer. Hubo un combate, con muertos, heridos y prisioneros. Dos dragones y cinco guerrilleros entre los primeros. Tres juramentados entre los segundos, aunque ningún brigante, ya que se les remataba. Y un prisionero. La Junta Criminal, convocada a escape, se preparaba a juzgarlo. El ujier de puertas, al verme, se llevó las manos a la cabeza.

—Pero hombre de Dios, ¿dónde estaba? Le hemos buscado por todas partes. Suba, corriendo.

Ocupé mi sitio habitual, muy atareado con los bártulos del oficio, para evitar los ojos reprobadores de Pardillo. Por fin entró el preso, rodeado por un muro de gendarmes, encabezado por Démonville. Cuando acabó el ruido de sillas y pasos, y calculé que el presidente tendría otro objeto de atención, levanté la vista.

El teniente coronel de húsares seguía en la sala. Dando la espalda al tribunal, de pie ante un balcón, miraba, distraído, al exterior.

Belmont, el suizo guerrillero, cargado de grilletes, contemplaba burlón al tribunal. Bajé la vista, rezando para que no advirtiera mi presencia. No había cuidado. Durante la sesión mantuvo la misma actitud, observando a los cuervos negros que, era sabido, le impondrían pena de vida. Escuchaba con curiosidad un tanto hastiada los parlamentos, y respondía sarcástico las preguntas.

—El caso resulta evidente —habló el fiscal—. Sería malbaratar el precioso tiempo de Sus Señorías dedicarle más de los dos minutos necesarios. ¿Es usted miembro de la cuadrilla de malhechores capitaneada por un tal Trabuco?

—Sirvo en la partida de Juan Moreno.

—A cualquier cosa llama servir. ¿Fue detenido por las fuerzas imperiales?

—Capturado en acción de guerra.

—Ah, entonces, ¿reconoce que se resistió?

—Combatí, que es diferente. Eran más. Nos coparon. Mala suerte.

—¿Admite que hizo armas contra los ejércitos de Su Majestad Imperial y Real?

—Hice lo que pude.

—El parte asegura que hirió a un hombre.

—Lástima. Creí haberlo matado. Bien es verdad que el sable estaba algo mellado.

El acusador se volvió al tribunal, los brazos en aspa.

—Él sólo se condena. Pido la pena de muerte, en virtud de los artículos…

—Háganos gracia, señor fiscal, que nos los sabemos —cortó Pardillo, presidencial—. Señor Bustos.

Se levantó el aludido, uno de los jueces, que asumía el papel de defensor.

—Belmont. ¿Francés?

—Suizo.

—Luego no es súbdito de Su Majestad. Trascendental extremo, sobre el cual me permito llamar la atención de la Junta. Todo está dicho. El tribunal carece de competencias sobre un extranjero. Propongo que el expediente se remita a las autoridades helvéticas. He dicho.

Ni siquiera Pardillo daba crédito a sus oídos.

—¿Ha terminado? ¿Seguro?

—Sí, señor presidente. La doctrina es unánime.

—¿Qué doctrina?

La vaina del sable chocó contra el enlosado, reclamando al menos una apariencia de seriedad. Bustos se rascó la cabeza, como para desenterrar de ella argumentos. El fiscal tomó la palabra. Qué lujo disponer de un reo tan colaborador, que le permitía lucirse ante la superioridad. De ésa, igual salía presidente, en lugar del flojo Pardillo.

—Rebato de plano el falaz argumento de mi estimado colega. El carácter extranjero del acusado constituye agravante, no atenuante. Menos, un eximente, al eliminar el pretexto de un patriotismo mal entendido. —Se dirigió a Belmont—: Sea tan amable de satisfacer una curiosidad. Si es suizo, ¿qué hace pegando cintarazos en España?

—Es una larga historia, pero si quiere…

—Adelante.

—Vine a servir, en virtud de capitulaciones firmadas por mi cantón, a don Carlos IV.

—Interesante. Prosiga.

—En el regimiento Joven Reding.

—Pero lo que queda de ese cuerpo se pasó a los denominados patriotas, ¿o no?

—Sí, señor.

—¿Entonces?

—Le dije que la historia era larga.

Belmont explicó que, en lugar de seguir a su unidad, sentó plaza en el cuarto regimiento suizo, del ejército francés, para, posteriormente, abandonarlo y alistarse en la guerrilla de Trabuco.

—Ajá, ¿estamos ante un desertor, entonces?

—Bueno, me hicieron prisionero y me dieron a escoger, entre la horca o unirme a ellos. Preferí esto último.

—Craso error.

—Ya lo voy viendo.

—Señor presidente, escuchado el delincuente, modifico mi petición.

Hubo murmullos en estrados. El sable volvió a chirriar en el suelo.

—No solicito una pena de muerte, sino dos. Por deserción y por bandidaje.

El fiscal tomó asiento, complacido con el efecto de su petición. Le relevó el defensor.

—Si he entendido bien, usted dejó su regimiento cuando supo que se pasaba al bando enemigo.

—Cierto. Decían que los patriotas pagaban mal y tarde. Yo soy un profesional serio.

—He acabado —dijo gozoso Bustos—. Mi defendido, asqueado por la traición de su cuerpo, lo abandonó, para alistarse en las tropas del Emperador. Los azares de la guerra hicieron que cayera en manos del enemigo. Ante la perspectiva de la soga, y muy a su pesar, tuvo que unirse a sus captores. Es, sin duda, de todo punto inocente. No hay más que mirarle a la cara.

Lo hice, como el resto de los presentes. De muchas formas se podían calificar las facciones del suizo, pero ni su madre tendría la osadía de proclamar que irradiaban inocencia. Reflejaban lo que era, un mercenario endurecido, sin credo ni bandera.

Saltó el fiscal, dispuesto a remachar el clavo.

—¿Cuánto tiempo ha estado con Trabuco?

—Va para los seis meses.

—Y en ese plazo, ¿no tuvo ocasión de escaparse y volver a sus filas?

—Sí, me imagino, pero estaba ya hecho a la guerrilla.

—Usted dejó el Reding porque los haberes no llegaban con puntualidad. No volvió a las fuerzas imperiales porque prefería la vida de saqueo y estupro de los bandoleros. Yo digo que es usted un sinvergüenza, que cambia de lado como de casaca, fiel sólo a su bolsillo. No hay más que mirarle la cara.

Tenía razón el fiscal, claro, y todos lo sabíamos. Bustos, aliviado por la derrota que finiquitaba su incómodo papel, cedió.

—Aplaudo el fino sentido jurídico de mi rival y, sin embargo, amigo. Ante sus aplastantes argumentos, únicamente me queda implorar clemencia del tribunal. Una sentencia severa dejaría una viuda y, ¿cuántos hijos?

—No estoy casado.

—Bueno, pues eso. Ruego clemencia.

Antes de que tuviera tiempo de sentarse, estaba dictada la pena de muerte. Escribí las palabras ominosas, felicitándome de la predilección de Démonville por los fusilamientos.

—El reo —enunció Pardillo—, será pasado por las...

—Ahorcado.

Era el húsar que, siempre de espaldas, culminaba la presidencia que, de hecho, había ejercido desde un principio.

—Lo que quería decir —abundó el pseudopresidente—. Horca. Mañana, al alba, en la cárcel.

—Pasado mañana, para que éste pueda disfrutar la espera. A las doce, y en la plaza Mayor. Hace falta una lección.

Aprobó Pardillo sin chistar. No sé cómo los temblores me permitieron plasmar la decisión final. ¡Tendría que ejercer mi oficio, y en el cuello de algo parecido a un camarada! De milagro, reuní fuerzas para llevar los papeles a la firma. Belmont me vio entonces. Alzó una ceja, curioso, pero se dejó conducir por la escolta sin denunciarme.

Hasta el cuarto vaso donde Ochandiano, no pude calmarme. El vasco estaba ausente, lo que me evitó entrar en conversaciones. Necesitaba pensar.

Eran tantas las cosas que se me agolpaban en la cabeza: el plan, la ejecución... Por algún lado había que empezar. Doña Margarita, por ejemplo.

La honesta tablajera destazaba una masa de carne, grasa y hueso, que no en vano se llama «gente de cuchilla» a la de su oficio. Dejó su afán al verme. La felicité, señalando el asqueroso amasijo, por la excelencia de los productos que colocaba a su parroquia. Agradeció el cumplido. Nada era como antes de la guerra, pero qué se le iba a hacer. Casa Polvorosa no regateaba esfuerzos para conseguir lo mejor. La ternera, ya ni en pintura se veía, confió. «La vaca anda por las nubes.» No tenía que preocuparme, sin embargo. Siempre tendrían un buen filete para mí, aunque empezaran a despachar mulos en la tienda, lo que no iba a tardar, tan apretada era la situación.

Con el pretexto de que unos calzones demandaban plancha, pregunté por madama Murillo. Sin novedad que reseñar. ¿Y si la necesitaba para unas prisas a deshoras, por inesperado compromiso, una invitación, qué sabía yo? Ah, aquello resultaba más complicado.

Mañana y tarde, la moza era una alhaja, siempre dispuesta. Por la noche, en cambio… Estaba yo al corriente de sus andanzas, ¿qué más podía decir? Cierto que, avisando con tiempo, quizás, porque hasta en sus aventuras era arreglada. Para una urgencia, no. ¿Para qué me iba a engañar? Ahora, que contara con ella misma para unas prisas.

—Gracias mil. Entonces, ¿si se lo digo a Petra con anticipación?

—Encantada, de fijo.

—O sea, que sus compromisos nocturnos tienen hora y día.

—Estaría bueno. No la tome por moza de ésas de aquí te pillo, aquí te mato. Lo dicho, muy arreglada para todo. Hágase a la idea de que es como si estuviera casada con el Sabater. Creo que duermen juntos martes, jueves y sábados.

Conociendo su segundo matrimonio, vi la astuta estrategia. Lunes, miércoles y viernes, para el teniente del resguardo. El domingo, misa y descanso de tanto ajetreo, algo similar a lo que había practicado la Beltrana, antes de convertirse en señora de Trueba.

Así pues, había que escoger entre el martes, el jueves o el sábado. Estábamos a lunes; Démonville había fijado el ajusticiamiento para el miércoles. Tendría que ser mañana, aunque el plazo fuera muy justo.

Rogué a Margarita que me enviara a Petra y que mandara aviso al vasco de que no cenaría en su tugurio, pero que hiciera llegar algunos platos escogidos a El Cordón. Despachadas estas diligencias, subí a la buhardilla.

Por desdicha, Blas no se había llevado a *Víctor* como auxiliar en su constante lucha con los cerdos. El perro dejó la estera que mordisqueaba, melancólico, y me tributó frenético recibimiento. Tuve que desengañarlo. No lo iba a sacar a la calle. Me pesó su presencia, que sobraban testigos, y más aún los de conciencia tan estricta como el mariscal.

Se presentó la pícara, apetitosa. Quizás se equivocó sobre mis necesidades, porque traía el justillo casi de par en par. Apartando los ojos de la tentación, le revelé parte de la verdad. Trabajaba, como ella, en colaboración con Bustamante. La Patria exigía sacrificio pequeño, pero trascendental. Importaba que la noche del martes, Sabatier fuera ciego y mudo. Ella vería cómo. Escuchó sin parpadear. Sólo al final formuló una objeción.

—¿La noche entera? —dudó—. Mucho es.

—Bueno, lo que le dé el cuerpo a Sabatier.

—Quite allá, si no es por él, que es un toro.

—Una mujer de tus arrestos… —protesté, halagador.

—Le tendría que ver metido en faena. Pero qué se le va a hacer. Cuente con ello —decidida.

—La Patria te lo agradecerá —tuve la desfachatez de asegurar.

—¿El martes?

—El martes.

Bajamos juntos. Ella a sus labores. Yo a las mías, con *Víctor* de apoyo o sostén, que decimos los militares.

La capilla era, no podía esperar otra cosa, lúgubre como el cementerio que anticipaba. Belmont tenía organizada una timba junto a una ventana cuyas vidrieras, desaparecidas, habían sido reemplazadas por un vulgar cristal, que dejaba entrar algo más de luz. Aun así, los días se acortaban ya, era mortecina, y no lograba disipar las sombras inexorables que le iban ganando terreno. Una especie de sacristán encendió dos malos cirios, que poco hicieron contra la penumbra.

Suspendióse la partida con mi llegada. El suizo se levantó, las manos en los riñones, del reclinatorio que le servía de asiento.

—Ya podían darnos sillas, por lo menos —se quejó.

—¿Cómo en capilla tan pronto? Fui a la cárcel y me dijeron que le habían trasladado aquí.

—Gracias del Démonville. Escarmiento y eso. Tampoco creo que se fíe del personal de la prisión, y hace bien, porque en ella tenemos de vigilante al primo de uno de los nuestros. Pero ¿qué hace usted en Palencia? Enrolado de plumilla, por lo visto en el tribunal.

No supe responder, contrito. Los malditos ojos, además, se me iban a su pescuezo. Era como el lunar peludo de mi abuela Angustias, del que, cuando niño, no podía apartar la mirada, por muchos cachetes que me diera la mujer, avergonzada por la mancha. Se percató. Pasándose la mano por el gaznate, me recriminó.

—Cuánta curiosidad. Nunca hubiese pensado que era de esos que disfruta ante un condenado.

Salí al paso. La sospecha ofendía.

—Usted perdone. Es otra cosa —concedí torpe.

—¿Ah, no? Entonces…

Me estudió unos segundos y rompió en gran carcajada.

—No me diga. Usted, ¿el verdugo? Cuántas vueltas da la vida. Le tuve en mi poder el día que nos conocimos, y ahora me va a dar pasaporte. —Su risa retumbaba en la bóveda—. Vivir para ver, que decía el otro. Bueno, mejor que lo haga un conocido.

Con tacto impropio de un sujeto como él, dejaba de mencionar que, cuando entré en la guerrilla, tampoco me había delatado.

—Créame si le aseguro que estoy en situación la más violenta del mundo. No escogí por voluntad propia este oficio, en el que, por otro lado —agregué, cayendo en nuevo desliz—, soy bisoño.

Dio un bote atrás, ahora sí espantado.

—¡Cómo! ¡Novicio! Lo que faltaba. Un momento, seamos serios. Se trata de una broma.

Un gesto le convenció de mi nula experiencia.

—¿Será posible? Esto es gravísimo. Reflexionemos. Espere —se le iluminó el rostro—, creo que hay una solución. Louis —a uno de los centinelas—, serviste con el preboste, ¿no?

Se tranquilizó ante el ademán afirmativo de un individuo alto, que seguía dando al naipe con sus compañeros.

—Ya llueve menos —dijo aliviado—. Este mozo tiene experiencia, que le he visto yo en faena. Hablemos con él. Habrá que darle una propina.

Le aseguré que podía contar con ella.

—Pues vamos. A ver qué cuenta. Y por si le sirve, en el regimiento siempre usaba uniformes de la talla mediana. Ya sabe, para que haga sus cálculos.

La charla con el francés fue espeluznante. Hasta tal extremo que la he olvidado por completo. Mareado, y para que se callara, le di un duro por la clase. Lo puso en el acto en el improvisado tapete, un tambor de la guardia. Belmont, por su parte, no quiso volver al juego.

—Estoy en mala racha —explicó sin ironía—. Cuando la suerte viene de cara, mejor dejarla en paz.

—Tengo que irme —aduje, conmovido—. Si necesita algo…

—Así, al pronto… Una silla, si puede, que igual me arrepiento y pruebo a desplumar a estos chicos.

Desde la puerta me volví. El suizo, los brazos cruzados, la cabeza baja, meditaba, ensimismado. Me descubrí ante su valor. Su actitud, ahora que creía no ser visto, probaba que no era el insensato que pretendía. La facundia disimulaba el temor a la muerte. Estaba convencido de que la afrontaría con frío coraje, y de que en el cadalso no se rebajaría a uno de los acostumbrados espectáculos que hacen aún más atroz el suplicio. No me hallaba tan seguro, en cambio, de mí mismo.

Fue una liberación abandonar la nave helada y sombría, los velones temblorosos. Sería lugar sagrado, pero me pareció casi demoníaco, y el círculo de jugadores, aquelarre de brujas que en las cartas leían oscuros destinos.

Víctor, que esperaba fuera, se percató de mi estado de ánimo. En lugar de retarme a que lo persiguiera, su juego favorito, me acompañó silencioso en el camino de regreso hasta la buhardilla, donde quedó con Blas.

Obnubilado por lo visto en la capilla, entré en El Cordón por la puerta normal, y no por la reservada a los huéspedes. Casi me doy de bruces con Pacomaula, que salía. A bocajarro le comuniqué la petición del reo.

Pastor se rebeló ante la crueldad de Démonville. ¡Dos días en capilla, y ni una silla!

—Ni cama —le azucé.

Renegaba el afrancesado, cada hora más patriota. Tenía conocimientos. Belmont dispondría de un jergón y, desde luego, de silla. Hasta ahí podían llegar las cosas.

—Yo no me meto en políticas —proseguí mi labor—, pero si los gabachos siguen así…

—Lo dicho, todos al río —se sulfuró—. Nos están haciendo perder la guerra, y lo tendremos merecido. Mala Pascua les dé Dios.

—Modestamente —di el paso—, yo también conozco a gente, si algún día quiere hablar de estas cosas…

Me miró de hito en hito. A punto estuvo de decir algo, pero no abrió la boca. Ambos sabíamos de lo que estábamos hablando, sin palabras, y de lo peligroso que era. Hizo un gesto, que lo mismo podía indicar asentimiento que impotencia, y salió en tromba.

Apenas se podía respirar en el cuarto, tal era el olor que encerraba. Patricia estaba sentada en medio de una hecatombe de flores. Pétalos azules, rojos, morados, amarillos, arrancados con violencia, cubrían la cama, sábana perfumada. No respondió a mi beso. Abrí la ventana, para que saliera el aroma, malsano, de intenso. Recordaba entierros.

Llamaron. Era la cena enviada por Ochandiano. Carne en fiambre, un pescado adobado y dos botellas. Había confiado que serviría para mitigar la amargura del trago que me aguardaba. Ahora, a la vuelta de la capilla, comprendí mi torpeza. Ningún manjar tenía la virtud de vencer el regusto ácido, a basca, de la traición.

Mientras, sentado a la mesa, desmenuzaba sin ganas las viandas, con voz neutra expuse a Patricia lo sucedido. Siempre generosa, siempre mejor que yo, mi pena le hizo olvidar la suya. Alargó la mano sobre el mantel. Le cogí las puntas de los dedos, y asido a las blancas áncoras, hablé de mi horror ante el futuro asesinato. Empañó la tristeza con susurros maternales. Luego, me llevó al lecho florido.

Unidos de nuevo, tornamos a la comida, que fue desapareciendo entre planes santanderinos. Dibujaba ella, torpe, la disposición de nuestra casa en una servilleta. Yo hacía que seguía sus trazos, sugiriendo alternativas. Jugamos a disputarnos los cuartos. Acabé por adjudicarme el de las ventanas, sobre el acantilado, con los rompientes blancos espumeando entre las rocas negras. Se durmió después de la amable porfía.

Permanecí despierto, mirando la noche. Eran tantas las pesadillas que me asaltaban que no sabía en cuál dar. Pasaba, como azogado de una a otra, rechazando todas. Tiempo perdido, porque rostros, cadalsos, escenas por venir, volvían a la carga, renovándose sin tregua, como el mar que batía a los pies de la casa que nunca tendríamos en Santander.

Por la mañana, era ya martes, tanteé cauteloso el terreno. A su pregunta sobre si había descansado bien, respondí que la marcha de la guerra me había tenido en vela. Como al azar, hice referencia a la charla con Bustamante.

—Parece mentira que haya mentecatos que opinen que un alto en las operaciones nos beneficiaría.

—¿Por qué no? —respondió mirándose al espejo, absorta en su peinado—. Wellesley gana con ello tiempo para reforzarse.

—Es lo que dice Asunción, pero otra es mi opinión.

Hice una pausa. Al ver que ignoraba el trapo, lo agité con más ahínco.

—¿No me hablaste de un triunfo de Napoleón frente a Austria?

—Sí, en Wagram, creo.

Al tener que contestar, entraba en el juego.

—Caso de confirmarse, ello supone que el Emperador cuenta con decenas de miles de veteranos, crecidos por la victoria, que, al menos por ahora, no tienen enemigo en Europa Central. Parece razonable que los utilice en el único lugar donde aún persiste la guerra: España.

Había abandonado el tocado para seguir mi razonamiento.

—De ser así, en pocas semanas, esa multitud, quizás con el propio Napoleón al frente, puede estar aquí. ¿Habrá terminado para entonces Wellesley sus preparativos? ¿Tiene talla suficiente para enfrentarse al primer capitán del siglo?

—Confiemos en Inglaterra. —Se llevó de nuevo las manos al pelo.

—Siempre —asentí—. Pero recuerda lo que sucedió cuando Bonaparte vino en el año ocho. ¿Cuántas semanas necesitó para batirnos en Espinosa, Gamonal y Tudela, tomar Madrid e, incluso, para hacer que Moore, con un ejército de Inglaterra —precisé maligno— saliera corriendo hacia La Coruña?

—No corrió —precisó, burlona—, fue una retirada estratégica.

—Quizás, y acabó en un desastre. De milagro se salvaron sus tropas.

—Aunque tengas razón, ¿qué se puede hacer? Nada. Repito, confiemos en Inglaterra.

—Bien. Pero —insistí— si pudiéramos atacar antes de que llegasen esas fuerzas desde Austria...

—¿Cómo? ¿Dónde?

Ya estaba.

—Si nos hiciéramos con la Gran Cifra —jugué con un pétalo marchito—, todo podría cambiar.

Hice un esfuerzo para no apartar la vista de su mirada, súbitamente inquisitiva, herida. Respiró hondo. Nada hice por romper el silencio. Nunca olvidaré sus ojos grises cuando, al cabo de una eternidad, dijo, como esperando equivocarse:

—Suponemos que la tiene Carrié. Y quiere cenar conmigo.

Asentí.

—Conoces su reputación, y deseas que vaya.

Era el último cartucho. Ante la falta de contestación, prosiguió, muy despacio, con voz opaca.

—De acuerdo. Mandaré recado diciendo que acepto. ¿Cuándo?

—Esta noche, cuanto antes mejor. Anímate. No pasará nada que no quieras. Cenas con él. A eso de las once habrá gran tumulto. Saldrá a ver lo que sucede. Copias la cifra y, cuando vuelva, te despides y te vas. Se le ha acusado de muchas cosas, pero no de violador.

Sonó a hueco la gracieta.

—Salgo a hacer unas cosejas. Te enviaré un mozo para que lleve la respuesta a Carrié —dije a su espalda.

Fui donde Ochandiano, con la idea de que mandara recado a Bustamante. Por suerte, el mayordomo estaba comiendo allí. Sin dar precisiones, le dije que era absolutamente preciso que aquella misma noche, a las once, se produjera un alboroto. Cualquier cosa valía, un incendio, una falsa alarma, un ataque a la rondilla.

Le pareció empresa complicada. Poca antelación. Había que reunir a la gente. Y, sobre todo, ¿por qué? ¿Por qué esa misma noche? ¿Con qué objeto? Repuse, enigmático, que por órdenes de muy arriba. Yo mismo no sabía más. Accedió, renuente. Se haría lo que se pudiera. Imposible garantizar el éxito. Esperaba que hubiera una razón de peso, porque podría costar vidas. Reiteré que era un simple intermediario, tan ignorante como él de la trama. Órdenes que no admitían discusión. Nos separamos. Seguía sin estar convencido. Daba igual. Le faltaba tiempo para pedir confirmación. Tendría, pues, que hacerlo. Con eso bastaba.

Zascandileé por Palencia. Nunca me pareció tan pequeña, ni tan llena de franceses. Acababa siempre frente a la residencia del gobernador, o en la plaza Mayor, ante el patíbulo, y había patrullas por doquier.

Horas después, oculto en una esquina junto a El Cordón, vi llegar y salir el coche de Carrié. Sólo adiviné el perfil de Patricia cuando subió, impasible.

Jugué esa noche con desenfreno. Febril, retaba a las cartas con apuestas vertiginosas. Se plegaron a mi osadía. El propio Gregorio, asustado, no se atrevió a hacer trampas. Caía partida tras partida sin que por eso me calmara. Enardecido, pedía naipes, vino, recogía las pilas de monedas, soltaba gracias que nadie reía. Pregunté la hora. «Faltan diez minutos para las once.» Sugerí un descanso, aceptado con alivio por mis rivales, que no sabían a qué atribuir mi fiereza. Callé, para mejor escuchar el silencio, que todos respetaron, sorprendidos por los repentinos cambios de humor. Volví a pedir la hora. «Las once y cuarto.» Nada. Reanudé la partida.

A las once y media, no pude resistir más. Con confusas razones, tomé el portante. Algo había fallado. Estaba rodeado de inútiles. Tendría yo que hacerlo todo. Pasé por mi alojamiento y cogí la utilería del Niño de los Hierros. Embozado hasta los ojos, como un delincuente, y paso airado, me dirigí a mi destino.

Rondas, quizás algo más nutridas de lo normal, recorrían las calles, antorcha en mano, arrojando contra los muros malévolas sombras, pero que no bastaron para disuadirme.

La ignominiosa credencial de verdugo me abrió paso hasta el palacio donde se alojaba el gobernador. Alcé el rostro. Patricia seguía allí, como revelaban las ventanas del segundo piso, extravagantemente iluminadas, y el remoto eco de música.

El salvoconducto no valía, sin embargo, para entrar en el santuario francés. Busqué la puerta falsa. Ni un centinela. No se imaginaban que la osadía pudiera llegar tan lejos. La ganzúa cumplió.

Subí las escaleras de puntillas. Guiado por el resplandor y los acordes, recorrí, pegado a las paredes, pasillos vacíos. Tras cada cortinaje temía una celada.

Me detuve. Algún criado descuidado había olvidado cerrar los batientes. La cena había terminado, pero todavía quedaban dos platos, con restos de un postre y dos copas de *champagne*. Ni un alma en el comedor. Su amo, deseoso de intimidad, habría mandado retirarse al servicio. La música provenía de un cuarto vecino, cuidadosamente cerrado, otra muestra más de discreción. Decidí aventurarme. No cabía ya la retirada.

Carrié y la inglesa se hallaban en la pieza contigua, el famoso gabinete del gobernador, observé por una rendija. Ella, reclinada en un sofá, abanicándose distraída. Su pretendiente me daba la espalda. Rodilla en tierra, hablaba con precipitación, en susurros apenas audibles. Reproducían, sin saberlo, una escena parecida, siglos atrás, en un baile de Santander.

Me deslicé con movimientos de lobo. Entregado a su labor de conquista, el francés sólo tenía ojos para el objeto de su adoración. Patricia, en cambio, me vio al punto. Su aplomo, que tanto odiaba yo, me salvó. No movió un músculo. Sólo el abanico se detuvo, el tiempo de un suspiro, para recuperar luego su cadencia igual.

Febril, recorrí con la vista la habitación. Sobre una mesa de trabajo yacía un cartapacio de marroquín verde, timbrado con el águila dorada. El color y el pajarraco traicionaban su napoleónico origen. Hubiera apostado mi vida, de hecho la estaba apostando, a que aquello contenía documentos de mayor cuantía. La Gran Cifra. Tenía que ser la Gran Cifra. Me lo decía el corazón, y todas mis informaciones permitían la esperanza. En el peor de los casos, en ese sitio, y con esas señas, no podía tratarse de material despreciable.

Indiqué con la barbilla la mesa a Patricia. Dialogamos con exagerados arqueamientos de cejas.

«¿Qué pasa?», decían los de ella, sin entender.

«La Cifra», respondían los míos, osados.

«¿Y?»

No era fácil la respuesta. Sin moverme de mi sitio, inspeccioné de nuevo el gabinete. Sólo tenía dos salidas. El comedor, de donde yo venía, y, las patas de una cama eran explícitas, el dormitorio de Carrié. Vacilé un segundo, poco más. Asesté la quijada en esa dirección. Se volvió ligeramente la inglesa, para seguir mi gesto.

Incrédula, me miró, los ojos muy abiertos, implorantes, sin pestañear. Me negué a dejarme vencer. No había llegado tan lejos para detenerme por fruslerías. Repetí el movimiento, definitivo. Palideció un segundo, pero enseguida recobró la compostura.

Desde mi expuesta posición, el alma en la boca, cosido a un tapiz, vi cómo se desarrollaba la escena, cómo se iba descongelando la glacial indiferencia. Ella también murmuraba ahora, púdica, la mirada baja. Los hombros del francés adquirieron, primero, seguridad; luego, prestancia. Anticipaban el triunfo. Al final, me pareció una eternidad, la inglesa jugaba bien su papel, se levantaron. Él, arrobado, entontecido. Ella, ruborosa. ¡Gran actriz se había perdido la escena! Al levantarse, pesadamente, Carrié derribó un velador lleno de *bibelots*. Hizo ademán de reparar el estropicio. Retuve el aliento. Si apartaba la vista de la mujer, me tenía que descubrir, por fuerza. Patricia tiró de él. Se fueron a donde yo quería.

Me costó recobrar el movimiento. El cuerpo, crispado por el peligro, no respondía al principio. Fui a la mesa y abrí la carpeta. Me recibieron columnas de números, romanos y árabes, de letras. Parpadeé, deslumbrado. Respiré hondo, La Gran Cifra. Casi di un grito de victoria. Pero tiempo habría para alegrarse. Era hora de copiar, con mano firme, prohibiendo prisas al pulso, desbocado. Y copié, con un fondo de risas y de música. Bach, quizás. Nervios aparte, con el oído que Dios me ha dado todo me suena igual. Por fin, un rápido repaso me dijo que la labor estaba hecha.

Furtivo, como entré, salí, estrujando el papel magnífico, la clave de todo, recreándome en su crujido cómplice. El miedo se me agolpaba en las sienes, mientras desandaba camino. Aterraba la idea de una voz perentoria cuando las yemas de los dedos rozaban el fruto de tantos años. Pero sólo un silencio amenazador me escoltó hasta la calle.

Enajenado, reteniendo la carrera que mi ser entero exigía, volví a casa. Temblando, pasé ante el piquete que, en torno a una hoguera, había montado provisional puesto de guardia en el zaguán de mi madriguera. Su presencia y el toque de queda me impidieron, sin embargo, encender luz para regodearme en la victoria. Además, el organismo, vaciado por demasiadas emociones, se alzaba en armas contra el exceso al que había sido sometido. Apenas toqué las sábanas, me dormí, feliz, olvidando el día siguiente.

Carreras y entrechocar de hierros me despertaron, a media mañana. Era, vi cuando me vestía, al menos una compañía. A escape, las armas terciadas, se alejó calle arriba.

Margarita me puso al corriente, sofocada, al tiempo que preparaba el desayuno.

—¡El fin del mundo! ¡Somos perdidos! ¡Arderá Palencia! ¡Dios mío, ten piedad! ¡El Juicio Final! ¡Y yo sin confesar!

Con paciencia logré que se reportara. Se había descubierto una conjura esa noche, para asaltar el cuerpo de guardia principal. Los chacones, advertidos, habían caído subrepticiamente sobre los conjurados antes de que pudieran perpetrar el atentado. Murieron dos, a bayonetazos. El resto pudo huir. Parece que pertenecían a una Junta secreta. Démonville había enloquecido. Se estaba deteniendo a la gente a paletadas, bajo la acusación de encubrir patriotas. Nos interrumpió Petra, para preguntar si tenía algo que lavar. Le dije que no. Me pareció que me miraba de un modo raro, por mi atuendo, seguramente. Acabó la carnicera su narración del fracaso. Por eso, como supuse, no oí nada en Casa Ochandiano. No había nada que oír.

Apenas picoteé algo. Pasada la euforia de la noche anterior, se imponía el presente. Arrastrando los pies, marché al Ayuntamiento. La gente se apartaba a mi paso. Nadie osó pedirme la cédula. De negro, color de mi estado, desde el sombrero redondo a los zapatos, acudía a la cita. El de los manguitos no tuvo que decirme esa vez que se necesitaban mis servicios. Demasiado lo sabía. Me señaló un saco, que eché a la espalda.

—Deje que le ayude.

Louis esperaba fuera. Era para hacer un favor a Belmont, explicó.

—Un valiente.

—Un valiente —asentí.

—Y buen camarada. ¿Creerá que al rato de irse usted se puso a jugar? Ganó bastante, en dos manos. Dijo: «Te nombro heredero universal», y me dio todo. Por eso he venido.

Daba miedo la plaza Mayor. No había un alma. Palencia entera volvía las espaldas al crimen. Ni pájaros la surcaban. Alguna vez me contaron que «averno» significaba «lugar sin aves». Hasta entonces, siempre imaginé el infierno como algo rojo y ruidoso. Ahora, allí, descubría que podía ser también blanco y mudo. En el centro se alzaba el patíbulo, enlutado con crespones. Lo rodeaba un cuadro de tropas francesas. Démonville estaba ya arriba. Nos unimos a él.

Di gracias al Cielo por la presencia del soldado Louis. No sé qué habría hecho sin él. Mañoso, quiso enseñarme el secreto del nudo, pero yo no regía, y lo tuvo que atar él. Me rogó que me colocara en el sitio designado, para calcular la longitud de la cuerda. Lo hice con estremecimiento, esperaba que no premonitorio. Cuando acabamos, el teniente coronel, que había pasado todo el tiempo estudiándose las uñas, preguntó:

—¿Listo?

Apenas me salió un «sí» de la garganta reseca. Hizo un ademán, sonaron cajas destempladas y la comitiva apareció, marchando a paso lento. La formaban Belmont, caballero en un borrico, y una docena de juramentados. Me apresuré a ponerme la capucha. A través de los dos agujeros, vi al suizo apearse y subir parsimonioso los escalones. No tuvo un instante de desfallecimiento. Llegado a lo alto, paseó la mirada por la plaza, con un brillo en los ojos de agradecimiento a la población, que con su ausencia se distanciaba de la muerte, dejando los imperiales que apecharan con ella.

Démonville preguntó si tenía una última voluntad.

—Vino, pero que sea bueno —dijo con reposada voz.

El húsar repitió la petición al ver que nadie se movía. Irritado, se volvió a Louis.

—El que llevo es malo, mi teniente coronel, de ración —se disculpó.

—Éste es bueno.

Míguez, que había subido acompañando a Belmont, extendía una bota.

—Lo encontré en un convento. Estoy por ver uno que no lo tenga de primera.

Con mano firme, el suizo echó un trago mediano.

—Rioja, y no malo. Gracias, negro.

—A tu servicio, cabrón.

Es mejor no entrar en demasiadas particularidades del resto. Se abatió la trampilla y Belmont quedó colgado. Pero, pataleando, se resistía a morir.

Siguiendo con el reglamento, de un salto ciego me abracé al cuerpo maniatado y sacudido por bruscos espasmos. Por unos segundos permanecimos ambos unidos, yo asido a él, como náufrago que se aferra a su salvador. Intenté apartar el rostro, buscando alejarme de su peste a sudor, a pánico y a orines. Al fin, con el peso adicional, crujieron las vértebras. Tuvo un último estertor, tan violento que casi se me escapa de entre las manos. Me agarré con más fuerza, temiendo caer, pero ya estaba yerto. Despacio, me dejé resbalar a lo largo de él, sintiendo el rasponazo de las ropas ásperas en la cara, hasta caer al suelo.

Allí vomité, casi sobre los pies de un hombre. Al igual que otros tres que le acompañaban, pertenecía a una cofradía piadosa, La Caridad, creo, que se dedicaba a enterrar a los ajusticiados. El teniente coronel los rechazó.

—Dejemos al finado unos días ahí. ¿No ven que está meditando? Que se macere algo. Ya saben, la perdiz en la nariz. Hay que dejar que la caza se pase un tanto. Mejora. Vuelvan el sábado.

Al pasar junto a mí dejó caer un «valiente verdugo» y se alejó seguido de sus acólitos. Iban todos muy finchados, la cabeza alta, orgullosos de su fuerza. A ello debí que Míguez no se fijara en mi rostro, descubierto por razón de la vomitona.

Me arrastré, color cera, a la posada, en busca de absolución. Patricia terminaba de preparar el equipaje. Ignoró mi deplorable aspecto. Sin detenerse en sus idas y venidas, dijo:

—¿Conseguiste tu famosa clave, tu piedra filosofal? Espero que haya valido la pena.

No respondí. Estaba vacío. Y la mujer, en cambio, decidida a subir el precio sin piedad. Comenzó a hablar en tono monocorde, haciendo caso omiso de mi mano levantada, que pedía cuartel.

—Tu Carrié es zorro viejo. No había tendido una emboscada en un saloncito recogido con luz tenue. Al contrario, seis criados nos sirvieron en el comedor de aparato, iluminado por ocho candelabros. Ni una gota de vino, sólo un sorbo de *champagne*, al final. ¿Ves su astucia? Me quitaba coartadas. Don Juan de pura cepa, despreciaba esos cómplices fáciles, el alcohol, la vela trémula. El triunfo tenía que ser sólo suyo, sin aliados. Ya sabrás que a las once no pasó nada. ¡Tu famoso plan! A eso de las diez, entró Démonville. Aparentando no verme, hasta esa humillación tuve que sufrir, habló un rato al oído del gobernador y se fue. Imagino que le informaba del fracaso de tu torpe complot.

Ensayó ante el espejo distintas posiciones del sombrero.

—Te dije que el gobernador era hombre atractivo, y lo sabe. Recurrió a un arma más peligrosa que la fuerza. Su debilidad. Casi logró que le tuviera lástima, cuando me habló de lo que era vivir en permanente zozobra, amenazado por los guerrilleros, bombardeado por exigencias de sus superiores, reclamando sin cesar víveres, dineros, carros, caballos, de una provincia exhausta. Me confió que, debido a sus ideas republicanas, nunca conseguiría un destino lucido, ni mandaría tropas en campaña. Se tenía que resignar a ser un corchete con charreteras, a la impertinencia de Démonville, ese fracasado expulsado del regimiento por deudas. Su puesto, tan poderoso, tan brillante en apariencia, no era sino un callejón sin salida. Un pesebre sucio, para no morirse de hambre.

Cerró la maleta y se puso un guardapolvo de viaje.

—Con todo, no habría pasado nada. Pero al terminar la cena pasamos al gabinete. Calculaba yo el momento de retirarme ante el fracaso de tu absurda maquinación, cuando apareciste, como un personaje de comedia mala, embozado, con el sombrero de través, sudando de miedo. Estabas ridículo. ¡Y todo ese enarcar de cejas! ¡Ese mentón hirsuto, ávido! Pero resultaba claro lo que de verdad querías… No dramaticemos. Fue más patético que atroz. Carrié es hombre muy poco dotado por la Naturaleza, si entiendes lo que quiero decir, y tiene ya sus años. Todo resultó triste, al cabo. Te ahorro, con generosidad que no mereces, algunos detalles un poco sórdidos. De madrugada le dejé, llorando su impotencia. Era penoso ver su bravura de semental decrépito vencida por la edad. Poco más queda por contar. Se quedó dormido en la mitad de la noche, agotado por sus fútiles intentos.

La diestra en el picaporte, lanzó su última flecha.

XX

EL TRIUNFO

Me hallaba tan excitado que al principio recorrí las ordenadas líneas y columnas sin entender nada, como niño que se extasía ante un juguete nuevo, antes de saber cómo funciona.

Aspiré profundamente, obligándome a cerrar los ojos hasta que volviera la calma. Recobrada ésta, examiné despacio la famosa cifra, inconcebible tesoro que tenía en las manos, Meca que se ofrecía a la vista del viajero derrengado. La Llave, con mayúsculas, de toda la guerra.

En el borde superior y en los laterales, estaba reproducido, en desorden, el alfabeto, sin la «LL», y sin la «Ñ», desde luego, por ser francés. Advertí que, entre las veinticuatro letras había un espacio en blanco, en cada uno de esos tres lados.

Bajo la línea superior había otras veinticinco, de veinticinco números, a su vez. Con una particularidad. En la primera, del 1 al 25; en la segunda, del 25 al 24. Es decir, 25, 1, 2..., 24. En la tercera, del 24 al 23: 24, 25, 1, 2..., 23, y así hasta la vigésimo quinta, del 2 al 1.

Por último, las listas de letras superior e izquierda se hallaban enmarcadas por otras de romanos. En concreto, del I al XXV la lateral y del LI al LXXV la de arriba.

Era sólo una deducción, pero parecía evidente. Dichas cifras latinas indicaban sendas claves. En la I, la «F» equivalía al 1, y la «T» al 16. La palabra francesa *cheval*, «caballo» se traduciría por 14, 12, 22, 18, 25, 21, que en la LIII sería 18, 16, 19, 5, 21, 8.

Reconozco que me decepcionó un poco. De un lado, no correspondía a lo anunciado por Patricia. Ni estaba destinada a cifrar palabras enteras, ni existían combinaciones diferentes para el mismo vocablo. De otro, resultaba en el fondo muy parecida a la que se había roto con mi ayuda. Fuera cual fuese la clave elegida, resultaba inevitable que, como en aquélla, los números equivalentes a las letras más comunes se repitieran. Por consiguiente, mi método deductivo también podía aplicarse a ésta y desentrañar su secreto.

Muy pronto caí, sin embargo, en la cuenta de las columnas y líneas que respondían al espacio en blanco existente en los tres alfabetos. Permitían escribir *cheval* como 14, 12, 22, 18, 25, 21, sí, pero asimismo introduciendo, si se manejaba la I, un 2, que no equivalía a nada. Un cifrador astuto que supiera manejar ese 2 complicaría extraordinariamente la tarea de poner el texto en claro. Utilizado de forma juiciosa, llevaría a pensar que ocultaba, por ejemplo, una de esas letras usuales que habían sido el talón de Aquiles de la clave por mí descubierta. Con ello, viciaría todo el proceso deductivo.

Además, la tabla reunía cuarenta y ocho claves distintas, veinticuatro en columnas y veinticuatro en líneas. Eso pensé en el estudio inicial. Me percaté, después, que en realidad eran setenta y dos, ya que las veinticuatro horizontales podían leerse en relación con el abecedario izquierdo, o con el derecho. Me explico. En la clave LI el 1 valía por la «D» y el 25 por la «P», utilizando la columna siniestra. Si se acudía a la otra, entonces el 1 devenía «H» y el 25, «O». Había, pues, sin duda alguna, setenta y dos, no cuarenta y ocho claves.

Esa cantidad, comprendida en un folio, facilitaba pasar de una clave a otra con suma facilidad. A cualquier persona avisada se le ocurriría mezclarlas en un mismo mensaje, haciendo aún más difícil la labor de quien deseara descifrarla, sobre todo si se menudearan los cambios, para que el curioso no dispusiera de textos largos, necesarios para romper la clave.

Por poner un caso, si se empleaban las LI, LVI y LVIII, la «P» aparecería, respectivamente, como 25, 5 y 7, con la columna izquierda, y como 16, 21 y 23 con la derecha. Es más, empleando lo que yo había bautizado como las «líneas vacías», las que no correspondían a una letra, se contaría, desde la izquierda, con el 7 en la LI, el 12 en LVI y el 14 en la LVIII, que, desde la derecha serían el 4, el 8 y el 12. Estos números eran susceptibles de ser insertados a voluntad, ya que carecían de valor propio. La «P», entonces, en la LI izquierda, sería 25, o 7, 25, o 25, 7.

¿Cómo descifrar una frase en la que simplemente con tres claves una letra podía escribirse de dieciocho maneras distintas?

Por otra parte, las posibilidades de ampliar, y por ende, complicar, la tabla eran enormes. Introduciendo los signos ortográficos y los acentos, y asignándoles números, por ejemplo. Los cinco primeros, punto, coma, punto y coma, dos puntos y comillas y los tres acentos que tiene el francés supondría moverse entre el 1 y el 33, en lugar de entre el 1 y el 25. ¿Y si se aumentaban «los vacíos», a tres o cuatro por alfabeto? ¿O si se variaba el orden de éste, o de los números romanos? Nada costaba hacer una tabla desde el 1 al 40. Seguiría encerrando setenta y dos claves, pero aún más enigmáticas.

Tenía que descubrirme ante el inventor. Bajo la apariencia de sencillez, la Gran Clave era, a todos los efectos, impregnable. Nada me extrañaba lo que Patricia me había contado de ella, aunque su dificultad no residiera en los aspectos que me comentó, producto, seguramente, de la ignorancia del estado mayor, que sólo había oído hablar de la clave.

Pero no debía echar las campanas al vuelo. Quedaba el rabo por desollar. Saber si el sistema se hallaba en uso, y si mis especulaciones eran o no certeras. Sólo existía una forma.

El ratonil Gallego tomaba un vaso en Casa Ochandiano, con el elogiable propósito de abrir boca antes de la cena.

Le abordé contrito, rogándole olvidara mi comportamiento de la noche anterior. La inminente ejecución lo explicaba, por no hablar de la visita a la capilla que venía de hacer. Aceptó las excusas, magnánimo.

—A cualquiera le hubiese sucedido lo mismo. Tuvo que ser mal trago.

—Malo.

Aplacado el portero, y con la promesa de que le pagaría una botella, le convencí para que fuera en busca de su amo.

Bustamante tardó en llegar, como protesta por el descabellado plan que le forcé a organizar y que se había saldado con el ya conocido doblete de cadáveres.

También solicité su comprensión. ¿Qué iba a hacer yo? Órdenes draconianas. Seguía ignorando el motivo.

—Si es que con españoles no se puede —reconoció—. Todo siempre a última hora. Si fuésemos ingleses…

—Cierto, pero no es caso, por desgracia —dije apaciguador.

—Espero que valiera la pena. —Me estremecí. Eran las mismas palabras que había empleado Patricia—. Dos vidas ha costado, y la Junta, que no se ha vuelto a reconstituir, ni creo que lo haga.

—Don Asunción. Lamento lo sucedido tanto como usted. Aunque no llevemos las cosas demasiado lejos. O me equivoco, o hablaba con gran despego de la Junta y sus miembros.

—Lo hacía. Eso no quita que sienta la muerte de buenos patriotas.

—Y yo, y yo. Pero aquí, el verdadero jefe de nuestra causa es usted.

—Me cabe ese honor —dijo halagado.

—¿En contacto con las guerrillas?

—Permanente.

Le solicité que mandara un posta a la partida más cercana, con una carta mía. De nuevo me hallaba en la desairada situación de pedir, sin estar en condiciones de dar un porqué. Pero lo haría, por mi madre, tan pronto como tuviese libertad de hacerlo.

A regañadientes aceptó. Un chico listo, donato, por cierto, podría encargarse. Ahora bien, cuál fuese la partida que recibiera el pliego era imposible de asegurar. Me recordó el dicho: el guerrillero, corazón de león, pies de liebre y vientre de mosca. Se movían cual alimañas. Hoy aquí, mañana allí. Daba igual, afirmé. Con tal de que se tratase de partida de buena fe y no de cuadrilla de bandoleros.

—Hombre, tampoco hay que hilar tan fino. A veces es difícil distinguir.

—Lo sé. Me refiero a que de verdad luchen contra los franceses, aunque se permitan fantasías al margen.

—Eso se lo garantizo. Ricardo, el donato, es gente seria.

El vasco trajo recado de escribir, mientras Gregorio recibía aviso de suspender la cena, para ocuparse de la nueva comisión. Escribí:

El servicio de Su Majestad don Fernando VII (q. D. g.) requiere que se entregue al portador copia del primer mensaje interceptado a correos de los enemigos de Dios y del Rey.

Puse «copia», porque si los guerrilleros eran de ley, remitirían los originales al más próximo cuartel general patriota.

Firmé, con tremendo placer: GASPAR PRÍNCIPE, CAPITÁN DE LOS REALES EJÉRCITOS. Era preciso acreditar la singular petición, y quizás el aprendiz de fraile no resultara conocido a la partida con que topara. Por otro lado, iba para un año que ansiaba estampar esas siete palabras, que tan bien sonaban.

Como destinatario, garrapateé: SEÑOR JEFE DE LA PARTIDA DE GLORIOSOS DEFENSORES DEL TRONO Y DEL ALTAR. La proliferación de mayúsculas era un reaseguro. No había guerrillero que aguantara tal ataque a su vanidad.

Cuando el portero avisó que el mensajero esperaba, Bustamante salió a darle el sobre. Colegí que Asunción calculaba que ser visto por mí y jugarse la vida era todo uno después de lo sucedido la noche de la intentona. No tuve, pues, el gusto de conocer al tal Ricardo.

Se hicieron eternos los siguientes días. La Junta Criminal estuvo ociosa y yo también. Paseé a *Víctor*, contento por mi vuelta al hogar, jugué con moderación y me aburrí.

Hubo amplio espacio para el examen de conciencia, que superé a satisfacción, merced a mi acreditada fórmula de elevar parapetos contra el remordimiento. ¿De quién había sido la idea de conseguir la Gran Cifra? De Patricia. Ella fue la que me envió con esa precisa comisión a Palencia. Por ella me convertí en verdugo. Por ella colgué a un camarada, que a tal altura elevé, en mi falsa argumentación, a Belmont, un desertor sin principios, culpable al menos de un asesinato.

Por otra parte, ¿no le había dicho a la inglesa que con Carrié sólo sucedería lo que ella quisiera, que no se trataba de un violador? ¿O es que no reconoció ella misma que no sufrió fuerza alguna? Hubiese bastado que ignorara mis indicaciones aquella noche en el gabinete. En realidad, era yo el cornudo, el siempre patético consentido. Yo, quien tenía derecho a reprochar algo, no ella.

Sí, maldita sea, mil veces sí. Patricia era la culpable. Me sumió en el espionaje, que me podía haber costado el pellejo. Me metió en esta ciudad, de la que no sabía si escaparía vivo. Me convenció para que consiguiera la clave. Todo lo sucedido fue resultado de sus tejemanejes y, yo, víctima de su perfidia. Por algo era hija de Albión.

Demasiado le había perdonado yo.

Soporté sus melindres de monja tras lo sucedido en el castillo, inesperados, por decir lo mínimo, en mujer que se las daba de bragada, ¿y qué gané? Que a las primeras de cambio me embarcara en la mortal aventura palentina.

Recapitulaba yo, a mi manera y en desorden, nuestra historia en común, y me persuadía de que no otra cosa había sido que dócil herramienta en sus arteras manos. De capitán a espía. De espía a ejecutor. No había hecho otra cosa desde el principio que hundirme en abismos cada vez más negros. Y yo, pobre enamorado, me había dejado arrastrar.

A fuer de sincero, admito que a ratos me convencían poco estos razonamientos. Cierto es que a la malhadada Gran Cifra debía mi presencia en Palencia y mi abyecto oficio. Pero Patricia no hacía sino transmitir órdenes, que yo acepté, por soberbia, por despecho, porque quería hacer méritos por volver al ejército, o por todo eso a la vez. Mía fue, al fin y al cabo, la decisión, pensaría alguno.

Además, el origen de todo había sido mi lastimosa fuga de Espinosa, de la que ninguna culpa tenía la británica.

En cuanto al episodio con Carrié, reconozco que fui yo quien provocó la invitación al baile, quien exaltó la importancia de la clave, quien animó a Patricia a que aceptara la cena, aprovechando que estaba encandilada conmigo, quien la empujó a los brazos del gobernador. ¿Y? ¿La forcé en algún momento a que hiciera lo que hizo?

Desde luego, no faltarían los listos que afirmaran que yo nunca la amé de verdad, por mucho que lo llegase a creer, y que, en cambio, ella sí que me quería realmente. ¿Y qué?, suponiendo que fuese verdad. ¿También tenía yo que adivinar eso, que le importaba yo más que la Cifra, que de verdad se creyó lo de la casa en Santander?

¿En qué cabeza cabía tanto candor? ¿Cómo pudo pensar que

mi amor sobreviviría a sus maquinaciones? Nunca le perdoné, ni tenía por qué hacerlo, que me enviara a Palencia, a jugarme la vida. ¡Hasta ahí podíamos llegar!

Al principio fui arcilla enamorada en sus manos frías; luego las tornas se trocaron. Ni más ni menos. Cuidadosamente, olvidaba, claro, que si ella fue calculadora, también yo lo fui. Como olvidaba los destellos de ternura que siempre había entrevisto en Patricia, su entrega en las ruinas del castillo, en la habitación de Palencia. Incluso en el gabinete, dándose a Carrié como última prueba de amor hacia mí.

Me encogía de hombros, zanjando la discusión conmigo mismo. Qué se le iba a hacer. No hay moneda sin dos caras. A cada cual le corresponde escoger la que mejor le va, si puede. Y yo, en la soledad de la buhardilla, sin contrincante, podía. Me acogía, pues, a mi dignidad de verdugo cornudo y lograba dormir bien, casi siempre.

Algunas noches no. Por un remusguillo tonto de culpa que nunca pude suprimir totalmente. Pero, sobre todo, por la ansiedad de poseer la piedra de toque que permitiera calibrar lo acertado de mis conclusiones sobre la Cifra, que era lo único que importaba ya.

Llegó el día, cuando comenzaba a desesperar. Gregorio trajo un pliego. Dentro había un segundo, rasgado y con manchas marrones de sangre vieja.

Encerraba cuatro párrafos de números. ¡Oh dicha, lo encabezaba un VII! Buena señal, esa mezcla de arábigos y romanos.

Los nervios y la inexperiencia me jugaron más de una mala pasada. No sé cuántas veces estuve a punto de desistir, cuánto papel emborroné. Pero al final, tuve en mis manos triunfadoras un texto en claro, transparente como el agua cristalina. Me había convertido en alquimista de números, capaz de convertirlos en algo más valioso que el oro: en letras.

¡Yo, un miserable proscrito, un odioso verdugo, un despreciado pino, poseía el secreto mejor guardado de Europa, la Gran Cifra de París!

Siempre recordaré esa noche, la de mi triunfo. Las ropas desordenadas, los cabellos revueltos, abandoné la mesa cubierta de papeles emborronados, corrí a la ventana y la abrí de par en par. Empezaba a refrescar, mucho. Daba lo mismo. Una corriente helada penetró en la habitación, apagando las velas chorreantes de sebo. El perro, escalofriado, saltó a la cama, buscando el calor de las sábanas intactas.

Miré al firmamento estrellado y grité a la oscuridad:

—¡Lo he conseguido! ¡Viva Gaspar Príncipe! ¡Ahora veréis quién es! ¡Te desafío, Napoleón de los demonios! No habrá tierra bastante en España para sepultar a tus soldados.

Permanecí de esa guisa unos minutos, los brazos en cruz, empapándome en mi triunfo hasta que, tiritando, tuve que cerrar.

No pude sentarme, tal era la emoción. Recorrí el cuchitril estrecho a grandes zancadas. Tenía que comunicar el estupendo éxito al mundo entero. Pero personalmente, sin terceros. Me correspondía el honor, y no lo cedería a nadie. Se lo entregaría en mano a La Romana. Estaba reivindicado. El glorioso regreso al ejército, las insignias de teniente coronel, me esperaban.

Todo palidecía frente al futuro lleno de promesas. Cualquier precio resultaba barato a cambio de tamaña recompensa. ¿Patricia? Un escalón. Sólo eso.

Al fin, el cielo se tiñó de rosa. Casi me mato al tropezar con Blas, dormido en el descansillo, cuando salí corriendo como un loco a casa de Bustamante.

Sin embargo, a medida que me acercaba, acortaba el tranco. Una idea iba tomando cuerpo en mi mente.

Me senté en un poyo, para reflexionar. Desde luego, si daba la Cifra, recuperaba el honor, y tenía garantizado un ascenso. Pero ¿no se podía aspirar a más? Sí, me dije, a mucho, a muchísimo más. Era el dueño de una mina, y la veta mejor estaba más abajo. Aún no era tiempo de que el mundo supiera de mi tesoro.

Ya tranquilo, llamé a la puerta. Trabajo y muchos aldabonazos costó que abrieran. Entré en su cuarto. Sentado en el borde de la cama, el gorro ladeado, en camisón, mi querido níspero procuraba calzarse las zapatillas.

—¡Príncipe! ¿Qué hace usted aquí? ¿Qué sucede? ¿Le persiguen? ¿Ha entrado Wellesley en Palencia?

Aparté las estúpidas preguntas.

—Necesito hablar con alguien del cuartel general. Al punto. Ya.

Exigió motivos para la petición. Lo lamentaba desde lo más profundo de mi corazón. Asunto de Estado. Cuestión de vida o muerte. La suerte de la guerra estaba en juego. Tenía que aceptar mi palabra. Imposible decir más. El secreto no me pertenecía.

—¿Tiene que ver con el recado que envió a la guerrilla?

—Sí. Y de ahí no me sacará.

Disipadas las telarañas del sueño, y ante mi firmeza, empezó a percatarse de que algo trascendental estaba sucediendo. Pidió un momento de reflexión, que a duras penas concedí. Me ardía el papel que llevaba en el seno.

Al cabo, ordenó que regresara a casa, y que me atusara un poco antes de salir de la suya. Tal y como iba, cualquier patrulla me detendría. A lo largo de la mañana tendría noticias.

Me peiné de cualquier manera. Con una capa prestada volví al chiribitil. *Víctor* y Blas aguardaban, asustados por mi brusca partida. El mozo se sobaba una canilla, que le había pisoteado. Les tranquilicé. No pasaba nada. Serían compensados del susto con abundante desayuno. Bajó el desenterrador a encargarlo. Ya solos, puse al perro al corriente. Tocábamos el momento álgido de nuestras vidas.

Gregorio Gallego vino a eso de las once. A las tres se me esperaba en el figón de Las Ánimas. Me dio el santo y seña, y marchó encapotado hasta los ojos.

Consagré las horas a familiarizarme con mi hallazgo. Cuanto más analizaba la clave, más admiraba el ingenio de quien la había concebido.

A la hora en punto, estaba en conversación con el propietario del tugurio.

—Verdes las han segado —le comuniqué, sintiéndome ridículo.

—Al que madruga, Dios le ayuda —aseguró.

—Y callar es bueno —proseguí.

—Que en boca cerrada no entran moscas.

Terminadas señas y contraseñas, me condujo a la bodega. Me costó reconocer a Gómez. No iba vestido de nada. De Gómez, nada más.

—¿Tú por aquí?

—A la orden de mi coronel.

—¿Y la señorita? —pregunté, con inesperada nostalgia.

—De vuelta a su tierra.

¿Había un deje acusador en su voz, o lo imaginé? Tocaba aguardar, dijo. Alguien vendría pronto. Le señalé que la cosa urgía. Encogió los hombros. Le daba igual. Ninguno de los dos teníamos ganas de cháchara, ni mucho agradable de que hablar. Convocado por el silencio, el fantasma de la inglesa se deslizaba entre las barricas. Gusté el nombre de Patricia. Sabía a buen vino, como el que ellas guardaban, pero ya bebido. No fui más allá en mis reflexiones. Callamos.

Trabuco apenas había cambiado. Si acaso, algunas hebras grises plateaban sus patillas, fruto de los disgustos que él y los gabachos se daban mutuamente.

—Hombre, el desertor —dijo con un rastro de malicia—. Nos abandonó en mal momento, cuando la emboscada de Châteauneuf.

—O en bueno, que les zurraron a modo.

Fuerte con mi Cifra, nada me amilanaba.

—También lleva razón —rió, buen perdedor.

Durante la conversación, había estado mirando, furtivo, a su alrededor. Al cabo, hizo un signo. Un hombre, al que no había visto entrar, y que estaba sentado en la esquina más alejada, se levantó y se nos acercó.

Era un joven pálido y espigado, de franca sonrisa. Por sus ropas, se trataba de un campesino, pero olía a caballero a una legua.

Se presentó.

—Coronel Tomás Donaire, del estado mayor.

Así que tenía delante a uno de los atildados alevines de Blake, jovenzuelos criados a sus pechos, para constituir el nuevo cuerpo de estado mayor, con la idea de insuflar alguna cordura en nuestros caducos generales. No me gustó que hubiese alcanzado con tan pocos años ese grado, cuando yo, mucho mayor, llevaba años empantanado en el mío.

—Cuente, capitán —dijo afable—. Cuente lo que sea y lo transmitiré. Gozo de la confianza del duque del Parque, que se halla algo lejos y muy ocupado.

No tenía el gusto de saber quién pudiera ser el tal duque, pero dejé para luego la petición de aclaraciones. Le expuse la historia que había urdido. En lugar de reconocer que poseía la clave y entregarla, dije que un confidente me pasaba los mensajes descifrados por los servicios de Carrié.

¿Por qué mentí? De un lado, resultaría embarazoso explicar los medios de que me había valido para hacerme con la Cifra. Pero era problema de poca monta. Me sobraba magín para tejer un cuento. Existía otra razón, la principal. Al dar la clave, perdía mi mejor arma. Sería felicitado, qué duda cabe, pero ahí acabaría todo. Ya no me necesitarían.

En cambio, si el único medio de leer los textos era a través de mi confidente, entonces yo devenía indispensable y seguirían necesitándome. Además, había fraguado un plan deslumbrador, que incluso superaba al primero, perpetrado con tanto éxito.

Donaire mordió el anzuelo. Se manifestó sorprendido y admirado por mi rara sagacidad. Conseguir un informador con acceso al gabinete de Carrié. ¡Excelente! Al fin sabrían lo que maquinaban los franceses y sería posible anticiparse a ellos. Dando muestras de notables dotes de organizador, el coronel trazó un sistema para que mis envíos le llegaran en horas, reventando caballos, tan grande era su deseo de tener los documentos en sus manos.

En recompensa me dio un manojo de cigarros y una disertación, para ponerme al día. Wellesley ya no era Wellesley. Su dudosa victoria le había valido el título de lord Wellington, vizconde de Talavera. A Bustamante le agradaría la noticia.

Resumió así el despliegue de nuestras fuerzas. Milord continuaba en torno a Badajoz. El ejército de la Izquierda se hallaba alrededor de Ciudad Rodrigo, al mando del duque del Parque, ya que La Romana había sido designado en agosto para un puesto en la Junta. El de Extremadura, que participó en Talavera, estaba en Trujillo, a las órdenes del duque de Alburquerque, en sustitución de Cuesta, quien, tras sufrir un accidente de perlesía y quedarse semiparalítico, tomaba en esos momentos los baños en Alhama, para aliviar su dolencia. Dicho ejército quedaba muy debilitado. Dos tercios de sus tropas se habían unido al de la Mancha o del Centro, el batido en Almonacid, dirigido ahora por Eguía en lugar de Venegas. Formaba éste una poderosa masa de maniobra, de más de cincuenta mil hombres, en la zona de La Carolina, en las Andalucías.

Tomé cuidadosa nota de todo ello, sin prestar atención, en cambio, a los datos que facilitó sobre las unidades en Levante y Cataluña, que no importaban. Recuerdo, sí, que Gerona seguía resistiendo. Brava gente.

Por lo que respecta a los gabachos, habían evacuado Galicia y Asturias. Los Cuerpos de Soult y Mortier, el Segundo y el Quinto, se hallaban en Plasencia, Oropesa y Talavera. El Sexto, de Ney, en Salamanca. Se decía que el mariscal marchó a Francia y que le había sustituido un general de nombre Marchand. Sebastiani con el Cuarto, en Toledo y sus alrededores. Mi viejo enemigo, Víctor, continuaba en la Mancha, al mando del Primero. En Madrid, la Guardia Real y la división de Desolles. También anoté todo lo referido al despliegue enemigo.

—Bien —terminó—. Ahora sabe tanto como yo.

—Le quedo más que reconocido. Por vez primera me entero de cómo están las cosas. Hasta hoy, viví de cotilleos. Por cierto, lo que dijo antes para que Trabuco le mandara mis mensajes está muy bien. Pero ¿cómo se los envío yo a él? ¿Y él a mí los que remita usted?

—Aquí don Juan Moreno hará, con perdón, de correveidile.

—Acepto complacido la tercería —repuso, festivo, el guerrillero, atento a lo que se decía—. Algo se me ocurrirá. Que me lleguen los papeles del capitán es sencillo. Lo dificultoso es que él reciba los suyos. Como es natural, los gabachones vigilan más las entradas que las salidas de Palencia.

Tuve una idea. Nunca en mi vida fui tan lúcido como desde el momento en que me hice con la clave. Parecía que su creador me hubiese transmitido sus portentosas facultades, agudizando las mías. Yo era la Gran Cifra, astuto y taimado como ella. No sería honesto ocultar que el hecho de que el joven coronel hubiese nombrado mi empleo, lo que tomé por un espaldarazo, fue un acicate añadido a mi vanidad, móvil, en el fondo, de todos mis actos. Lo tomé por primicia de futuros honores. Quería abrumarle a golpes de sagacidad, demostrarle con quién estaban tratando.

—Disfruto de cordiales relaciones con un tablajero que a diario introduce ganado sacrificado en la ciudad. ¿Qué les parece si esconden en el mondongo de una de sus bestias los mensajes? El hombre, un tal Polvorosa, me está agradecido y accederá. No lo dudo.

Elogiaron la propuesta, forcejeando por llevarse la palma en sus panegíricos. Era yo una perla. Qué imaginación, todo lo allanaba.

—Tenemos algunos problemillas en el estado mayor. Mover, alimentar, vestir, instruir, alojar a unas decenitas de millares de soldados. La próxima vez, se los traigo a mi señor Príncipe, que los resolverá en un pis pas —se chanceó Donaire.

Todavía riendo, nos sentamos a cenar al calor de las llamas. Resultaba embriagador verse tratado como igual por un oficial tan distinguido. Ni siquiera el recuerdo de Patricia vino a enturbiar mi euforia. El capítulo que fue ella, terminado estaba. Pluma en ristre, apoyado en la Gran Cifra, me preparaba a escribir los siguientes, a cuál más brillante. Qué tarde aquélla. Aún recuerdo, los rostros satisfechos, la camaradería, las bromas un algo cuarteleras, entre camaradas, de Donaire, las palmadas en los hombros. Había regresado.

Antes del adiós hice un aparte con Trabuco.

—¿Le importaría pasarme los mensajes que intercepte?

—¿Para qué? Están escritos muy raros, todos con números. No hay quien los entienda, y además, los mando al cuartel general.

—Allí no saben descifrarlos. Voy a procurar que mi confidente los deje en la mesa de Carrié, entre los que recibe él. Con suerte, hará que los pongan en claro, creyendo que le están destinados, y mi hombre me los pasará.

—Es usted el diablo —se desternillaba—. Cuente con ello.

Me despedí alborozado. Ya tenía una fuente de información.

Anochecía cuando me entrevisté con Bustamante en el reservado de Ochandiano. Le agradecí sus gestiones y le puse al tanto. Gran contento tuvo al enterarse del ascenso de su ídolo.

—Todo un señor vizconde, milord Wellington —se recreó en el título—. Poco me parece. Después de Talavera, merecía un ducado, al menos.

—Como mínimo —reconocí.

Fui a lo mío.

—A propósito. Traigo instrucciones de obtener documentos

de los gabachos. Sus amigos ingleses están empeñados en romper la cifra y necesitan cuantos más papeles mejor.

—Si se lo proponen, lo conseguirán, delo por hecho. Son unos zorros.

—Me dijo que se fiaba de Petra Murillo.

—Y lo mantengo.

—¿Qué es de su vida amorosa?

—Viento en popa. Sigue con Sabatier y con el teniente, que anda escondido desde el día que usted y yo sabemos.

—Pues quisiera pedirle un favor. Wellington necesita que haga copias de los mensajes que recibe Carrié. A ella tiene que resultarle sencillo, mientras su amante duerme.

El nombre del héroe produjo efectos mágicos.

—Seguro —respondió colaborador—. El pero es que me sorprendería que supiese leer y escribir.

—Da igual. Se trata de números y letras sueltas.

—Entonces, no hay más que hablar. Eso lo entiende cualquiera.

Así monté mi red de espionaje particular, en Palencia, en otoño del año de gracia de 1809.

XXI

EL PLAN

P etra y Trabuco me alimentaron de mensajes con largueza durante las semanas siguientes. Mejor dicho la moza, porque el guerrillero apenas mandó tres. Acompañó el último con una nota de excusas. Las cosas pintaban bien. Tanto, que los gabachos sólo se movían en gruesos escuadrones. Los pliegos cogidos los llevaban los únicos edecanes que se aventuraron a viajar con escolta reducida.

Dividía yo en dos grupos la correspondencia. El que contenía noticias de rutina lo enviaba, completo, a Donaire. Del otro, con datos de más enjundia, hacía una selección. Parte iba también al estado mayor. El resto lo guardaba para mí.

No paraba de alabarme por haber retenido la Gran Cifra. Ahora sabía más que cualquiera de nuestros generales duques sobre el despliegue enemigo. ¡Qué gran salto para un pino de nada, oficial procedente de tropa!

Por esas fechas se acabó el empleo de escribiente. Sumergido en mis labores de espía había descuidado mis funciones plumíferas. Cuando, al cabo, me presenté en las casas consistoriales, el del tinterillo afeó la ausencia. ¿Quién me creía que era? La Junta Criminal tuvo que suspender una sesión por falta de secretario. Había encontrado un sustituto, hombre formal que no desaparecía sin permiso, recalcó, y que ocupaba ahora mi puesto.

Me conformé con la decisión. De un lado, porque no cobraba un real por quemarme las pestañas, tomando nota de las deliberaciones. De otro, ya que así ganaba tiempo libre para culminar el plan que me traía entre manos.

Como verdugo, la cosa andaba asimismo floja, a Dios gracias. Démonville se había molestado soberanamente por el desplante palentino con motivo del ajusticiamiento de Belmont. Estimaba, sin que le faltara motivo, que los ciudadanos aprovecharon la oportunidad para mostrar silencioso rechazo a los expeditivos métodos que se gastaba, propinando gran golpe con ello a su dignidad.

Enrabietado, decidió suprimir la horca de una vez por todas. Fusilamientos a mansalva y tentetieso, extramuros o donde se pillara a los brigantes. Lo malo fue que, a la moda de Doscastillos, decidió que los muertos se colgasen en la plaza Mayor, hasta que su olor ofendiera las narices, y eso era materia de mi competencia.

Héteme, pues, a mí acarreando cadáveres y ahorcándolos. Pasados unos días, con la cara bien tapada, cual bandolero en Sierra Morena, les soltaba, y a enterrarlos. Nauseabunda tarea aquellos desprendimientos, por mis muertos, y nunca mejor dicho. Conté, menos mal, con dos auxiliares. Uno, el soldado Louis. Se hizo a manejar difuntos y me ayudaba con gran empeño. A cambio le di la mitad de mi sueldo. Tenía pocos gastos y don Asunción, informado del asunto, se prestó a pasarme, de fondos reservados, lo necesario para vivir con moderación.

El otro asistente respondía al nombre de Felipe, alias *Chilindrón*, el sepulturero. A fines de la época de Godoy, el ilustrado Gobierno decretó la construcción de cementerios en las afueras de las ciudades. Se trataba de acabar con la costumbre española de dar tierra a la gente en las iglesias o huertos de las mismas, insalubre manía que propiciaba asoladoras pestes y escenas desagradables, como toparse en la calle con chuchos royendo tibias de cristianos.

La gente acogió mal la novedad y procuraba mantener los viejos hábitos, pero poco a poco se fue resignando a utilizar el campo santo. Ahí entraba en funciones Felipe, con un carro que el Ayuntamiento le suministró a los efectos oportunos.

Chilindrón y yo, muy serios, de luto en el pescante, nos convertimos en estampa común para habitantes y guarnición. Acabó con ello el anonimato. La gente se retraía a mi paso, cruzando los dedos. Qué se le iba a hacer. Los Polvorosa, Ochandiano y la tropa de Bustamante no variaron de actitud, y con eso me conformaba.

Un buen día el carnicero rompió la agridulce rutina, cuando me hizo entrega de una bolsa, pegajosa de sangre. «Vino en un cordero», dijo. La cogí con la punta de los dedos y, con la otra mano, le rebané el cuello de gran tijeretazo. Cayó flácido aquello al suelo. Lo abrí con un lápiz para no tocarlo. Contenía un papel: «Venta de Judas. Mañana a las siete. Seña, Barrabás. T.».

Acudí, intrigado, y provisto de pistolón, que la tal venta era sitio poco recomendable, ladronera de la hez de Palencia y comarca.

Apenas se podía respirar en el ambiente denso y maloliente. Cabos de vela, embutidos en botellas, daban menos luz que humo, a duras penas arrancando de las tinieblas jetas patibularias, mandíbulas sin rapar, belfos groseros y miradas torvas. Apestaba a ropa húmeda y a crímenes. Una cueva de bandidos, en toda regla, sin que faltara ninguno de los aditamentos. Si hubiese sido verdugo de vocación, y no sólo de profesión, me habrían hecho los ojos chiribitas a la vista de tanto candidato a mis servicios.

Poco tranquilo, interpelé al dueño, con más aspecto de delincuente que el peor de sus clientes.

—Barrabás —dije.

—Siéntese allí y espere. —Señaló una larga mesa—. En este sitio, todos somos ciegos y sordos.

Qué más hubiese querido yo. Porque me harté durante media hora de ver fisonomías aviesas y de oír blasfemias que harían temblar el Misterio. Trabuco entró, saludando a diestra y siniestra. Se notaba que era muy conocido para la distinguida parroquia. Repartió abrazos y bromas, y vino a sentarse frente a mí.

—Buenas tardes. Le traigo algunas sorpresas.

Puso sobre el tablero cuarteado y con cicatrices de navajas un paquete y dos pliegos. Cogí uno. Comenzaba con un «señor teniente coronel». Cada línea encerraba veinte elogios a mi astucia, valor y perseverancia. La firma era un garabato ilegible, con una «P».

El segundo papel aclaraba todo. ¡Era mi despacho de teniente coronel! La primera cosecha de la clave. Un ascenso doble, saltando el grado de sargento mayor. Lo miré y lo remiré. La patente oficial de que volvía a ser yo. La amnistía por Espinosa y por otras cosejas olvidables. La absolución. Estaba de regreso en el cálido seno de los Reales Ejércitos, con derecho a charreteras, gola y espadín. Me corregí. Charreteras ya no. Dos galones, de cinco hilos como cinco soles, en las bocamangas constituían la divisa de mi nuevo empleo. La primera carta, que debí leer en último lugar, me estaba dirigida. La firma, precisó el guerrillero, era del duque del Parque en persona.

No acabó con ello la dicha. El paquete encerraba una cruz, de esmalte blanco y brazos rematados en ocho puntas. En ellos estaba escrito «Talavera», arriba; «28 de julio», en el centro; «1809», abajo. La cinta era roja y negra. Prendida traía una tarjeta: «*Well done*. W.».

—Que sea enhorabuena, mi teniente coronel —deseó Trabuco con vigoroso apretón de mano—. Como ve, el duque y Wellington le felicitan. Eso es la medalla de Talavera. Aunque usted no estuvo, se la mandan por los servicios prestados.

Era, pues, la reivindicación total. ¡Dos generales en jefe me aplaudían! La cruz se trataba de un bonito gesto. Equiparaba mis clandestinos manejos al honor de un campo de batalla.

No me salió palabra hasta que apuré el vaso del matarratas que el guerrillo hizo traer. Festejamos así, en el pringoso antro, mi triunfo. Aun en medio del contento, esa circunstancia mereció reflexión. Quizás aquél era el teatro más adecuado. En realidad, mentiras, bajezas y traiciones me habían valido el ascenso y la presea. Sí, la compañía de indeseables resultaba la más apropiada para la ocasión. Asesinos, coro de juramentos y servilletas sucias, oficiaron de marciales granaderos, músicas militares y ondulantes banderas. Parecía justo. A cada cual, lo suyo.

Trabuco pasó a hablar de sus hazañas, mientras yo miraba a hurtadillas los trofeos, todavía sin creerlo. La guerra de guerrillas se iba encarrilando y los franceses se resentían. La lucha ganaba en encarnizamiento.

—No se puede uno ya fiar de nadie. ¿Se creerá que topamos con una recua cuyos acemileros eran chacones disfrazados? Buen susto nos dieron. Y a propósito de renegados, ¿se acuerda del tal Estébanez?

El administrador felón, causante de tantas muertes de amigos. Antes me olvidaría de mi madre. Dejé quietos papeles y cruz. Los guerrilleros, enterados no sé cómo de sus fechorías, oí, le acababan de emparedar, tal día como ayer.

—Sí, señor. De la posada de El Gran Maestre quedaron en pie tres muros. Uno muy viejo, con el vano de una puerta. Lo cerramos por un lado, acomodamos al caballero y lo tapiamos, con un huequecito para que pudiera respirar un tanto. Tardará en morir. El albañil del pueblo, buen patriota, no quiso cobrar nada.

—Pero podrá gritar, pedir auxilio —me alarmó por la supervivencia del rufián.

—Calma. Todo está previsto. La tal pared es la más retirada del camino. Además, desde el ataque ya nadie para en la casa de postas. Ahora los relevos se hacen en el propio Doscastillos, en un puesto francés.

Gran verdad, aquella de que la venganza es un plato que se sirve frío. Me supo a gloria imaginar al canalla agonizando a boqueadas en el muro templario, entre las ruinas que provocó, junto a los huesos de Trueba, Cañizares y la Beltrana. Había justicia. Lenta, pero la había. Para Estébanez y para mí. A ese cerdo le había llegado su San Martín, como vaticiné sabiamente. Los viejos señores del Temple aprobarían, desde sus agujeros, la feliz idea.

Resultó, en conjunto, tarde digna de recuerdo. Un canalla menos y un teniente coronel más. Buen balance. *Víctor* fue debidamente informado cuando regresé al cuarto. A la más pequeña insinuación que le hice, repitió, sin hacerse de rogar, su vieja gracia de orinarse cuando nombré a José I. Era su forma de sumarse a las celebraciones.

Desde ese día llevé la medalla en el revés de la solapa. Tenía ya dos, contando la que Blas me ofreció. No estaba seguro de haber obtenido ninguna de ellas en noble lid, pero su tintineo daba renovadas fuerzas para proseguir mis maquinaciones.

A partir de entonces, la vida transcurrió plácida, en torno al descifrado de mensajes, únicamente alterada por esporádicos cadáveres descompuestos. Encaramado en la buhardilla, husmeaba como un perdiguero los papeles, a la búsqueda de los renglones que permitieran poner todo en marcha. Araña paciente, tejía mi red, falta de pocos hilos. A veces miraba por la ventana a los transeúntes. Cuán lejos se hallaban de sospechar que anidaba allá arriba, jugando con miles de vidas humanas, un oscuro, por el momento, Napoleón de provincias. Pasados los años, en cambio, se detendrían ante el portal, mostrándose unos a otros la casa donde se fraguó el plan famoso que cambió la Historia.

Una mañana peleaba con un texto de especial dificultad, que contenía siete claves, más de una por párrafo y abundancia de «números vacíos». Abrióse la puerta con gran fracaso y Margarita, los pelos enloquecidos, se precipitó en el cuarto.

—¡Hemos ganado! ¡Hemos ganado la guerra! ¡Se acabaron los franceses! ¡A mis brazos, don Gaspar!

Me parapeté tras la silla, consternado ante las noticias y la perspectiva de ser estrujado por el barril. ¿Sería posible? ¿Una victoria decisiva antes de que mi plan estuviese terminado? ¡Maldita fuera mi suerte perra!

—Tranquilícese, señora Polvorosa, y cuente.

—Vienen los austríacos. A millones. Están ya a mitad de camino. Los manda el propio Zar, montado en un caballo blanco como el de Santiago. Dicen que es guapísimo, y que lleva uniforme cubierto de perlas y diamantes.

Austríacos dirigidos por un emperador de Rusia vestido con pedrerías. Donosa idea. Pedí detalles.

—¿Y qué más quiere saber? ¿No le parece bastante? Millones.

—Pero…

—No está usted contento con nada —soltó, furiosa, y se marchó con estruendoso portazo, a propagar la buena nueva.

Cuando dejaron de temblar los papeles encerados que hacían de cristales y pude pensar en el anuncio, me pareció entenderlo. No es que vinieran austríacos. Los que venían eran franceses de Austria, una vez firmada la paz. El pretendido Zar era el Emperador, pero no el alemán, el gabacho. La carnicera había oído campanas y no sabía dónde. La nueva, deformada de boca en boca por la ignorancia, transformaba la catástrofe en un éxito.

En El Cordón, Pacomaula acabó de aclarar el enigma.

—Sí, parece que numerosos refuerzos se hallan en marcha. ¿Napoleón? —Se encogió de hombros—. Es famoso por no anunciar hasta última hora sus proyectos. Días antes de partir, manda que sitúen relevos de caballos a lo largo de distintos itinerarios, y no se sabe nunca con certeza ni cuándo ni adónde viajará.

Poco entusiasmado le vi ante la perspectiva.

—¿A qué viene esa cara? Si es verdad lo que dice, la guerra puede terminar en meses, y a favor de los suyos.

—Desengáñese, esto no lo acaba nadie —replicó pesimista—. Nuestros hijos seguirán pegando tiros. Y, para colmo, cada vez estoy menos seguro de qué bando prefiero que gane.

—Cuidado, don Eugenio, que desvaría.

—Ojalá. Los patriotas, con perdón y mejorando lo presente, son unos bárbaros. Divididos, encima, entre liberales y serviles, siempre enfrentados. Valiente perspectiva si vencen. Aprovecharían el triunfo para matarse entre sí. En cuanto a los míos, que usted les llama, tampoco es mejor el panorama. Han logrado desprestigiar al pobre José de tal forma que nunca podrá reinar de verdad. Respecto a los franceses…

—¿Qué?

—Que nos llevan a la ruina. El poder omnímodo los ha corrompido irremisiblemente. ¿Sabe la última?

—¿Cuál es?

—Carrié —no se molestó en bajar la voz— vende guerrilleros.

—¿Perdón? —me parecía haber oído mal.

—Lo que digo. Si su gente, y no la de Démonville, coge alguno, lo vende a buen precio, a sus deudos o sus jefes, y se embolsa el dinero. Mazagán es su socio y Sabatier el encargado de negociar.

No le di crédito. Parecía demasiado comerciar con la vida no ya de seres humanos, sino enemigos que, una vez liberados, volverían a cazar a sus hombres. Juró y perjuró que era cierto. Lo sabía de excelente tinta. Démonville se desgañitaba, pero nada podía hacer. Estaba entablada siniestra carrera entre ambos para capturar brigantes. El uno, a fin de comerciar con ellos. El otro, para fusilarles antes de que su jefe los malbaratara.

—Créame, Príncipe. La guerra nos ha podrido a todos. A usted y a mí, a los suyos y a los míos. Nadie piensa sino en medrar, por las buenas o por las malas. Las más bajas pasiones andan sueltas. Ni José, ni Fernando ni el mismísimo Napoleón podrán ya cerrar la caja de Pandora. Mucha sangre y muchos años costará que las aguas vuelvan a su cauce. No olvide esta modesta profecía.

Me fui aturdido. No tenía límites la demencia en aquella guerra. Mercado de prisioneros, zares rusos mandando austríacos que eran franceses. Qué locura. ¿Estaría en lo cierto el afrancesado?

—¡Te digo que es él, el mayoral!

Volví la cara en dirección del grito. Honorio, o Liborio, o como se llamase el postillón que azoté, tiraba de la manga de otro juramentado. Míguez me reconoció en el acto y echó a correr. Hice lo mismo. Por suerte, empezaba a caer la noche y conocía las calles mejor que ellos. Logré escabullirme, tras unos minutos angustiosos. Los viandantes, al advertir que me perseguían los odiados chacones, se apartaban a mi paso y, como sin querer, estorbaban el de ellos.

Llegué, de todas formas, sin resuello a la buhardilla.

—Don *Víctor* —informé al mariscal en cuanto hube recuperado el aliento—. Las cosas están que arden. Se aproximan refuerzos gabachos y Míguez sabe que nos encontramos aquí. Dentro de poco, ni esta ciudad será segura para nosotros dos, ni España para los patriotas. Urge terminar el plan, pero falta, como sabes, un detalle capital. Constancia —acaricié la cabeza, filosóficamente ladeada— y ojo al parche. Veremos quién llega antes a la meta.

Permanecí en la habitación lo que restaba de día, sin salir ni para ir a cenar. Al siguiente mandé recado a Bustamante para vernos donde el vasco, a la noche. Escuchó el níspero mi relato con rostro sombrío.

—Malo, doblemente malo. Porque, en efecto, los franceses sí se hallan en marcha, y porque su Míguez no tiene alma, como ha acreditado holgadamente. Como dé con usted, puede considerarse hombre muerto. ¿Va armado?

—Sí.

Le mostré la pistola, que me acompañaba desde la reunión en El Judas. Estimaba que, en mi calidad de teniente coronel, debía portar armas siempre. Una bobada, pero así era. Ya que mi profesión prohibía la noble espada, una pistola traidora resultaba buen sustituto. Además, el cargo de verdugo me autorizaba a portarla, que más de un colega había tenido abrupto fin a manos de familiares o amigos de clientes.

Terminada la comida, se me antojó una partida. Otra estupidez, pero comenzaba a desesperarme y quería regresar a casa fatigado, para que el sueño venciera la inquietud. Jugué hasta muy tarde. La baraja se portó tan bien que el portero, a pesar de sus triquiñuelas, perdió un pellizco.

Dormí como un leño y desperté nuevo. Con el desayuno, Margarita me sirvió un paquete.

—Buenos días nos dé Dios. Ha llegado esto dentro de una mula. ¡Una mula! Casa Polvorosa vendiendo carne de esos bichos. Qué bajo hemos caído. Ah, y perdone por el pronto de ayer. Ahora parece que ni austríacos ni nada. No viene nadie.

Me abstuve de desengañarla. Sí que venían, y a millares. Franceses. Pero, para qué darle un disgusto. Se retiró, cerrando con exquisito cuidado.

Descifré el mensaje mulero. No lo podía creer. Repetí la operación, por si me había equivocado. Lo tuve que hacer otras dos veces. ¡Eran las piezas que faltaban para completar el rompecabezas! Algo nimio, en apariencia, que sólo adquiría su verdadero valor si se relacionaba con los partes que guardaba, y que Donaire no había recibido.

¡Magnífico! No necesitaba ya nada más para emprender mi obra magna. Pero no. Se requería, antes, una última comprobación.

Allí mismo, y que Dios me perdone la impostura, redacté un texto, como si fuese uno francés descifrado. Para escribirlo, me valí de las abundantes noticias de que disponía. En una esquina, puse: «Entregado por Petra», para que en el cuartel general creyeran que procedía del gabinete de Carrié.

Rogué a Margarita que enviara a alguien a Bustamante, solicitando los servicios de Gregorio. El ratonil Gallego se presentó a la media hora.

—Menuda suerte, anoche —dijo a modo de salutación.

—Ya sabe, va por rachas.

—A ver si es verdad, y me recupero.

Le di el mensaje falso, con el encargo de que lo entregara, ganando instantes, a su amo.

Durante la siguiente semana no salí del cuarto, ensimismado en abstrusos cálculos, con carta y compás, como los señores de estado mayor. Me negué, sin embargo, el derecho a dar nada por concluido mientras no recibiese nuevas de Donaire.

Llegaron en un carnero.

Mi estimado camarada:

Enhorabuena. Conforme a su mensaje, mandamos dos regimientos de caballería a Alba de Yeltes. En efecto, había sólo un escuadrón del 15.º de dragones. Lo sableamos a mansalva. Tuvieron siete muertos, once heridos y ocho prisioneros. Cogimos diecinueve caballos. Es usted un lince.

Suyo afectísimo y seguro servidor que besa sus manos.

Tomás Donaire

Respiré. Profundamente. El combate había sido de escasa entidad. Su enorme transcendencia residía en que era un ensayo para confirmar que Gaspar Príncipe era dueño de todo el despliegue francés desde Portugal a Madrid, ni más ni menos. Casi nada. Sabía al dedillo dónde se hallaba cada cuerpo y sus avanzadillas.

Ése fue el objeto del parte que fabriqué, comprobar que el destacamento del 15º de dragones se encontraba en el lugar y con los efectivos que yo había deducido. La carta del coronel disipaba cualquier duda. Hora era de poner manos al trabajo.

Según el despliegue francés que el propio Donaire me facilitó, el Segundo Cuerpo, de Soult, estaba en torno a Plasencia y Oropesa. El Quinto, de Mortier, en Talavera. Sebastiani y el Cuarto, en Toledo. Víctor y su Primero, más al sur, en la Mancha. El Sexto, de Ney, en Salamanca. La división Desolles y la Guardia Real en Madrid.

Sin embargo, de acuerdo con mis notas, la situación había variado sensiblemente desde entonces, aunque nuestro cuartel general lo ignorara, porque yo me había quedado con los oportunos partes. Una brigada de Desolles marchaba hacia Salamanca, para reforzar esa zona frente al duque del Parque, en Ciudad Rodrigo. Mortier se había corrido hacia el oeste, para unirse a Heudelet, el sustituto de Soult. Sebastiani iba a relevarle en Talavera.

Hasta un niño de teta se hubiese percatado de cuál era el proyecto francés. Resultaba meridiano que estaba en curso una concentración de fuerzas, hacia Extremadura, del Segundo y Quinto Cuerpos, y quizás también del Cuarto. La evidente finalidad era caer sobre Wellington y Alburquerque, tomando cumplido desquite por Talavera.

Como era igualmente claro que ese movimiento dejaba al descubierto Madrid. No se precisaba estudiar un mapa para comprender que únicamente Víctor, el maldito Víctor, se interponía entre la capital y Andalucía. Y en la boca de Andalucía se agazapaba nuestro mejor ejército, el de la Mancha, mandado por Eguía.

Pero, para llegar a tan obvias conclusiones, se precisaba poseer la colección completa de mensajes franceses. Y sólo yo, y nadie más que yo, la tenía en el campo aliado.

Por enésima vez repetí los cálculos.

Eguía tendría cerca de sesenta mil hombres, reforzado como estaba con dos tercios del Ejército de Extremadura. En cuanto al mariscal gabacho, no podía disponer de más de veinte mil, como mucho, los efectivos de un Cuerpo. Eso, si estaba reunido, lo que resultaba improbable. Con la marcha de sus colegas hacia Portugal, lo lógico es que se hubiese tenido que desprender de tropas, para cubrir el paso del río en Toledo, Aranjuez, Puente La Reina y otros puntos.

Por consiguiente, si nuestros sesenta mil atacaban, lo más probable es que se les opusieran sólo diez mil, quizás quince mil adversarios. Daba por seguro que muchos de los españoles serían reclutas, en nada equiparables a los veteranos franceses. Pero la superioridad de entre cuatro o seis a uno anulaba de sobra esa desventaja.

Mi napoleónico plan, si se me permite la falta de modestia, y que en esos momentos trasladaba al papel, refrenando la excitación, poseía una sencillez rayana en lo genial.

Eguía atacaría con todas sus tropas a Víctor y tomaría Madrid. Al tiempo, Del Parque avanzaría sobre Salamanca, amenazando Valladolid. Alburquerque, desde Trujillo, amagaría un ataque, para distraer la atención de los franceses. Estaba persuadido de que, ante la belleza de la maniobra, Wellington acabaría por participar con todas sus fuerzas.

¿Cuál sería el resultado de todo ello? Una futesa. El principal núcleo gabacho, el reunido en torno a Oropesa, envuelto. Enfrente, tendría a nuestro Ejército de Extremadura y a Wellington. Al norte, al de la Izquierda, avanzando en dirección de Valladolid y poniendo en riesgo las comunicaciones con Francia. Al este, a Eguía, en Madrid, tras batir a Víctor. ¡Una nueva batalla de Cannas! ¡El sueño de cualquier militar! ¡El cerco perfecto!

El Emperador había pasado a la historia por hacer algo parecido en Ulm contra los austríacos. Me reuniría con él, en la misma página, en caracteres apenas más pequeños.

Un Cuerpo, el de Víctor, derrotado en campo abierto. Tres, los de Soult, Sebastiani y Mortier, copados, encerrados en Extremadura por un círculo de hierro, sin más alternativa que la rendición. En pocas palabras, el fin de la guerra. Un triunfo aplastante, definitivo, antes de que los refuerzos franceses llegasen.

Perfecto, sí, hasta con el refinamiento añadido de que el derrotado en batalla campal sería precisamente Víctor, con el que tenía una cuenta que saldar desde Espinosa de los Monteros, principio de mis desgracias. Porque junto a ese círculo de hierro, habría otro, el de mi venganza personal, que también se cerraría.

¡Horizonte grandioso! ¿Qué honor estaría fuera de mi alcance? ¿Cuál el título, el grado, adecuado a mis méritos? Duque de la Victoria. ¿Por qué no?

Descamisado, sudoroso, domeñando la mano que temblaba, en sus pobres intentos de seguir la mente desbocada, terminé de poner todo el magistral plan sobre el papel. Luego, envié recado a don Asunción, para concertar una cita.

El reservado de Ochandiano fue escenario del histórico encuentro. ¿Cenar? No, no quería cenar. No podía. ¿Quién pensaba en esas cosas cuando yo hablaba de ganar la guerra? Donaire tenía que recibir aquello en el acto. Reventar diez, veinte caballos, los que hiciese falta, y a sus jinetes también, si preciso fuera. Pero debía llegar a su destino ayer, no hoy ni mañana.

Bustamante escuchaba, sobrecogido por mi frenesí. Nunca me había visto en tal estado. Cuando al fin entendió la urgencia del encargo, me aseguró su entera colaboración. Se reventaría lo que hubiese que reventar, caballos, hombres, cualquier cosa. El coronel recibiría ese pliego con la tinta aún fresca.

Tras asegurarme que así sería, y recalcando que estaba mucho en juego, me fui. La noche avanzaba. Caía una helada terrible, pero no sentía frío. Enajenado por la excitación, olvidé la prudencia. Por ello, justamente, en lugar de evitar las farolas que, por orden de los franceses, se estaban poniendo en la vía pública, me expuse a su fulgor, ajeno a todo lo que no fuese mi proyecto, repasándolo en la acalorada mente.

—A las buenas noches, señor capitán, señor mayoral, señor desertor o lo que sea usted en la actualidad.

Míguez surgió de las tinieblas, los pulgares en la faja. A su lado, Honorio, Liborio, como se llamase. Sonreían torcido los chacones, seguros de la presa.

—Vamos a dar una vueltecita por el cuerpo de guardia, que se me antoja charlar un rato con Vuesamerced, señor Príncipe.

Me dieron lástima. Se las habían con un tigre. ¿Cogerme ahora, cuando me preparaba a saborear las mieles del triunfo? ¿Robarme el fruto de desvelos y penalidades sin cuento? Antes muerto. Sin pensarlo, disparé la pistola, oculta bajo la capa. Honorio, o Liborio, se llevó el tiro en la tripa. Rodó por el suelo, sujetándose la herida, escupiendo sangre.

Míguez, curtido granadero, no se turbó. Era buen soldado. Brilló en su mano malévolo un facón, y me tiró un viaje homicida que se perdió en los pliegues de la pañosa. Preparó el segundo, mientras yo retrocedía, pero no tuvo tiempo de asestarlo, porque una punta triangular le había brotado en el pecho. Abrió mucho los ojos sorprendidos, y antes de saber de dónde le vino la muerte, se derrumbó como un saco.

Por eso pude ver a Pacomaula, los brazos caídos a lo largo del cuerpo, sosteniendo todavía el bastón estoque, la mirada extraviada, vacilante sobre las piernas abiertas.

Sonaron voces y ruidos de pisadas. Una patrulla. Balbuceé un «gracias» y salí huyendo por las calles que se empezaban a animar con el alboroto. A mi paso se abrían ventanas. Asomaban rostros medio dormidos, para desaparecer en el acto, temerosos. Doblé esquinas, salté tapias, tropecé, me perdí, reencontré el camino, siempre corriendo como un poseso, empavorecido. Ya en la buhardilla, atranqué la puerta como pude. Luego recargué la pistola, tras cuatro intentos fallidos, por culpa de los nervios erizados.

Poco a poco cesó el tumulto, pero no mi espanto. ¿Habría escapado Pacomaula? ¿Si no, confesaría lo sucedido? ¿Y si los juramentados vivían y hablaban?

No conocí el sueño en toda la noche. De madrugada alguien llamó. Me negué a abrir.

—Soy Marcelo, el ujier —oí a través de las maderas.

—¿Qué quiere a estas horas?

—Tiene que venir. Hay ejecución a las nueve.

—Imposible. Estoy muy enfermo.

—Da igual. Venga.

—No.

Porfió, sin resultado. Es verdad que me sentía mal. En cualquier caso, no estaba el cuerpo para matar a nadie antes del chocolate, y menos con la gente de Démonville suelta por Palencia y yo con un crimen a las espaldas.

Se marchó, por fin. Me deslicé entre las sábanas, dando diente con diente. Hacía frío.

Los siguientes golpes hicieron temblar la casa.

—Sargento Leboeuf. Fuera.

La voz no aceptaba réplica. Pensé en disparar, pero ¿para qué? El calor de la cama me había reconfortado. Pensaba ya con cierta lucidez. Buscaban un verdugo, no un asesino. Nada tenían contra mí. Sólo querían mis servicios, no mi cuello. Casi a gatas, llegué a la puerta y abrí. Fuera esperaban cinco hombres.

Marché entre ellos a la plaza Mayor. Louis llegó enseguida. Él montó todo. Al igual que la vez anterior, no se veía un alma. Sólo soldados. Retumbaron cajas. Démonville, pálido como un muerto, encabezaba la comitiva. A su lado, Mazagán del Esquife, de punta en blanco, el gesto debidamente afligido, lástima y reprobación. Detrás, como temía, Pacomaula, pómulos tumefactos, labios reventados. Le habían dado una buena paliza. A duras penas caminaba, apoyado en dos chacones. Pero no había dicho nada. En caso contrario, otro puesto estaría yo ocupando en el patíbulo.

Entre cuatro le subieron. Hubo que atarle. Los miembros rotos no le sostenían. Cuando iba a ponerle el dogal, miré el rostro hinchado. Levantó con trabajo un párpado. Vi un destello lejano en la pupila y me desmayé.

Volví a mi ser sobre el tablado, junto a sus pies. Louis me ayudó a levantarme.

—Mala suerte. Está sin trabajo. Démonville le ha cesado, por flojo. Le dije que se encontraba enfermo, pero no escuchó. Lo siento. Soy su sustituto.

Balbuceé algo y perdí el conocimiento de nuevo. Me tuvieron que llevar a casa. Estuve, dije luego a Bustamante, casi una semana entre la vida y la muerte. Pensaba el mayordomo que los cuidados de Margarita me salvaron. De algo sirvieron, aunque la mejor cura fue un papel que la carnicera, en su habitual envoltorio sanguinolento, me trajo.

Decía:

¡Espléndido! Se despachan órdenes a Areizaga, que ha reemplazado a Eguía, para que se ponga en movimiento desde Santa Cruz de Mudela. Lleva cincuenta y dos mil bayonetas, seis mil sables y sesenta piezas.

Firmaba «Donaire».

Lo leí junto a la ventana, donde la tablajera se empeñó en colocarme, para que tomara el sol. ¡Mi plan estaba en marcha! Cayó el pliego de mi mano, a posarse, despacio, en el suelo.

Con los ojos cerrados, vi las columnas sin fin. Andares saltarines de los ágiles cazadores, catalanes y aragoneses, canana y gambeto al hombro. Paso monótono de los restos de regimientos antiguos, uniformes blancos, bicornios, divisas negras, moradas, azules, verdes, rojas. Desorden bullicioso de los cuerpos de reciente creación, chaquetas pardas, polainas de cuero, chisteras, distintivos granas, amarillos, lacres, musgo. Estruendoso rodar de los cañones, escoltados por artilleros solemnes. Bizarros granaderos de peludos morriones. Altaneras Guardias de Infantería, color de Casa Real. Muchedumbre de escuadrones, colecticios casi todos. Chacós, mirlitones, calpacs, sombreros de queso, lanzas, sables, turquí de la línea, celeste de húsares, limón de dragones, esmeralda de cazadores de caballería.

Serpenteaban por la llanura manchega, camino de Madrid.

Eran más de medio centenar de miles. Frente a ellos, ¿qué? Una, dos divisiones de infantes franceses, quizás una brigada de caballería. Un par de horas de combate, recoger los trofeos ganados y acicalarse para la triunfal entrada en la capital.

Y allá lejos, al oeste, la cólera impotente de tres mariscales, mesándose los cabellos al recibir edecán tras edecán: «Terrible derrota cerca de Aranjuez». «El Rey huye hacia Francia». «Madrid ha caído». Hasta el definitivo «estamos copados», réquiem de todos los ejércitos.

Luego, el emisario de la Junta Central me entregaba, un poco confuso por hallarse en presencia del Salvador de la Patria, las Gracias de la Nación y la faja de general. Más tarde, el título de Castilla, con jugosas rentas.

Todo eso y más vi desde la habitación, por encima de los tejados de Palencia. A partir de ese momento, mejoré de día en día, empujado por la impaciencia, que barrió fiebres y miedos. Necesitaba ponerme bien.

A veces, también, hice balance durante la convalecencia, y después. Sobraba tiempo para ello, ahora que estaba cesante. No me salía gratis la gloria. Siempre tiene un precio, proporcionado. Desechaba las nimiedades, el estigma de verdugo, las humillaciones, la muerte de Belmont, el estiércol de El Gran Maestre.

Dos recuerdos, en cambio, se agarraban a la memoria, tenaces. Uno, quién lo dijera un mes atrás, el de Pacomaula. Mal le había pagado. Una palabra mía y era salvo. De haber dicho yo la verdad, que hizo lo que hizo por salvarme, ahora no estaría atufando la plaza Mayor. Hasta hubiera resultando sencillo fabricar una historia de asalto nocturno. «¿Chacones? ¿Qué me dice? ¿Cómo iba a saberlo? Dos ladrones. El señor Pastor, un valiente, acudió en mi auxilio.»

Pero ¿y si no me creían? Habría sido arriesgado. Dos horcas en lugar de una. Nadie ganaba, y yo necesitaba disfrutar de mi victoria. No podía morir entonces. Además estaba muy malo, sin fuerzas para pensar con claridad.

Aun así, no se me desdibujaban los rasgos del afrancesado, su mirada de aquella noche cuando, alelado, después de haber matado por mí, pedía ayuda. Nunca entendería su lealtad de hombre de bien, y ello me desasosegaba.

Patricia era la otra sombra que me rondaba. Me había querido, lo sé. Quizás yo también a ella. A veces, por lo menos. Pero pudo no ir a la cena con Carrié. Pudo hacer caso omiso de mis gestos, cuando pedía que le llevara al dormitorio. ¿Por qué no lo hizo? ¿Era la Gran Cifra su dote? Qué ridiculez. ¿Esperaba que, tras ayudar a que la consiguiera, como prueba de amor, me arrojaría a sus plantas, implorando perdón, rogando que se quedara con promesas de felicidad eterna? Era no conocerme.

¿Quién preferiría la mediocridad de una casita en Santander a lo que me aguardaba? Fortuna, adulación, criados de librea, una boda digna de un general duque, como Alburquerque o del Parque. ¿Quién cambiaría el palacete en Atocha por un acantilado azotado por el viento, la galería sobre el mar por seis salones corridos, el pueblo de pescadores por la Corte rendida a mis pies?

Dolía Patricia, dolía como herida casi cerrada. Cierto. Tiré al arroyo una vida, la nuestra en común. Probablemente también la de ella. Pero no la mía.

Porque me esperaba la apoteosis del triunfo, el universal renombre, la admiración de Europa entera. La culminación de mis sueños todos. ¿Y qué precio es demasiado para pagar los sueños de un hombre? Igual que a Gregorio, el portero, la ganancia me compensaba la trampa. Echadas las cuentas, hasta había salido barata la partida.

XXII

LA BATALLA

En cuanto me recuperé volví a frecuentar la casa de Ochandiano. Resultó buena receta para alejar fantasmas. El tema de moda era la emigración. Palencia, sacudida por la ira del teniente coronel de húsares, se vaciaba. A diario salían familias, con permiso de los gabachos. Preocupados ante la creciente falta de víveres, les dejaban partir. Menos bocas que alimentar. Sólo les registraban para comprobar que no se llevaban nada de valor. La ciudad, semidesierta, con el invierno despiadado encima y las constantes patrullas, estaba triste.

Don Asunción me dijo en la primera conversación que Petra Murillo había discutido con su amante gabacho. La pelea fue sonada, que era moza de bigote. También se había ido, con destino ignorado.

Una noche polvorosa me trajo un parte francés. Con él venía breve esquela, firmada por el teniente San Miguel. Mandaba ahora la partida. Trabuco había sido hecho prisionero en un combate y arcabuceado en Valladolid. No me enviaría más pliegos. La guerrilla quedó diezmada en la escaramuza y bastante ocupado estaba en escapar de los imperiales para entretenerse con correos.

Probé a descifrarlo, aunque daba igual su contenido, con los dados corriendo sobre el tapete. En vano. Habían cambiado la clave. Era lo mismo. Demasiado tarde. El vino estaba servido y habrían de beberlo, mal que les pesara.

Todo señalaba el final de una época. La Gran Cifra de París

ya no servía. De mis dos proveedores, Trabuco y Petra, muerto uno, desaparecida la otra. Pacomaula y Míguez, difuntos. Nada me quedaba por hacer en Palencia. Hubiese querido dar un tiento al melifluo Mazagán, tan poco digno de vivir, pero no valía la pena. Podía esperar a que los patriotas conquistaran la ciudad. Entonces hablaríamos.

Por otra parte, mis cuidadosas cuentas decían que llegaba la hora de cabalgar hacia el sur. Tenía mil veces medido el tiempo que Areizaga podía tardar hasta el Tajo y deseaba estar allí para verlo, para no perder un detalle de mi triunfo, ni siquiera los rutinarios prolegómenos.

Un ejército en marcha, y en invierno, no pasaba de las cinco leguas por día. Yo, a caballo y solo, podía frisar las veinte, descontados los altos para relevos, comidas y descanso. Sí, era el momento de empezar los preparativos.

Bustamante, por pura caridad, aceptó quedarse con Blas. Afirmó que le serviría para cuidar una piara de cerdos que tenía. Algo se malició el mozo de que la separación iba para largo. Estaba hecho, empero, a Palencia y no ambicionaba, creo, más viajes. En cuanto a su apasionamiento por lo tesoros templarios ocultos, éste se había borrado ante los fervores porcinos. Quedóse, pues, tan contento.

Bustamante y Ochandiano organizaron una cena de despedida, con asistencia de los Polvorosa y Gregorio Gallego.

Ante la mesa, cubierta por las viandas que el vasco acumuló en mi obsequio, pasé revista a los rostros de aquellas personas que tanto me ayudaron, con ilimitada generosidad, casi todos sin saber quién era yo. ¿Tendría algo bueno, cuando supe concitar su fidelidad?

Por todos sentía afecto y a todos había engañado. Usé al níspero para introducir a Patricia donde Carrié. Al vasco para que me alimentara gratis y prestara su local para mis confabulaciones con don Asunción. A los tablajeros para llegar a Petra. Al ratón de mensajero, a cualquier hora del día o de la noche. De todos me valí. A cambio, nada hice, sino conseguir algunas libras de carne, cortesía de Pacomaula, otro traicionado. Todos me agradaban, pero por ninguno haría lo que ellos hicieron por mí.

Los caldos de la Rioja anegaron remordimientos. Cuando

acabamos la cena, nos dijimos adiós, con gran copia de lagrimones y abrazos. Antes de separarme encomendé a Mazagán a la atención de Bustamante. Si se le pudiera dar un disgusto, mejor. Si no, ya me ocuparía, en su momento.

Chilindrón esperaba, conforme acordado. Me disponía a subir al pescante cuando dijo:

—Atrás, bajo el toldo.

Qué remedio. Allá me fui. La mitad del espacio estaba ocupada por un basto ataúd.

—¿Dentro? —Cualquier cosa, con tal de salir.

—No, que va ocupado. Túmbese al lado.

Le obedecí. Hedía, por la maldita manía de Démonville de mantener expuestos a los fusilados hasta que se pudriesen. No sé cómo el muerto aguantaba su propio olor. *Víctor* gimió, plañidero. Al poco se pasó al pescante, dichoso él.

Abandonamos Palencia sin dificultades. Podría haberlo hecho a la vista de los franceses, acostumbrados a verme pasar otras veces en el fúnebre cortejo. Pero entonces, ¿cómo explicar que el enterrador regresara solo? También habría resultado posible dejar la ciudad abiertamente, ya que no se ponía obstáculo a la emigración. Para ello, sin embargo, me habría tenido que someter a un registro concienzudo. Y llevaba encima la Gran Cifra, y el despacho de Del Parque. Por sentimentalismo, nada más. La clave no servía, sustituida ya. El nombramiento podía ser reemplazado. No obstante, deseaba conservar, como una ejecutoria de nobleza, esos papeles que me habían devuelto la honra.

Hicimos alto en el establo de los Polvorosa, extramuros. *Galano*, que últimamente moraba allí, se dejó ensillar mansamente, contento por abandonar compañía de baja estofa, como eran las mulas alineadas en los pesebres, a la espera de la cuchilla del matarife.

Con *Víctor* acomodado en su bolsa, puse rumbo al sur, donde esperaba mi apoteosis. Recorría el mismo camino real de Madrid que hice anteriormente en circunstancias muy distintas. Huía entonces de la pérdida de Patricia, que creía definitiva. Ahora cabalgaba rumbo a la gloria. Cómo cambian las cosas. Quién me iba a decir a mí que la inglesa acabaría por matar mi amor, enviándome a Palencia como verdugo y que, al tiempo, iba a crecer el que ella sentía por mí; que gracias a ello me haría dueño de la Gran Cifra. Sabio maestro, el Destino. Esa pérdida, que juzgué irreparable, al final me había abierto las puertas del triunfo. Bien está lo que bien acaba. Hasta el último envite la partida está abierta, y es craso error darla por terminada antes de tiempo.

En apariencia todo era igual. Los pueblos miserables, los campos uniformes, el hombre y el caballo. Pero diferente, porque en esta ocasión era un triunfador, y no un fugado, el que pasaba.

Vigoroso como un toro por la prolongada inacción, *Galano* me permitió prescindir de la primera casa de postas. Nos detuvimos en la segunda, para refrescar. Había decidido, como en el otro viaje, hacer el trayecto completo sin relevos y convenía economizar fuerzas. Ahorraba costes y molestias, que encontrar caballos resultaba arduo, por la guerra.

Me senté a descansar en un banco, cerca de la chimenea, mientras daban pienso a mi montura. Desde allí vi entrar a Démonville, la pelliza calzada a causa del frío. Le seguía Wumser, su ordenanza. Me quedé quieto. No tenía escapatoria. El francés se acomodó frente a mí, risueño.

—Buenos días, don verdugo —dijo afable, quitándose los guantes—. Temprano viaja. ¿Nos abandona?

—Usted me dejó sin trabajo —contesté desabrido.

—Cierto. Le hice un favor. Reconozca que no le cuadraba. Wumser, tráete dos vasos.

Le observé. ¿Estaría jugando conmigo? ¿Era el último trago del condenado a muerte? Ajeno a mi desconfianza, alargó una copa.

—Ea, sin rencor.

—Sin rencor —respondí y vacié el vino.

—Tengo que irme. Buen viaje. Y sin rencor —insistió.

Se fue. No había bebido, ni me estrechó la mano. Me seguía considerando un verdugo. Digerí la postrera humillación, pensando en que sería yo quien reiría el último; recreándome en el futuro; en mi audacia, al haberme metido en la misma madriguera de Carrié; en la sagacidad que me llevó a la Gran Cifra. Pronto sabría el jactancioso húsar quién realmente era Gaspar Príncipe.

A partir de entonces, redoblé las precauciones. Para evitar

encuentros desagradables, comía de lo que compraba en los pueblos y dormía en pajares o parideras. *Galano* y *Víctor* siguieron el mismo régimen, a regañadientes.

El tiempo era infernal. Mucha lluvia y, por las noches, heladas. No quería arriesgarme, empero. Sólo quedaba aguantar. Hecho un ovillo contra el pobre can, rodeado de cagarrutas, salpicado por goteras y mordido por las pulgas, invocaba el futuro sonriente en busca de solaz. Ya sólo quedaban las heces por apurar, me decía. «Mejor sabrá lo que me espera. Algún día llegará en que recordaré con nostalgia estos momentos previos a la plenitud, los mejores, al no estar teñidos por la desilusión, sempiterna compañera de los sueños satisfechos.»

Me animaba no cruzarme con fuerzas en marcha viniendo de Madrid. La brigada de Desolles que, según mis datos, acudía en apoyo del Cuerpo de Ney habría pasado ya, sin duda, dejando a la capital medio desguarnecida.

Bordeé la Villa y Corte, sin entrar en ella. Empezaba la tercera semana de noviembre y, de acuerdo con lo calculado, faltaban escasas jornadas para que la gran masa que venía desde el sur atacara a Víctor.

Pasado Ciempozuelos me aparté de la carretera para tomar un bocado. Una casa en ruinas llamaba. Parte del tejado seguía en pie, ofreciendo defensa contra la lluvia.

El Guardia de Corps dio un respingo al verme. En cuclillas, trataba, sin resultado, de encender una hoguera. Estos cortesanos no saben vivir, acostumbrados a la molicie y las comodidades. Le tranquilicé, mostrando mi escarapela encarnada. Bajé del caballo y en un santiamén tuvimos fuego.

—Se agradece —dijo el señorito.

—¿De dónde viene? —Podía ser una avanzadilla.

—De Ontígola, del otro lado del Tajo.

Servía en la división de Bernuy. Me dio un vuelco el corazón. Formaba parte del Ejército de la Mancha. Mi plan, pues, se estaba desarrollando a la perfección. Las vanguardias de ambos bandos se tocaban. La gran batalla tendría lugar en horas.

No se estaban tocando, precisó. Habían chocado. Un combate terrible. Miles de jinetes de cada lado. Nunca se vio nada igual en España.

—Siga, siga —anhelante, apenas me podía contener.

—Algo espantoso. La granizada de sablazos, los pistoletazos. Una fragua, hierro contra hierro. Al final, perdimos. No hay quien pueda con los dragones franceses.

—¿Adónde va ahora?

—A Madrid, quizás. No crea que intento desertar. Los franceses están entre Areizaga y nosotros, y es peligroso volver al ejército. Seguramente iré a casa de mis padres, a esperar la entrada de los nuestros.

Nos separamos. Iba yo feliz. En nada me afectó saber la derrota. Todos sabían que nuestra caballería era inferior a la enemiga. Un pequeño encuentro de vanguardias, exagerado por el narrador, todavía confuso por la pelea. En realidad, nada serio. Lo que importaba era la batalla que decidiría la guerra. Un trámite, vista nuestra superioridad en número, si no en calidad. Después, pasar el río por Aranjuez y Madrid, Burgos, los Pirineos, qué sé yo.

Marchar al encuentro de las tropas españolas no resultó tan difícil como pensó, o dijo que pensaba, el de Corps. Los franceses vigilaban, como es natural, su frente, de donde venía el peligro, no la retaguardia. Por otra parte, las fogatas delataban sus campamentos, y las patrullas montadas buscaban el amparo de bosques y edificios, huyendo de los caminos batidos por la lluvia.

Llegó la madrugada del 19, mi gran día. Subía a un altozano para orientarme cuando, al descrestar, el ejército español entero apareció en la distancia. Pude con la tentación de unirme a él. Quería gozar del espectáculo y, para ello, mejor un palco que el escenario.

Ante mí estaba, mirando al norte, la derecha, una multitud de escuadrones, desplegados en campo abierto. Daba pena verlos. La variedad de estandartes traicionaba la escasa fuerza de cada regimiento. Ninguno pasaba de las doscientas plazas, cuando la Ordenanza exigía quinientas. Pesaba sobre ellos, además, el reciente revés de Ontígola. Aparté el pesimismo, repitiéndome que aquélla era, justamente, la parte más débil de nuestras tropas, y que no veía nada que no supiera ya.

El grueso del ejército se extendía a su izquierda, en dos líneas.

Primero, a través de la llanura, después, a cubierto de un barranco. Al fondo estaba Ocaña, erizado de bayonetas. Cerraba esa ala, en martillo, una división de infantería y tropas de caballería.

Fui contando batallones. Más de sesenta, entre cincuenta y sesenta mil hombres, y sesenta cañones.

Todo como había previsto. ¿Qué digo? Ordenado. El plan de Príncipe se desarrollaba como la seda. Con el vidrio de aumento fui estudiando las tropas. También era lo previsto. Las banderas revelaban antigüedades. Algunas agujereadas, ennegrecidas por cien batallas. Otras contemplaban por primera vez la luz esa mañana. Al amparo de aquéllas, filas de veteranos de grises mostachos, impávidos a la espera estoica de la muerte. Éstas cobijando quintos temblorosos, anticipadamente aterrados. La mezcla habitual. Nada que me sorprendiera. Nuestro número compensaría todas las deficiencias.

Muy despacio, el tibio sol fue quemando la niebla que ocultaba el campo enemigo. Lo hizo de derecha a izquierda, como un telón que se va corriendo. Algunos batallones y escuadrones en el ala derecha. Regimientos, entre los que distinguí a la Guardia Real de José, ante Ocaña, cubriendo las salidas hacia Madrid. Nada que no me esperase. Más allá, otros infantes. Su flanco izquierdo, sin duda. Mis previsiones se confirmaban. Un par de divisiones. Teníamos una superioridad aplastante. Me dispuse a disfrutar de la función.

Un momento. El cejo, al levantarse paulatinamente, iba descubriendo nuevas masas de espejeantes bayonetas. Poco a poco, lo que había tomado por izquierda enemiga se fue convirtiendo en su centro. Atónito, contemplé las nuevas formaciones.

¿De dónde habían salido? ¿Qué era la masa abigarrada, verde oscuro, azul y blanco? ¿Y esos cascos jamás usados por gabachos? Dios mío. Sin percatarme, di tal tirón de riendas que *Galano* se dolió. Sólo podía ser la división Leval, tropas de Hesse, Nassau, Holanda, Frankfurt, Baden. Pero esa división pertenecía al Cuarto Cuerpo, al de Sebastiani, no al Primero, de Víctor. ¿Qué hacía allí, cuando debía estar marchando desde Toledo a Extremadura?

Junto a ella surgió otra. Vestimentas de corte peculiar, banderas que no eran francesas. Los polacos de Werlé, también de Sebastiani, apoyados por al menos una división más a retaguardia. Pero quedaba lo peor. En el extremo izquierdo, cerrando el despliegue, fuerzas de caballería empezaban a salir de unos olivares. Los conté. Uno, dos, tres. Hasta doce. Doce regimientos de jinetes imperiales que, con calma, se alineaban frente a los nuestros.

Me senté en el suelo, sin notar la humedad. ¡El enemigo presentaba al menos seis divisiones de infantería y tres de caballería! Yo había contado con dos y una, respectivamente, cómo máximo. Diez o doce mil infantes y mil jinetes, quizás, y tenía ante mis ojos más de veinticinco mil de los primeros y cinco mil de los segundos. Por alguna razón que ignoraba, en lugar de un Cuerpo de Ejército, había dos.

¿Qué había sucedido? Hubiera querido escapar. Algo, sin embargo, me retuvo allí, fascinado ante la magnitud de lo que se avecinaba. Nada cabía hacer, sino mirar. Comenzaba la expiación.

La obertura corrió a cargo de la artillería, como era obligado. Furiosos, los cañones de cada bando bombardearon a los infantes contrarios. Callaron pronto, para dar paso al segundo acto.

Polacos y tudescos se pusieron en movimiento. Dos divisiones nuestras que se les oponían cedieron terreno ante ellos. No era, sin embargo, advertí, desordenado repliegue, sino movimiento calculado para alinearse con el resto del ejército, situado algo más atrás.

En efecto, tan pronto como llegaron a su altura, hicieron frente, con firmeza de buen augurio. Quizás había sido demasiado pesimista, quizás quedara aún una carta.

Hubo un estampido unánime, seguido por otro. Descargas de batallón. Para mi sorpresa, los nuestros ejecutaban, tranquilos, los once movimientos reglamentarios para cargar el fusil. A la voz, cientos de armas subían como una sola a los hombros y sonaba nueva andanada, hasta que una densa humareda tapó la escena, blanca nube iluminada por el fulgor de los disparos.

Sopló al poco una racha de viento, revelando a los contendientes.

Costaba creer lo que veía, pero así era. ¡Los míos avanzaban y los imperiales retrocedían ante su empuje! Era cierto. En primer lugar, cómo no, las Reales Guardias Españolas, encabezadas, faltaría más, por los granaderos, los mejores hombres del mejor regimiento de España. Vi los pífanos en las bocas, los palillos moverse. Imposible oír la música desde donde estaba, por el estruendo, pero oí en mi cabeza los solemnes compases de la *Marcha granadera*. La Guardia entraba en fuego como en una pavana, reposada y grave. Junto a ella, el blanco y rojo de las Milicias Provinciales, algo menos contenidas, y la rabia desatada de cuerpos con uniformes desconocidos, reclutas que no sabían ni vencer ni morir con mesura. ¡Estábamos ganando!

No. Porque el enemigo, apoyado por las divisiones de segunda línea, comenzaba a reordenarse. Y porque en la extrema izquierda francesa reventó un trueno. Hubiese dado cualquier cosa por no mirar. Sabía lo que era. Las estridentes trompetas, el retumbar del suelo lo proclamaban. Una carga de caballería a ultranza. Una marea de miles de caballos, en verdes oleadas de dragones y de cazadores, celestes y encarnadas de húsares, festoneadas por las alegres banderolas de los lanceros.

Puntiagudos toques de clarín respondieron, los inconfundibles puntos de nuestra propia caballería, que, vacilante, salió a su encuentro. Poco se podía esperar de aquellos escuadrones de nombres sonoros, pero henchidos de quintos sin desasnar, de potros sin domar, sombras de los brillantes regimientos que fueron en tiempos más felices.

Los imperiales fueron marea que disolvió en un abrir y cerrar de ojos el azucarillo de la desmadejada tropa. Hubo un tremendo fragor, un demasiado breve combate, y el campo se llenó de jinetes españoles, buscando salvar la vida. Nos habíamos quedado sin derecha.

En el centro la infantería, casi victoriosa, hizo alto. Al principio, sorprendida. Luego, aterrada, al recibir el impacto por el flanco de los victoriosos caballos franceses, que se abatían sobre ella. Los bisoños se desperdigaron al punto, excepto algunos batallones que, culata al aire, se rindieron en masa. Las milicias resistieron un tanto, hasta que se dieron a la fuga. Los Guardias fueron los últimos en desparramarse por los trigales. El movimiento se fue contagiando de unidad en unidad. Pronto, todo el ejército corría, oxeado por los enemigos, lanzados a la caza. Sólo algunos batallones en el ala izquierda salvaron la reputación, retirándose en orden.

Fríamente, necesitaba apurar el espanto, hice balance. Entre cuatro o cinco mil españoles muertos o heridos. Los rebaños de prisioneros debían sumar muchos más. ¿Diez mil? Poca artillería abandonaba el campo. La mayor parte de los cañones quedaron allí. Napoleónicos eufóricos recogían a brazadas las banderas, abandonadas por los que juraron morir por ellas. Veinte, treinta…

Acababa de presenciar el fin del mejor ejército que España había reunido con titánico esfuerzo, acudiendo a la leva, arrancando a los hombres de sus hogares, rebañando hasta el último capaz de sostener un fusil. Un tesoro irreemplazable. Cuántos hijos no nacerían nunca, cuántos campos quedarían ya sin sembrar, cuántos libros no se escribirían. No nos recuperaríamos del desastre. Se había perdido la guerra.

Lo más divertido, creo que reí, era que no existía más culpable que yo. Yo, el autor del plan magistral. Yo, el que aseguré que sólo unos pocos miles de franceses se interponían entre Areizaga y Madrid. Yo, quien afirmó que el grueso imperial estaba en Extremadura, cuando acabábamos de darnos de bruces con él. Yo, el aprendiz de brujo.

¿Cómo pude equivocarme tanto? Los mensajes eran claros. Las órdenes de marcha, los estados de fuerza, terminantes. Sebastiani no podía hallarse en Ocaña, sino a leguas de distancia, camino del oeste.

Sólo había una explicación. Por algún motivo, los franceses habían retrasado los movimientos previstos. Por eso, cuando Areizaga atacó, todavía no se habían desplazado hacia Extremadura. Por eso pudieron agruparse ante nosotros. Tenía que volar al cuartel general, para contarlo, antes de que pensaran que era un imbécil o un traidor.

Hubiera resultado suicida seguir la línea recta. Habría tenido que atravesar todo el ejército enemigo hasta llegar a lo que quedaba del español. Decidí dar un rodeo. Subir al norte, hasta el Tajo, continuar un trecho a lo largo de su orilla izquierda y luego descender hacia el sur, en busca del cuartel general. Era la vía más rápida.

Así lo hice. A rienda abatida coronaba una altura, no lejos del río, cuando sonaron pistoletazos y el ruido de un entrevero. Alcancé la cima. Un nutrido grupo de jinetes españoles, al menos veinte, de distintos regimientos, se batía con un puñado de dragones, seis, quizás. La escaramuza duró segundos. Rodaron por tierra los enemigos y los nuestros siguieron su carrera. Llevaban, supuse, el mismo propósito que yo.

Piqué espuelas para alcanzarlos. Iría más seguro con ellos. Al pasar por el lugar del encuentro, miré maquinalmente. Los gabachos, muertos o heridos, yacían en tierra junto a dos españoles y... el uniforme no podía confundirse. Estaba elegido para que no se confundiera.

Un edecán, con tres tajos en la cabeza. El hábito de tantos meses me hizo desmontar, para ver lo que llevaba en el portapliegos. Con suerte, habría algún documento valioso, que me serviría para disipar cualquier duda que Areizaga pudiese tener sobre mi buena fe y mi habilidad.

Sí que portaba papeles. Dos cuadernos, encabezados por la palabra *Chiffre*, uno para cifrar y el otro para poner en claro. Los examiné escrupulosamente, olvidando las prisas, las demandas de ayuda de los malheridos.

Concordaban en gran medida con lo que me dijo Patricia en Doscastillos, cuando me pidió que fuera a Palencia. La clave se aplicaba a palabras enteras, a sílabas y a letras sueltas, mientras que la que yo conseguí se refería sólo a estas últimas. Había varias combinaciones posibles para una sola palabra o letra, y otras que carecían de sentido. Era algo parecido a la mía.

Pero enormemente más elaborada, pensada para ser indescifrable. Contaba con mil cuatrocientos números, frente a los miserables veinticinco de la otra. Las combinaciones posibles eran ilimitadas. Se podía escribir una palabra empleando el guarismo que le era propio, o descomponiéndola en sílabas o en letras. Por ejemplo, «movimiento» se cifraba, según se quisiera, como tal, o como «mo-vi-mien-to» o como «m-o-v-i-m-i-e-n-t-o» o mezclando sílabas y letras: «m-o-vim-i-e-n-to». Si se tiene en cuenta que existían diversas maneras de codificar muchas de las letras, se entenderá la tremenda complejidad del sistema.

Tenía entre las manos, por fin, cuando era demasiado tarde, la Gran Cifra de París.

Me adentré en el olivar, estrechando los papeles contra el pecho, seguido por *Víctor*, que me miraba intrigado.

Por mucho que pesara, la evidencia se fue abriendo paso lentamente. Los franceses nunca dejaron de usar la Gran Cifra. En ella iban escritos los mensajes que motivaron mi misión, y en ella el último, el que me envió el teniente de Trabuco, y que no pude desentrañar.

¿Entonces? ¿La otra clave, la que Patricia obtuvo? Ahora lo entendía. Se utilizó sólo para engañarme, y para que yo engañara a nuestros generales.

Todo encajaba ahora. Nunca existió el hueco que, según los mensajes descifrados por mí, existía frente a Madrid. El despliegue francés, a la espera de los refuerzos que venían de Austria, era el mismo que me facilitara Donaire, sin que se hubiesen producido desplazamientos hacia el oeste, como se me había hecho creer.

A medida que reflexionaba más, surgían nuevos argumentos que confirmaban la superchería. La mayor parte de los partes que manejé procedían directamente del gabinete de Carrié. Trabuco mandó sólo tres, aduciendo que los destacamentos franceses eran demasiado nutridos y que nada más que tres edecanes iban con poca escolta. ¿Por qué? Porque llevaban pliegos sólo a mí destinados. Los otros, los verdaderos, viajarían bien protegidos por una guardia numerosa, al abrigo de guerrilleros. Naturalmente, el mando enemigo, sabiendo que les enviaba al sacrificio, había enviado pocos correos con los falsos, los justos para confirmarme en mi error.

Claro, les resultaba más barato que me llegaran en mano, a través de Petra. ¿Y qué garantías tenía yo de la lealtad de la moza? Bien pensado, muy escasas. Margarita la consideraba patriota, pero se trataba de una simple carnicera, al margen de nuestros manejos. Asunción compartía su opinión. Pero podía estar engañado o, incluso, ser agente francés. Bastaba recordar a Estébanez.

No era preciso, sin embargo, ir tan lejos. Petra ya reunía por sí sola bastantes condiciones para ser sospechosa. Sus amores con el hombre de confianza del gobernador, por ejemplo. O el hecho de que su otro querido, el teniente del resguardo, hubiese escapado a la redada que se montó la noche famosa. O su repentina desaparición, cuando no se la necesitaba porque yo había caído ya en la trampa.

El cómo supieron los franceses de mi intención de coger la Cifra también se explicaba a través de la moza.

Imagino que el rijoso Carrié invitó a Patricia a su casa sin otro propósito que seducirla. Pero en el curso de la velada, según la británica, Démonville entró muy alterado en el cuarto del gobernador y ambos conferenciaron en secreto.

Apostaría cualquier cosa a que Petra había comunicado a Sabatier mi singular petición de que esa noche le entretuviera. Le diría asimismo de la algarada que planeaba el teniente, su otro amante, para las once, quizás con la condición de que se le dejara salva la vida. El asistente, por último, contaría todo a Démonville. De ahí el golpe de mano que abortó la conjura.

Al ver a Patricia con Carrié, probablemente, el húsar relacionó su presencia con mi ruego a Petra. No podía estar seguro, pero nada le costaba coger una cifra en desuso y dejarla a la vista en la mesa del gabinete. Puesto que yo deseaba que Sabatier estuviese distraído, le ordenaría que se mantuviera atento y vigilante. Oculto, me habría visto entrar en el comedor y, en el gabinete, habría visto cómo copiaba la cifra.

Por eso me resultó tan sencillo acceder al palacio y a la Gran Cifra. Todo estaba preparado. Lo que creí arriscada hazaña fue sólo el fácil recorrido del ratón hasta el queso que le espera al final de la trampa.

A partir de ahí, todo rodaba por sí mismo. El teniente coronel sabía que la cifra obraba en mi poder y que yo creía que estaba en uso. Nada más fácil que suministrarme datos falsos, escritos a mi intención, con la apariencia de robados en el despacho de Carrié, al objeto de que sucediera lo que sucedió.

No hacía falta ser gran estratega para imaginar que urgía al mando español lanzar una ofensiva antes de que llegasen los refuerzos desde Austria. Utilizando mis buenos oficios, se le facilitó información sesgada sobre el despliegue francés, en la esperanza de que cediera a la tentación de montar, basándose en ella, una ofensiva, como hizo. Lo que nadie podía suponer es que yo extremara mi celo hasta el extremo de ocultarla, para elaborar personalmente el plan fatídico.

El húsar era un artista. Pudo detenerme, pero prefirió hacerme algo peor: dejar que viviera, que conociera las trágicas consecuencias de mi error. No resistió, sin embargo, el deseo de verme por última vez. Por eso se hizo el encontradizo en la casa de postas, para recrearse en su éxito, para despedirse cuando yo, inocente, me disponía a entrar con el corazón ligero en la ratonera que él había preparado. Caballero, al fin y al cabo, repitió, lo recuerdo, «sin rencor». Había vencido en la innoble lid y deseaba que yo supiera a quién debía la derrota, y que la aceptara sin amargura.

Tiré el cigarro que, mecánicamente, había encendido. Lo aplasté con el tacón de la bota, al tiempo que pisaba mis sueños muertos de grandeza y de gloria.

Cayó el crepúsculo. Bandadas de buitres pasaron sobre mi cabeza, camino del campo de batalla.

Pensé en llevar la Gran Cifra, la verdadera, a Areizaga. Comprendí, no obstante, que sería una equivocación. Los gabachos, cuando descubrieran el edecán muerto y desvalijado, adivinarían lo sucedido y dejarían de utilizarla, presumiendo que había caído en manos españolas.

Una alternativa, trabajosa, consistía en hacer una copia y devolver el original al cadáver. El enemigo creería que el ayudante fue víctima de un combate casual, lo que era el caso, y que nadie se había entretenido en registrarle. Continuarían entonces usándola, sin saber que nosotros la teníamos.

Sí, era la solución. Pero llegaba demasiado tarde. Yo estaba ahíto de fracasos. Aniquilado, y sin rencor, como deseaba Démonville. La clave me había costado traiciones y engaños sin cuento. En lugar de fama y honores, sus frutos habían sido un ejército destruido, miles de hombres muertos, heridos y prisioneros.

Entre las muchas víctimas se contaba Gaspar Príncipe, tan muerto como uno de esos cadáveres que iniciaban ya su camino hacia el osario. Tan poco libre de sus actos como los prisioneros que marchaban hacia Francia escoltados por gendarmes brutales.

Aposté todo a la Cifra. Puse en la mesa a Patricia, mi propia honra, el futuro. Todo, sin guardar de reserva una onza de entusiasmo, de fuerza. Había perdido. No me quedaban energías para empezar de nuevo. No tenía ya nada.

Desde el principio, sin saberlo, había jugado contra el Destino. Desde que dejé el hogar paterno, buscando ser lo que no era, hasta ese mismo instante, cuando tenía en mis manos la maldita Gran Cifra. Y, naturalmente, llegado el momento de la verdad, el Destino triunfaba en toda la línea, derrotando mis años de esfuerzos, ilusorios, sólo ahora me percataba. Porque ahí, y no antes, terminaba la partida. Hasta se había permitido, en un último floreo de desdén, la broma de entregarme la tan ansiada Clave, cuando ya de nada servía. El naufragio era total, sin que quedaran supervivientes.

Hubo una gran explosión. Habría estallado uno de los armones de municiones. *Galano*, despavorido, salió a todo galope, con *Víctor* ladrando detrás. Silbé al perro, que regresó al punto. Me puse en pie. El mariscal de cuatro patas me miraba jadeando, igual que el día de mi desembarco en Ribadeo, cuando nos conocimos. Esperaba, como siempre, mi decisión.

Sólo podía ser una. Regresar a mi casi olvidado pueblo, Chozas del Condado, estaba descartado. Allí sólo me esperaba el público oprobio y el ceño implacable de padre. Tampoco podía volver a Doscastillos, convertido en cementerio de amigos míos. Palencia me estaba vedada, como lo había ratificado el encuentro con Démonville. El ejército al que, iluso, pretendí tornar cubierto de laureles, yacía en los campos de Ocaña. Me había jugado el todo por el todo, y había perdido.

Pero, recordé, existía un lugar en Cataluña, brasa que ardía sin cesar, alumbrando la noche oscura de España. Un montón de escombros, defendido por insensatos sin esperanza alguna. Allí estaba mi sitio.

Con *Víctor* correteando a mi alrededor, inicié el camino hacia Gerona. Una ráfaga de viento jugaba con las hojas de la Gran Cifra de París, abandonada.

Este libro ha sido impreso en los talleres
de Novoprint S.A.
C/ Energía, 53 Sant Andreu de la Barca
(Barcelona)